Ueberreuter Großdruck

Michael Connelly

Die Rückkehr des Poeten

Aus dem Amerikanischen
von Sepp Leeb

UEBERREUTER

ISBN 978-3-8000-9245-1

Titel der Originalausgabe: »The Narrows«
Originalverlag: Little, Brown and Company, New York

Aus dem Amerikanischen von Sepp Leeb

Umschlaggestaltung von Agentur C21 unter Verwendung eines Fotos von Harry Zernike/Botanica/Jupiterimages
Druck: Druckerei Theiss, A-9431 St. Stefan i. L.
Gedruckt auf Salzer EOS 1,3 x Vol., naturweiß, 80g
1 3 5 7 6 4 2

www.ueberreuter-grossdruck.com
www.ueberreuter.at

Zum Gedenken an Mary McEvoy Connelly
Lavelle, die verhinderte, dass sechs von
uns in Engstellen gerieten

Sie haben nur ein Ungeheuer gegen ein anderes ausgetauscht. Statt eines Drachen haben sie in den Narrows jetzt eine Schlange. Eine riesige Schlange, die in dieser Engstelle schläft und auf den richtigen Moment wartet, um ihr Maul aufzusperren und jemanden zu verschlingen.

John Kinsey, Vater eines in den Narrows umgekommenen Jungen, Los Angeles Times, 21. Juli 1956

Vielleicht weiß ich auf dieser Welt nur eines. Nur eines mit Sicherheit. Und das ist, dass einen die Wahrheit nicht frei macht. Nicht, wie ich es von anderen gehört und selbst unzählige Male gesagt habe, als ich in kleinen Zimmern und Gefängniszellen saß und abgerissene Männer drängte, mir ihre Sünden zu beichten. Ich habe sie belogen und betrogen. Die Wahrheit rettet einen nicht und macht einen auch nicht wieder heil. Sie gestattet einem nicht, sich über die Last der Lügen und Geheimnisse und Herzenswunden zu erheben. Die Wahrheiten, die ich erfahren habe, halten mich nieder wie Ketten in einem dunklen Zimmer, einer Unterwelt voller Gespenster und Opfer, die sich wie Schlangen um mich winden. Es ist ein Ort, wo die Wahrheit nichts ist, was man ansieht oder betrachtet. Es ist der Ort, wo das Böse lauert. Wo es einem seinen Atem, jeden Atemzug, in Mund und Nase bläst, bis man ihm nicht mehr entkommen kann. Das ist, was ich weiß.

Das Einzige. Das wusste ich, als ich an dem Tag

losfuhr, an dem ich den Fall übernahm, der mich in die Narrows führen sollte. Ich wusste, dass mich meine Mission im Leben immer an die Orte führen würde, wo das Böse wartet, an die Orte, wo die Wahrheit, die ich finden würde, etwas Hässliches und Schreckliches sein würde. Und trotzdem zog ich ohne Zögern los. Ich zog los, obwohl ich nicht auf den Moment gefasst war, in dem das Böse aus seinem Versteck kommen würde. In dem es mich wie ein Tier packen und in das schwarze Wasser hinabziehen würde.

1

Sie befand sich in völliger Dunkelheit, trieb auf einem schwarzen Meer, über sich einen sternenlosen Himmel. Sie konnte nichts hören und nichts sehen. Es war ein vollkommener schwarzer Moment, doch dann schlug Rachel Walling die Augen auf.

Sie blickte an die Decke. Sie lauschte dem Wind im Freien und hörte die Azaleenzweige über das Fenster scharren. Sie fragte sich, ob es das Kratzen auf dem Glas oder ein anderes Geräusch aus dem Haus gewesen war, das sie geweckt hatte. Dann läutete ihr Handy. Sie erschrak nicht. Ruhig streckte sie die Hand nach dem Nachttisch aus. Sie hielt das Telefon an ihr Ohr und war hellwach, als sie sich meldete. Ihrer Stimme war nicht anzuhören, dass sie geschlafen hatte.

»Agent Walling«, sagte sie.

»Rachel? Hier Cherie Dei.«

Rachel war sofort klar, dass das kein Reservat-Anruf wäre. Cherie Dei bedeutete Quantico. Das letzte Mal lag vier Jahre zurück. Rachel hatte gewartet.

»Wo sind Sie gerade, Rachel?«

»Zu Hause. Wo sollte ich sonst sein?«

»Ich weiß, dass Sie inzwischen für ein großes Gebiet zuständig sind. Ich dachte, vielleicht sind Sie …«

»Ich bin in Rapid City, Cherie. Was gibt's?«

Sie antwortete erst nach einem längeren Schweigen.

»Er ist wieder aufgetaucht. Er ist zurück.«

Rachel spürte, wie eine unsichtbare Faust gegen ihre Brust schlug und dann dort verharrte. Ihr Verstand beschwor Erinnerungen und Bilder herauf. Schlechte. Sie schloss die Augen. Cherie Dei brauchte keinen Namen zu nennen. Rachel wusste, es war Backus. Der Poet war wieder aufgetaucht. Was sie sich schon die ganze Zeit gedacht hatten. Wie eine virulente Infektion, die sich, von außen nicht erkennbar, jahrelang im Körper ausbreitet und dann zur Erinnerung an ihre Hässlichkeit durch die Haut bricht.

»Erzählen Sie schon.«

»Vor drei Tagen haben wir in Quantico etwas bekommen. Ein Postpäckchen. Es enthielt …«

»Vor drei Tagen? Sie haben da drei Tage draufgesessen?«

»Gesessen haben wir auf gar nichts. Wir haben uns damit Zeit gelassen. Es war an Sie adressiert.

An Behavioral Sciences. Sie haben es uns von der Poststelle runtergebracht, und wir haben es geröntgt und dann geöffnet. Vorsichtig.«

»Was war drin?«

»Ein GPS-Gerät.«

Ein Ortungsgerät. Längen- und Breitengrade. Rachel hatte im vergangenen Jahr bei Ermittlungen mit einem solchen Teil zu tun gehabt. Eine Entführung draußen in den Badlands, wo eine vermisste Camperin ihre Spur mit einem tragbaren GPS markiert hatte. Sie fanden das Gerät in ihrem Rucksack und verfolgten ihren Weg zu einem Campingplatz zurück, auf dem sie einem Mann begegnet war, der ihr dann von dort gefolgt war. Sie kamen zwar zu spät, um sie noch retten zu können, aber ohne das GPS hätten sie die Stelle überhaupt nicht gefunden.

»Was war drauf?«

Rachel setzte sich auf und schwang die Beine über die Bettkante. Sie führte ihre freie Hand an ihren Bauch und schloss sie wie eine verwelkte Blume. Sie wartete, und bald fuhr Cherie Dei fort. Rachel erinnerte sich, wie grün Cherie einmal gewesen war; sie war ihr im Zug des FBI-Tutorenprogramms zugeteilt worden und bei den Einsätzen lediglich zu Lern- und Beobachtungszwecken dabei gewesen. Inzwischen waren zehn Jahre vergangen, und die Fälle, die ganzen Fälle, hatten tiefe Furchen in ihre Stimme gegraben. Cherie Dei war nicht mehr grün und brauchte keinen Tutor.

»Es war ein einziger Wegpunkt drauf gespeichert. In der Mojave-Wüste. Gleich hinter der kalifornischen Grenze in Nevada. Wir sind gestern hingeflogen und zu der Stelle gefahren. Wir haben Wärmebildtechnik und Gassonden eingesetzt. Gestern Abend haben wir die erste Leiche gefunden, Rachel.«

»Wer ist es?«

»Das wissen wir noch nicht. Sie ist alt. Lag schon lange dort. Wir sind noch ganz am Anfang. Die Ausgrabungsarbeiten gehen langsam voran.«

»Sie sagten, die *erste* Leiche. Wie viel sind noch dort?«

»Als ich gestern von der Fundstelle wegfuhr, waren es vier. Wir glauben, es sind noch mehr.«

»Todesursache?«

»Dafür ist es noch zu früh.«

Rachel schwieg und dachte nach. Die ersten Fragen, die durch ihre Filter liefen, waren: Warum dort und warum jetzt?

»Rachel, ich rufe nicht bloß an, um Ihnen Bescheid zu sagen. Die Sache ist die: Der Poet ist wieder aktiv, und wir möchten, dass Sie herkommen.«

Rachel nickte. Das verstand sich von selbst.

»Cherie?«

»Ja?«

»Warum glauben Sie, dass er es war, der das Päckchen geschickt hat?«

»Das glauben wir nicht. Das wissen wir. Vor Kurzem haben wir auf dem GPS einen übereinstimmenden Fingerabdruck gefunden. Er hat die Batterien gewechselt, und auf einer war ein Daumenabdruck. Robert Backus. Er ist es. Er ist zurück.«

Rachel öffnete langsam ihre Faust und betrachtete ihre Hand. Sie war so reglos wie die einer Statue. Das Entsetzen, das sie eben noch empfunden hatte, änderte sich jetzt. Sich selbst konnte sie es eingestehen, aber sonst niemandem. Sie spürte, wie der Saft wieder in ihrem Blut zu kursieren begann und es zu einem dunkleren Rot färbte. Fast schwarz. Sie hatte auf diesen Anruf gewartet. Sie schlief jede Nacht mit dem Handy am Ohr. Ja, das gehörte zu ihrem Job. Die Rufbereitschaft. Aber das war der einzige Anruf, auf den sie wirklich gewartet hatte.

»Man kann den Wegpunkten Namen geben«, sagte Dei in die Stille hinein. »Auf dem GPS. Bis zu zwölf Zeichen und Leerstellen. Er hat diese Stelle ›Hallo Rachel‹ genannt. Geht genau auf. Wahrscheinlich hat er immer noch was für Sie übrig. Es ist, als wollte er, dass Sie da rauskommen, als hätte er irgendwas ganz Bestimmtes im Sinn.«

Rachels Gedächtnis förderte das Bild eines Mannes zutage, der rücklings durch eine Glasscheibe und in tiefe Dunkelheit stürzte. In der dunklen Leere darunter verschwand.

»Bin schon unterwegs«, sagte sie.

»Wir operieren von der Außenstelle Las Vegas aus. Dort ist es einfacher, die Sache unter Verschluss zu halten. Seien Sie bitte vorsichtig, Rachel. Wir wissen nicht, was er dabei im Schilde führt. Passen Sie also auf.«

»Mache ich. Mache ich immer.«

»Geben Sie mir Ihre Ankunftszeit durch, und ich hole Sie ab.«

»Mache ich«, wiederholte sie.

Dann drückte sie auf die Taste, die die Verbindung unterbrach. Sie streckte die Hand nach dem Nachttisch aus und machte das Licht an. Einen Augenblick lang erinnerte sie sich an den Traum, an die Stille des schwarzen Wassers und des Himmels darüber, wie schwarze Spiegel, die sich gegenüberlagen. Und sie dazwischen, einfach nur schwebend.

2

Graciela McCaleb wartete vor meinem Haus in Los Angeles neben ihrem Auto, als ich dort ankam. Sie war pünktlich zu unserer Verabredung erschienen, ich nicht. Ich fuhr rasch in den Carport und stieg aus, um sie zu begrüßen. Sie schien nicht sauer auf mich zu sein. Sie schien es gelassen zu nehmen.

»Graciela, es tut mir Leid, dass ich zu spät komme. Ich wurde im Morgenverkehr auf dem Zehner aufgehalten.«

»Das macht doch nichts. Es war eigentlich richtig schön. Es ist so ruhig hier oben.«

Ich schloss die Haustür auf und versuchte, sie aufzudrücken, aber die Post, die dahinter auf dem Boden lag, verfing sich darunter. Ich musste mich bücken und um die Tür herumlangen, um die Umschläge herauszuziehen und die Tür öffnen zu können.

Nachdem ich mich aufgerichtet und zu Graciela herumgedreht hatte, zeigte ich mit dem Arm ins Haus. Sie ging an mir vorbei und trat ein. Aufgrund der Umstände lächelte ich nicht. Das letzte Mal hatte ich Graciela bei der Trauerfeier gesehen. Diesmal sah sie nur unwesentlich besser aus. In ihren Augen und Mundwinkeln hielt sich der Kummer noch immer.

Als sie in der engen Diele an mir vorbeiging, roch ich einen süßen Orangenduft. Ich konnte mich von der Trauerfeier an ihn erinnern, als ich ihre Hände mit den meinen umfasst, ihr mein Beileid ausgedrückt und ihr meine Hilfe angeboten hatte, falls sie welche benötigte. Damals hatte sie Schwarz getragen. Diesmal trug sie ein geblümtes Sommerkleid, das besser zu dem Duft passte. Ich führte sie ins Wohnzimmer und bat sie, auf der Couch Platz zu nehmen. Ich fragte sie, ob sie etwas zu trinken wolle, obwohl ich außer ein paar Flaschen Bier im Kühlschrank und Wasser aus der Leitung nichts im Haus hatte, was ich ihr hätte anbieten können.

»Nein danke, Mr Bosch. Nicht nötig.«

»Sagen Sie bitte Harry zu mir. Kein Mensch nennt mich Mr Bosch.«

Jetzt versuchte ich es mit einem Lächeln, aber es funktionierte nicht bei ihr. Und ich wusste auch nicht, wie ich darauf kam, dass es funktionieren könnte. Sie hatte schon einiges durchgemacht. Ich hatte den Film gesehen. Und jetzt diese Tragödie.

Ich setzte mich in den Sessel gegenüber der Couch und wartete. Sie räusperte sich, bevor sie zu sprechen begann.

»Wahrscheinlich fragen Sie sich, warum ich unbedingt persönlich mit Ihnen sprechen wollte. Ich war am Telefon nicht sehr mitteilsam.«

»Das macht doch nichts«, sagte ich. »Allerdings hat es mich neugierig gemacht. Ist irgendwas nicht in Ordnung? Kann ich etwas für Sie tun?«

Sie nickte und blickte auf ihre Hände hinab, mit denen sie eine kleine, mit schwarzen Perlen besetzte Handtasche in ihrem Schoß hielt. Sie sah so aus, als hätte sie sie für die Trauerfeier gekauft.

»Etwas ist ganz und gar nicht in Ordnung, und ich weiß nicht, an wen ich mich wenden soll. Von Terry weiß ich zumindest so viel – über ihr Vorgehen, meine ich –, dass ich weiß, ich kann nicht zur Polizei gehen. Noch nicht, jedenfalls. Außerdem werden sie sowieso zu mir kommen. Wahrscheinlich schon bald. Aber bis dahin brauche ich jemanden, dem ich vertrauen kann und der mir helfen wird. Ich kann Sie bezahlen.«

Ich beugte mich vor, stützte die Ellbogen auf die Knie und legte meine Hände aneinander. Ich war ihr nur dieses eine Mal begegnet – bei der Trauerfeier. Ihr Mann und ich hatten uns einmal nahe gestanden, aber nicht in den letzten paar Jahren, und jetzt war es zu spät. Ich wusste nicht, woher das Vertrauen kam, von dem sie sprach.

»Was hat Ihnen Terry über mich erzählt, dass Sie mir solches Vertrauen entgegenbringen? Dass Sie sich für mich entschieden haben. Sie und ich, wir kennen uns doch kaum, Graciela.«

Sie nickte, als sei dies eine berechtigte Frage und Meinung.

»In einer bestimmten Phase unserer Ehe hat mir Terry alles über die ganze Geschichte erzählt. Er hat mir von dem letzten Fall erzählt, an dem Sie beide gemeinsam gearbeitet haben. Er hat mir erzählt, was passiert ist und wie Sie sich gegenseitig das Leben gerettet haben. Auf dem Boot. Und deshalb glaube ich, Ihnen vertrauen zu können.«

Ich nickte.

»Einmal hat er mir etwas über Sie erzählt, was ich nie vergessen werde«, fügte sie hinzu. »Er sagte, es gäbe Züge an Ihnen, die er nicht mochte und die er nicht guthieß. Damit meinte er, glaube ich, die Art, wie Sie die Dinge anpacken. Aber alles in allem, sagte er, wenn er sich die ganzen Cops und Agenten so ansähe, die er kannte und mit denen er zusammengearbeitet hatte, alles in allem würde er am liebsten mit Ihnen zusammenarbeiten, wenn er sich jemanden aussuchen könnte, um in einem Mordfall zu ermitteln. Ohne nachzudenken. Er meinte, er würde sich für Sie entscheiden, weil Sie nie aufgeben.«

Ich spürte, wie sich mein Gesicht um die Augen herum zusammenzog. Es war fast so, als könnte ich es Terry McCaleb sagen hören. Ich stellte eine Frage, obwohl ich die Antwort bereits wusste.

»Was soll ich nun für Sie tun?«

»Ich möchte, dass Sie seinen Tod untersuchen.«

3

Obwohl ich wusste, dass sie das sagen würde, verschlug mir Graciela McCalebs Bitte die Sprache. Terry McCaleb war einen Monat zuvor auf seinem Boot gestorben. Ich hatte es in der *Las Vegas Sun* gelesen. Es war wegen des Films in die Zeitung gekommen. FBI-Agent jagt nach Herztransplantation den Mörder seiner Spenderin. Es war eine Geschichte ganz nach dem Geschmack von Hollywood, und die Rolle spielte Clint Eastwood, obwohl er zwei Jahrzehnte mehr auf dem Buckel hatte als Terry. Der Film wurde bestenfalls ein bescheidener Erfolg, aber er verhalf Terry trotzdem zu dem Maß an Berühmtheit, das einen Nachruf in den Zeitungen des Landes zur Folge hatte. Ich war eines Morgens in meine Wohnung in der Nähe des Strip zurückgekommen und hatte die *Sun* durchgeblättert. Terrys Tod war eine Kurzmeldung am Ende des ersten Teils.

Ein heftiges Zittern durchlief mich, als ich sie las. Ich war überrascht, aber auch nicht so überrascht. Terrys Leben hatte schon immer auf gestundeter Zeit beruht. Aber nichts von dem, was ich gelesen oder auf der Trauerfeier in Catalina gehört hatte, war mir verdächtig vorgekommen. Es war sein Herz – sein neues Herz – gewesen, das versagt hatte. Es hatte ihm sechs gute Jahre geschenkt, mehr als der Durchschnitt bei einem Patienten mit einem neuen Herz, aber dann war es den gleichen Faktoren erlegen, die dem Original den Garaus gemacht hatten.

»Das verstehe ich nicht«, sagte ich zu Graciela. »Er war auf dem Boot, eine Chartertour, und er brach zusammen. Sein Herz … hieß es.«

»Ja, es war sein Herz«, sagte sie. »Aber inzwischen hat sich etwas Neues ergeben. Ich hätte gern, dass Sie sich der Sache annehmen. Ich weiß, Sie sind nicht mehr bei der Polizei, aber letztes Jahr haben Terry und ich in den Nachrichten gesehen, was hier passiert ist.«

Sie ließ ihren Blick durch das Zimmer wandern und machte eine entsprechende Handbewegung. Sie spielte auf das an, was ein Jahr zuvor in meinem Haus passiert war, als die ersten Ermittlungen nach meiner Pensionierung ein so schlimmes und blutiges Ende genommen hatten.

»Ich weiß, dass Sie immer noch Ermittlungen anstellen«, sagte sie. »Sie sind wie Terry. Er konnte es auch nicht lassen. Manche von Ihnen sind so.

Als wir in den Nachrichten sahen, was hier passiert war, sagte Terry übrigens, er würde Sie nehmen, wenn er sich jemanden aussuchen könnte. Damit wollte er mir vermutlich sagen, dass ich mich an Sie wenden sollte, wenn ihm etwas zustoßen sollte.«

Ich nickte und blickte zu Boden.

»Sagen Sie mir, was sich Neues ergeben hat, und ich werde Ihnen sagen, was ich tun kann.«

»Sie fühlen sich ihm doch verpflichtet, oder?«

Ich nickte wieder.

»Sagen Sie es mir.«

Sie räusperte sich. Sie rutschte an den Rand der Couch und begann zu erzählen.

»Ich bin Krankenschwester. Ich weiß nicht, ob Sie den Film gesehen haben, aber im Film haben sie eine Bedienung aus mir gemacht. Das stimmt nicht. Ich bin Krankenschwester. Ich habe also Ahnung von Medizin. Ich kenne mich mit Krankenhäusern aus, mit dem ganzen Drumherum.«

Ich nickte und sagte nichts, um sie nicht aufzuhalten.

»Sie haben Terry in der Gerichtsmedizin obduziert. Es gab zwar keinerlei Hinweise, dass etwas nicht mit rechten Dingen zugegangen sein könnte, aber auf Bitte Dr. Hansens – Terrys Kardiologe – haben sie doch eine Obduktion vorgenommen, weil er wissen wollte, ob sie vielleicht feststellen könnten, woran es gelegen hatte.«

»Und?«, sagte ich. »Was haben sie gefunden?«

»Nichts. Ich meine, nichts Strafbares. Das Herz hörte einfach zu schlagen auf … und er starb. So was soll vorkommen. Bei der Autopsie zeigte sich, dass sich die Muskeln der Herzwände zusammenzogen, dass sie enger wurden. Myokardiopathie. Der Körper stieß das Herz ab. Sie machten die üblichen Blutuntersuchungen, und damit hatte es sich. Dann haben sie ihn mir überstellt. Seine Leiche, meine ich. Terry wollte nicht begraben werden – das hat er immer wieder gesagt. Deshalb ließ ich ihn bei Griffin und Reeves einäschern, und nach der Trauerfeier fuhr Buddy mit den Kindern und mir mit dem Boot raus, und wir taten, worum Terry uns gebeten hatte. Wir nahmen Abschied von ihm, streuten seine Asche ins Meer. Es war sehr intim. Es war schön.«

»Wer ist Buddy?«

»Ach so, das ist der Mann, mit dem Terry in der Charterfirma zusammenarbeitete. Sein Partner.«

»Ach ja, richtig. Ich erinnere mich.«

Ich nickte und ging ihre Geschichte noch einmal durch, um nach dem Ansatzpunkt zu suchen, nach dem Grund, weshalb sie mich aufgesucht hatte.

»Die Blutuntersuchung bei der Autopsie«, sagte ich. »Was haben sie dabei festgestellt?«

Sie schüttelte den Kopf.

»Es ist eher, was sie nicht festgestellt haben.«

»Wie bitte?«

»Sicher wissen Sie noch, dass Terry sehr viele Medikamente nehmen musste. Jeden Tag, Pillen, Tropfen, alle möglichen Mittel. Sie hielten ihn am Leben – ich meine, bis er dann starb. Das Blutbild war ungefähr eineinhalb Seiten lang.«

»Das haben Sie bekommen?«

»Nein, sie haben es Dr. Hansen zugeschickt. Er rief mich an und erklärte mir, dass bestimmte Medikamente, die in Terrys Blut hätten sein sollen, nicht darin enthalten waren. CellCept und Prograf. Sie waren nicht in seinem Blut, als er starb.«

»Aber sie waren wichtig.«

Sie nickte.

»Richtig. Er nahm jeden Tag sieben Kapseln Prograf. Cell-Cept zweimal täglich. Das waren seine wichtigsten Medikamente. Sie schützten sein Herz.«

»Und ohne sie musste er sterben?«

»Drei, vier Tage. Länger hätte er ohne sie nicht überlebt. Es hätte sehr schnell zu dekompensierter Herzinsuffizienz geführt. Und genau das ist dann auch passiert.«

»Warum hat er aufgehört, diese Mittel zu nehmen?«

»Das hat er nicht, und genau das ist der Grund, warum ich Sie brauche. Irgendjemand hat sich an seinen Medikamenten zu schaffen gemacht und ihn so umgebracht.«

Ich drehte alle ihre Angaben noch einmal durch den Fleischwolf.

»Zuallererst, woher wollen Sie wissen, dass er seine Medizin tatsächlich genommen hat?«

»Weil ich es gesehen habe, und Buddy hat es auch gesehen, und sogar der Charterkunde, der Mann, mit dem sie ihre letzte Tour gemacht haben, sagte, er hätte ihn seine Medizin nehmen sehen. Ich habe sie nämlich gefragt. Ich sagte Ihnen doch, ich bin Krankenschwester. Ich hätte es gemerkt, wenn er seine Medizin nicht genommen hätte.«

»Also gut, Sie sagen also, er nahm seine Medikamente, aber es waren gar nicht seine richtigen Pillen. Irgendjemand hat sich an ihnen zu schaffen gemacht. Wie kommen Sie darauf?«

Ihre Körpersprache signalisierte Frustration. Ich machte nicht die logischen Schritte, die ich ihrer Meinung nach hätte machen sollen.

»Vielleicht sollte ich etwas weiter ausholen«, sagte sie. »Eine Woche nach der Trauerfeier, als ich das alles noch nicht wusste, räumte ich, um wieder eine gewisse Normalität einkehren zu lassen, den Schrank aus, in dem Terry seine ganzen Medikamente aufbewahrt hatte. Dazu müssen Sie wissen, diese Medikamente waren sehr, sehr teuer. Ich wollte sie nicht einfach wegwerfen. Es gibt Leute, die sie sich kaum leisten können. *Wir* konnten sie uns kaum leisten. Terrys Versicherung war abgelaufen, und wir brauchten MediCal und Medicaid, nur um seine Medikamente bezahlen zu können.«

»Deshalb haben Sie die Medikamente gespendet?«

»Ja, das ist bei Transplantationspatienten so üblich. Wenn jemand ...«

Sie blickte auf ihre Hände hinab.

»Ich verstehe«, sagte ich. »Sie geben alles zurück.«

»Ja. Um anderen zu helfen. Es ist alles sehr teuer. Und Terrys Vorrat hätte mindestens noch neun Wochen gereicht. Er wäre für jemand anderen Tausende von Dollars wert gewesen.«

»Verstehe.«

»Deshalb packte ich die ganzen Medikamente ein und fuhr mit der Fähre aufs Festland ins Krankenhaus. Alle waren sehr dankbar dafür, und ich dachte, damit wäre die Sache erledigt. Ich habe zwei Kinder, Mr Bosch. So schwer es mir auch fiel, das Leben musste weitergehen. Ihretwegen.«

Ich dachte an die Tochter. Ich hatte sie nie gesehen, aber Terry hatte mir von ihr erzählt. Er hatte mir ihren Namen gesagt und warum er ihn ihr gegeben hatte. Ich fragte mich, ob Graciela diese Geschichte kannte.

»Haben Sie Dr. Hansen davon erzählt?«, fragte ich. »Wenn sich jemand an den Medikamenten zu schaffen gemacht hat, müssen Sie sie warnen, damit …«

Sie schüttelte den Kopf.

»Jede Packung wird genau untersucht. Sie wissen schon, ob die Fläschchen noch versiegelt sind und dass sie noch nicht abgelaufen sind, und die Chargennummern werden auf mögliche Rückrufaktionen hin geprüft. Es wurde jedoch nichts Auffälliges festgestellt. An den Medikamenten hatte sich niemand zu schaffen gemacht. Zumindest nicht an denen, die ich ihnen gebracht hatte.«

»Aber?«

Sie rutschte noch weiter an den Rand der Couch. Jetzt würde sie damit herausrücken.

»Auf dem Boot. Die angebrochenen Packungen, die ich nicht gespendet habe, weil sie die im Krankenhaus nicht nehmen dürfen. Vorschrift, wissen Sie.«

»Und an denen hat sich jemand zu schaffen gemacht.«

»In einem Fläschchen war noch eine Tagesration Prograf, und CellCept war noch für zwei Tage da. Ich packte beide Mittel in eine Plastiktüte und brachte sie in die Avalon-Klinik. Dort hatte ich mal gearbeitet. Ich dachte mir eine Geschichte aus – eine Freundin hätte die Kapseln in den Sachen ihres Sohnes gefunden, als sie sie waschen wollte, und sie würde gern wissen, was er nahm. Sie analysierten die Kapseln, und es waren lauter Placebos. Mit einem weißen Pulver gefüllt. Gemahlener Haiknorpel, wenn Sie's genau wissen wollen. Wird in Spezialgeschäften und auch übers Internet vertrieben. Leicht verdaulich und harmlos. Da sich das Pulver in einer Kapsel befand, hätte Terry den Unterschied im Geschmack nicht gemerkt.«

Sie holte einen gefalteten Umschlag aus ihrer Handtasche und reichte ihn mir. Er enthielt zwei Kapseln. Beide weiß, mit einem kleinen rosafarbenen Aufdruck auf der Seite.

»Stammen die aus der letzten Packung?«

»Ja. Diese zwei habe ich aufbewahrt, vier habe ich meiner Freundin in der Klinik gegeben.«

Ich machte mich daran, eine der Kapseln über dem offenen Umschlag zu öffnen. Die beiden Hälften ließen sich mühelos auseinander ziehen, ohne dass eine beschädigt wurde. Das weiße Pulver, das sie enthielten, rieselte in den Umschlag. Mir wurde sofort klar, dass es nicht schwierig gewesen wäre, den ursprünglichen Inhalt der Kapseln zu entfernen und durch ein wirkungsloses Pulver zu ersetzen.

»Damit sagen Sie also, Graciela, dass Terry auf seiner letzten Chartertour Pillen nahm, von denen er dachte, sie hielten ihn am Leben, während sie in Wirklichkeit vollkommen wirkungslos waren. In gewisser Weise haben sie ihn also tatsächlich getötet.«

»Genau so ist es.«

»Woher hatten Sie diese Kapseln?«

»Die Fläschchen kamen aus der Krankenhausapotheke. Aber es hätte sich bei allen möglichen Gelegenheiten jemand an ihnen zu schaffen machen können.«

Sie verstummte und ließ das erst einmal eine Weile auf mich einwirken.

»Was wird Dr. Hansen jetzt unternehmen?«, fragte ich.

»Er meinte, er hätte keine Wahl. Falls sich im Krankenhaus jemand an den Medikamenten zu schaffen gemacht hat, muss er der Sache auf den Grund gehen. Es könnten andere Patienten gefährdet werden.«

»Das halte ich für unwahrscheinlich. Sie sagten doch selbst, es wären zwei Medikamente ausgetauscht worden. Das heißt, es ist wahrscheinlich irgendwo außerhalb des Krankenhauses passiert, als sie sich bereits in Terrys Besitz befanden.«

»Ich weiß. Das meinte Dr. Hansen auch. Er sagte, er würde es den zuständigen Behörden melden. Das müsste er. Ich weiß allerdings nicht, wer das ist und was sie tun werden. Das Krankenhaus ist in L. A., und Terry starb etwa fünfundzwanzig Meilen vor der Küste von San Diego auf seinem Boot. Ich weiß nicht, wer ...«

»Zuerst geht es vermutlich an die Küstenwache, und die wird es ans FBI weiterleiten. Irgendwann. Aber das wird einige Tage dauern. Sie könnten die Sache beschleunigen, wenn Sie sich gleich an das FBI wenden. Ehrlich gestanden, verstehe ich auch nicht, warum Sie damit zu mir kommen und nicht zu ihnen gehen.«

»Das geht nicht. Noch nicht jedenfalls.«

»Warum nicht? Natürlich geht das. Sie sollten nicht zu mir kommen. Gehen Sie damit zum FBI. Sagen Sie es den Leuten, mit denen er gearbeitet hat. Sie werden sich der Sache bestimmt sofort annehmen, Graciela. Ganz sicher.«

Sie stand auf und ging zur Schiebetür und blickte nach draußen, über den Pass. Es war einer dieser Tage, an denen der Smog so dicht ist, dass er aussieht, als könnte er sich entzünden.

»Sie waren Detective. Überlegen Sie doch mal. Jemand hat Terry ermordet. Diese Kapseln wurden doch sicher nicht aus Versehen ausgetauscht – nicht bei zwei verschiedenen Medikamenten aus zwei verschiedenen Packungen. Dahinter steckt Absicht. Also ist die nächste Frage: Wer hatte Zugang zu seinen Medikamenten? Wer hatte ein Motiv? Ihr Verdacht wird zunächst auf mich fallen, und vielleicht werden sie woanders gar nicht mehr suchen. Ich habe zwei Kinder. Das kann ich nicht riskieren.«

Sie wandte sich ab und sah mich wieder an.

»Und ich war es nicht.«

»Welches Motiv?«

»Geld. Zum einen. Er hatte aus der Zeit beim FBI eine Lebensversicherung.«

»Zum einen? Heißt das, es gibt noch ein zweites Motiv?«

Sie senkte den Blick zu Boden.

»Ich habe meinen Mann geliebt. Aber wir hatten Probleme. Er hatte die letzten paar Wochen auf dem Boot geschlafen. Deshalb hat er vermutlich auch diese lange Chartertour übernommen. Sonst machte er meistens nur Tagestouren.«

»Was waren das für Probleme, Graciela? Wenn

ich mich der Sache annehmen soll, muss ich das wissen.«

Sie zuckte die Achseln, als wüsste sie die Antwort nicht, doch dann antwortete sie.

»Wir lebten auf einer Insel, und mir gefiel es dort nicht mehr. Ich glaube, es war kein großes Geheimnis, dass ich aufs Festland zurückziehen wollte. Das Problem war, dass er wegen seiner FBI-Tätigkeit nach wie vor Angst um unsere Kinder hatte. Er hatte Angst vor der Welt. Er wollte die Kinder von der Welt abschirmen. Ich nicht. Ich wollte, dass sie etwas von der Welt mitbekämen und darauf vorbereitet wären.«

»Und das war alles?«

»Da waren auch noch andere Dinge. Ich war nicht glücklich darüber, dass er weiter Fälle übernahm.«

Ich stand auf und stellte mich neben sie an die Tür. Ich schob sie auf, um etwas von der stickigen Luft hinauszulassen. Ich hätte sie öffnen sollen, sobald wir hereingekommen waren. Im Haus roch es abgestanden. Ich war zwei Wochen weg gewesen.

»Was für Fälle?«

»Er war wie Sie. Die, die ungestraft davonkamen, ließen ihm keine Ruhe. Er hatte massenweise Akten unten auf dem Boot, ganze Kisten voll davon.«

Ich war vor langer Zeit mal auf dem Boot gewesen. Im Bug gab es eine Kabine, die McCaleb zu einem kleinen Büro umfunktioniert hatte. Ich konnte mich an die Schachteln mit Akten auf der oberen Koje erinnern.

»Er hat lange versucht, es vor mir geheim zu halten, aber es war ganz offensichtlich, und wir hörten auf, uns was vorzumachen. In den letzten Monaten fuhr er oft aufs Festland. Wenn er keine Charter hatte. Wir stritten deswegen, aber er sagte mir nur, das wäre etwas, was er nicht einfach auf sich beruhen lassen könnte.«

»War es ein einziger Fall oder mehr als einer?«

»Das weiß ich nicht. Er hat mir nie erzählt, woran genau er arbeitete, und ich habe ihn nie gefragt. Es war mir egal. Ich wollte nur, dass er damit aufhörte. Ich wollte, dass er seine Zeit mit seinen Kindern verbrachte. Nicht mit diesen Leuten.«

»Mit welchen Leuten?«

»Mit den Leuten, die ihn so faszinierten, diese Mörder und ihre Opfer. Ihre Familien. Er war richtig besessen von ihnen. Manchmal glaube ich, sie waren ihm wichtiger als wir.«

Sie blickte über den Pass hinweg, als sie das sagte. Durch die geöffnete Tür drang der Verkehrslärm herein. Der Freeway tief unter uns hörte sich an wie ferner Applaus in einem Stadion, in dem die

Spiele nie endeten. Ich schob die Tür ganz auf und trat auf die Terrasse hinaus. Ich blickte in das Gestrüpp hinab und dachte an den Kampf auf Leben und Tod, der sich dort im vergangenen Jahr abgespielt hatte. Ich hatte ihn überlebt, um herauszufinden, dass ich, wie Terry McCaleb, Vater war. In den Monaten, die seitdem vergangen waren, hatte ich gelernt, in den Augen meiner Tochter zu finden, was Terry, wie er mir einmal gesagt hatte, in denen seiner Tochter gefunden hatte. Ich wusste, dass ich danach suchen sollte, weil er es mir gesagt hatte. Dafür war ich ihm etwas schuldig.

Graciela kam hinter mir nach draußen.

»Würden Sie das für mich tun? Ich glaube, was mein Mann über Sie gesagt hat. Ich glaube, Sie können mir helfen und ihm ebenfalls.«

Und vielleicht auch mir selbst, dachte ich, ohne es zu sagen. Stattdessen blickte ich auf den Freeway hinab und sah die Sonne, die von den Windschutzscheiben der über den Pass fahrenden Autos zurückgeworfen wurde. Es war, als beobachteten mich tausend leuchtende Silberaugen.

»Ja«, sagte ich. »Ich werde es tun.«

4

Mein erstes Gespräch hatte ich in der Cabrillo Marina in San Pedro. Ich kam immer wieder gern auf diesem Weg ans Meer hinunter, tat es aber selten. Warum, weiß ich nicht. Es war eins dieser Dinge, die man vergisst, bis man sie wieder macht, und dann erinnert man sich, dass sie einem gefallen. Das erste Mal, als ich dort unten ans Meer kam, war ich ein sechzehnjähriger Ausreißer. Ich kam zum Hafen von San Pedro hinunter und verbrachte die Tage damit, mich tätowieren zu lassen und die einlaufenden Thunfisch-Boote zu beobachten. Die Nächte verbrachte ich damit, in einem Schlepper zu schlafen, der *Rosebud* hieß und nicht abgeschlossen war. Bis mich ein Hafenmeister erwischte und ich zu meinen Pflegeeltern zurückgeschickt wurde, die Worte *Halt fest* auf meine Knöchel tätowiert.

Die Cabrillo Marina war jünger als diese Erinnerung. Das war nicht der Industriehafen, in dem ich vor so vielen Jahren gelandet war. Inzwischen bestand die Cabrillo Marina aus Liegeplätzen für

Sportboote. Mit den Masten Hunderter Segelboote, die hinter ihren verschlossenen Toren aufragten, sah sie aus wie ein Wald nach einem Buschbrand. Dahinter kamen Reihen von Motorjachten, viele davon mehrere Millionen Dollar wert. Einige nicht. Buddy Lockridges Boot war kein schwimmendes Schloss. Lockridge, der, wie Graciela McCaleb mir gesagt hatte, der Charterpartner und am Ende der beste Freund ihres Mannes gewesen war, lebte auf einem 10-Meter-Segelboot, das aussah, als hätte es den Inhalt eines 20-Meter-Boots auf Deck. Es war ein richtiger Müllklipper, nicht wegen seiner Eigenschaften als Boot, sondern wegen seines Zustands. Hätte Lockridge in einem Haus gewohnt, hätte es im Garten aufgebockte Autos und im Innern Wände aus Zeitungsstapeln gehabt.

Er hatte mir mit dem Türöffner das Tor aufgemacht und kam in Shorts, Sandalen und T-Shirt aus der Kajüte. Das T-Shirt war so oft getragen und gewaschen, dass der Schriftzug auf der Brust nicht mehr lesbar war. Graciela hatte ihm telefonisch Bescheid gesagt. Er wusste, dass ich mit ihm sprechen wollte, aber nicht genau, weshalb.

»So«, sagte er, als er vom Boot auf den Anleger stieg. »Graciela sagte, Sie stellen wegen Terrys Tod Nachforschungen an. Ist das so eine Versicherungsgeschichte oder was?«

»Ja, so könnte man es nennen.«

»Sind Sie so 'n Privatdetektiv oder was?«

»So was Ähnliches, ja.«

Er wollte einen Ausweis sehen, und ich zeigte ihm die eingeschweißte Brieftaschenkopie der Lizenz, die ich aus Sacramento geschickt bekommen hatte. Als er meinen offiziellen Vornamen sah, zog er fragend eine Augenbraue hoch.

»Hieronymus Bosch. Wie dieser verrückte Maler, hm?«

Es kam selten vor, dass jemand den Namen kannte. Das verriet mir etwas über Buddy Lockridge.

»Einige finden, er war verrückt. Andere meinen, er sah sehr genau die Zukunft voraus.«

Die Lizenz schien seine Bedenken auszuräumen, und er schlug vor, wir könnten entweder auf seinem Boot reden oder auf eine Tasse Kaffee zum Hafenshop rübergehen. Eigentlich wollte ich einen Blick in sein schwimmendes Heim werfen – das war ein wichtiges Ermittlungsprinzip –, aber damit es nicht so offensichtlich wäre, sagte ich ihm, ich könnte etwas Koffein vertragen.

Der Hafenshop war ein Laden für Schiffsbedarf, zu dem es von Buddys Liegeplatz zu Fuß etwa fünf Minuten waren. Wir unterhielten uns auf dem Weg dorthin über alles Mögliche, und hauptsächlich hörte ich mir Buddy Lockridges Klagen darüber an, wie er in dem Film dargestellt worden war, der von McCalebs Herztransplantation und der Jagd nach dem Mörder seiner Spenderin handelte.

»Aber Sie haben doch Geld dafür gekriegt, oder nicht?«, sagte ich, als er fertig war.

»Ja, aber darum geht es nicht.«

»Aber klar doch. Streichen Sie das Geld ein, und vergessen Sie den Rest. Es ist doch nur ein Film.«

Vor dem Hafenshop standen ein paar Tische und Bänke, und dort tranken wir unseren Kaffee. Lockridge begann, Fragen zu stellen, bevor ich dazu kam. Ich ließ ihn eine Weile gewähren. Ich war der Ansicht, dass er ein äußerst wichtiger Bestandteil meiner Ermittlungen war, weil er Terry McCaleb gekannt hatte und einer der zwei Zeugen seines Todes war. Ich wollte, dass er sich in meiner Gegenwart wohl fühlte, und deshalb ließ ich ihn drauflosfragen.

»Und wie sieht Ihr Stammbaum aus?«, fragte er. »Waren Sie bei der Polizei?«

»Fast dreißig Jahre. Beim LAPD. Die Hälfte der Zeit im Morddezernat.«

»Mord also. Kannten Sie Terror?«

»Wen?«

»Ich meine, Terry. Ich nannte ihn Terror.«

»Warum?«

»Keine Ahnung. Einfach so. Ich gebe allen Spitznamen. Terry hat den Terror dieser Welt aus erster Hand mitbekommen, wenn Sie wissen, was ich meine. Ich nannte ihn Terror.«

»Und ich? Was kriege ich für einen Spitznamen?«

»Sie ...«

Er sah mich an wie ein Bildhauer, der einen Granitblock taxiert.

»Ähm, Sie sind Koffer-Harry.«

»Wie das?«

»Weil Sie so was Zerknittertes haben, als würden Sie aus einem Koffer leben.«

Ich nickte.

»Nicht schlecht.«

»Und? Kannten Sie Terry?«

»Ja, ich kannte ihn. Wir haben bei ein paar Fällen zusammengearbeitet, als er noch beim FBI war. Und dann noch mal bei einem, als er bereits sein neues Herz bekommen hatte.«

Buddy schnippte mit den Fingern und zeigte auf mich.

»Jetzt erinnere ich mich wieder. Sie waren der Cop. Sie waren der, der damals in dieser Nacht hier auf seinem Boot war, als diese zwei Gorillas auftauchten, um ihn umzulegen. Sie haben ihm das Leben gerettet, und dann hat er Ihres gerettet.«

Ich nickte.

»Richtig. Kann ich Ihnen jetzt ein paar Fragen stellen, Buddy?«

Er breitete die Arme aus, um mir zu verstehen zu geben, dass er mir zur Verfügung stand und nichts zu verbergen hatte.

»Aber klar doch, Mann. Ich hatte nicht vor, mir das Mikro ganz unter den Nagel zu reißen.«

Ich holte meinen Notizblock heraus und legte ihn auf den Tisch.

»Danke. Fangen wir mit der letzten Chartertour an. Erzählen Sie mir davon.«

»Was wollen Sie denn wissen?«

»Alles.«

Lockridge atmete hörbar aus.

»Sie wollen ja nicht gerade wenig.«

Aber er begann, mir die Geschichte zu erzählen. Was er mir zunächst erzählte, deckte sich mit den kurzen Meldungen, die ich in den Zeitungen von Las Vegas gelesen hatte, und mit dem, was ich bei McCalebs Trauerfeier gehört hatte. McCaleb und Lockridge waren mit einem Kunden vier Tage und drei Nächte lang auf einer Chartertour an der Baja California runtergefahren, um Marlins zu fischen. Am vierten Tag, auf der Rückfahrt zum

Avalon Harbor auf Catalina, brach McCaleb auf der Brücke zusammen. Sie waren zweiundzwanzig Meilen von der Küste entfernt, auf halbem Weg zwischen San Diego und Los Angeles. Sie schickten einen Funkspruch an die Küstenwache, worauf McCaleb mit dem Hubschrauber in ein Krankenhaus in Long Beach geflogen wurde, wo allerdings nur noch sein Tod festgestellt werden konnte.

Als Lockridge fertig war, nickte ich, als stimmte alles mit dem überein, was ich gehört hatte.

»Haben Sie gesehen, wie er zusammenbrach?«

»Nein. Gesehen habe ich es nicht. Aber gespürt.«

»Wie meinen Sie das?«

»Na ja, er stand oben am Ruder. Ich war mit dem Charterkunden in der Plicht. Wir hatten Kurs nach Norden genommen, waren schon auf dem Heimweg. Der Kunde hatte genug vom Fischen, deshalb hatten wir nicht mal Leinen ausgeworfen. Das Boot machte volle Fahrt, wahrscheinlich so um die fünfundzwanzig Knoten. Und ich und Otto – das ist der Kunde –, wir waren in der Plicht, als das Boot plötzlich eine Neunzig-Grad-Wendung nach Westen machte. Raus aufs offene Meer, Mann. Mir war sofort klar, dass da was nicht stimmen konnte, deshalb stieg ich die Leiter rauf, um nach Terry zu schauen, und dann sehe ich ihn so über das Ruder gesunken. Er war zusammengebrochen. Ich bin sofort zu ihm, und er lebte noch, aber, Mann, er war nicht mehr bei Bewusstsein.«

»Was haben Sie dann gemacht?«

»Ich war früher mal Rettungsschwimmer. In Venice Beach. Ich weiß noch, wie man Wiederbelebungsmaßnahmen macht. Ich rief Otto nach oben und kümmerte mich um Terry, während Otto das Ruder übernahm und über Funk die Küstenwache verständigte. Ich hab's nicht geschafft, Terry wieder zurückzuholen, aber ich habe Luft in ihn reingepumpt, bis der Hubschrauber auftauchte. Was übrigens ganz schön gedauert hat.«

Ich machte mir eine Notiz in meinem Block. Nicht, weil es wichtig war, sondern weil ich Lockridge das Gefühl vermitteln wollte, dass ich ihn ernst nahm und dass alles, was er für wichtig hielt, auch für mich wichtig war.

»Wie lange haben sie gebraucht?«

»Zwanzig, fünfundzwanzig Minuten. Wie lang genau, weiß ich nicht, jedenfalls kommt es einem wie eine Ewigkeit vor, wenn man jemanden am Atmen zu halten versucht.«

»Ja. Alle, mit denen ich gesprochen habe, sagten, Sie hätten nichts unversucht gelassen. Und Sie sagen, Terry hat kein Wort mehr gesprochen. Er brach einfach am Ruder zusammen.«

»Genau.«

»Was war dann das Letzte, was er zu Ihnen gesagt hat?«

Lockridge begann an einem Daumennagel zu kauen, als er sich daran zu erinnern versuchte.

»Das ist eine gute Frage. Schätze, das war, als er an die Reling hinterkam, da, wo man in die Plicht runtersieht, und zu uns runterrief, dass wir bis Sonnenuntergang zu Hause wären.«

»Und wie viel Zeit ist danach vergangen, bis er zusammenbrach?«

»Eine halbe Stunde, vielleicht auch mehr.«

»Aber zu diesem Zeitpunkt ging es ihm noch gut?«

»Ja, er war ganz normal, wie immer. Niemand wäre auf die Idee gekommen, dass dann so was passieren würde.«

»Zu diesem Zeitpunkt waren Sie vier Tage ununterbrochen auf dem Boot, ist das richtig?«

»Das ist richtig. War ein bisschen eng auf Dauer, weil der Kunde die Kajüte hatte. Ich und Terry haben in der Bugkabine gepennt.«

»Haben Sie in dieser Zeit gesehen, dass Terry jeden Tag seine Medikamente einnahm? Sie wissen schon, die ganzen Pillen, die er nehmen musste.«

Lockridge nickte mit Nachdruck.

»O ja, er hat brav seine Pillen geschluckt. Jeden Morgen und jeden Abend. Wir haben eine Menge Chartertouren zusammen gemacht. Es war ein richtiges Ritual bei ihm – man konnte seine Uhr danach stellen. Er hat es nie vergessen. Auch auf dieser Fahrt nicht.«

Um nichts sagen zu müssen, machte ich mir ein paar Notizen, damit Lockridge vielleicht weiterredete. Das tat er aber nicht.

»Hat er irgendeine Bemerkung gemacht, dass sie anders schmeckten oder dass er sich anders fühlte, nachdem er sie eingenommen hatte?«

»Ist es das, worauf Sie hinauswollen? Versuchen Sie irgendwie nachzuweisen, dass Terry die falschen Pillen genommen hat, damit die Versicherung nichts zahlen muss? Wenn ich das gewusst hätte, hätte ich mich nie bereit erklärt, mit Ihnen zu sprechen.«

Er wollte von der Bank aufstehen. Ich langte über den Tisch und packte ihn am Arm.

»Bleiben Sie sitzen, Buddy. Darum geht es hier nicht. Ich arbeite nicht für die Versicherung.«

Er ließ sich auf die Bank zurückplumpsen und sah auf seinen Arm, wo ich ihn gepackt hatte.

»Worum geht es dann?«

»Sie wissen doch bereits, worum es geht. Ich

will mir nur Gewissheit verschaffen, dass Terrys Tod wirklich das war, was er angeblich war.«

»Was er *angeblich* war?«

Ich merkte, dass meine Wortwahl nicht sehr glücklich gewesen war.

»Was ich damit zu sagen versuche, ist: Ich will sichergehen, dass niemand nachgeholfen hat.«

Lockridge sah mich eine Weile forschend an und nickte dann bedächtig.

»Sie meinen, ob die Pillen vielleicht nicht in Ordnung waren oder ob jemand sich daran zu schaffen gemacht hat?«

»Zum Beispiel.«

Lockridge biss entschlossen die Zähne zusammen. Es erschien mir aufrichtig.

»Brauchen Sie Hilfe?«

»Möglicherweise ja. Ich fahre morgen früh nach Catalina rüber. Mir das Boot ansehen. Könnten Sie sich dort mit mir treffen?«

»Aber sicher.«

Er schien begeistert, und mir war klar, dass ich dem irgendwann einen Riegel würde vorschieben müssen. Aber vorerst wollte ich seine uneingeschränkte Kooperation.

»Gut. Dann hätte ich noch ein paar weitere Fragen. Speziell zu diesem Charterkunden. Kannten Sie diesen Otto schon vorher?«

»Na klar. Wir nehmen Otto jedes Jahr ein paarmal mit raus. Er lebt drüben auf der Insel. Das ist der einzige Grund, weshalb wir diesen Mehrtagecharter bekamen. Wissen Sie, das war das Problem mit unserer Firma. Aber Terror war das egal. Er war vollauf zufrieden, in dem kleinen Hafen dort drüben zu liegen und auf Halbtagsaufträge zu warten.«

»Nicht so schnell bitte, Buddy. Ich kann Ihnen nicht ganz folgen.«

»Ich rede davon, dass Terry das Boot drüben auf der Insel liegen hatte. Und was wir dort an Kunden bekamen, waren Leute, die einen Ausflug nach Catalina machten und ein paar Stunden zum Fischen rausfahren wollten. Große Charter bekamen wir so nicht. Keine Drei-, Vier-, Fünftagetouren, bei denen man ordentlich verdient. Otto war eine Ausnahme, weil er drüben auf der Insel wohnt. Er wollte ein paarmal im Jahr nach Mexiko runter, zum Fischen und auch sonst noch einen draufmachen, Sie wissen schon.«

Lockridge gab mir mehr Informationen, als ich auf einmal verarbeiten konnte. Ich konzentrierte mich weiter auf McCaleb, aber ich würde auf jeden Fall auf Otto, ihren Charterkunden, zurückkommen.

»Sie sagen also, Terry war zufrieden damit, kleine Brötchen zu backen.«

»Genau. Ich lag ihm ständig in den Ohren: ›Bring das Boot hier rüber aufs Festland, schalte ein paar Anzeigen und bemühe dich um gescheite Aufträge.‹ Aber das wollte er nicht.«

»Haben Sie ihn mal gefragt, warum?«

»Klar. Er wollte auf der Insel bleiben. Er wollte nicht ständig von der Familie weg sein. Und er wollte Zeit haben, um sich mit seinen Akten zu beschäftigen.«

»Sie meinen, mit seinen alten Fällen.«

»Ja, mit denen und mit verschiedenen neuen.«

»Welche neuen?«

»Keine Ahnung. Er schnitt ständig Zeitungsartikel aus und legte Ordner an, telefonierte herum, Dinge in der Art.«

»Auf dem Boot?«

»Ja, auf dem Boot. Im Haus ließ es Graciela nicht zu. Das hat er mir erzählt. Sie wollte nicht, dass er das machte. Manchmal ging das so weit, dass er auf dem Boot übernachtete. Am Ende. Ich glaube, es war wegen der Akten. Er steigerte sich total in irgendwas rein, und irgendwann sagte sie ihm dann, er solle auf dem Boot bleiben, bis er darüber hinweg wäre.«

»Das hat er Ihnen erzählt?«

»Das musste er gar nicht.«

»Erinnern Sie sich an irgendeinen Fall oder eine Akte, für die er sich am Schluss besonders interessierte?«

»Nein, in so was hat er mich nicht mehr eingeweiht. Ich half ihm bei der Herzgeschichte, aber danach schloss er mich von diesem ganzen Kram aus.«

»Hat Ihnen das etwas ausgemacht?«

»An sich nicht. Ich meine, ich hätte ihm gern geholfen. Kriminelle zu fangen ist interessanter, als Fische zu fangen, aber mir war klar, dass das seine Welt war und nicht meine.«

Das hörte sich zu sehr nach einer Standardantwort an, so, als wiederholte er eine Erklärung, die ihm McCaleb einmal gegeben hatte. Ich beschloss, es dabei zu belassen, aber auf diesen Punkt würde ich noch einmal zurückkommen.

»Okay, dann wollen wir uns Otto zuwenden. Sie waren mit ihm wie oft fischen?«

»Es war unser dritter – nein, vierter – Charter mit ihm.«

»Immer nach Mexiko runter?«

»Mehr oder weniger.«

»Was macht er beruflich, dass er sich das leisten kann?«

»Er ist pensioniert. Hält sich für Zane Grey und ist ganz heiß aufs Fischen. Will unbedingt einen schwarzen Marlin fangen und bei sich zu Hause an die Wand hängen. Er kann es sich leisten. Er hat mir mal erzählt, er war Vertreter, aber für was, habe ich ihn nicht gefragt.«

»Pensioniert? Wie alt ist er?«

»Keine Ahnung. Mitte sechzig, würde ich sagen.«

»Und wo hat er vorher gelebt?«

»Gleich drüben auf dem Festland. In Long Beach, glaube ich.«

»Was haben Sie vorhin gemeint, als Sie sagten, er wollte zum Fischen nach Mexiko runter und auch sonst einen draufmachen?«

»Genau das, was ich gesagt habe. Wir sind mit ihm fischen gefahren, und wenn wir in Cabo anlegten, ist er immer noch losgezogen, einen draufmachen.«

»Auf der letzten Fahrt sind Sie also jeden Abend in einen Hafen eingelaufen, immer in Cabo.«

»Die ersten zwei Abende legten wir in Cabo an und am dritten in San Diego.«

»Wer bestimmte das?«

»Na ja, Otto wollte nach Cabo, und San Diego lag auf dem Rückweg einfach auf halbem Weg. Bei der Rückfahrt lassen wir uns immer Zeit.«

»Was hat Otto in Cabo gemacht?«

»Ich sagte Ihnen doch, er hatte nebenher was laufen. Er machte sich an beiden Abenden fein und ging in die Stadt. Schätze, er traf sich dort mit einer Señorita. Er hat mit seinem Handy ein paar Anrufe gemacht.«

»Ist er verheiratet?«

»Soviel ich weiß, schon. Ich glaube, deswegen stand er auch auf diese Viertagetouren. Seine Frau dachte, er wäre auf hoher See, fischen. Höchstwahrscheinlich wusste sie nichts davon, dass wir in Cabo auf eine Margarita anlegten– und damit meine ich nicht den Drink.«

»Und Terry? Ging er in die Stadt?«

Er antwortete ohne Zögern.

»Nee, in der Hinsicht lief bei Terry gar nichts, und er ging auch nie vom Boot. Setzte nicht mal einen Fuß auf den Anleger.«

»Wieso?«

»Keine Ahnung. Er sagte nur, das bräuchte er nicht. Ich schätze, er war da ein bisschen abergläubisch.«

»Inwiefern?«

»Sie wissen schon, der Käpt'n bleibt an Bord seines Schiffs, irgendwas in der Richtung.«

»Und Sie?«

»Meistens blieb ich bei Terry auf dem Boot. Aber ab und zu ging ich schon auch mal in die Stadt, in eine der Bars oder so.«

»Wie war das auf der letzten Tour?«

»Da nicht, da blieb ich auf dem Boot. Ich war ein bisschen knapp bei Kasse.«

»Auf der letzten Tour hat also Terry das Boot nie verlassen?«

»Nein.«

»Und außer Ihnen, Otto und ihm war niemand auf dem Boot, richtig?«

»Ja – das heißt, nein. Nicht genau.«

»Wie meinen Sie das? Wer war sonst noch auf dem Boot?«

»Am zweiten Abend, an dem wir in Cabo einliefen, wurden wir von den *federales* angehalten, der mexikanischen Küstenwache. Zwei Typen kamen an Bord und sahen sich ein paar Minuten um.«

»Warum?«

»Reine Routinekontrolle. Hin und wieder halten sie einen an, lassen sich eine kleine Gebühr zahlen, und damit hat es sich dann.«

»Ein Bestechungsgeld?«

»Ein Bestechungsgeld, ein Schmiergeld, ein kleiner Anreiz, wie Sie es eben nennen wollen.«

»Und das war bei dieser Tour der Fall?«

»Ja, Terry gab ihnen fünfzig Dollar, als sie in der Kajüte waren, und dann zogen sie ab. Es ging alles ziemlich schnell.«

»Haben sie das Boot durchsucht? Haben Sie Terrys Medikamente gesehen?«

»Nein, so weit kam es nicht. Dafür gibt man ihnen ja das Geld – um das zu vermeiden.«

Ich hatte mir keine Notizen mehr gemacht. Viel von diesen Informationen war neu und verdiente, dass ihnen weiter nachgegangen würde, aber ich hatte das Gefühl, vorläufig genug erfahren zu haben. Ich würde erst einmal verdauen, was ich hatte, und dann darauf zurückkommen. Mein Gefühl sagte mir, dass mir Buddy Lockridge zur Verfügung stünde, solange ich wollte, wenn ich ihm nur das Gefühl vermittelte, an den Ermittlungen beteiligt zu sein. Ich fragte ihn nach den genauen Namen der Jachthäfen, in denen sie auf der Tour mit Otto angelegt hatten, und schrieb mir alles auf. Danach erinnerte ich ihn noch einmal an unseren Termin auf McCalebs Boot am nächsten Morgen. Ich sagte ihm, ich würde die erste Fähre nach Catalina nehmen, und er sagte, er auch. Dann verabschiedete ich mich von ihm, weil er sagte, er wollte noch in den Laden gehen, um ein paar Sachen zu kaufen.

Als wir unsere Kaffeebecher in den Abfalleimer warfen, wünschte er mir viel Glück bei den Ermittlungen.

»Ich weiß nicht, was Sie herausfinden werden. Ich weiß nicht, ob es überhaupt etwas herauszufinden gibt, aber wenn da jemand bei Terry nachgeholfen hat, möchte ich, dass Sie den Kerl erwischen, der da nachgeholfen hat. Wissen Sie, was ich meine?«

»Ja, Buddy, ich glaube, ich weiß, was Sie meinen. Bis morgen.«

»Sie können auf mich zählen.«

5

Als mich an diesem Abend meine Tochter aus Las Vegas anrief, wollte sie, dass ich ihr eine Geschichte erzählte. Gerade mal fünf Jahre alt, wollte sie ständig, dass ich ihr etwas vorsang oder Geschichten erzählte. Ich hatte mehr Geschichten als Lieder in mir. Sie hatte einen schmuddeligen schwarzen Kater, den sie No Name nannte, und am liebsten mochte es Maddie, wenn ich mir Geschichten voller Gefahren und mutiger Taten ausdachte, aus denen No Name als Held des Tages hervorging, weil er das Rätsel löste oder das vermisste Kind oder Haustier fand oder einem bösen Menschen einen Denkzettel verpasste.

Ich erzählte ihr eine kurze Geschichte über No Name, wie er eine vermisste Katze namens Cielo Azul fand. Sie gefiel ihr so gut, dass sie noch eine hören wollte, aber ich sagte ihr, es sei schon spät und ich müsse jetzt Schluss machen. Dann fragte sie mich völlig unvermittelt, ob der Burger King und die Dairy Queen verheiratet seien. Ich lächelte und staunte darüber, wie ihr Verstand arbeitete.

Ich sagte ihr, sie wären verheiratet, und sie fragte mich, ob sie glücklich wären. Man kann sich aus der Welt ausklinken und von ihr abkapseln.

Man kann sich für einen ständigen Außenseiter halten. Doch die Unschuld eines Kindes holt einen zurück und gibt einem den Schild der Freude, um sich zu schützen. Das habe ich erst spät im Leben gelernt, aber nicht zu spät. Es ist nie zu spät. Es tat mir weh, an die Dinge zu denken, die sie über die Welt erfahren würde. Ich wusste nur, dass ich ihr nichts beibringen wollte. Ich fühlte mich befleckt von den Wegen, die ich im Leben eingeschlagen hatte, und von den Dingen, die ich wusste. Ich hatte nichts, von dem ich wollte, dass sie es hätte. Ich wollte nur, dass sie mir etwas beibrächte.

Deshalb sagte ich ihr, ja, der Burger King und die Dairy Queen seien glücklich und führten ein wunderschönes Leben miteinander. Ich wollte, dass sie ihre Geschichten und Märchen hatte, solange sie noch an sie glauben konnte. Denn bald genug würden sie ihr weggenommen werden.

Meiner Tochter am Telefon Gute Nacht zu sagen, hatte etwas Einsames und Deplatziertes. Ich war gerade von einem zweiwöchigen Aufenthalt in Las Vegas zurückgekommen, und Maddie hatte sich daran gewöhnt, mich zu sehen, und ich hatte mich daran gewöhnt, sie zu sehen. Ich holte sie von der Schule ab, ich sah ihr beim Schwimmen zu, ich machte ihr ein paarmal Abendessen in dem kleinen, zweckmäßigen Appartement am Flughafen, das ich gemietet hatte. Abends, wenn ihre Mutter in den Casinos Poker spielte, fuhr ich sie nach Hause und brachte sie zu Bett, um sie dann unter der Aufsicht der im Haus lebenden Kinderfrau zurückzulassen.

Ich war etwas Neues in ihrem Leben. In ihren ersten vier Lebensjahren hatte sie nie etwas von mir gehört, und ich hatte nichts von ihr gehört. Das machte die Schönheit und Schwierigkeit der Beziehung aus. Ich war mit plötzlicher Vaterschaft geschlagen und genoss sie in vollen Zügen und tat mein Bestes. Maddie hatte plötzlich einen weiteren Beschützer, der in ihrem Leben ein und aus ging. Eine zusätzliche Umarmung und ein zusätzlicher Kuss auf ihr Haar. Aber sie wusste auch, dass dieser Mann, der plötzlich in ihr Leben getreten war, ihrer Mutter eine Menge Schmerzen und Tränen bereitete. Eleanor und ich hatten zwar versucht, unsere Diskussionen und manchmal harten Worte von unserer Tochter fern zu halten, aber manchmal sind die Wände dünn, und Kinder, stellte ich fest, sind die besten Detektive. Sie sind meisterliche Deuter menschlicher Ausstrahlung.

Eleanor Wish hatte mir das Geheimnis schlechthin vorenthalten. Eine Tochter. An dem Tag, an dem sie mir Maddie schließlich vorstellte, dachte ich, auf der Welt sei alles in Ordnung. Zumindest in meiner Welt. Ich sah meine Erlösung in den Augen meiner Tochter, meinen eigenen Augen. Was ich an diesem Tag allerdings nicht sah, waren die Risse. Die Sprünge unter der Oberfläche. Und sie waren tief. Der glücklichste Tag meines Lebens sollte zu einigen der scheußlichsten Tage führen. Zu Tagen, an denen ich nicht über das Geheimnis hinwegkam und was mir so viele Jahre vorenthalten worden war. Während ich einen Augenblick lang dachte, ich hätte alles, was ich mir vom Leben wünschen könnte, stellte ich bald fest, dass ich ein zu schwacher Mensch war, um es festzuhalten, um den dahinter verborgenen Verrat als Gegenleistung für das zu ertragen, was ich geschenkt bekommen hatte.

Andere, bessere Männer könnten so etwas. Ich konnte es nicht. Ich verließ das Zuhause von Eleanor und Maddie. Mein Zuhause in Las Vegas ist eine schmucklose Zweizimmerwohnung über einem Parkplatz neben dem Ort, an dem spielende Millionäre und Milliardäre ihre Privatjets abstellen, um sich mit dezent summenden Limousinen zu den Casinos fahren zu lassen. Ein Standbein habe ich in Las Vegas, das andere hier in Los Angeles, einem Ort, von dem ich weiß, dass ich ihn nicht auf Dauer verlassen kann, jedenfalls nicht, ohne zu sterben.

Nachdem sie Gute Nacht gesagt hatte, gab meine Tochter das Telefon ihrer Mutter, die ausnahmsweise abends mal zu Hause war. Unser Verhältnis war gespannter denn je. Wir lagen wegen unserer Tochter im Clinch miteinander. Ich wollte nicht, dass sie bei einer Mutter aufwuchs, die nachts in den Casinos arbeitete. Ich wollte nicht, dass sie bei Burger King zu Abend aß. Und ich wollte nicht, dass sie das Leben in einer Stadt kennen lernte, die aus ihren Lastern kein Hehl machte.

Aber ich war nicht in der Lage, daran etwas zu ändern. Ich weiß, ich laufe Gefahr, mich lächerlich zu machen, denn ich lebe an einem Ort, wo die Willkür von Verbrechen und Chaos nie weit ist und wo im wahrsten Sinn des Wortes Gift in der Luft liegt. Trotzdem finde ich es nicht gut, dass meine Tochter dort aufwächst, wo sie ist. Ich sehe es als den feinen Unterschied zwischen Hoffnung und Sehnsucht. Los Angeles ist ein Ort, der von der Hoffnung lebt, und daran ist immer noch etwas Unverfälschtes. Es hilft einem, durch die verschmutzte Luft zu sehen. Las Vegas ist anders.

In meinen Augen lebt es von der Sehnsucht, und diese Straße führt zu einem unwiederbringlich gebrochenen Herzen. Das möchte ich meiner Tochter ersparen. Ich will es sogar ihrer Mutter ersparen. Ich bin bereit zu warten, aber nicht so lange. Je mehr Zeit ich mit meiner Tochter verbringe, je besser ich sie kennen lerne und je mehr ich sie liebe, desto mehr zerfasert meine Bereitschaft in der Mitte wie eine Seilbrücke, die einen tiefen Abgrund überspannt.

Als Maddie ihrer Mutter das Telefon zurückgab, hatte keiner von uns viel zu sagen, weshalb wir das auch nicht taten. Ich sagte nur, ich würde bei der nächsten Gelegenheit bei Maddie vorbeikommen, und wir legten auf. Als ich das Telefon beiseite legte, spürte ich einen Schmerz in meinem Innern, an den ich nicht gewöhnt war. Es war nicht der Schmerz von Einsamkeit oder Leere. Diesen Schmerz kannte ich, und ich hatte gelernt, mit ihm zu leben. Es war der Schmerz, der mit der Angst davor kam, was die Zukunft für jemanden bereithielt, der einem so kostbar war, für jemanden, für den man ohne Zögern sein Leben gäbe.

6

Am nächsten Morgen brachte mich die erste Fähre um 9.30 Uhr nach Catalina. Da ich Graciela McCaleb auf der Überfahrt mit dem Handy angerufen hatte, wartete sie an der Anlegestelle auf mich. Der Tag war sonnig und frisch, und ich konnte den Unterschied in der smogfreien Luft riechen. Graciela lächelte mich an, als ich mich dem Tor näherte, wo Leute auf Ankömmlinge von den Booten warteten.

»Guten Morgen. Schön, dass Sie gekommen sind.«

»Kein Problem. Schön, dass Sie sich Zeit für mich nehmen.«

Halb hatte ich erwartet, dass Buddy Lockridge bei ihr wäre. Ich hatte ihn auf der Fähre nicht gesehen und dachte, er sei vielleicht schon am Abend zuvor herübergefahren.

»Ist Buddy noch nicht da?«

»Nein. Kommt er denn auch her?«

»Ich wollte mir auf dem Boot alles mit ihm ansehen. Er sagte, er würde mit der ersten Fähre rüberkommen, aber er ist nicht aufgetaucht.«

»Na ja, es gehen zwei Fähren. Die nächste kommt in fünfundvierzig Minuten an. Wahrscheinlich nimmt er die. Was möchten Sie als Erstes tun?«

»Ich würde mir gern das Boot ansehen, dort anfangen.«

Wir gingen zum Tenderkai und fuhren mit einem Schlauchboot mit einem kleinen 1-PS-Außenborder in das Becken hinaus, wo die an schwimmenden Ankerbojen festgemachten Jachten synchron in der Strömung dümpelten. Terrys Boot, *The Following Sea*, war das zweite von hinten in der zweiten Reihe. Mich überkam ein ungutes Gefühl, als wir darauf zufuhren und schließlich am Heckspiegel anlegten. Auf diesem Boot war Terry gestorben. Mein Freund und Gracielas Mann. Früher war es für mich fast eine Selbstverständlichkeit gewesen, einen emotionalen Bezug zu einem Fall zu finden oder herzustellen. Es trug dazu bei, das Feuer zu schüren, und verhalf mir zum nötigen Biss, dorthin zu gehen, wohin ich gehen musste, und das zu tun, was ich tun musste. In diesem Fall musste ich nicht nach diesem Bezug suchen. Es bestand keine Notwendigkeit, ihn herzustellen. Er war bereits Teil der Abmachung. Der Hauptbestandteil.

Ich sah auf den Namen des Boots, der in schwarzer Schrift aufs Heck geschrieben war, und dachte daran, wie Terry ihn mir einmal erklärt hatte. Er hatte mir gesagt, eine *following sea*, eine von hinten kommende See, sei die Welle, auf die man achten müsse. Sie kam im toten Winkel an, brach von hinten über einen herein. Eine gute Philosophie. Doch jetzt musste ich mich fragen, warum Terry nicht gesehen hatte, was und wer von hinten auf ihn zugekommen war.

Unsicher stieg ich vom Schlauchboot auf den Heckspiegel der *Following Sea*. Ich griff nach dem Tau, um es festzubinden. Aber Graciela winkte ab.

»Ich komme nicht an Bord«, sagte sie.

Sie schüttelte den Kopf, als wolle sie jegliche Überredungsversuche meinerseits abwehren, und reichte mir einen Schlüsselbund. Ich nahm ihn und nickte.

»Ich will einfach nicht da drauf«, sagte sie. »Das eine Mal, als ich die Medikamente geholt habe, hat mir gereicht.«

»Das kann ich verstehen.«

»Es hat auch den Vorteil, dass das Schlauchboot am Anleger ist und Buddy damit zu Ihnen rüberfahren kann, falls er noch auftaucht.«

»Falls?«

»Er ist nicht gerade der Zuverlässigste. Zumindest hat das Terry gesagt.«

»Und wenn er nicht auftaucht, wie komme ich dann wieder von hier runter?«

»Ach, winken Sie einfach einem Wassertaxi. Sie kommen alle fünfzehn Minuten vorbei. Das ist überhaupt kein Problem. Setzen Sie es mir einfach auf die Rechnung. Da fällt mir ein, wir haben noch gar nicht darüber gesprochen, was ich Ihnen zahlen soll.«

Das war etwas, was sie korrekterweise zur Sprache bringen musste, aber sie wusste so gut wie ich, dass das kein Auftrag war, den ich für Geld machte.

»Das ist nicht nötig«, sagte ich. »Wenn ich das hier mache, möchte ich nur eins als Gegenleistung.«

»Was wäre das?«

»Terry hat mir mal von Ihrer Tochter erzählt. Er sagte, Sie hätten sie Cielo Azul getauft.«

»Das stimmt. Den Namen hat er ausgesucht.«

»Hat er Ihnen mal erzählt, warum?«

»Er sagte nur, er fände ihn schön. Er sagte, er hätte mal ein Mädchen gekannt, das Cielo Azul hieß.«

Ich nickte.

»Das Einzige, was ich dafür möchte, dass ich das hier mache, ist, dass ich sie eines Tages kennen lernen darf – wenn das hier vorbei ist, meine ich.«

Graciela stutzte. Dann nickte sie.

»Sie ist ein richtiger Schatz. Sie wird Ihnen bestimmt gefallen.«

»Da bin ich mir ganz sicher.«

»Harry, kannten Sie sie? Das Mädchen, nach dem Terry unsere Tochter genannt hat?«

Ich sah sie kurz an und nickte.

»Ja, man könnte sagen, dass ich sie kannte. Wenn Sie wollen, erzähle ich Ihnen mal von ihr.«

Sie nickte und machte sich daran, das Schlauchboot vom Heck abzustoßen. Ich half mit dem Fuß nach.

»Der kleine Schlüssel ist für die Kajütentür«, sagte sie. »Die restlichen müssen Sie einfach probieren. Hoffentlich finden Sie etwas, das Sie weiterbringt.«

Ich nickte und hielt die Schlüssel hoch, als öffneten sie jede Tür, vor der ich jemals zu stehen käme. Ich sah ihr zu, wie sie zum Anleger zurückfuhr, dann stieg ich über das Heck ins Cockpit.

Aus einer Art Pflichtgefühl heraus kletterte ich die Leiter zum oberen Ruder hoch, bevor ich ins Innere des Bootes ging. Ich zog die Planenabdeckung ab und blieb kurz neben dem Steuerrad und dem Sitz stehen und stellte mir die Geschichte vor, die Buddy mir darüber erzählt hatte, wie Terry hier zusammengebrochen war. Irgendwie schien es mir passend, dass er am Ruder zusammengebrochen war, doch angesichts all dessen, was ich inzwischen wusste, erschien es mir auch völlig falsch. Ich legte die Hand auf die Stuhllehne, als ließe ich sie auf jemandes Schulter ruhen. Ich beschloss, hier nicht eher Schluss zu machen, als bis ich die Antworten auf alle Fragen gefunden hatte.

Der kleine Chromschlüssel an dem Bund, den Graciela mir gegeben hatte, öffnete die verspiegelte Schiebetür, die in die Kajüte führte. Ich ließ sie offen, um das Innere des Bootes zu lüften. In der Kajüte hing ein salziger, modriger Geruch. Ich folgte ihm zu den Ruten und Spulen, die, immer noch mitsamt den künstlichen Ködern, an Deckenhalterungen befestigt waren. Ich vermutete, dass sie nach der letzten Chartertour nicht mehr gesäubert und gewartet worden waren. Dafür war keine Zeit gewesen. Dazu hatte kein Anlass bestanden.

Ich wollte die Treppe zur Bugkabine hinuntersteigen, wo Terry seine Ermittlungsakten aufbewahrt hatte. Doch dann beschloss ich, mir diese Stelle bis zum Schluss aufzusparen. Ich beschloss, in der Kajüte anzufangen und mich nach unten vorzuarbeiten.

Die Kajüte war zweckmäßig eingerichtet, mit einer Couch, einem Sessel und einem Couchtisch auf der rechten Seite und einem Kartentisch hinter dem Sitz des Innenruders. Auf der gegenüberliegenden Seite war eine Sitzecke mit roter Lederpolsterung. In die Abtrennung zwischen Sitzecke und Kombüse war ein Fernseher eingebaut, und dann kam eine kurze Treppe, die zu den zwei Kabinen im Bug und zum Bad führte.

Die Kajüte war sauber und ordentlich. Ich blieb in ihrer Mitte stehen und sah sie mir eine halbe Minute lang einfach nur an, bevor ich zum Kartentisch ging und Schubladen herauszog. Hier hatte McCaleb die Geschäftsunterlagen der Charterfirma aufbewahrt. Ich fand Kundenlisten und einen Kalender für Charterreservierungen. Außerdem gab es Unterlagen über seine Abbuchungen von Visa und MasterCard, die er offensichtlich von Kunden als Zahlungsmittel akzeptierte. Die Charterfirma hatte ein eigenes Konto, und in der Schublade war auch ein Scheckheft. Ich sah mir das Hauptbuch an und sah, dass so ziemlich alles, was reinkam, für Treibstoff und Liegegebühren sowie für Angel- und sonstigen Charterbedarf wieder draufging. Es gab keine Belege für Barzahlungen, woraus ich schloss, dass sich die Gewinne, falls es solche gab, auf nicht belegte Barzahlungen von Kunden beschränkten, je nachdem, wie viel es davon gab.

In der untersten Schublade war ein Ordner mit ungedeckten Schecks. Es waren nur wenige, relativ geringfügige Beträge und zeitlich so stark gestreut, dass sie keinen ernsten Schaden für die Firma darstellten.

Mir fiel auf, dass im Scheckheft und in den meisten Geschäftsunterlagen entweder Buddy Lockridge oder Graciela McCaleb als Betreiber der Charterfirma aufgeführt waren. Graciela hatte mir gesagt, das läge daran, dass Terry offiziell nur ein sehr niedriges Einkommen haben durfte. Überstieg es einen bestimmten Betrag – der unglaublich niedrig angesetzt war –, stand ihm kein staatlicher Versicherungsschutz mehr zu. Wäre ihm dieser abgesprochen worden, hätte er seine gesamten Medikamente und Arztkosten selbst bezahlen müssen – was ihn als Empfänger eines Spenderherzens auf schnellstem Weg in den finanziellen Ruin getrieben hätte.

In dem Ordner mit den ungedeckten Schecks fand ich außerdem die Kopie eines Dokuments des Sheriff's Department, das nichts mit irgendwelchen ausstehenden Zahlungen zu tun hatte. Es war eine zwei Monate alte Bestandsaufnahme des Schadens, der in Zusammenhang mit einem mutmaßlichen Einbruch auf der *Following Sea* entstanden war. Die Anzeige war von Buddy Lockridge erstattet worden, und aus der Zusammenfassung ging hervor, dass nur ein Gegenstand vom Boot entwendet worden war, ein tragbares GPS-Gerät. Der Wert war mit 300 Dollar angegeben, und die Typenbezeichnung lautete Gulliver 100. Laut einem beigefügten Vermerk konnte der Geschädigte die Seriennummer des fehlenden Geräts nicht angeben, weil er es beim Pokern von einer Person gewonnen hatte, deren Namen und Adresse er nicht kannte, und sich die Gerätenummer nicht notiert hatte.

Nachdem ich kurz alle Schübe des Kartentisches durchgesehen hatte, nahm ich mir die Kundenkartei noch einmal gründlicher vor. Besonders genau sah ich mir die Kunden an, die McCaleb und Lockridge in den sechs Wochen vor Terrys Tod an Bord genommen hatten. Keiner der Namen kam mir irgendwie auffällig oder verdächtig vor, und es gab auch keinerlei Vermerke von Terry oder Buddy, die eine solche Reaktion gerechtfertigt hätten. Trotzdem holte ich einen Notizblock aus der Gesäßtasche meiner Jeans und machte eine Liste mit den Namen aller Kunden, der Anzahl der Teilnehmer an einer Tour und dem Datum.

Sobald ich damit fertig war, konnte ich sehen, dass die Chartertouren nicht auf regelmäßiger Basis stattgefunden hatten. Drei oder vier Halbtagstouren waren für die Firma schon eine gute Geschäftswoche. Eine Woche gab es, in der sie überhaupt keinen Charter gehabt hatten, und eine mit nur einem. Allmählich verstand ich, warum Buddy dafür plädiert hatte, die Firma aufs Festland zu verlegen, um mehr und längere Aufträge abzuschließen. McCaleb betrieb die Charterfirma als Hobby und wäre in dem Stil, in dem er das tat, nie auf einen grünen Zweig gekommen.

Ich wusste natürlich, warum das so war. Er hatte ein zweites Hobby – wenn man es so nennen will –, und er brauchte Zeit, um ihm ebenfalls nachgehen zu können. Ich legte die Unterlagen in die Schublade zurück und wollte gerade nach unten ins Vorschiff gehen, um mich mit Terrys anderem Hobby zu befassen, als ich die Kajütentür hinter mir aufgehen hörte.

Es war Buddy Lockridge. Er war an Bord gekommen, ohne dass ich den kleinen Außenborder des Schlauchboots gehört hatte oder gespürt hatte, wie es am Heck angelegt hatte. Auch Buddys beachtliches Gewicht hatte ich nicht gespürt, als er an Bord geklettert war.

»Morgen«, sagte er. »Tut mir Leid, dass ich zu spät komme.«

»Das macht nichts. Hier gibt es einiges durchzusehen.«

»Schon was Interessantes gefunden?«

»Eigentlich nicht. Ich wollte gerade nach unten gehen und mir seine Akten ansehen.«

»Oh, gut. Ich helfe Ihnen.«

»Sie könnten mir übrigens wirklich helfen, Buddy, indem Sie Ihren letzten Charterkunden anrufen.«

Ich sah auf den letzten Namen meiner Liste.

»Otto Woodall. Könnten Sie ihn anrufen und ein gutes Wort für mich einlegen und fragen, ob ich heute Nachmittag bei ihm vorbeikommen kann?«

»Mehr nicht? Sie haben mich extra hier rüberkommen lassen, nur um jemanden anzurufen?«

»Nein, ich habe auch noch alle möglichen Fragen an Sie. Ich brauche Sie hier. Ich finde nur nicht, dass Sie die Akten da unten durchsehen sollten. Zumindest noch nicht.«

Ich hatte das Gefühl, dass Buddy Lockridge wahrscheinlich schon jede Akte im Vorschiff genauestens studiert hatte. Aber ich verhielt mich ihm gegenüber absichtlich so. Ich musste ihn gleichzeitig in meiner Nähe haben und auf Distanz halten. Bis ich Gewissheit hatte, dass er nicht als Täter in Frage kam. Gewiss, er war McCalebs Partner und hatte erwiesenermaßen alles getan, um seinen schwerkranken Freund zu retten, aber ich hatte schon verrücktere Dinge gesehen. Im Augenblick hatte ich keine Verdächtigen, und das hieß, ich musste jeden verdächtigen.

»Rufen Sie gleich mal an, und dann kommen Sie zu mir nach unten.«

Damit ließ ich ihn stehen und ging auf die paar Stufen zu, die in den tiefer gelegenen Teil des Boots hinabführten. Ich war dort unten schon mal gewesen und kannte mich aus. Die zwei Türen auf der linken Seite des Flurs führten zur Pütz und zu einem Besenschrank. Geradeaus vor mir war die Tür zur kleinen Bugkabine. Die Tür auf der rechten Seite führte in die Hauptkabine, wo ich vier Jahre zuvor ermordet worden wäre, wenn Terry McCaleb nicht seine Waffe gehoben und auf einen Mann geschossen hätte, der mir aufgelauert hatte. Das war passiert, kurz nachdem ich McCaleb vor einem ähnlichen Ende bewahrt hatte.

Ich untersuchte die Vertäfelung im Gang, wo zwei von McCalebs Kugeln das Holz zersplittert hatten. Es war dick lackiert, aber ich konnte trotzdem erkennen, dass es neueres Holz war.

Die Borde im Besenschrank waren leer, und die Pütz war sauber, das Oberlicht zum Vorderdeck aufgeklappt. Ich öffnete die Tür der Hauptkabine und sah hinein, beschloss aber, sie mir für später aufzusparen. Ich ging zur Bugkabine und musste sie mit einem Schlüssel von dem Bund aufschließen, den Graciela mir gegeben hatte.

Die Kabine war so, wie ich sie in Erinnerung hatte. Jeweils zwei übereinander liegende Kojen auf jeder Seite, die sich dem Verlauf des Bugs anpassten. Die Kojen auf der linken Seite dienten immer noch als Schlafgelegenheiten, die zusammengerollten Matratzen wurden von Gummibändern gehalten. Aber die untere Koje auf der rechten Seite, in der keine Matratze lag, war zu einem Schreibtisch umfunktioniert worden. In der Koje darüber waren vier lange Aktenbehälter aus Karton aufgereiht.

McCalebs Fälle. Ich sah sie einen Moment lang fast andächtig an. Falls jemand Terry ermordet hatte, würde ich den Täter vermutlich dort drinnen finden.

»Wann Sie heute wollen.«

Fast wäre ich zusammengezuckt. Es war Lockridge, der hinter mir stand. Wieder hatte ich nicht gehört oder gespürt, wie er sich mir genähert hatte. Er grinste. Er schien sich einen Spaß daraus zu machen, sich an mich anzuschleichen.

»Gut«, sagte ich. »Vielleicht können wir ja nach dem Mittagessen zu ihm rüberfahren. Bis dahin werde ich sowieso eine Pause benötigen.«

Ich blickte auf den Schreibtisch hinab und sah den weißen Laptop mit dem Logo in Form eines

Apfels, aus dem ein Stück herausgebissen war. Ich klappte ihn auf, unschlüssig, wie ich vorgehen sollte.

»Als ich das letzte Mal hier war, hatte er einen anderen.«

»Ja«, sagte Lockridge. »Den hier hat er sich wegen der besseren Grafik gekauft. Er begann, sich mit digitaler Fotografie und solchem Zeug zu befassen.«

Ohne meine Aufforderung oder Billigung streckte Lockridge die Hand aus und drückte auf einen weißen Knopf auf dem Computer. Er begann zu summen, und dann füllte sich der schwarze Bildschirm mit Licht.

»Was hat er fotografiert?«, fragte ich.

»Ach, Sie wissen schon, hauptsächlich Schnappschüsse. Seine Kinder und Sonnenuntergänge und solches Zeugs. Losgegangen ist das Ganze mit den Kunden. Wir fingen an, sie mit den Fischen zu fotografieren, wissen Sie? Und dann brauchte Terry nur hier runterzugehen, um ihnen ihre Achtzehn-mal-vierundzwanzig-Abzüge auszudrucken. Irgendwo haben wir sogar eine Schachtel mit billigen Rahmen. Der Kunde fängt einen Fisch und kriegt ein gerahmtes Foto. Das gehörte mit zum Service. Kam ziemlich gut an. Unsere Trinkgelder sind damit deutlich angestiegen.«

Der Computer war inzwischen hochgefahren. Der Bildschirm war ein Himmel aus hellem Blau, das mich an McCalebs Tochter denken ließ. Es waren mehrere Icons darüber verteilt. Vor allem einer fiel mir sofort auf, bei dem es sich um einen winzigen Aktenordner handelte, unter dem PROFILE stand. Das war ein Ordner, den ich öffnen wollte. Als ich den Blick über den unteren Bildschirmrand wandern ließ, entdeckte ich ein Icon, das aussah wie eine Kamera vor einem Foto einer Palme. Da wir gerade über Fotografie gesprochen hatten, zeigte ich darauf.

»Ist das der Ordner, in dem die Fotos sind?«

»Ja«, sagte Lockridge.

Wieder trat er in Aktion, ohne dass ich ihn darum bat. Er legte den Finger auf das kleine quadratische Feld unter der Tastatur und führte den Pfeil auf dem Bildschirm auf das Kamera-Icon. Dann drückte er mit dem Daumen auf einen Knopf unter dem quadratischen Feld, und auf dem Bildschirm erschien rasch ein neues Bild. Lockridge schien mit dem Computer vertraut, und das warf die Frage nach dem Grund dafür auf. Hatte ihm Terry McCaleb die Benutzung des Computers erlaubt – immerhin waren sie Geschäftspartner –, oder war das etwas, worin Lockridge ohne Wissen seines Partners Übung bekommen hatte?

Auf dem Bildschirm öffnete sich unter der Überschrift iPhoto ein Fenster. Darin waren mehrere Ordner aufgeführt. Die meisten waren nach Datumsangaben geordnet, normalerweise Zeiträume von ein paar Wochen oder einem Monat. Ein Ordner hieß schlicht und einfach MAIL CALL.

»So«, sagte Lockridge. »Möchten Sie was von dem Zeug sehen? Alles Kunden und Fische.«

»Ja, zeigen Sie mir die letzten Fotos.«

Lockridge klickte einen Ordner mit Datumsangaben an, die nur eine Woche vor McCalebs Tod endeten. Der Ordner wurde geöffnet, und es wurden mehrere Dutzend Fotos nach dem jeweiligen Aufnahmedatum aufgeführt. Lockridge klickte das letzte Datum an. Ein paar Sekunden vergingen, und auf dem Bildschirm erschien ein Foto. Darauf waren ein Mann und eine Frau zu sehen, die beide mit einem üblen Sonnenbrand, aber lächelnd einen unglaublich hässlichen braunen Fisch hochhielten.

»Ein Santa-Monica-Bay-Heilbutt«, sagte Lockridge. »Ein richtiges Prachtexemplar.«

»Wer sind die zwei?«

»Äh, sie waren aus … Minnesota, glaube ich. Doch, ja, aus St. Paul. Und ich glaube nicht, dass sie verheiratet waren. Ich meine, verheiratet waren sie schon, aber nicht miteinander. Sie wohnten auf der Insel. In wilder Ehe. Sie waren die letzten Kunden vor der Tour runter nach Baja. Die Fotos von diesem Trip sind wahrscheinlich noch in der Kamera.«

»Wo ist die Kamera?«

»Sie müsste hier irgendwo sein. Wenn nicht, hat sie wahrscheinlich Graciela.«

Er klickte auf einen nach links zeigenden Pfeil über dem Foto. Gleich darauf erschien ein anderes Foto, dasselbe Paar und derselbe Fisch. Lockridge klickte immer weiter, und schließlich kam er zu einem neuen Kunden und seiner Angeltrophäe, einem rötlich weißen Fisch von etwa dreißig Zentimeter Länge.

»Ein weißer Zackenbarsch«, sagte Lockridge. »Guter Fisch.«

Er klickte weiter und zeigte mir eine Parade von Fischern und ihren Fängen. Alle machten einen glücklichen Eindruck, einige hatten sogar einen unverkennbaren Alkoholglanz im Blick. Lockridge nannte die Namen aller Fische, aber nicht aller Kunden. Er konnte sich nicht an die Namen aller erinnern. Einige kategorisierte er lediglich als gute oder schlechte Trinkgeldgeber, und damit hatte es sich.

Schließlich kam er zu einem Mann mit einem

entzückten Lächeln, der einen kleinen weißen Zackenbarsch hochhielt. Lockridge fluchte.

»Was haben Sie denn?«, fragte ich.

»Das ist der Scheißkerl, der meine Fischbox abgestaubt hat.«

»Was für eine Fischbox?«

»Mein GPS. Das ist der Kerl, der es geklaut hat.«

7

Backus blieb mindestens dreißig Meter hinter ihr. Selbst im Menschengewimmel des Chicagoer Flughafens würde sie sich auf »Alarmstufe sechs« befinden, wie sie es genannt hatten, als er noch beim FBI gewesen war. Sie würde auf ihre Rückseite – ihre Sechs – achten und immer nach einem Schatten Ausschau halten. Bisher war es ziemlich schwierig gewesen, mit ihr zu reisen. Die Maschine von South Dakota hierher war klein gewesen, und es hatten sich weniger als vierzig Personen an Bord befunden. Er hatte einen Sitz nur zwei Reihen vor ihr zugeteilt bekommen. So nah, dass er tatsächlich geglaubt hatte, ihren Geruch riechen zu können – den unter dem Parfum und dem Make-up. Den Geruch, den die Hunde aufnehmen konnten.

Es war ein berauschendes Gefühl, so nah und zugleich so weit entfernt zu sein. Er wollte sich die ganze Zeit umdrehen und zu ihr zurückschauen, vielleicht zwischen den Sitzen hindurch einen Blick auf ihr Gesicht werfen und sehen, was sie tat.

Aber er riskierte es nicht. Er musste sich Zeit lassen. Ihm war klar, dass Erfolg nur denen vergönnt war, die sorgfältig planen und dann warten können. Das war der entscheidende Punkt, das Geheimnis. Die Dunkelheit wartet. Alle Dinge kommen zum Dunkeln. Er folgte ihr durch den halben American-Airlines-Terminal, bis sie am Flugsteig K9 Platz nahm. Er war leer. Hier warteten keine Fluggäste. Keine Angestellten der Fluggesellschaft standen hinter dem Schalter bereit, um an den Computern zu arbeiten und die Bordkarten zu kontrollieren. Aber das lag nur daran, dass sie zu früh dran war. Sie beide waren zu früh dran. Der Flug nach Las Vegas ging erst in zwei Stunden von K9. Das wusste er, weil er ebenfalls die Maschine nach Vegas nehmen würde. In gewisser Weise war er Rachel Wallings Schutzengel, ein stiller Begleiter, der bei ihr sein würde, bis sie am Ziel ihrer Reise ankam.

Als er am Flugsteig vorbeiging, gab er sich große Mühe, sie nicht irgendwie auffällig anzusehen, obwohl er neugierig war, wie sie sich die Zeit vertreiben würde, bis ihr Flug aufgerufen wurde. Er legte den Riemen seiner großen Rindsledertasche über seine rechte Schulter, damit ihr Blick, falls sie zufällig aufschaute, darauf gelenkt würde und nicht auf sein Gesicht. Er machte sich keine Sorgen, dass sie ihn als den erkennen könnte, der er war. Dem hatten die Schmerzen und die Operationen abgeholfen. Aber möglicherweise erinnerte sie sich von dem Flug von Rapid City an ihn. Und das wollte er nicht. Er wollte nicht, dass sie argwöhnisch wurde.

Sein Herz hüpfte in seiner Brust wie ein unter einer Decke strampelndes Baby, als er im Vorbeigehen einen verstohlenen Blick auf sie warf. Sie las mit gesenktem Kopf ein Buch. Es war alt und abgegriffen, so oft war es gelesen worden. Zwischen seinen Seiten standen zahlreiche gelbe Haftnotizen hervor. Doch er erkannte den Einband und den Titel. *Der Poet*. Sie las über ihn!

Bevor sie spüren konnte, dass sie einen Beobachter hatte, und aufblickte, ging er rasch weiter. Er ging zwei Flugsteige weiter und in die Toilette. Er betrat ein Abteil und schloss die Tür sorgfältig ab. Er hängte seine Reisetasche an den Türhaken und machte sich an die Arbeit. Runter mit dem Cowboyhut und der Weste. Er setzte sich auf die Toilette und zog auch die Stiefel aus.

In fünf Minuten verwandelte sich Backus von einem South-Dakota-Cowboy in einen Las-Vegas-Spieler. Er legte die Seidenklamotten an. Er legte das Gold an. Er legte den Ohrring und die Sonnenbrille an. Er befestigte das auffällige Chromhandy an seinem Gürtel, obwohl es niemanden gab, der ihn anrufen würde, und niemanden, den er anrufen würde. Aus der Reisetasche nahm er eine viel kleinere Tasche mit einem MGM-Löwen drauf heraus.

Die Bestandteile seiner ersten Haut wurden in die neue Tasche gestopft, und er kam mit dem Riemen der MGM-Tasche über der Schulter aus dem Toilettenabteil.

Backus ging ans Waschbecken, um sich die Hände zu waschen. Er bewunderte sich für die Vorbereitungen, die er getroffen hatte. Es waren die Planung und die Berücksichtigung von Kleinigkeiten wie dieser, die ihn zu dem machten, was er war, ein Meister seines Fachs.

Kurz dachte er an das, was ihn erwartete. Er würde Rachel Walling auf eine Besichtigungstour mitnehmen. Wenn sie zu Ende war, würde sie die Tiefen der Finsternis kennen. Seiner Finsternis. Sie würde für das, was sie ihm angetan hatte, büßen.

Er spürte, wie er eine Erektion bekam. Er wandte sich vom Waschbecken ab und ging in eins der Toilettenabteile zurück. Er versuchte, seine Gedanken zu ändern. Er hörte den Mitreisenden zu, die in der Toilette ein und aus gingen, sich erleichterten, sich wuschen. Ein Mann telefonierte mit einem Handy, während er im Abteil daneben seine Notdurft verrichtete. Es roch grauenhaft. Aber das war in Ordnung. Es roch wie in dem Tunnel, in dem er vor so langer Zeit in Blut und Finsternis wiedergeboren worden war. Wenn sie bloß wüssten, wer sich hier in ihrer Mitte befand.

Vorübergehend erhaschte er einen Blick auf einen dunklen, sternenlosen Himmel. Er fiel hintenüber, wild mit den Armen um sich schlagend, die federlosen und nutzlosen Flügel eines noch nicht flüggen Vogels, der aus dem Nest gestoßen wurde.

Aber er hatte überlebt und zu fliegen gelernt.

Er fing zu lachen an und bediente mit dem Fuß die Spülung, um das Geräusch zu übertönen.

»Ihr könnt mich alle mal«, flüsterte er.

Er wartete, dass seine Erektion nachließ, und dachte dabei lächelnd über ihre Ursache nach. Er kannte sein eigenes Profil so gut. Letzten Endes ging es immer ums Gleiche. Was die winzigen Abstände zwischen den Synapsen in den grauen Gehirnwindungen anging, war nur ein Nanometer Unterschied zwischen Macht und Sex und Erfüllung. An dieser Engstelle lief alles auf das Gleiche hinaus.

Als er fertig war, spülte er noch einmal. Auch diesmal tat er es bewusst wieder mit dem Schuh.

Dann verließ er das Abteil. Er wusch sich erneut die Hände und prüfte im Spiegel sein Aussehen. Er lächelte. Er war ein neuer Mensch. Rachel würde ihn nicht erkennen. Niemand würde das. Voller Zuversicht öffnete er den Reißverschluss seiner MGM-Tasche und sah nach seiner Digitalkamera. Sie war an ihrem Platz und betriebsbereit. Er beschloss, das Risiko einzugehen und ein paar Fotos von Rachel zu machen. Nur ein paar Erinnerungsstücke, ein paar heimlich aufgenommene Schnappschüsse, die er bewundern und genießen könnte, wenn alles vorüber war.

8

Die Fischbox. Der Umstand, dass Buddy sie erwähnt hatte, erinnerte mich an den Bericht des Sheriff's Department oben in der Schublade des Kartentisches. »Danach wollte ich Sie übrigens noch fragen. Sie sagen, dieser Kerl hat das GPS geklaut?«

»Dieser hinterfotzige Scheißkerl, ich bin sicher, dass er es war. Er fährt mit uns raus, und prompt ist mein GPS weg, und er fängt drüben an der Landenge einen Charter an. Wenn das nicht zum Himmel stinkt. Ich habe mir schon überlegt, ob ich nicht mal rüberfahren und diesem Drecksack einen kleinen Besuch abstatten soll.«

Ich hatte Mühe, ihm zu folgen. Deshalb bat ich ihn, mir das Ganze so zu erklären, dass auch ich es verstand.

»Die Sache ist die«, begann er. »In diesem kleinen Kasten waren unsere ganzen guten Stellen drin. Die besten Plätze zum Fischen, Mann. Und nicht nur das: Die Stellen waren von dem Typen eingetragen, von dem ich das Gerät gewonnen habe. Das Wertvolle daran war also nicht der Kasten selbst, sondern das, was drauf war. Der Typ hat seine zwölf besten Fischplätze gesetzt, und ich hab sie mit einem Full House gewonnen.«

»Ach so, jetzt verstehe ich. Der Wert lag also bei den Koordinaten der Fischplätze, die darauf gespeichert waren, nicht beim Gerät selbst.«

»Genau. So ein Gerät kostet vielleicht ein paar hundert Dollar. Aber die Fischplätze, die sind unbezahlbar, da stecken jahrelange Arbeit und Erfahrung drin.«

Ich zeigte auf das Foto auf dem Monitor.

»Und dieser Typ kommt an und klaut es, gründet seine eigene Charterfirma und macht sich Ihre Erfahrung zunutze und die des Kerls, von dem Sie es gewonnen haben.«

»So ist es. Wie gesagt, ich werde ihm demnächst einen Besuch abstatten.«

»Wo ist die Landenge?«

»Auf der anderen Seite, wo die Insel ganz schmal wird, wie bei einer Acht.«

»Haben Sie dem Sheriff's Department von Ihrem Verdacht erzählt, dass er das GPS gestohlen haben könnte?«

»Zuerst nicht, weil wir es nicht wussten, verstehen Sie? Der Kasten war plötzlich verschwunden, und wir dachten, dass vielleicht irgendwelche Jugendlichen nachts an Bord gekommen sind und einfach alles mitgehen ließen, was nicht niet- und nagelfest war. Was ich so höre, muss es verdammt langweilig sein, auf der Insel aufzuwachsen. Fragen Sie nur mal Graciela wegen Raymond – der Junge kriegt allmählich den Inselkoller. Jedenfalls, wir haben Anzeige erstattet, und damit hatte es sich. Doch dann sehe ich ein paar Wochen später diese Annonce in *Fish Tales*, sie war von einer neuen Charterfirma drüben an der Landenge, und es war ein Foto von dem Kerl dabei, da hat es bei mir sofort *klick!* gemacht, den Kerl kennst du doch, und im selben Moment war der Fall für mich klar. *Er* hat meine Fischbox gestohlen.«

»Haben Sie daraufhin den Sheriff noch mal angerufen?«

»Klar, ich sagte ihnen, dass es dieser Typ war. Hat sie aber nicht sonderlich interessiert. Als ich die Woche danach noch mal anrief, sagten sie, sie hätten mit dem Kerl geredet – am Telefon. Sie haben sich nicht mal die Mühe gemacht, hinzufahren und persönlich mit ihm zu reden. Natürlich hat er, wie nicht anders zu erwarten, alles abgestritten, und damit war für sie der Fall erledigt.«

»Wie heißt dieser Typ?«

»Robert Finder. Seine Firma heißt Isthmus Charters. In der Annonce nennt er sich Robert

›Fisch‹-Finder. Meine Fresse. Wohl eher ›Fisch-Stehler‹.«

Ich sah auf das Foto auf dem Bildschirm und fragte mich, ob diese Geschichte in irgendeinem Zusammenhang mit meinen Ermittlungen stand. Könnte das verschwundene GPS-Gerät etwas mit Terry McCalebs Tod zu tun haben? Ziemlich unwahrscheinlich. Der Gedanke, dass jemand die Fischplätze eines Konkurrenten stahl, war verständlich. Dass er sich dann allerdings einen raffinierten Plan ausdachte, um diesen Konkurrenten zu ermorden, schien etwas arg weit hergeholt. Im Fall Finders hätte das einen äußerst komplizierten Plan und eine entsprechende aufwändige Umsetzung erfordert, so viel stand fest.

Lockridge schien meine Gedanken zu lesen.

»Moment, Sie denken doch nicht etwa, dieser Dreckskerl könnte bei Terrors Tod seine Finger mit ihm Spiel gehabt haben?«

Ich blickte nachdenklich zu ihm auf und merkte, die Möglichkeit, dass Lockridge hinter McCalebs Tod steckte, weil er die Charterfirma und die *Following Sea* in seinen Besitz bringen wollte, wäre eine glaubhaftere Theorie.

»Das weiß ich nicht«, sagte ich. »Aber wahrscheinlich werde ich dieser Möglichkeit nachgehen.«

»Sagen Sie mir Bescheid, wenn Sie wollen, dass jemand mitkommt.«

»Sicher. Aber was anderes. Im Bericht des Sheriffs stand, dass das GPS der einzige Gegenstand war, der gestohlen gemeldet wurde. Ist es dabei geblieben? Haben Sie sonst nichts mehr entdeckt, was fehlt?«

»Nein, nur das GPS. Darum fanden ich und Terry es am Anfang ja auch so eigenartig. Bis wir draufkamen, dass es Finder war.«

»Dachte auch Terry, dass er es war?«

»Am Schluss war auch er davon überzeugt. Ich meine, ich bitte Sie, wer hätte es denn sonst sein sollen?«

Das war eine berechtigte Frage, aber keine, die im Moment besonders vordringlich war. Ich zeigte auf den Bildschirm und bat Lockridge, die Fotos weiter aufzurufen. Das tat er, und die Prozession glücklicher Fischer ging weiter.

Wir stießen auf eine weitere Merkwürdigkeit bei den Erinnerungsfotos. Lockridge ging zu einer Gruppe von sechs Fotos, auf denen ein Mann abgebildet war, dessen Gesicht zunächst nicht richtig zu sehen war. Auf den drei ersten Fotos hielt er einen farbenprächtigen Fisch hoch, allerdings so, dass sein Gesicht von dem Fisch fast ganz verdeckt wurde und nur seine dunkle Sonnenbrille über die

Rückenflosse des Fisches linste. Der Fisch schien auf jeder der drei Aufnahmen derselbe zu sein, was mich zu der Annahme führte, dass der Fotograf wiederholte Male versucht hatte, ein Foto zu machen, auf dem das Gesicht des Fischers ganz zu sehen war. Allerdings vergeblich.

»Wer hat die aufgenommen?«

»Terror. Auf dieser Tour war ich nicht dabei.«

Etwas an dem Mann oder vielleicht auch an der Art, wie er sich auf dem Trophäenfoto vor der Kamera versteckte, hatte McCalebs Verdacht geweckt. Das schien offensichtlich. Die nächsten drei Fotos der Serie waren Aufnahmen des Mannes, die ohne sein Wissen gemacht worden waren. Die ersten zwei waren aus der Kajüte in das Cockpit hinaus aufgenommen worden, wo der Fischer am rechten Dollbord lehnte. Weil die Glasscheibe der Kajütentür spiegelbeschichtet war, hatte der Mann aller Wahrscheinlichkeit nach nicht gesehen oder mitbekommen, dass McCaleb Fotos von ihm gemacht hatte.

Das erste dieser zwei Fotos war eine Profilaufnahme. Das nächste war direkt von vorn aufgenommen. Von der Umgebung abgesehen, hatte McCaleb den Mann wie für eine Verbrecherkartei fotografiert – ein weiterer Hinweis auf seinen Argwohn. Aber selbst auf diesen Aufnahmen war von dem Mann nicht viel zu sehen. Er hatte einen bräunlich grauen Vollbart und trug eine Sonnenbrille mit großen dunklen Gläsern sowie eine blaue L. A.-Dodgers-Kappe. Das wenige, was vom Haar des Mannes zu sehen war, schien kurz geschnitten und von der Farbe seines Bartes. Im rechten Ohr hatte er einen goldenen Ohrring.

Auf der Profilaufnahme waren seine Augen stark zusammengekniffen und, unabhängig von der dunklen Sonnenbrille, auf natürliche Weise verborgen. Er trug eine Bluejeans und ein einfaches weißes T-Shirt unter einer Levi's-Jacke.

Das sechste Foto, das letzte der Serie, war nach Beendigung der Chartertour gemacht worden. Es war aus einiger Entfernung aufgenommen und zeigte den Mann, wie er, offensichtlich nach Verlassen der *Following Sea*, über den Avalon Pier ging. Sein Gesicht war halb der Kamera zugewandt, aber man konnte von kaum mehr als von einer Profilaufnahme sprechen. Allerdings fragte ich mich, ob sich der Mann nach der Aufnahme noch weiter herumgedreht und dann vielleicht McCaleb und die Kamera gesehen hatte.

»Und was ist mit dem da?«, fragte ich. »Was können Sie mir über diesen Mann erzählen?«

»Nichts«, sagte Lockridge. »Wie gesagt, auf dieser Tour war ich nicht dabei. Das war ein Kunde, der ganz spontan vorbeikam. Ohne Reservierung. Der Typ kam einfach mit dem Wassertaxi an, als Terry auf dem Boot war, und fragte, ob er ihn rausfahren könnte. Er zahlte für einen halben Tag, die Mindestzeit. Er wollte sofort los, und ich war drüben auf dem Festland. Da Terry nicht auf mich warten konnte, fuhr er ohne mich mit ihm raus. Allein, was ziemlich nervig ist. Aber sie haben eine schöne Spanische Makrele gefangen. Nicht übel.«

»Hat er hinterher von dem Kerl erzählt?«

»Nein, eigentlich nicht. Er hat nur gesagt, dass er nicht den vollen halben Tag in Anspruch genommen hätte. Er wollte schon nach zwei Stunden wieder Schluss machen. Also haben sie das getan.«

»Irgendwas an dem Mann muss Terry komisch vorgekommen sein. Er hat sechs Fotos gemacht, drei davon, als der Mann nicht hinsah. Hat er darüber wirklich nicht irgendeine Bemerkung fallen gelassen?«

»Wie bereits gesagt, nicht mir gegenüber. Aber Terry war nicht sehr gesprächig.«

»Wissen Sie, wie der Mann heißt?«

»Nein, aber ich bin sicher, Terry hat es im Log vermerkt. Soll ich es Ihnen holen?«

»Ja. Und ich würde auch gern das genaue Datum wissen und wie er bezahlt hat. Aber vorher noch was anderes: Können Sie diese Fotos ausdrucken?«

»Alle sechs? Das wird aber eine Weile dauern.«

»Ja, alle sechs. Und machen Sie mir auch von Finder eins, weil wir gerade dabei sind. Ich habe Zeit.«

»Gerahmt wollen Sie sie aber nicht auch noch, oder?«

»Nein, Buddy, das ist nicht nötig. Nur die Fotos.«

Ich machte ihm Platz, und er setzte sich auf den gepolsterten Hocker vor dem Computer. Er machte den Drucker an, füllte ihn mit Fotopapier und gab die Befehle ein, um die sieben Bilder an den Drucker zu senden. Wieder fiel mir auf, wie vertraut er mit den Geräten war. Ich konnte mich des Eindrucks nicht erwehren, dass es in dem Laptop nichts gab, was er nicht genau kannte. Wahrscheinlich auch in den Aktenbehältern in der Koje über uns nicht.

»Okay.« Er stand auf. »Dauert ungefähr eine Minute pro Bild. Sie kleben auch noch ein bisschen, wenn sie rauskommen. Vielleicht sollten wir sie zum Trocknen auslegen. Ich gehe inzwischen nach oben und sehe nach, was im Log über den geheimnisvollen Unbekannten steht.«

Als er weg war, setzte ich mich auf den Hocker. Ich hatte beobachtet, wie Lockridge die Fotodateien aufgerufen hatte, und ich lernte schnell. Ich ging zur Gesamtübersicht zurück und klickte den Fotoordner mit der Bezeichnung MAIL CALL an. Ein Fenster mit sechsunddreißig kleinen Fotos in einem Raster öffnete sich. Ich klickte das erste an, und das Foto wurde vergrößert. Es zeigte Graciela, die einen Buggy mit einem schlafenden kleinen Mädchen darin schob. Cielo Azul. Terrys Tochter. Die Umgebung sah nach einem Einkaufszentrum aus. Das Foto wies insofern eine gewisse Ähnlichkeit mit Terrys Aufnahmen von dem Unbekannten auf, als Graciela nicht mitzubekommen schien, dass sie fotografiert wurde.

Ich drehte mich um und schaute durch die Tür zur Treppe. Von Lockridge war nichts zu sehen. Ich stand auf und ging leise in den Gang hinaus. Ich schlüpfte durch die offene Tür der Pütz. Ich drückte mich an die Wand und wartete. Kurz darauf kam Lockridge mit dem Logbuch die Treppe herab. Er bewegte sich sehr leise, sichtlich bemüht, keinen Lärm zu machen. Ich ließ ihn vorbeigehen und trat dann hinter ihm auf den Gang hinaus. Ich beobachtete, wie er durch die Tür der Bugkabine ging, um mich wieder mit seinem unvermuteten Erscheinen zu erschrecken. Aber es war Lockridge, der erschrak, als er merkte, dass ich nicht in der Kabine war. Als er sich umdrehte, war ich direkt hinter ihm.

»Sie schleichen sich gern an andere Leute ran, nicht wahr, Buddy?«

»Äh, nein, nicht wirklich. Ich wollte nur …«

»Tun Sie das nicht bei mir, ja? Was steht in dem Buch da?«

Sein Gesicht rötete sich leicht unter seiner permanenten Fischerbräune. Aber ich hatte ihm einen Ausweg angeboten, den er sofort ergriff.

»Terry hat seinen Namen in das Buch geschrieben, aber sonst nichts. Da steht ›Jordan Shandy, halber Tag.‹ Mehr nicht.«

Er schlug das Buch auf und drehte es herum, um mir den Eintrag zu zeigen.

»Und die Zahlungsart? Wie viel kostet übrigens ein halber Tag?«

»Drei Scheine für einen halben, fünf für einen ganzen. Ich habe im Kreditkartenauszug nachgesehen, aber dort war nichts. Und bei den Scheckeinzahlungen auch nicht. Nichts. Das heißt, er hat bar bezahlt.«

»Wann war das? Es wird doch vermutlich am betreffenden Tag eingetragen.«

»Ja. Sie sind am dreizehnten Februar rausgefahren – hey, das war Freitag, der dreizehnte. Meinen Sie, das war Absicht?«

»Wer weiß? War das vor oder nach dem Charter mit Finder?« Lockridge legte das Logbuch so auf den Schreibtisch, dass wir beide reinsehen konnten. Er fuhr mit dem Finger die Kundenliste hinunter und hielt bei Finder an.

»Er kam eine Woche danach. Er fuhr am neunzehnten Februar raus.«

»Und welches Datum ist auf dem Bericht des Sheriffs über den Einbruch auf dem Boot?«

»Scheiße, da muss ich noch mal nach oben.«

Er ging, und ich hörte ihn die Treppe hinaufstapfen. Ich nahm das erste Foto aus dem Drucker und legte es auf den Schreibtisch. Es war die Aufnahme von Jordan Shandy, auf der er sein Gesicht hinter der Sonnenbrille und der Spanischen Makrele versteckte. Ich betrachtete es aufmerksam, bis Lockridge zurückkam. Diesmal versuchte er nicht, sich anzuschleichen.

»Die Anzeige wegen des Einbruchs haben wir am zweiundzwanzigsten Februar erstattet.«

Ich nickte. Fünf Wochen vor McCalebs Tod. Ich notierte mir alle Zeitpunkte, über die wir gesprochen hatten. Ich war nicht sicher, ob irgendeiner von ihnen etwas zu bedeuten hatte.

»Okay«, sagte ich. »Könnten Sie vielleicht noch was für mich tun, Buddy?«

»Klar. Was?«

»Gehen Sie nach oben, und nehmen Sie die Angelruten von der Decke, und waschen Sie sie draußen aus. Ich glaube, sie sind nach der letzten Tour nicht mehr gesäubert worden. Deswegen riecht es hier drinnen ein bisschen streng, und ich glaube, ich werde die nächsten paar Tage hier arbeiten. Damit würden Sie mir einen großen Gefallen tun.«

»Sie wollen, dass ich hochgehe und die Ruten wasche.«

Er sagte es wie eine Feststellung, der Inbegriff von Gekränktheit und Enttäuschung. Ich sah von dem Foto zu seinem Gesicht.

»Ja, ganz richtig. Damit würden Sie mir einen großen Gefallen tun. Ich sehe zu, dass ich hier mit den Fotos fertig werde, und dann können wir zu Otto Woodall fahren.«

»Wie Sie meinen.«

Er verließ niedergeschlagen die Kabine, und ich hörte ihn die Treppe hinaufstapfen, genauso laut, wie er vorher leise gewesen war. Ich nahm das zweite Foto aus dem Drucker und legte es neben das erste. Ich nahm einen schwarzen Marker aus einem Kaffeebecher auf dem Schreibtisch und schrieb auf den weißen Rand unter dem Foto den Namen Jordan Shandy.

Zurück auf dem Hocker, wandte ich meine Aufmerksamkeit wieder dem Computer und dem Foto von Graciela und ihrer Tochter zu. Ich klickte auf den Vorwärtspfeil, und das nächste Foto erschien. Wieder war es eine Aufnahme aus einem Einkaufszentrum. Dieses Foto war aus größerer Entfernung aufgenommen und hatte etwas Körniges. Außerdem trottete auf diesem Foto ein Junge hinter Graciela her. Der Sohn, vermutete ich. Der Adoptivsohn.

Auf dem Foto waren alle Familienmitglieder außer Terry. War er der Fotograf? Wenn ja, warum aus so großer Entfernung? Ich klickte wieder auf den Pfeil und ging die restlichen Fotos durch. Fast alle waren in dem Einkaufszentrum und aus größerer Entfernung aufgenommen. Auf keinem einzigen Foto sah ein Familienmitglied in die Kamera oder nahm in irgendeiner Weise Notiz von ihr. Nach achtundzwanzig ähnlichen Aufnahmen änderte sich die Umgebung, und die Familie war mittlerweile auf der Fähre nach Catalina. Sie befanden sich auf der Heimfahrt, und der Fotograf war mit ihnen auf der Fähre.

Diese Serie bestand nur aus vier Fotos. Auf allen saß Graciela im rückwärtigen Teil des Aufenthaltsraums für die Passagiere zwischen dem Jungen und dem Mädchen. Der Fotograf hatte sich im vorderen Teil des Raums befunden und über mehrere Sitzreihen hinweg fotografiert. Falls Graciela es bemerkt hatte, war ihr vermutlich nicht bewusst, dass sie im Mittelpunkt des Kameraausschnitts war, und sie hätte den Fotografen nur für einen Touristen auf dem Weg nach Catalina gehalten.

Die letzten zwei Fotos von den sechsunddreißig schienen nichts mit den anderen zu tun zu haben, so, als wären sie Teil eines völlig anderen Projekts. Auf dem ersten war ein grüner Highway-Wegweiser zu sehen. Als ich es vergrößerte, sah ich, dass es durch die Windschutzscheibe eines Autos aufgenommen war. Ich konnte den Rahmen der Windschutzscheibe, Teile des Armaturenbretts und eine Art Sticker in einer Ecke der Scheibe sehen. Ein Teil der Hand des Fotografen, die das Lenkrad auf elf Uhr hielt, war ebenfalls im Bild.

Das Hinweisschild stand vor einer kargen Wüstenlandschaft. Darauf stand:

ZZYZX ROAD
1 MILE

Ich kannte diese Straße. Oder genauer, ich kannte

das Schild. Jeder, der so oft wie ich mit dem Auto zwischen Las Vegas und L.A. unterwegs war, wie ich es im vergangenen Jahr gewesen war, hätte es gekannt. Etwa auf halber Strecke des Freeway 15 war die Zzyzx-Road-Ausfahrt, die, wenn wegen sonst schon nichts, zumindest wegen ihres ungewöhnlichen Namens beachtenswert war. Sie war in der Mojave-Wüste und schien ins Nichts zu führen. Keine Tankstelle, keine Raststätte. Am Ende des Alphabets, am Ende der Welt.

Das letzte Foto war ähnlich rätselhaft. Ich vergrößerte es und sah, dass es ein seltsames Stillleben war. In der Mitte des Ausschnitts war ein altes Boot – die Nieten in seinen hölzernen Planken weit vorstehend, die gelbe Farbe unter der sengenden Sonne abblätternd. Es lag auf dem felsigen Terrain der Wüste, anscheinend meilenweit von jedem Wasser entfernt, auf dem es hätte schwimmen können. Ein Boot, das auf einem Meer aus Sand trieb. Falls dem allem ein bestimmter Sinn innewohnte, erschloss er sich mir nicht auf den ersten Blick.

Indem ich so vorging, wie ich es bei Lockridge beobachtet hatte, druckte ich die zwei Wüstenfotos aus und wandte mich dann wieder den anderen Fotos zu, um ein paar von ihnen zum Ausdrucken auszuwählen. Ich schickte zwei Fotos aus der Mall und zwei von der Fähre an den Drucker.

Während ich wartete, vergrößerte ich mehrere der Aufnahmen aus dem Einkaufszentrum auf dem Bildschirm, in der Hoffnung, im Hintergrund etwas zu entdecken, aus dem hervorginge, in welcher Mall Graciela und die Kinder waren. Ich wusste, ich hätte sie einfach fragen können. Aber ich war nicht sicher, ob ich das wollte.

Auf den Fotos konnte ich erkennen, dass die Einkaufstüten anderer darauf abgebildeter Personen von Nordstrom, Saks Fifth Avenue und Barnes & Noble waren. Auf einem der Fotos ging die Familie durch einen Restaurantbereich, in dem die Ketten Cinnabon und Hot Dog on a Stick vertreten waren. Das alles notierte ich mir auf meinem Block, in dem Wissen, dass ich mithilfe dieser fünf Angaben höchstwahrscheinlich in der Lage wäre, festzustellen, in welcher Mall die Fotos aufgenommen worden waren, falls ich zu der Überzeugung gelangen sollte, das wissen zu müssen, und Graciela nicht danach fragen wollte. Diese Frage war noch offen. Ich wollte Graciela nicht unnötig beunruhigen. Ihr zu erzählen, sie sei mit den Kindern möglicherweise belauert worden – und möglicherweise von jemandem mit einem seltsamen Bezug zu ihrem Mann –, schien mir nicht unbedingt angeraten. Zumindest vorerst nicht.

Dieser Bezug entpuppte sich als noch seltsamer

und beunruhigender, als der Drucker endlich eins der Fotos ausspuckte, die ich aus der Mall-Serie ausgesucht hatte. Auf diesem Foto ging die Familie an einer Barnes & Noble-Buchhandlung vorbei. Das Foto war von der anderen Seite des Einkaufszentrums aufgenommen, aber der Aufnahmewinkel war fast genau senkrecht zur Fassade. Im Schaufenster der Buchhandlung war ganz schwach das Spiegelbild des Fotografen zu erkennen. Auf dem Bildschirm hatte ich es nicht bemerkt, aber auf dem Ausdruck war es zu sehen.

Das Bild des Fotografen zeichnete sich zu klein und zu schemenhaft auf der Schaufensterdekoration ab – einem lebensgroßen Foto eines Mannes in einem Kilt, das umgeben war von Bücherstapeln und einem Schild mit der Aufschrift: IAN RANKIN HEUTE ABEND BEI UNS! In diesem Moment wurde mir klar, dass ich anhand der Schaufensterauslage den Tag bestimmen könnte, an dem die Fotos von Graciela und den Kindern gemacht worden waren. Dazu musste ich nur in der Buchhandlung anrufen und mich erkundigen, wann Ian Rankin dort gewesen war. Die Auslage trug aber auch dazu bei, den Fotografen vor mir zu verbergen.

Ich setzte mich wieder an den Computer und

fand das Foto unter den Thumbnails und vergrößerte es. Ich betrachtete es und merkte, dass ich nicht wusste, was ich tun sollte.

Lockridge war im Cockpit und spritzte mit einem Schlauch, der an einen Hahn am Dollbord angeschlossen war, die acht am Heck lehnenden Ruten ab. Ich bat ihn, das Wasser abzustellen und wieder nach unten zu kommen. Das tat er ohne ein Wort. Als wir zurück in dem kleinen Arbeitszimmer waren, ließ ich ihn auf dem Hocker Platz nehmen. Dann beugte ich mich über seine Schulter und kreiste auf dem Bildschirm das Spiegelbild des Fotografen ein.

»Können Sie das hier stärker vergrößern? Ich würde diesen Bereich gern besser sehen.«

»Vergrößern lässt es sich schon, aber auf Kosten der Auflösung. So ist das nun mal bei Digitalfotos. Man hat, was man hat.«

Ich wusste nicht, was er meinte. Ich sagte ihm nur, er solle es einfach tun. Er spielte mit einigen der quadratischen Buttons am unteren Bildrand herum und begann, das Foto zu vergrößern und so zu verschieben, dass der Bereich mit dem Spiegelbild auf dem Bildschirm blieb. Bald sagte er, er hätte es maximal vergrößert. Ich beugte mich zum Bildschirm vor. Das Bild war noch verschwommener.

Nicht einmal die Linien auf dem Kilt des Autors waren scharf.

»Können Sie das nicht irgendwie komprimieren?«

»Sie meinen, wieder kleiner machen? Klar, kein …«

»Nein, ich meine, es irgendwie schärfer stellen.«

»Nein, Mann, das geht nicht. Gekauft wie gesehen.«

»Okay, dann drucken Sie es aus. Vorhin kam es ausgedruckt besser raus. Vielleicht ist es ja hier auch so.«

Lockridge gab die Befehle ein, und ich verbrachte eine unbehagliche Minute mit Warten.

»Was ist das überhaupt?«, fragte Lockridge.

»Ein Spiegelbild des Fotografen.«

»Ach so. Meinen Sie, es war nicht Terry?«

»Nein, das glaube ich nicht. Ich glaube, jemand hat seine Familie fotografiert und die Bilder an ihn geschickt. Es muss so etwas wie eine Botschaft gewesen sein. Hat er davon mal was erwähnt?«

»Nein.«

Ich ließ es auf einen Versuch ankommen, Lockridge vielleicht zu einem Ausrutscher zu verleiten.

»Wann haben Sie diese Datei zum ersten Mal im Computer gesehen?«

»Keine Ahnung. Das muss … also, ich habe sie zum ersten Mal mit Ihnen hier gesehen.«

»Machen Sie mir doch nichts vor, Buddy. Das könnte wichtig sein. Ich sehe doch, wie Sie mit dem Ding hier umgehen, so, als ob es seit der Highschool Ihnen gehören würde. Ich weiß, dass Sie sich daran zu schaffen gemacht haben, wenn Terry nicht hier war. Wahrscheinlich wusste er das auch. Es war ihm egal, und mir ist es auch egal. Sagen Sie mir nur, wann Sie diese Datei zum ersten Mal gesehen haben.«

Er ließ ein paar Momente verstreichen, während er nachdachte.

»Zum ersten Mal habe ich sie etwa einen Monat vor seinem Tod gesehen. Aber wenn Sie wissen wollen, wann Terry sie zum ersten Mal gesehen hat, brauchen Sie nur im Dateiarchiv nachzusehen, wann die Datei angelegt wurde.«

»Dann machen Sie das mal, Buddy.«

Lockridge beugte sich wieder über die Tastatur und ging in die Dateiinfo der Fotodatei. In wenigen Sekunden hatte er die Antwort.

»Am siebenundzwanzigsten Februar«, sagte er. »An diesem Tag wurde die Datei angelegt.«

»Okay, gut. Wenn wir davon ausgehen, dass Terry diese Fotos nicht selbst gemacht hat – wie sind sie in seinen Computer gekommen?«

»Also, da gibt es verschiedene Möglichkeiten. Eine wäre, er hat sie mit einer E-Mail gekriegt und runtergeladen. Eine andere wäre, jemand hat sich seine Kamera geliehen und die Fotos damit gemacht. Und er hat sie entdeckt und runtergeladen. Die dritte Möglichkeit wäre, jemand hat ihm einfach einen Fotochip direkt aus der Kamera geschickt oder eine CD mit den Bildern drauf. Das ist vermutlich die Methode, mit der sich ihre Herkunft am besten verschleiern lässt.«

»Konnte Terry von hier Mails verschicken?«

»Nein, nur oben im Haus. Auf dem Boot gibt es keine Leitung. Ich sagte ihm, er sollte sich eins dieser Funkmodems besorgen und auf kabellosen Betrieb umstellen, wie in dieser Werbung, wo dieser Typ mitten in einem Feld an seinem Schreibtisch sitzt. Aber er konnte sich nicht dazu durchringen.«

Der Drucker spuckte das Foto aus, und ich schnappte es mir, bevor Lockridge danach greifen konnte. Doch dann legte ich es auf den Schreibtisch, sodass wir es beide ansehen konnten. Das Spiegelbild war trüb und verschwommen, aber dennoch auf dem Ausdruck besser erkennbar als auf dem Bildschirm. Jetzt konnte ich sehen, dass der Fotograf die Kamera vor sein Gesicht hielt und es auf diese Weise ganz verdeckte. Doch dann konnte ich die sich überschneidenden Buchstaben L und A des Logos der Los Angeles Dodgers erkennen. Der Fotograf trug eine Baseballkappe.

Es gibt in Los Angeles sicher jeden Tag fünfzigtausend Menschen, die eine Dodgers-Kappe aufhaben. So genau kann ich das nicht sagen. Aber ich kann genau sagen, dass ich nicht an Zufälle glaube. Das habe ich nie getan und werde ich nie tun. Ich sah auf das trübe Spiegelbild des Fotografen und hatte plötzlich den Eindruck, dass es der geheimnisvolle Unbekannte war. Jordan Shandy.

Auch Lockridge sah es.

»Ich werd verrückt. Das ist doch dieser Typ, der Charterkunde. Shandy.«

»Ja«, sagte ich. »Das glaube ich auch.«

Ich legte den Ausdruck von Shandy mit der Spanischen Makrele neben die Vergrößerung. Es war unmöglich, die Übereinstimmung zu bestätigen, aber es gab nichts, was mich von meiner Meinung abbringen konnte. Ich konnte mir unmöglich sicher sein, aber ich war mir sicher. Ich wusste, dass derselbe Mann, der unangemeldet zu einer privaten Chartertour mit Terry McCaleb aufgetaucht war, auch seiner Familie gefolgt war und sie fotografiert hatte.

Ich wusste nicht, woher McCaleb diese Fotos

hatte und ob er den gleichen Gedankensprung gemacht hatte wie ich gerade.

Ich begann, alle Fotos, die ich ausgedruckt hatte, aufeinander zu schichten. Dabei versuchte ich die ganze Zeit, etwas zusammenzusetzen, einen logischen Zusammenhang herzustellen. Aber es gab keinen. Ich hatte nicht genug vom Gesamtbild. Nur ein paar Teile. Mein Riecher sagte mir, dass McCaleb irgendwie geködert worden war. Er hatte in Form einer E-Mail oder eines Fotochips oder einer CD Fotos zugeschickt bekommen. Und der Schlüssel waren die letzten zwei Fotos. Die ersten vierunddreißig waren der Köder. Die letzten zwei waren der Haken, der in diesem Köder verborgen war.

Ich glaubte, die Botschaft war klar. Der Fotograf wollte McCaleb in die Wüste hinaus locken. Zur Zzyzx Road hinaus.

9

Rachel Walling fuhr auf der Rolltreppe in den höhlenartigen Gepäckabholungsbereich des McCarran International hinab. Sie hatte auf dem Flug von South Dakota ihr ganzes Gepäck ins Flugzeug mitgenommen, aber der Flughafen war so angelegt, dass jeder Passagier diesen Weg nehmen musste. Der Bereich vor der Rolltreppe war voll mit wartenden Menschen. Chauffeure hielten Schilder mit den Namen ihrer Fahrgäste hoch, andere hatten nur Schilder mit den Namen von Hotels oder Casinos oder Reisegesellschaften. Die von der Halle aufsteigende Kakofonie grenzte an Körperverletzung, als sie auf der Rolltreppe nach unten fuhr. Das war kein Vergleich mit dem Flughafen, an dem sie am Morgen ihre Reise begonnen hatte.

Cherie Dei würde sie abholen. Rachel hatte die FBI-Agentin vier Jahre nicht mehr gesehen, und auch diese Begegnung in Amsterdam war nur kurz gewesen. Dass sie wirklich länger mit ihr zu tun gehabt hatte, war acht Jahre her, und sie war nicht sicher, ob sie sie erkennen würde oder umgekehrt von ihr erkannt würde. Aber das spielte keine Rolle. Als sie das Meer von Gesichtern und Schildern absuchte, war es ein Schild, das ihr ins Auge fiel.

BOB BACKUS

Die Frau, die es hielt, lächelte sie an. Ihre Vorstellung von Humor. Rachel ging auf sie zu, ohne das Lächeln zu erwidern.

Cherie Dei hatte rötlich braunes Haar, das zu einem Pferdeschwanz nach hinten gebunden war. Sie war attraktiv, schlank, mit einem freundlichen Lächeln, und in ihren Augen war immer noch ein deutlich erkennbares Leuchten. Rachel fand, sie sah eher wie die Mutter zweier katholischer Schulkinder aus als wie jemand, der Serienkiller jagte.

Dei reichte ihr die Hand. Rachel schüttelte sie, und Dei zeigte auf das Schild.

»Ein schlechter Scherz, zugegeben, aber ich wusste, es würde Ihnen sofort auffallen.«

»Allerdings.«

»Haben Sie lange in Chicago warten müssen?«

»Ein paar Stunden. Wenn man von Rapid City kommt, hat man nicht viele Möglichkeiten. Denver oder Chicago. Aber am O'Hare ist das Essen besser.«

»Haben Sie Gepäck?«

»Nein, nur das hier. Wir können sofort los.«

Rachel hatte ein Gepäckstück – einen mittelgroßen Matchbeutel. Sie hatte nur wenige Kleider zum Wechseln eingepackt. Dei zeigte auf eine der Glastürfronten, und sie gingen in diese Richtung los.

»Wir haben Sie im Embassy Suites untergebracht, wo auch der Rest von uns einquartiert ist. Fast hätten wir nichts mehr gekriegt, aber dann wurde doch noch was frei. Wegen des Kampfs ist hier gerade alles ausgebucht.«

»Was für ein Kampf?«

»Keine Ahnung. Irgendein Boxkampf im Superschwergewicht oder Juniormittelgewicht in einem der Casinos. So genau habe ich mich damit nicht befasst. Ich weiß nur, dass das der Grund ist, warum es hier im Moment so voll ist.«

Rachel wusste, dass Cherie Dei redete, weil sie nervös war. Sie wusste nicht, ob irgendetwas passiert war oder ob es nur daran lag, dass bei Rachel in dieser Situation Fingerspitzengefühl nötig war.

»Wenn es Ihnen recht ist, können wir gleich ins Hotel fahren, damit Sie dort Ihr Zimmer beziehen können. Wenn Sie möchten, können Sie sich sogar ein bisschen ausruhen. Wir haben später in der

Außenstelle ein Treffen. Sie können dort dazustoßen, wenn …«

»Nein. Ich würde lieber gleich an den Tatort fahren.«

Sie gingen durch die automatische Glastür, und Rachel spürte die trockene Luft von Nevada. Es war keineswegs so heiß, wie sie erwartet und beim Packen ihrer Kleiderauswahl zugrunde gelegt hatte. Sogar in der prallen Sonne war es kühl und frisch. Rachel holte ihre Sonnenbrille heraus und entschied, dass hier die Jacke, die sie in South Dakota auf der Fahrt zum Flughafen getragen hatte, angesagt wäre. Sie war in ihrem Matchbeutel.

»Rachel, der Tatort ist zwei Stunden von hier. Wollen Sie wirklich …«

»Ja. Bringen Sie mich hin. Ich möchte dort anfangen.«

»Womit anfangen?«

»Keine Ahnung. Womit er will, dass ich anfange.«

Das ließ Dei stutzen. Sie erwiderte nichts. Sie gingen ins Parkhaus und suchten ihren Dienstwagen – einen Crown Vic, so schmutzig, dass er aussah, als wäre er in Wüstentarnung.

Sobald sie losgefahren waren, holte Dei ein Handy heraus und machte einen Anruf. Rachel hörte, wie sie jemandem – vermutlich ihrem Chef oder Partner oder dem Tatortsupervisor – sagte, dass sie das Paket abgeholt hätte und gerade zum Tatort brächte. Als darauf die Person, die sie angerufen hatte, in aller Ausführlichkeit antwortete, trat längere Stille ein. Dann sagte sie »Wiederhören« und beendete das Gespräch.

»Sie haben Zugang zum Tatort, Rachel, aber Sie müssen sich zurückhalten. Sie sind als Beobachterin hier, ja?«

»Was soll der Quatsch? Ich bin FBI-Agentin, genau wie Sie.«

»Aber Sie sind nicht mehr bei Behavioral. Das ist nicht Ihr Fall.«

»Damit wollen Sie sagen, dass ich hier bin, weil Backus mich hier haben will, nicht Sie und Ihre Leute.«

»Rachel, vielleicht sollten wir versuchen, einen besseren Einstieg hinzukriegen als in Am …«

»Hat sich heute noch irgendwas Neues ergeben?«

»Inzwischen sind wir bei zehn Leichen angekommen. Sie glauben, das sind jetzt alle. Zumindest an dieser Stelle.«

»Identifizierungen?«

»Daran arbeiten sie noch. Bisher liegen nur vorläufige Ergebnisse vor, aber sie sind dabei, alles zusammenzusetzen.«

»Ist Brass Doran am Tatort?«

»Nein, sie ist in Quantico. Sie arbeitet …«

»Sie sollte aber hier sein. Wissen Sie denn nicht, was Sie da haben? Sie …«

»Jetzt kommen Sie erst mal wieder auf den Teppich, Rachel, okay? Und nur damit hier eins klar ist: Die zuständige Agentin bin ich, okay? Sie leiten dieses Ermittlungsverfahren nicht. Wenn Sie das nicht einsehen, wird das hier nicht funktionieren.«

»Aber Backus wendet sich an mich. Er hat nach mir verlangt.«

»Darum sind Sie auch hier. Aber Sie bestimmen nicht, was hier passiert, Rachel. Sie stehen schön dabei und sehen zu. Und ich muss Ihnen sagen, mir gefällt gar nicht, wie das schon wieder losgeht. Das ist hier nicht Miss Rachels Chauffeur. Sie waren meine Betreuerin, aber das war vor zehn Jahren. Ich bin inzwischen länger bei Behavioral, als Sie dort jemals waren, und ich habe mehr Fälle gelöst als Sie. Kommen Sie mir also nicht von oben herab, als ob Sie meine Betreuerin oder meine Mutter wären.«

Zunächst reagierte Rachel gar nicht, und dann bat sie Dei lediglich, anzuhalten, damit sie ihre Jacke aus der Tasche holen könnte, die im Kofferraum war. Dei blieb vor dem Travel America in der Blue Diamond Road stehen und löste die Kofferraumverriegelung.

Als Rachel wieder einstieg, trug sie eine weite schwarze Allwetterjacke, die aussah, als wäre sie für einen Mann entworfen worden. Dei sagte nichts darüber.

»Danke«, sagte Rachel. »Und Sie haben Recht. Ich muss mich entschuldigen. Wahrscheinlich wird man einfach so wie ich, wenn sich herausstellt, dass der eigene Chef – der eigene Betreuer – eben das Böse ist, das man sein Leben lang bekämpft hat. Und wenn man dafür auch noch *bestraft* wird.«

»Das kann ich gut verstehen, Rachel. Aber es war nicht nur Backus. Es war alles Mögliche. Der Journalist, einige der Entscheidungen, die Sie getroffen haben. Einige sagen, Sie können von Glück reden, dass Sie überhaupt noch einen Job bekommen haben.«

Rachels Gesicht wurde rot. Sie wurde daran erinnert, dass sie einer der wunden Punkte des FBI war. Sogar für die unteren Dienstgrade. Sogar für die Agentin, die sie einmal betreut hatte. Sie hatte mit einem Journalisten geschlafen, der in ihrem Fall recherchiert hatte. Das war die Kurzfassung. Dabei spielte es keine Rolle, dass es ein Journalist war, der in Wirklichkeit ganz wesentlich an den

Ermittlungen beteiligt gewesen war, der Seite an Seite und Stunde um Stunde mit Rachel zusammengearbeitet hatte. Diese Kurzfassung würde immer die Fassung bleiben, die Agenten zu hören bekamen und tuschelnd weitergaben. Ein Journalist. Konnte man, was Agentenverhalten und Etikette anging, noch tiefer sinken? Vielleicht noch ein Gangster oder ein Spion, aber sonst nichts mehr.

»Fünf Jahre in North Dakota, gefolgt von einer Versetzung nach South Dakota«, sagte sie frustriert. »Ja, ich kann wirklich von Glück reden.«

»Hören Sie, ich weiß, Sie haben einen hohen Preis dafür bezahlt. Ich will nur darauf hinaus, dass Sie sich klar darüber werden, wo hier Ihr Platz ist. Ein gewisses Maß an Finesse könnte da nicht schaden. Für diesen Fall interessieren sich jede Menge Leute. Wenn Sie es geschickt anstellen, schaffen Sie vielleicht den Einstieg wieder.«

»Ich habe verstanden.«

»Gut.«

Rachel fasste an die Seite ihres Sitzes und verstellte ihn so, dass sie sich zurücklehnen konnte.

»Wie lang, haben Sie gesagt?«, fragte sie.

»Ungefähr zwei Stunden. Meistens nehmen wir von Nellis aus einen Hubschrauber. Spart eine Menge Zeit.«

»Hat das niemanden neugierig gemacht?«

Sie erkundigte sich nach den Medien, ob von den Ermittlungen in der Wüste schon etwas an die Öffentlichkeit durchgedrungen war.

»Wir mussten ein paar Feuer löschen, aber bislang haben wir noch alles unter Kontrolle. Der Tatort ist in Kalifornien, und wir operieren von Nevada aus. Irgendwie hat das, glaube ich, dazu beigetragen, dass noch nichts durchgesickert ist. Ehrlich gesagt, machen sich jetzt, was das angeht, ein paar Leute Ihretwegen Sorgen.«

Rachel dachte kurz an Jack McEvoy, den Journalisten.

»Dazu besteht keinerlei Anlass«, sagte sie. »Ich weiß nicht einmal, wo er ist.«

»Jedenfalls, wenn die Sache irgendwann doch bekannt wird, können Sie Gift drauf nehmen, dass er auftaucht. Er hat über die erste Folge einen Bestseller geschrieben. Ich bin sicher, er wird auch für die Fortsetzung wieder anrücken.«

Rachel dachte an das Buch, das sie im Flugzeug gelesen hatte und das jetzt in ihrer Tasche war. Sie war nicht sicher, ob es am Thema oder am Autor lag, dass sie es so oft gelesen hatte.

»Wahrscheinlich.«

Sie beließ es dabei und zog die Jacke um ihre Schultern und verschränkte die Arme. Sie war müde, denn sie hatte seit Deis Anruf nicht mehr geschlafen.

Sie ließ den Kopf gegen das Seitenfenster sinken und war bald eingeschlafen. Ihr Traum von der Finsternis kehrte zurück. Doch diesmal war sie nicht allein. Sie konnte zwar niemanden sehen, weil sie nur Dunkelheit sah. Aber sie spürte eine andere Präsenz. Jemand, der in ihrer Nähe war, aber nicht unbedingt mit ihr. Sie bewegte sich und drehte sich in der Dunkelheit, um zu sehen, wer es war. Sie streckte die Hände aus, aber sie berührten nichts.

Sie hörte ein Stöhnen und merkte, es war ihre eigene Stimme, die von tief unten aus ihrer Kehle kam. Dann wurde sie gepackt. Etwas hielt sie und schüttelte sie sehr fest.

Rachel öffnete die Augen. Sie sah den Freeway durch die Windschutzscheibe auf sich zurasen. Cherie Dei ließ ihre Jacke los.

»Alles klar? Das ist die Ausfahrt.«

Rachel blickte zu einem vorbeifliegenden grünen Freeway-Schild auf.

ZZYZX ROAD
1 MILE

Sie richtete sich auf in ihrem Sitz. Sie sah auf die

Uhr und merkte, dass sie mehr als neunzig Minuten geschlafen hatte. Ihr Nacken war steif und schmerzte auf der rechten Seite, weil sie sich so lange an das Fenster gelehnt hatte. Sie begann ihn mit den Fingern zu bearbeiten und grub sie tief in die Muskeln.

»Alles klar?«, fragte Dei noch einmal. »Hat sich so angehört, als hätten Sie einen schlimmen Traum gehabt.«

»Nein, nein, alles in Ordnung. Was habe ich gesagt?«

»Nichts. Sie haben nur irgendwie gestöhnt. Ich glaube, Sie sind vor etwas weggelaufen oder etwas hatte sie gepackt.«

Dei betätigte den Blinker und schwenkte auf die Abbiegespur. Die Zzyzx Road schien ins Nirgendwo zu führen. Am Ende der Ausfahrt war nichts, nicht einmal eine Tankstelle oder ein verlassenes Gebäude. Es gab keinen erkennbaren Grund für die Ausfahrt oder die Straße.

»Wir sind dort drüben.«

Dei bog nach links und nahm die Überführung über den Freeway. Sobald sie die Überführung hinter sich hatten, ging die Straße in einen unbefestigten Weg über, der sich in südlicher Richtung in das flache Becken der Mojave-Wüste hinabschlängelte. Die Landschaft war karg. Aus der

Ferne sah das weiße Soda auf der Oberfläche der Pfanne wie Schnee aus. Joshua Trees reckten ihre knochigen Finger in den Himmel, kleinere Pflanzen zwängten sich zwischen die Felsen. Es war ein Stillleben. Rachel konnte sich nicht vorstellen, welches Tier in einer derart unwirtlichen Umgebung überleben könnte.

Sie kamen an einem Schild vorbei, auf dem stand, sie seien nach Soda Springs unterwegs, und dann machte die Straße eine Biegung, und Rachel konnte plötzlich die weißen Zelte und Wohnmobile und Kombis und anderen Fahrzeuge vor ihnen sehen. Links vom Lager stand mit reglosen Rotoren ein Hubschrauber mit grünem Tarnanstrich. Ein Stück hinter dem Lager befand sich am Fuß der Hügel eine Gruppe kleiner Gebäude. Sie sahen aus wie ein Motel, aber es gab weder ein Schild noch eine Straße.

»Was ist das für ein Ort?«, fragte Rachel.

»Das ist Zzyzx«, sagte Dei. Sie sprach es *Saisix* aus. »Soweit ich das sagen kann, sind wir hier am Arsch der Welt. Der Name stammt von einem Rundfunkprediger, der das hier vor sechzig Jahren aufgebaut hat. Er bekam das Land zugeteilt, weil er dem Staat versprach, nach Bodenschätzen zu suchen. Er bezahlte Säufer aus L. A. dafür, dass sie hier arbeiteten, während er weiter im Radio predigte und die Gläubigen aufrief, hierher zu kommen, um im Wasser der Quellen zu baden und das Mineralwasser, das er in Flaschen abfüllte, zu trinken. Das Bureau of Land Management brauchte fünfundzwanzig Jahre, um ihn loszuwerden. Darauf wurde das Land den staatlichen Universitäten für Wüstenforschungsprojekte zur Verfügung gestellt.«

»Warum hier? Warum hat Backus sie hier begraben?«

»Soweit wir das sagen können, vermutlich, weil sich das Land im Besitz der Bundesregierung befindet. Er wollte sichergehen, dass wir – das heißt, wahrscheinlich Sie – den Fall übernehmen. Falls er das beabsichtigt hat, hat er sein Ziel erreicht. Es ist eine richtig große Grabung. Wir mussten alles selbst herschaffen: Stromversorgung, Unterkünfte, Essen, Wasser, alles.«

Rachel sagte nichts. Sie sah sich alles genau an, vom Tatort bis zum fernen Horizont aus grauen Gebirgszügen, die das Becken umgaben. Sie war, was diesen Ort anging, anderer Meinung als Dei. Sie hatte von der irischen Küste sagen hören, sie sei von brutaler Schönheit. Sie fand, dass auch die Wüste mit ihrer kargen Mondlandschaft auf ihre Art schön war. Ihr haftete eine strenge Schönheit an. Eine gefährliche Schönheit. Sie hatte noch nie viel Zeit in der Wüste verbracht, aber die Jahre in den beiden Dakotas hatten sie gelehrt, unwirtliche Orte zu schätzen, die leeren Landschaften, in denen Menschen die Eindringlinge waren. Das war ihr Geheimnis. Sie hatte eine »Härtestelle«, wie es beim FBI hieß. Das diente dem Zweck, sie zu zermürben und dazu zu bewegen, den Dienst zu quittieren. Aber in diesem Spiel hatte sie sie geschlagen. Sie würde es dort ewig aushalten. Sie würde nicht kündigen.

Dei fuhr langsamer, als sie sich einer Kontrollstelle näherten, die etwa hundert Meter vor den Zelten eingerichtet worden war. Unter einer Art Strandzelt mit offenen Seiten stand ein Mann in einem blauen Overall, auf dessen Brusttasche in weißen Buchstaben FBI stand. Der Wüstenwind drohte das Zelt aus seiner Verankerung zu reißen, genau so, wie er auch schon der Frisur des FBI-Manns übel mitgespielt hatte.

Dei ließ das Fenster runter. Sie sparte sich, ihren Namen zu nennen oder sich sonst irgendwie auszuweisen. Sie gehörte zum Inventar. Sie nannte dem Mann Rachels Namen und wies sie als »Agentin auf Besuch« aus, was auch immer das heißen sollte.

»Weiß Agent Alpert Bescheid?«, fragte der Mann, seine Stimme so trocken und eintönig wie das Wüstenbecken hinter ihm.

»Ja, weiß er.«

»Okay. Dann brauche ich nur noch ihren Ausweis.«

Rachel reichte ihm ihr Ausweisetui. Der Agent notierte sich ihre Dienstnummer und gab ihr den Ausweis zurück.

»Aus Quantico?«

»Nein, South Dakota.«

Er sah sie auf eine Art an, die zum Ausdruck brachte, dass er wusste, sie hatte Scheiße gebaut.

»Viel Vergnügen.« Er wandte sich ab, um unter sein Zelt zurückzukehren.

Dei fuhr los, machte das Fenster hoch und ließ den FBI-Mann in einer Staubwolke stehen.

»Er ist von der Außenstelle Vegas«, sagte sie. »Sie sind nicht gerade begeistert, dass sie hier nur die zweite Geige spielen.«

»Wundert Sie das?«

»Nein, natürlich nicht.«

»Führt Alpert hier das Kommando?«

»Ja.«

»Wie ist er so?«

»Erinnern Sie sich noch an Ihre Theorie, dass Agenten entweder Morphs oder Empathen sind?«

»Ja.«

»Er ist ein Morph.«

Rachel nickte.

Sie kamen zu einem kleinen Pappschild, das mit Klebeband am Ast eines Joshua Tree befestigt war. Darauf stand FAHRZEUGE, mit einem nach rechts zeigenden Pfeil. Dei wendete und parkte als Letzte in einer Reihe vier ähnlich schmutziger Crown Vics.

»Und Sie?«, fragte Rachel. »Was von beidem sind Sie geworden?«

Dei antwortete nicht.

»Sind Sie bereit?«, fragte sie Rachel stattdessen.

»Absolut. Ich warte schon vier Jahre auf eine zweite Gelegenheit, ihn zu schnappen. Und hier geht es los.«

Sie öffnete die Tür und stieg in die helle Wüstensonne hinaus. Sie fühlte sich zu Hause.

10

Backus folgte ihnen in sicherem Abstand die Ausfahrt hinunter. Aber dann fuhr er über den Freeway und blinkte, um in der Gegenrichtung weiterzufahren. Falls sie ihn im Rückspiegel beobachteten, sähe er aus wie jemand, der wendete, um nach Las Vegas zurückzufahren. Bevor er wieder auf den Freeway fuhr, beobachtete er, wie der FBI-Wagen die befestigte Straße verließ und durch die Wüste zu der Stätte fuhr. Zu seiner Stätte. Hinter dem Auto wirbelte eine weiße Staubwolke auf. In der Ferne konnte er die weißen Zelte sehen. Er hatte ein überwältigendes Erfolgserlebnis. Der Tatort war eine Stadt, die er gebaut hatte. Eine Stadt der Knochen. Die FBI-Agenten waren wie Ameisen unter Glas. Sie lebten und arbeiteten in einer von ihm geschaffenen Welt und tanzten, ohne es zu wissen, nach seiner Pfeife.

Er wäre gern näher an dieses Glas herangekommen, um alles mitzubekommen und das Entsetzen zu sehen, das er in ihre Gesichter geätzt hatte, aber das Risiko war zu groß. Und er hatte andere

Dinge zu tun. Er trat fester aufs Gas und fuhr in die Stadt der Sünde zurück. Er musste sich darum kümmern, dass alles bereit und an seinem Platz war.

Beim Fahren spürte er, wie sich ein Anflug von Melancholie zwischen seinen Rippen hindurchstahl. Er nahm an, das rührte von der Enttäuschung her, Rachel in der Wüste zurücklassen zu müssen. Er holte tief Luft und versuchte, das Gefühl auszutreiben. Er wusste, es würde nicht lang dauern, bis er ihr wieder nahe wäre.

Nach einer Weile lächelte er bei der Erinnerung daran, seinen Namen auf dem Schild zu sehen, das die Frau hielt, die Rachel am Flughafen abgeholt hatte. Ein Insiderscherz unter Agenten. Backus erkannte die Frau mit dem Schild. Agent Cherie Dei. Rachel hatte sie betreut, wie er Rachel betreut hatte. Das hieß, einige seiner besonderen Einsichten waren durch Rachel an diese neue Generation weitergegeben worden. Das gefiel ihm. Er fragte sich, wie Cherie Dei reagiert hätte, wenn er auf sie und ihr blödes Schild am Fuß der Rolltreppe zugegangen wäre und gesagt hätte: »Danke, dass Sie mich abholen kommen.«

Er schaute durch das Autofenster auf die flache, karge Pfanne des Wüstenbeckens hinaus. Er fand sie wahrhaft schön, und das ganz besonders wegen der Dinge, die er dort draußen in Sand und Gestein gepflanzt hatte.

Er dachte an das alles, und bald ließ der Druck in seiner Brust nach, und er fühlte sich wieder wunderbar. Er hielt im Rückspiegel nach Verfolgern Ausschau und bemerkte nichts Verdächtiges. Dann betrachtete er sich selbst und bewunderte einmal mehr das Werk des Chirurgen. Er lächelte sich an.

11

Als sie sich den Zelten näherten, begann Rachel Walling den Tatort zu riechen. Der Wind trug den unverkennbaren Geruch von verwesendem Fleisch mit sich, als er sich durch das Lager hindurcharbeitete, die Zelte bauschte und wieder herauskam. Sie begann durch den Mund zu atmen, geplagt von einem Wissen, das sie lieber nicht gehabt hätte, dass man nämlich Gerüche dadurch wahrnahm, dass winzige Partikel auf sensorische Rezeptoren in den Nasengängen trafen. Es hieß, wenn man verwesendes Fleisch roch, atmete man verwesendes Fleisch ein.

Im Eingangsbereich der Grabungsstätte waren drei kleine Zelte mit quadratischem Grundriss. Es waren keine Campingzelte, sondern Militärzelte mit senkrechten, zweieinhalb Meter hohen Seitenwänden. Hinter den drei Zelten war ein größeres Zelt mit rechteckigem Grundriss. Rachel fiel auf, dass sämtliche Zelte oben offene Lüftungsklappen hatten. Sie wusste, dass in jedem Leichenausgrabungen durchgeführt wurden. Die Lüftungsklappen dienten dazu, ein wenig von der Hitze und dem Gestank entweichen zu lassen.

Das alles überdeckte der Lärm. Es gab mindestens zwei benzinbetriebene Generatoren, die die Stätte mit Strom versorgten. Außerdem waren links von den Zelten zwei große Wohnmobile geparkt, deren Dachlüftungen geräuschvoll liefen.

»Schauen wir erst mal da rein.« Cherie Dei zeigte auf eins der Wohnmobile. »Normalerweise ist Randal dort drinnen.«

Das Wohnmobil sah aus wie eins dieser riesigen Campingfahrzeuge, wie man sie überall auf den Straßen sehen konnte. Dieses hieß »Open Road« und hatte ein Kennzeichen des Staates Arizona. Dei klopfte an die Tür und zog sie auf, ohne auf eine Antwort zu warten. Sie stiegen in das Wohnmobil. Innen war das Fahrzeug nicht zum Campen in freier Natur eingerichtet. Trennwände und die Annehmlichkeiten eines Zuhauses waren entfernt worden. Es war ein einziger lang gezogener Raum mit vier Klapptischen und vielen Stühlen. An der Rückwand befand sich eine Theke mit den üblichen Bürogeräten – Computer, Fax, Kopiergerät und Kaffeemaschine. Zwei der Tische waren mit Papieren übersät. Auf dem dritten stand, in auffälligem Gegensatz zu Verwendungszweck und Umgebung, eine große Obstschale. Der Esstisch, nahm Rachel an. Selbst an einem Massengrab musste man essen. Am vierten Tisch war ein Mann, der in ein Mobiltelefon sprach und einen offenen Laptop vor sich stehen hatte.

»Nehmen Sie schon mal Platz«, sagte Dei. »Sobald er mit Telefonieren fertig ist, mache ich Sie miteinander bekannt.«

Rachel setzte sich an den Esstisch und schnupperte vorbeugend die Luft. Die Lüftung des Wohnmobils war auf Wiederaufbereitung gestellt. Der Geruch von der Ausgrabung war nicht wahrnehmbar. Kein Wunder, dass der Einsatzleiter hier drinnen blieb. Sie sah die Obstschale an und überlegte, ob sie eine Hand voll Trauben nehmen sollte, um bei Kräften zu bleiben, entschied sich aber dagegen.

»Wenn Sie etwas Obst wollen, bedienen Sie sich«, sagte Dei.

»Nein danke. Ich habe keinen Hunger.«

»Wie Sie meinen.«

Dei beugte sich vor und zupfte ein paar Weintrauben ab, und Rachel kam sich dumm vor, weil sie sich wegen des Obsts selbst in die Ecke manövriert hatte. Der Mann mit dem Handy, der vermutlich Agent Alpert war, sprach zu leise, um verstanden zu werden – wahrscheinlich auch von der Person, mit der er telefonierte. Rachel stellte fest, dass die linke Seitenwand des Wohnmobils mit Fotos von den Ausgrabungen bedeckt war. Sie schaute weg. Sie wollte sich die Fotos nicht ansehen, bevor sie in den Zelten gewesen war. Sie drehte sich um und schaute aus dem Fenster neben dem Tisch. Von diesem Wohnmobil hatte man einen fantastischen Blick auf die Wüste. Sie konnte in das Becken hinabsehen und auf die ganze Bergkette dahinter. Kurz fragte sie sich, ob der Blick etwas zu bedeuten hatte. Ob Backus die Stelle wegen des Blicks ausgesucht hatte, und wenn ja, welche Bedeutung er hatte.

Als Dei ihr den Rücken zukehrte, schnappte sich Rachel ein paar Weintrauben und steckte sich drei gleichzeitig in den Mund. Im selben Moment klappte der Mann sein Handy zu, erhob sich von seinem Tisch und kam mit ausgestreckter Hand auf sie zu.

»Randal Alpert, leitender Special Agent. Wir sind froh, dass Sie hier sind.«

Rachel schüttelte ihm die Hand, musste aber erst die Trauben hinunterschlucken, bevor sie sprechen konnte.

»Freut mich, Sie kennen zu lernen. Nur die Umstände sind nicht gerade erfreulich.«

»Ja, aber sehen Sie sich mal den Blick an. Allemal besser als die Ziegelmauer, die ich in Quantico habe. Und wenigstens haben wir Ende April und nicht August. Die Hitze wäre mörderisch.«

Er war der neue Bob Backus. Schmiss in Quantico den Laden und kam nur bei den richtig großen Fällen raus, und das hier war natürlich ein richtig großer. Rachel entschied, dass sie ihn nicht mochte und dass Cherie Dei Recht gehabt hatte. Er war ein Morph.

Rachel war immer schon der Ansicht gewesen, dass es in der Abteilung Behavioral Sciences zwei Sorten von Agenten gab. Die erste davon nannte sie »Morphs«. Diese Agenten waren fast wie die Männer und Frauen, die sie jagten. In der Lage, nichts an sich heranzulassen. Sie konnten wie ein Serienkiller von Fall zu Fall ziehen, ohne sich von dem ganzen Grauen und der Schuld und dem Wissen um die wahre Natur des Bösen runterziehen zu lassen. Rachel nannte sie Morphs, weil diese Agenten diese Last tragen und irgendwie in etwas anderes »morphen« konnten. Die Ausgrabungsstätte mehrerer Leichen wurde zu einem Platz mit einer Aussicht, die alles in den Schatten stellte, was Quantico zu bieten hatte.

Die zweite Sorte nannte Rachel »Empathen«, weil sie das ganze Grauen in sich aufnahmen und dort behielten. Es wurde das Lagerfeuer, an dem sie sich wärmten. Sie benutzten es, um sich berühren und motivieren zu lassen, um ihre Aufgabe zu erledigen. Für Rachel waren sie die besseren Agenten, weil sie bis an ihre Grenzen gingen und darüber hinaus, um den Bösewicht zu fangen und den Fall zu lösen.

Es war mit Sicherheit gesünder, ein Morph zu sein. In der Lage zu sein, ohne jegliches Gepäck weiterzuziehen. In den Hallen von Behavioral spukte es von den Geistern der Empathen, der Agenten, die es nicht schafften, über die volle Distanz zu gehen, denen die Belastung zu viel wurde. Agenten wie Janet Newcomb, die sich ihre Dienstwaffe in den Mund gesteckt hatte, und Jon Fenton, der gegen einen Brückenpfeiler gefahren war, und Terry McCaleb, der dem Job im wahrsten Sinn des Wortes sein Herz geopfert hatte. Rachel erinnerte sich an sie alle, und ganz besonders erinnerte sie sich an Bob Backus, den Morph schlechthin, den Agenten, der gleichzeitig Jäger und Beute war.

»Das war gerade Brass Doran am Telefon«, sagte Alpert. »Ich soll Sie von ihr grüßen.«

»Sie ist in Quantico?«

»Ja, in dieser Hinsicht leidet sie richtig an Agoraphobie. Will nie von dort weg. Sie kümmert sich um alles, was dort für uns anfällt. Nun denn, Agent Walling, Sie wissen ja, was Sache ist. Wir haben hier eine äußerst vertrackte Situation. Wir sind froh, dass Sie bei uns sind, aber Sie sind ausschließlich in beobachtender Funktion hier und möglicherweise als Zeugin.«

Ihr gefiel nicht, dass er so förmlich war. Es diente dem Zweck, sie auszugrenzen.

»Als Zeugin?«, fragte sie.

»Vielleicht können Sie uns die eine oder andere Anregung geben. Sie kannten diesen Kerl. Die meisten von uns haben irgendwelche Bankräuber gejagt, als das mit Backus passiert ist. Ich kam unmittelbar nach der Geschichte mit Ihnen zur Abteilung. Nachdem die Dienstaufsicht dort alles auf den Kopf gestellt hatte. Cherie ist eine der wenigen, die von damals noch übrig geblieben sind.«

»Nach der Geschichte mit mir?«

»Sie wissen, was ich meine. Nach der Sache mit Ihnen und Backus.«

»Kann ich mir jetzt vielleicht die Ausgrabung ansehen? Ich würde gern sehen, was Sie haben.«

»Cherie wird Sie gleich hinbringen. Außer der Leiche des Tages haben wir allerdings nicht viel zu bieten.«

Gesprochen wie ein wahrer Morph, dachte Rachel. Sie sah Dei an, und in ihren Blicken leuchtete kurze Bestätigung auf.

»Aber da ist noch etwas, was ich vorher klarstellen möchte.«

Rachel wusste, was jetzt käme, aber sie ließ Alpert gewähren. Er ging zum Führerhaus des Wohnmobils und zeigte durch die Windschutzscheibe in die Wüste hinaus.

Rachel folgte der Linie seines Fingers, konnte aber außer der Bergkette nichts sehen.

»Eigentlich kann man es von hier gar nicht richtig sehen«, sagte Alpert, »aber wir haben dort ein riesiges Schild auf dem Boden liegen. Darauf steht in großer Schrift FILMAUFNAHMEN – NICHT ÜBERFLIEGEN, KEIN LÄRM. Das ist für alle, die vielleicht wegen der vielen Zelte und Fahrzeuge neugierig werden. Klasse Einfall, nicht? Sie denken, es ist ein Filmset. Das hilft, uns die Medien vom Hals zu halten.«

»Und was wollen Sie damit sagen?«

»Was ich damit sagen will? Ich will damit sagen: Wir haben über das alles hier eine richtig dicke Decke geworfen. Niemand weiß davon, und so soll es auch bleiben.«

»Und Sie wollen damit zum Ausdruck bringen, dass ich etwas an die Medien weitergeben könnte?«

»Nein, das will ich damit nicht sagen. Ich halte Ihnen nur den gleichen Vortrag, den ich jedem halte, der hierher kommt. Ich will das nicht in den Medien. Diesmal will ich schön den Finger draufhalten. Ist das klar?«

Es war wohl eher so, dachte Rachel, dass diesmal die FBI-Führung oder die Dienstaufsicht, das Office of Professional Responsibility, den Finger draufhalten wollten. Beim letzten Mal hatten die Backus-Enthüllungen die Belegschaft und den Ruf der Behavorial-Sciences-Abteilung schwer beschädigt, ganz zu schweigen von dem PR-Fiasko, die sie für das FBI als Ganzes gewesen waren. Nach den Versäumnissen des 11. September und dem Konkurrenzkampf des FBI mit der Homeland Security um Budgetdollars und Schlagzeilen war eine intensive Medienberichterstattung über einen durchgedrehten Killeragenten nicht unbedingt im Sinn der FBI-Führung oder des OPR. Vor allem, nachdem die Öffentlichkeit in dem Glauben gelassen worden war, der wahnsinnige Killeragent sei längst tot.

»Ich verstehe«, sagte Rachel kühl. »Sie brauchen sich meinetwegen keine Sorgen zu machen. Kann ich jetzt rausgehen?«

»Noch eins.«

Er zögerte kurz. Die Sache war offensichtlich heikel.

»Nicht alle an den Ermittlungen Beteiligten wissen von der Verbindung zu Robert Backus. Es wird vertraulich gehandhabt, und ich möchte, dass das auch so bleibt.«

»Was soll das heißen? Die Leute, die da draußen arbeiten, wissen nicht, dass es Backus war, der das getan hat? Sie sollten …«

»Agent Walling, das ist nicht Ihr Ermittlungsverfahren. Versuchen Sie nicht, es zu Ihrem zu machen. Sie wurden hergeholt, um zu beobachten und zu helfen. Belassen Sie es dabei. Wir wissen nicht sicher, ob es Backus war, und solange wir nicht …«

»Na klar. Nur dass seine Fingerabdrücke auf diesem GPS waren und sein Tatschema auf allem anderen.«

Alpert warf Dei einen verärgerten Blick zu.

»Über die Fingerabdrücke hätte Ihnen Cherie nichts sagen dürfen, und was das Tatschema angeht, lässt sich vorerst noch gar nichts mit Sicherheit sagen.«

»Bloß weil sie es mir nicht hätte sagen sollen, heißt das noch lange nicht, dass es nicht wahr ist. Sie werden das nicht geheim halten können, Agent Alpert.«

Alpert lachte frustriert.

»Wer redet denn von Geheimhaltung? Im Moment bestimmen wir nur, welche Informationen rausgehen. Es gibt einen richtigen Zeitpunkt für die Bekanntgabe von Fakten. Das ist alles, was ich Ihnen damit sagen will. Allein Ihre Anwesenheit hier sagt schon mehr als genug, okay? Ich möchte nur nicht, dass Sie darüber bestimmen, was Sie weitergeben und an wen. Das fällt in mein Ressort. Klar?«

Rachel nickte ohne Überzeugung. Sie sah dabei Dei an.

»Absolut.«

»Gut. Dann nehmen Sie sie jetzt mit, Cherie. Auf eine kleine Besichtigungstour.«

Sie verließen das Wohnmobil, und Dei führte sie zum ersten der kleinen Zelte.

»Sie haben sich ihm gegenüber ja wirklich gleich von Ihrer besten Seite gezeigt«, sagte sie im Gehen zu Rachel.

»Schon komisch. Manche Dinge ändern sich nie. Es ist vielleicht tatsächlich ein Ding der Unmöglichkeit, dass sich eine Bürokratie weiterentwickelt, indem sie aus ihren Fehlern lernt. Aber lassen wir das. Was haben wir hier?«

»Bisher haben wir acht Säcke und Gas auf zwei weiteren. Wir sind noch nicht zu ihnen vorgedrungen. Typisches Beispiel einer auf dem Kopf stehenden Pyramide.«

Rachel verstand die Kürzelsprache. Zum Teil hatte sie sie selbst erfunden. Dei brachte damit zum Ausdruck, dass acht Leichen freigelegt worden waren und die Ergebnisse von Gassondierungen darauf hindeuteten, dass zwei weitere Leichen im Boden waren und auf ihre Ausgrabung warteten. Tragische Vorkommnisse erzeugten Daten, aus denen Modelle ähnlichen Verhaltens gebildet wurden. Es war nicht das erste Mal beobachtet worden: Ein Mörder, der mit seinen Opfern an dieselbe Begräbnisstätte zurückkehrt, hält sich an ein Schema, bei dem die jüngeren Bestattungen in Form einer auf dem Kopf stehenden Pyramide oder eines V von der ersten ausfächern. Das war hier der Fall, wobei sich Backus entweder unabsichtlich oder ganz bewusst nach einem Schema richtete, das auf Daten basierte, die er als Agent zu sammeln geholfen hatte.

»Dürfte ich Sie vielleicht was fragen?«, sagte Rachel. »Er hat eben mit Brass Doran telefoniert. Sie weiß doch von dem Backus-Bezug, oder?«

»Ja, sie weiß Bescheid. Sie hat die Fingerabdrücke auf dem Paket entdeckt.«

Rachel nickte. Wenigstens eine Verbündete hatte sie, die im Bilde war und der sie vertrauen konnte.

Sie erreichten das Zelt, und Dei zog die Eingangsklappe zurück. Rachel ging als Erste hinein. Weil die Lüftungsklappe im Dach offen war, war es im Zelt nicht völlig dunkel. Es war nur düster. Rachels Augen gewöhnten sich sofort an die

Lichtverhältnisse, und sie sah ein großes rechteckiges Loch in der Mitte des Zelts. Einen Aushubhaufen gab es nicht. Die Erde und die Steine und der Sand aus dem Grab waren vermutlich nach Quantico oder ins Labor der Außenstelle gebracht worden, wo man sie durchsieben und analysieren würde.

»Die erste Stätte hier ist diejenige mit den Anomalien«, sagte Dei. »Die anderen sind ganz normale Bestattungen. Sehr sauber.«

»Was für Anomalien?«

»Zu dieser Stelle hat uns das GPS geführt. Und als wir hierher kamen, lag ein Boot dort. Es war …«

»Ein Boot? Mitten in der Wüste?«

»Erinnern Sie sich an diesen Prediger, von dem ich Ihnen erzählt habe? Der diese Siedlung ursprünglich angelegt hat? Er ließ einen Kanal für das Quellwasser bauen. Wir vermuten, das Boot stammt aus dieser Zeit. Es hatte schon jahrzehntelang hier rumgelegen. Jedenfalls, wir haben es beiseite geräumt, eine Bodensondierung vorgenommen und zu graben begonnen. Anomalie zwei ist, dass das Grab die zwei ersten Opfer enthielt. Alle anderen Gräber sind Einzelgräber.«

»Diese ersten zwei Opfer, wurden sie zur gleichen Zeit begraben?«

»Ja. Eins über dem anderen. Aber eine Leiche war in Plastik gehüllt, und dieser Tote war schon wesentlich länger tot als der andere. Sieben Monate länger, glauben wir.«

»Demnach hat er eine Leiche eine Zeit lang zurückgehalten. Er hat sie zur Aufbewahrung verpackt. Und als er die zweite hatte, merkte er, dass er etwas unternehmen müsste, und kam deshalb hier raus in die Wüste, um sie zu vergraben. Das Boot benutzte er als Markierung. Als eine Art Grabstein und weil er wusste, er würde mit mehr zurückkommen.«

»Möglicherweise. Aber wozu das Boot, wo er doch das GPS hatte?«

Rachel nickte und spürte, wie eine Ladung Adrenalin in ihren Adern zu prickeln begann. Das Brainstorming war immer schon das Beste an ihrem Job gewesen.

»Das GPS kam erst später ins Spiel. Erst vor Kurzem. Das war nur für uns.«

»Für uns?«

»Für Sie. Das FBI. Mich.«

Rachel stellte sich an den Rand und blickte in das Loch hinab. Es war nicht tief gewesen, vor allem nicht für zwei Leichen. Sie hörte auf, durch den Mund zu atmen und nahm die faulige Luft durch die Nase auf. Sie wollte sich daran erinnern.

»Schon Identifizierungen?«

»Nichts Offizielles. Noch keine Kontaktaufnahme mit Angehörigen. Aber wir wissen von mindestens fünf, wer sie waren. Drei Jahre seit der ersten Tat. Die zweite sieben Monate danach.«

»Haben Sie einen Zyklus erstellt?«

»Ja, haben wir. Eine etwa achtprozentige Reduzierung. Wir glauben, die letzten zwei werden uns bis zum November bringen.«

Im normalen Sprachgebrauch hieß das, dass die Abstände zwischen den Morden jeweils um acht Prozent kürzer als die ursprünglichen sieben Monate wurden, die zwischen dem ersten und zweiten Mord vergangen waren. Auch das war nichts Neues. Der abnehmende zeitliche Abstand war in der Fallgeschichte üblich, ein Symptom der nachlassenden Fähigkeit des Mörders, seine Triebe zu beherrschen, während gleichzeitig der Glaube an seine Unbesiegbarkeit stärker wurde. Man kommt mit dem ersten ungestraft davon, und der zweite fällt schon leichter und passiert früher. Und so weiter.

»Dann müsste er doch überfällig sein«, sagte Rachel.

»Könnte man meinen.«

»Könnte man meinen?«

»Kommen Sie, Rachel, es handelt sich um Backus. Er weiß, was wir wissen. Er spielt nur mit uns. Es ist wie in Amsterdam. Er ist weg, bevor wir auch nur merken, dass er es ist. Das Gleiche hier. Er ist längst weitergezogen. Ich meine, warum sollte er uns sonst das GPS schicken? Er ist längst über alle Berge. Er ist nicht überfällig, und er kommt nicht hierher zurück. Er sitzt irgendwo und macht sich über uns lustig. Er beobachtet, wie wir nach dem gewohnten Schema vorgehen, und weiß dabei ganz genau, dass wir ihm ebenso wenig auf die Spur kommen wie letztes Mal.«

Rachel nickte. Sie wusste, Dei hatte Recht, beschloss aber, optimistisch zu sein.

»Irgendwann muss er mal einen Fehler machen. Was ist mit dem GPS? Lässt sich damit was anfangen?«

»Daran arbeiten wir natürlich. Das ist Brass' Sache.«

»Was gibt es sonst noch?«

»Da wären noch Sie, Rachel.«

Rachel sagte nichts. Wieder hatte Cherie Dei Recht. Backus führte etwas im Schilde. Daran ließ seine dunkle, aber direkte Botschaft an Rachel keinen Zweifel. Er wollte sie hier haben, wollte, dass sie am Spiel beteiligt wäre. Aber was war es? Was wollte der Poet?

So, wie Rachel Dei betreut hatte, hatte Backus

Rachel betreut. Er war ein guter Lehrer gewesen. Rückblickend sogar ein besserer, als sie oder sonst jemand sich hätte vorstellen können. Sie war von Agent und Mörder, Jäger und Beute gleichermaßen betreut worden, eine einmalige Kombination in den Annalen von Verbrechen und Strafe. Rachel würde nie die beiläufige Bemerkung vergessen, die Backus einmal fallen gelassen hatte, als sie in Quantico die Treppe vom Keller hochgegangen waren, um Feierabend zu machen.

»Letztendlich ist das, was wir hier tun, alles Quatsch, glaube ich. Wir können nicht vorhersagen, wie diese Leute agieren werden. Wir können nur reagieren. Und das heißt, wir sind praktisch überflüssig. Wir liefern gute Schlagzeilen, und Hollywood macht gute Filme über uns, aber damit hat es sich auch schon.«

Rachel war damals neu in der Abteilung gewesen. Sie war voller Ideale und Pläne und Vertrauen gewesen. Sie hatte die nächsten dreißig Minuten versucht, Backus von diesem Glauben abzubringen. Jetzt war ihr die Erinnerung an ihre Bemühungen und an die Dinge, die sie einem Mann gesagt hatte, der sich später als Mörder entpuppte, peinlich.

»Kann ich jetzt in die anderen Zelte gehen?«, fragte sie.

»Natürlich«, sagte Dei. »Was Sie wollen.«

12

Es war spät, und die Batterien auf dem Boot wurden langsam leer. Die Lichter in der Bugkabine wurden zunehmend schwächer. Zumindest erschien es mir so. Vielleicht waren es auch meine Augen, die schwächer wurden. Ich hatte sieben Stunden damit verbracht, Akten durchzusehen, die ich aus den Schachteln in der oberen Koje geholt hatte. Ich hatte meinen Block bis auf die letzte Seite voll geschrieben und dann umgedreht und von hinten nach vorn weitergemacht.

Das Gespräch am Nachmittag war nicht nur wenig ereignisreich, sondern auch wenig hilfreich gewesen. Terry McCalebs letzter Charterkunde war ein gewisser Otto Woodall gewesen, der in einer Luxuswohnanlage hinter dem berühmten Avalon Casino wohnte. Ich unterhielt mich eine Stunde lang mit ihm und bekam in etwa die gleiche Geschichte zu hören, die ich bereits von Buddy Lockridge gehört hatte. Woodall, der sechsundsechzig Jahre alt war, bestätigte alle Details des Ausflugs, die für mich von Belang waren. Er sagte, er sei von

Bord gegangen, als das Boot in Mexiko im Hafen lag, und habe Zeit mit Frauen verbracht, die er dort kannte. Das bestätigte er ohne jede Scham oder Verlegenheit. Seine Frau war den Tag über zum Einkaufen aufs Festland gefahren, und es machte ihm offensichtlich nichts aus, über sich zu reden. Er sagte mir, er habe zwar zu arbeiten aufgehört, aber nicht zu leben. Er sagte, er habe immer noch die Bedürfnisse eines Mannes. Von dem Moment an ging ich diesem Punkt nicht mehr weiter nach, sondern konzentrierte mich auf die letzten Momente von McCalebs Leben.

Woodalls Beobachtungen und Erinnerungen stimmten in allen wichtigen Einzelheiten mit denen von Buddy Lockridge überein. Außerdem bestätigte Woodall, während der Tour in mindestens zwei Fällen gesehen zu haben, wie McCaleb seine Medikamente einnahm; er hatte die Tabletten und Tropfen jedes Mal mit Orangensaft hinuntergespült.

Ich machte mir Notizen, aber es war mir klar, dass sie nicht benötigt würden. Nach einer Stunde dankte ich Woodall für seine Hilfe und überließ ihn seinem Blick auf die Santa Monica Bay und die Smogblüte, die sich über dem Festland dahinter erhob.

Buddy Lockridge wartete in dem Golfcart, den

ich gemietet hatte, vor dem Eingang auf mich. Er grübelte immer noch über meine in letzter Minute getroffene Entscheidung, ohne ihn mit Woodall zu sprechen. Er hatte mir vorgeworfen, ihn nur dazu benutzt zu haben, den Termin bei Woodall zu bekommen. Damit hatte er zwar Recht, aber seine Vorwürfe und Klagen ließen mich völlig kalt.

Wir fuhren stumm zum Hafen zurück, und ich lieferte den Cart ab. Ich sagte Lockridge, er könne nach Hause fahren, weil ich den Rest des Tages bis in die Nacht hinein damit beschäftigt wäre, Akten zu studieren. Er bot mir kleinlaut seine Hilfe an, aber ich sagte ihm, er habe mir schon genug geholfen. Ich sah ihm nach, wie er mit gesenktem Kopf zur Anlegestelle der Fähre losging. Ich war mir über Buddy Lockridge immer noch nicht im Klaren. Ich musste mir noch Gedanken über ihn machen.

Da ich mich nicht mit dem Schlauchboot herumärgern wollte, nahm ich mir ein Wassertaxi zur *Following Sea* hinaus. Nach einer raschen Durchsuchung der Kajüte – bei der ich nichts Auffälliges entdeckte – ging ich in die Bugkabine.

Ich bemerkte, dass Terry einen CD-Player in seinem Büro hatte. Seine kleine Musiksammlung bestand vorwiegend aus Blues und Siebziger-Jahre-Rock. Ich legte eine Lucinda-Williams-CD jüngeren Datums mit dem Titel *World Without Tears* ein, und sie gefiel mir so gut, dass ich sie in den nächsten sechs Stunden immer wieder spielte. Die Frau hatte lange Reisen in ihrer Stimme, und das gefiel mir. Bis die Stromversorgung auf dem Boot zu Ende zu gehen begann und ich die Musik ausmachte, hatte ich mir unbewusst den Text von mindestens drei Songs eingeprägt, die ich meiner Tochter vorsingen wollte, wenn ich sie das nächste Mal zu Bett brachte.

Als ich in McCalebs kleines Büro zurückkam, setzte ich mich als Erstes an seinen Computer und öffnete den Ordner PROFILE.

Es kam eine Liste von sechs verschiedenen Dateien, deren Dateinamen aus Datumsangaben bestanden, die alle innerhalb der vergangenen zwei Jahre lagen. Ich rief sie eine nach der anderen in chronologischer Reihenfolge auf und stellte fest, dass jede ein forensisches Verdächtigenprofil in einem Mordfall war. In der schnörkellosen klinischen Sprache eines Profis abgefasst, zog jedes Profil anhand bestimmter Tatortdetails Rückschlüsse auf die Persönlichkeit des Mörders. Aus diesen Details wurde ersichtlich, dass McCaleb nicht bloß Zeitungsmeldungen gelesen hatte. Ganz offenkundig hatte er uneingeschränkten Zugang zu den Tatorten gehabt – entweder in Person oder, was wahrscheinlicher war, in Form von Fotos und Videoaufnahmen und schriftlichen Ermittlungsprotokollen. Für mich stand völlig außer Frage, dass es sich dabei nicht um Fingerübungen handelte, die sich ein Profiler ausgedacht hatte, dem seine Arbeit fehlte und der nicht aus der Übung kommen wollte. Dabei handelte es sich um die Arbeiten eines geladenen Gastes. Die Fälle stammten ausnahmslos aus den Zuständigkeitsbereichen kleiner Police Departments im Westen der USA. Ich nahm an, McCaleb hatte durch Zeitungsmeldungen oder auf anderem Weg von diesen Fällen erfahren und dem Police Department, das sich mit dem jeweiligen Fall herumschlug, einfach seine Hilfe angeboten. Wurde dieses Angebot angenommen, bekam er wahrscheinlich die Tatortunterlagen zugeschickt, worauf er sich daranmachte, sie auszuwerten und ein Profil zu erstellen. Ich fragte mich, ob sich seine Bekanntheit als förderlich oder hinderlich erwies, wenn er seine Dienste anbot. Wie viele Male war er abgewiesen worden, um in diesen sechs Fällen hinzugezogen zu werden?

Wenn er hinzugezogen worden war, bearbeitete er vermutlich jeden Fall von dem Schreibtisch aus, an dem ich gerade saß, ohne das Boot zu verlassen. Und ohne zu ahnen, dass seine Frau genau wusste, was er tat.

Aber ich konnte sehen, dass jedes Profil einiges an Zeit und Aufmerksamkeit in Anspruch genommen haben musste. Ich konnte immer besser verstehen, dass sich das in ihrer Ehe, wie Graciela gesagt hatte, zu einem ernsten Problem entwickelt hatte. Terry verstand es nicht, einen Schlussstrich zu ziehen. Er konnte eine Sache nicht auf sich beruhen lassen. Diese Profilertätigkeit zeugte nicht nur von seinem Engagement als Ermittler, sondern auch von seiner Schwachstelle als Ehemann und Vater.

Die sechs Profile kamen von Fällen aus Scottsdale in Arizona, Henderson in Nevada und aus La Jolla, Laguna Beach, Salinas und San Mateo in Kalifornien. Zwei davon waren Kindsmorde, die restlichen vier Sexualmorde an drei weiblichen und einem männlichen Opfer. McCaleb stellte keine Verbindungen zwischen ihnen her. Es war klar, dass es sich dabei um separate Fälle handelte, die in den letzten zwei Jahren seine Aufmerksamkeit auf sich gezogen hatten. In keiner der Akten gab es irgendwelche Hinweise, ob Terrys Mitwirkung hilfreich gewesen oder ob einer der Fälle gelöst worden war. Ich notierte mir von jedem die wichtigsten Details, um später bei den betreffenden Police Departments anzurufen und mich nach dem Stand der Ermittlungen zu erkundigen. Davon erhoffte ich mir zwar nicht viel, aber es war auch nicht grundsätzlich auszuschließen, dass eins dieser Profile der Auslöser für McCalebs Tod war. Es war nichts Eiliges, aber etwas, was ich nachprüfen müsste.

Nachdem ich vorerst mit dem Computer fertig war, nahm ich mir die Aktenbehälter in der obersten Koje vor. Ich holte einen nach dem anderen herunter, bis kein Platz mehr auf dem Boden der Bugkabine war. Ich stellte fest, dass sie eine Mischung aus Akten gelöster und ungelöster Fälle enthielten. Die erste Stunde verbrachte ich nur damit, sie zu sortieren und die ungelösten beiseite zu legen. Für den Fall, dass Terrys Tod in Zusammenhang mit einem Fall stand, hielt ich es nämlich für wahrscheinlicher, dass es einer war, bei dem der Täter noch auf freiem Fuß war. Es hätte kein Grund für ihn bestanden, einen abgeschlossenen Fall zu bearbeiten oder noch einmal aufzurollen.

Die Lektüre war faszinierend. Viele der Akten gehörten zu Fällen, mit denen ich vertraut oder an denen ich sogar selbst beteiligt gewesen war. Es waren keine Akten, die Staub angesetzt hatten. Ich gewann den deutlichen Eindruck, dass sich die offenen Fälle in endloser Rotation befunden hatten. McCaleb hatte sie von Zeit zu Zeit herausgeholt und Ermittlungen, Verdächtige, Tatorte, Möglichkeiten neu überdacht. Er hatte Ermittler, Labortechniker und sogar Zeugen angerufen. Das alles wurde ersichtlich, weil es sich McCaleb zur Gewohnheit gemacht hatte, sich auf der vorderen Innenklappe des Ordners über die Schritte, die er unternommen hatte, Notizen zu machen und diese Einträge auch gewissenhaft zu datieren.

Diesen Datierungen konnte ich entnehmen, dass McCaleb an vielen Fällen gleichzeitig gearbeitet hatte. Und es wurde klar, dass er noch Verbindungen zum FBI und zu Behavorial Sciences in Quantico gehabt hatte. Ich verbrachte eine ganze Stunde damit, die dicke Akte zu lesen, die er über den Poeten angelegt hatte, einen der berüchtigtsten, um nicht zu sagen blamabelsten Serienmörder in der Geschichte des FBI. Der Poet war ein Killer, der, wie sich herausstellte, eben der FBI-Agent war, der die Einheit leitete, die hauptsächlich ihn selbst gejagt hatte. Der damit verbundene Skandal hatte acht Jahre zuvor beim FBI und seiner hoch angesehenen Behavorial Sciences Section für einige Unruhe gesorgt. Besagter Agent, Robert Backus, hatte sich als Opfer Detectives ausgesucht, die Mordfälle bearbeiteten. Er hatte die Morde als Selbstmorde inszeniert und Abschiedsbriefe mit Versen aus Gedichten Edgar Allan Poes hinterlassen. Er ermordete in einem Zeitraum von drei Jahren acht Männer, bis ein Journalist die Pseudoselbstmorde als solche aufdeckte und die Jagd auf den Täter begann. Backus wurde gestellt und in Los Angeles von einer Agentin niedergeschossen. Er stand damals im Verdacht, einen Anschlag auf einen Detective des Morddezernats der Hollywood Division des LAPD geplant zu haben. Das war mein Dezernat gewesen. Die Zielperson, Ed Thomas, war ein Kollege von mir, und das war mein Bezug zu dem Fall. Ich erinnere mich, großes persönliches Interesse am Poeten gehabt zu haben.

Jetzt las ich, was hinter den Kulissen passiert war. Offiziell war der Fall vom FBI zu den Akten gelegt worden. Aber inoffiziell hatte es immer geheißen, Backus habe überlebt. Nachdem er angeschossen worden war, war Backus zunächst in das unterirdische Hochwasser-Abflusssystem von Los Angeles entkommen. Sechs Wochen später war zwar eine Leiche mit einer Schusswunde an der richtigen Stelle gefunden worden, aber sie war schon so stark verwest, dass eine physische Identifizierung und ein Fingerabdruckvergleich nicht mehr möglich waren. Tiere auf Nahrungssuche – hieß es – hatten einzelne Körperteile verschleppt, darunter den Unterkiefer und damit die einzigen Zähne, die mithilfe zahnärztlicher Unterlagen zu einer Identifizierung hätten verwendet werden können. Passenderweise war Backus auch verschwunden, ohne DNS-Spuren zu hinterlassen. Sie hatten also die Leiche mit der Schusswunde, aber nichts, womit sie ihre DNS hätten vergleichen können. Oder zumindest behaupteten sie das. Das FBI erklärte Backus rasch für tot und die Akte für geschlossen, und sei es auch nur, um einen frühzeitigen Schlussstrich unter die Blamage zu ziehen, die dem FBI von einem seiner eigenen Leute zugefügt worden war.

Die Unterlagen, die McCaleb seit damals zusammengetragen hatte, bestätigten jedoch, dass diese Gerüchte stimmten. Backus war noch am Leben und auf freiem Fuß. Irgendwo. Vier Jahre zuvor war er in Holland aufgetaucht. Laut mehreren vertraulichen FBI-Bulletins, die McCaleb von FBI-Mitarbeitern erhalten hatte, hatte in Amsterdam ein Killer über einen Zeitraum von zwei Jahren hinweg fünf Männer ermordet. Alle Opfer waren ausländische Touristen gewesen, die nach einem Ausflug in das Rotlichtviertel der holländischen Hauptstadt verschwunden waren. Alle Toten wurden erdrosselt in der Amstel treibend gefunden.

Mit Backus wurden die Morde aufgrund mehrerer Bekennerschreiben an die lokalen Polizeibehörden in Verbindung gebracht, in denen sich der Verfasser zu den Morden bekannte und verlangte, das FBI zu den Ermittlungen hinzuzuziehen. Den vertraulichen Bulletins zufolge verlangte der Verfasser speziell nach Agent Rachel Walling, der Agentin, die Robert Backus vier Jahre zuvor niedergeschossen hatte. Die holländische Polizei lud das FBI ein, auf inoffizieller Ebene Einsicht in den Fall zu nehmen. Der Absender hatte jedes Schreiben einfach mit »Der Poet« unterzeichnet. Eine Handschriftenanalyse des Schreibens deutete – wenn auch nicht hundertprozentig – darauf hin, dass es sich beim Verfasser nicht um einen Mörder handelte, der im Windschatten von Robert Backus zu fahren versuchte, sondern um Backus selbst.

Natürlich war der Mörder längst über alle Berge, als in Amsterdam das FBI, die lokale Polizei und schließlich sogar Rachel Walling in Aktion traten. Und von Robert Backus hatte man nichts mehr gehört – zumindest nicht, soweit Terry McCalebs Quellen davon wussten.

Ich legte die dicke Akte in eine der Schachteln zurück und nahm mir eine andere vor. Ich stellte bald fest, dass McCaleb nicht nur alte Fälle bearbeitete. Vielmehr wurde alles, was seine Aufmerksamkeit erregte, Gegenstand seines Interesses und seiner speziellen Gabe. Es gab Dutzende von Akten, die lediglich aus einer einzigen Zeitungsmeldung und ein paar auf die Innenseite des Aktendeckels gekritzelten Notizen bestanden. Manche Fälle waren aufsehenerregend, andere unspektakulär. Er hatte eine aus Zeitungsausschnitten bestehende Akte über den Fall Laci Peterson angelegt, eine schwangere Frau, die in Kalifornien zwei Jahre zuvor am Heiligen Abend verschwunden war. Der Fall hatte in der Öffentlichkeit für nachhaltiges Interesse gesorgt, und das ganz besonders, nachdem die verstümmelte Leiche der Frau in der Bucht entdeckt worden war, in der ihr Mann seinen eigenen Aussagen zufolge zum Zeitpunkt ihres Verschwindens beim Fischen gewesen war. Ein Eintrag auf dem Aktendeckel, der vor der Entdeckung der Leiche datiert war, lautete: »Eindeutig tot – im Wasser.« Ein anderer Vermerk, der vor der Verhaftung des Ehemanns datiert war, lautete: »Es gibt eine andere Frau.«

Es gab auch eine Akte mit scheinbar hellseherischen Anmerkungen über Elizabeth Smart, ein in Utah entführtes Mädchen, das fast ein Jahr später lebend gefunden wurde. Er hatte vollkommen zutreffend »lebt« unter eins der Zeitungsfotos des kleinen Mädchens geschrieben.

McCaleb hatte auch ein inoffizielles Gutachten zu dem Fall Robert Blake erstellt. Der ehemalige Film- und Fernsehstar war in einem spektakulären Fall des Mordes an seiner Frau beschuldigt worden. Die Einträge in der Akte waren intuitiv und sachdienlich und erwiesen sich, nachdem der Fall vor Gericht verhandelt worden war, als richtig.

Unwillkürlich fragte ich mich, ob McCaleb die Einträge in seinen Akten möglicherweise unter Zuhilfenahme von Medienberichten gemacht und dann zeitlich früher datiert hatte, um den Eindruck zu erwecken, er habe bestimmte Aspekte eines Falls und Wesenszüge des Verdächtigen aufgrund seiner eigenen Folgerungen vorhergesehen, auch wenn das gar nicht zutraf. Obwohl natürlich alles möglich ist, schien es mir vollkommen unrealistisch, dass McCaleb so etwas getan haben könnte. Abgesehen davon, dass eine solche Mogelei unter seiner Würde gewesen wäre, konnte ich mir auch keinen Grund dafür vorstellen. Ich glaubte, die Leistung war echt und seine eigene.

Eine weitere Akte enthielt Zeitungsmeldungen über die neue Abteilung, die das LAPD zur Bearbeitung kalter Fälle eingerichtet hatte. Auf dem Deckel standen Namen und Handynummern von vier Detectives, die dieser Abteilung angehörten. Wenn er ihre Handynummern gehabt hatte, war es Terry offensichtlich gelungen, die Kluft zwischen LAPD und FBI zu überbrücken. Detectives geben ihre Handynummern nicht jedem x-Beliebigen.

Einen dieser vier Detectives kannte ich. Tim Marcia war eine Weile bei der Hollywood Division gewesen, unter anderem auch beim Morddezernat. Es war zwar schon spät, aber Polizisten sind es gewöhnt, spät angerufen zu werden. Marcia hätte bestimmt nichts dagegen. Ich holte mein Handy heraus und wählte die Nummer, die McCaleb neben Marcias Namen auf den Aktendeckel geschrieben hatte. Marcia meldete sich sofort. Ich nannte meinen Namen, spulte die obligatorischen Lange-nicht-mehr-gesehen-Floskeln herunter und erklärte, dass ich wegen Terry McCaleb anrief. Ich log nicht, aber ich sagte auch nicht, dass ich in einer Mordsache ermittelte. Ich sagte, ich sähe gerade im Auftrag seiner Frau seine Akten durch und sei dabei auf Marcias Namen und Nummer gestoßen. Ich sei einfach neugierig, was für ein Verhältnis sie gehabt hätten.

»Harry, Sie haben doch auch einige kalte Fälle bearbeitet. Diese Geschichte letztes Jahr oben in Ihrem Haus hat sich doch auch aus einem kalten Fall entwickelt, oder?«

»Ja.«

»Dann wissen Sie ja, wie das ist. Manchmal klammert man sich an jeden Strohhalm, nimmt jede Hilfe an, die man kriegen kann. Eines Tages rief mich Terry an und bot mir seine Dienste an. Nicht für einen bestimmten Fall. Er hatte, glaube ich, in der *Times* einen Artikel über unsere Einheit gelesen und gab mir im Grunde nur zu verstehen, ich sollte ihm einfach Bescheid sagen, falls ich bei der Erstellung eines Täterprofils mal seine Hilfe bräuchte. Er war einer von den Guten. Ich habe es aufrichtig bedauert, als ich das mit ihm erfuhr. An sich wollte ich zur Trauerfeier nach Catalina rüberkommen, aber dann kam irgendwas dazwischen.«

»Wie das immer so ist. Sind Sie mal auf sein Angebot, Ihnen zu helfen, zurückgekommen?«

»Ja, in gewisser Weise schon. Und ich weiß, dass das auch ein paar der Kollegen hier getan haben. Sie wissen ja, wie es ist. Beim LAPD werden praktisch keine Profile erstellt, und wenn man auf das FBI und Quantico angewiesen ist, kann das oft Monate dauern. Und da war plötzlich jemand, der sich damit auskannte und nichts dafür wollte. Er wollte bloß was zu tun haben. Deshalb haben wir auf ihn zurückgegriffen und ihn in einigen Fällen um Rat gefragt.«

»Und wie hat er sich gemacht?«

»Ziemlich gut. Wir arbeiten gerade immer noch an diesem einen Fall, der sehr interessant ist. Als der neue Polizeichef die Abteilung zusammenstellte, nahmen wir uns die Ungelösten vor. Wir stellten eine Verbindung zwischen sechs Fällen her – lauter Leichen, die oben im Valley gefunden wurden. Sie hatten verschiedene Gemeinsamkeiten, waren aber davor nie miteinander in Verbindung gebracht worden. Wir kopierten Terry die Akten, und er bestätigte unsere Vermutung. Er stellte durch, wie er es nannte, ›psychologische Gemeinsamkeiten‹ eine Verbindung zwischen ihnen her. Wir arbeiten immer noch daran, aber wenigstens wissen wir jetzt, womit wir es zu tun haben. Ich will damit sagen, dass wir auf der richtigen Spur sind. Und ich weiß nicht, ob wir da wären, wo wir sind, wenn Terry uns nicht geholfen hätte.«

»Ah, freut mich, dass er Ihnen helfen konnte. Das werde ich seiner Frau sagen. Es hilft ihr sicher, das zu wissen.«

»Na, wunderbar. Und, Harry, stoßen Sie wieder zu uns?«

Ich hatte damit gerechnet, dass er fragen würde, was ich wirklich mit McCalebs Akten machte, und nicht, ob ich wieder bei der Polizei anfangen würde.

»Wie kommen Sie denn darauf?«

»Haben Sie noch nicht von dieser neuen Dreijahresoption gehört, die der Chief eingeführt hat?«

»Nein. Was soll das sein?«

»Er weiß, dass wir in den letzten Jahren eine Menge guter Leute verloren haben. Diese ganzen Skandale und so, auf die hin viele gesagt haben: ›Ihr könnt mich mal, ich gehe.‹ Deshalb will er diesen Leuten jetzt eine Tür offen halten, wieder einzusteigen. Wenn man sich innerhalb von drei Jahren nach seinem Ausscheiden wieder bewirbt und genommen wird, kann man wieder einsteigen, ohne auf die Academy zu müssen. Für ältere Semester wie Sie ist das optimal.«

Ich hörte das Grinsen in seiner Stimme.

»Drei Jahre, hm?«

»Genau. Wie lange ist es bei Ihnen jetzt schon her, zweieinhalb?«

»So in etwa.«

»Na, sehen Sie? Denken Sie mal drüber nach. Wir könnten Sie hier bei den kalten Fällen gut gebrauchen. Wir haben siebentausend Ungelöste. Suchen Sie sich einen aus, Mann.«

Ich sagte nichts. Aus heiterem Himmel wurde ich mit dem Gedanken konfrontiert, wieder in den Polizeidienst einzutreten. In diesem Moment war ich blind für die Schattenseiten. Ich dachte nur daran, wie es wäre, wieder eine Dienstmarke zu tragen.

»Aber vielleicht macht Ihnen das Rentnerdasein auch viel zu viel Spaß. Brauchen Sie sonst noch was, Harry?«

»Äh, nein, das war's schon. Und vielen Dank, Mann, das war wirklich nett.«

»Gern geschehen. Und überlegen Sie sich das mit der Dreijahresoption noch mal. Wir könnten Sie jedenfalls gut gebrauchen, egal, ob hier oder in Hollywood oder sonst wo.«

»Ja, danke. Mal sehen. Ich lasse es mir jedenfalls durch den Kopf gehen.«

Ich klappte das Handy zu und saß da, umgeben von den Obsessionen eines anderen Mannes, während ich über meine eigenen nachdachte. Ich überlegte, ob ich wieder zur Polizei gehen sollte. Ich dachte an siebentausend ungehörte Stimmen aus dem Grab. Das waren mehr als die Zahl der Sterne, die man sieht, wenn man nachts zum Himmel hochschaut.

Mein Handy summte, als ich es noch in der Hand hatte. Es riss mich aus meiner Träumerei, und ich meldete mich in der Annahme, es sei Tim Marcia, der zurückrief, um mir zu sagen, das mit dieser Dreijahresoption sei nur ein Scherz gewesen. Aber es war Graciela.

»Ich kann im Boot Licht brennen sehen«, sagte sie. »Sind Sie immer noch da?«

»Ja, ich bin hier.«

»Warum sind Sie so lang geblieben, Harry? Sie haben die letzte Fähre verpasst.«

»Ich hatte nicht vor, heute Abend zurückzufahren. Ich wollte über Nacht bleiben und hier fertig werden. Vielleicht fahre ich morgen zurück. Möglicherweise muss ich auch noch mal zu Ihnen raufkommen und mit Ihnen reden.«

»Gern, jederzeit. Ich arbeite morgen nicht. Ich werde zu Hause sein, packen.«

»Packen?«

»Wir ziehen zurück aufs Festland. Nach Northridge. Ich habe meinen alten Job in der Notaufnahme des Holy Cross wieder gekriegt.«

»Ist Raymond einer der Gründe, warum Sie aufs Festland ziehen?«

»Raymond? Wie meinen Sie das?«

»Ich habe mich nur gefragt, ob es vielleicht Probleme mit dem Jungen gab. Ich habe gehört, dass es ihm auf der Insel nicht mehr gefällt.«

»Raymond hat nicht viele Freunde. Er hat ein bisschen Anpassungsschwierigkeiten. Aber ich gehe nicht nur wegen Raymond zurück. Ich will selbst zurück. Das wollte ich schon vor Terrys Tod. Das habe ich Ihnen doch erzählt.«

»Ja, ich weiß.«

Sie wechselte das Thema.

»Brauchen Sie irgendwas? Hatten Sie was zu essen?«

»Ich habe in der Kombüse einiges gefunden. Ich brauche nichts.«

Sie stöhnte. »Das muss doch alles uralt gewesen sein. Achten Sie unbedingt auf das Verfallsdatum, bevor Sie noch irgendwas essen.«

»Okay, mache ich.«

Nach kurzem Zögern stellte sie mir die Frage, die sie mir eigentlich hatte stellen wollen.

»Haben Sie schon was gefunden?«

»Also, ich bin auf ein paar Dinge gestoßen, die mich neugierig gemacht haben. Aber bisher war noch nichts darunter, was einem besonders aufgefallen wäre.«

Ich dachte an den Mann mit der Dodgers-Kappe. Mir war er allerdings aufgefallen, aber Graciela wollte ich noch nichts von ihm erzählen. Ich wollte mehr wissen, bevor ich mit ihr über ihn sprach.

»Okay«, sagte sie. »Aber geben Sie mir Bescheid, wenn es etwas Neues gibt, ja?«

»So war es doch abgemacht.«

»Also, dann hören wir ja morgen voneinander, Harry. Übernachten Sie in einem Hotel oder auf dem Boot?«

»Auf dem Boot wahrscheinlich. Falls Sie nichts dagegen haben.«

»Nein, nein, kein Problem. Machen Sie einfach, was Ihnen am liebsten ist.«

»Okay. Dürfte ich Sie kurz noch was fragen?«

»Sicher. Was?«

»Weil Sie gerade erzählt haben, dass Sie packen – da ist eine Sache, die mich interessieren würde. Wie oft fahren Sie aufs Festland rüber? Sie wissen schon, um einzukaufen oder essen zu gehen oder Freunde oder Verwandte zu treffen.«

»In der Regel etwa einmal im Monat. Außer es ergibt sich irgendwas Besonderes und ich muss fahren.«

»Nehmen Sie die Kinder mit?«

»Normalerweise schon. Ich möchte, dass sie sich daran gewöhnen. Wenn man auf einer Insel aufwächst, wo sie statt Autos Golfcarts haben und jeder jeden kennt … da kann es eine ziemliche Umstellung sein, plötzlich aufs Festland zu ziehen. Darauf versuche ich sie schon ein bisschen vorzubereiten.«

»Das ist sicher sehr vernünftig. Was ist drüben auf dem Festland die nächste Mall – von der Anlegestelle der Fähre aus, meine ich?«

»Welche die nächste ist, weiß ich nicht, aber ich fahre immer zur Promenade am Pico Boulevard hoch. Einfach den Vierhundertfünfer vom Hafen hoch. Ich weiß, es gibt Malls, die näher liegen – die Fox Hills zum Beispiel –, aber irgendwie gefällt mir die Promenade besser. Ich mag die Geschäfte dort, und es ist auch praktisch. Manchmal treffe ich mich dort mit Freunden aus dem Valley, denn es liegt für uns alle etwa auf halbem Weg.«

Und es ist leicht, Ihnen dorthin zu folgen, dachte ich.

»Gut«, sagte ich, ohne zu wissen, was ich damit meinte. »Noch eins. Das Licht an Bord wird immer schwächer. Die Batterien wahrscheinlich. Gibt es einen Schalter oder so was, damit ich sie wieder aufladen kann, oder was muss ich da sonst tun?«

»Haben Sie Buddy nicht gefragt?«

»Nein, als er noch hier war, war mir nicht klar, dass die Batterien leer werden könnten.«

»Also, Harry, das weiß ich auch nicht. Es gibt einen Generator, den Sie laufen lassen müssen. Aber ich weiß nicht mal, wo er ist.«

»Okay, gut, machen Sie sich deswegen keine Sorgen. Ich kann ja Buddy anrufen. Dann also bis morgen, Graciela. Ich sollte mich lieber wieder an die Arbeit machen, solange ich noch etwas Licht habe.«

Ich beendete das Gespräch und notierte mir

den Namen des Einkaufszentrums. Dann verließ ich die Kabine und machte, um Strom zu sparen, bis auf die Schreibtischlampe in der Bugkabine alle Lichter auf dem Boot aus. Danach rief ich Buddy an, und er meldete sich mit verschlafener Stimme.

»Hallo, Buddy, aufwachen. Hier ist Harry Bosch.«

»Wer? Ach so. Was gibt's?«

»Sie müssen mir helfen. Gibt es auf dem Boot so was wie einen Generator? Ich brauche nämlich Licht, und die Batterien werden langsam leer.«

»Mann, lassen Sie sie bloß nicht ganz leer werden. Sonst gehen sie kaputt.«

»Und was soll ich dann tun?«

»Sie müssen die Volvos anschmeißen und dann den Generator anmachen. Es ist bloß fast schon Mitternacht. Die Leute, die auf den Booten in Ihrer Nähe schlafen, werden nicht gerade begeistert sein.«

»Na schön, dann lieber nicht. Aber am Morgen, was muss ich dann machen? Brauche ich dafür einen Schlüssel?«

»Ja, wie bei einem Auto. Gehen Sie in der Kajüte zum Ruder, stecken Sie die Schlüssel rein, und stellen Sie sie auf AN. Über jedem Schlüssel ist dann ein Zündschalter. Legen Sie die um, dann müssten sie sofort anspringen – außer Sie haben den letzten Saft aufgebraucht.«

»Okay, werde ich machen. Gibt es irgendwelche Taschenlampen an Bord?«

»Ja, eine in der Kombüse, eine über dem Kartentisch und eine in der großen Kabine, in dem Einbauschub links vom Bett. Im Unterschrank der Kombüse ist außerdem eine Laterne. Aber die würde ich an Ihrer Stelle in der Bugkabine lieber nicht benutzen. Der Kerosingestank kann dort nicht richtig abziehen, und am Ende ersticken Sie noch. Dann hätten wir noch einen Fall zu lösen.«

Den letzten Satz sagte er mit einem Anflug von Verachtung in der Stimme. Ich ging nicht weiter darauf ein.

»Danke, Buddy. Wir hören voneinander.«

»Ja. Gute Nacht.«

Ich drückte auf die Trenntaste und machte mich auf die Suche nach den Taschenlampen, um schließlich mit einer kleinen aus der Kabine und einer großen Tischlampe aus der Kombüse in die Bugkabine zurückzukehren. Ich stellte die große Lampe auf den Schreibtisch und machte sie an. Dann löschte ich die Lichter in der Kabine. Der Schein der Tischlampe fiel an die niedrige Decke des kleinen Raums und verteilte sich. Damit und mit der kleinen Taschenlampe würde ich noch einiges erledigen können.

Ich musste nur noch eine halbe Schachtel Akten durchsehen und wollte damit fertig werden, bevor ich mir Gedanken machte, wo ich schlafen sollte. Es waren lauter dünne Akten, die jüngsten Zugänge von McCalebs Sammlung, und ich konnte sehen, dass die meisten kaum mehr enthielten als einen Zeitungsausschnitt und ein paar Vermerke auf dem Deckel.

Ich griff in die Schachtel und zog auf gut Glück einen Ordner heraus. Ich hätte in Las Vegas würfeln sollen. Denn die Akte, die ich herauszog, entpuppte sich als Volltreffer. Es war die Akte, die meinen Ermittlungen die Richtung wies. Sie brachte mich auf die richtige Spur.

13

Auf dem Aktendeckel stand lediglich 6 VERMISSTE. Der Ordner enthielt einen einzigen Zeitungsausschnitt aus der *Los Angeles Times* und verschiedene datierte Vermerke und Namen und Telefonnummern, die McCaleb wie üblich auf die Innenseite des Deckels geschrieben hatte. Noch bevor ich die Zeitungsmeldung las oder die Bedeutung einiger der Vermerke verstand, spürte ich, dass die Akte wichtig war. Es war die Datierung auf dem Aktendeckel, die diese Reaktion auslöste. McCaleb hatte sich seine Gedanken an vier verschiedenen Zeitpunkten notiert, beginnend am 7. Januar und endend am 28. Februar dieses Jahres. Einen Monat später, am 31. März, war er tot. Diese Eintragungen und Datierungen waren die jüngsten, auf die ich in einer der Akten, die ich bis dahin durchgesehen hatte, gestoßen war. Ich hatte möglicherweise Terrys letzte Arbeit vor mir liegen. Sein letzter Fall und seine letzte Obsession. Es gab zwar noch ein paar andere Akten, die ich mir ansehen musste, aber bei dieser hatte ich ein ganz spezielles Gefühl, und ich gab ihm nach.

Der Zeitungsbericht stammte von einer Journalistin, die ich kannte. Keisha Russell war schon mindestens zehn Jahre für die Verbrechensmeldungen der *Times* zuständig, und sie verstand etwas von ihrem Geschäft. Außerdem war sie genau und zuverlässig. Sie hatte sich an jede Abmachung gehalten, die ich mit ihr während meiner Zeit bei der Polizei getroffen hatte, und sie hatte sich ein Jahr zuvor, als ich schon nicht mehr bei der Polizei war und mein erster privater Fall ziemlich üble Formen annahm, höchst anständig benommen.

Langer Rede kurzer Sinn: Ich konnte guten Gewissens davon ausgehen, dass ihre Darstellungen richtig waren. Ich begann zu lesen.

SUCH NACH EINEM FEHLENDEN BINDEGLIED

BESTEHT EIN ZUSAMMENHANG ZWISCHEN 6 MÄNNERN AUS L. A. UND ANDEREN STÄDTEN, DIE IN NEVADA VERSCHWUNDEN SIND?

Von Keisha Russell
Redaktionsmitglied der Times

Das mysteriöse Verschwinden von mindestens sechs Männern, darunter zwei aus Los Angeles, stellt die Polizei vor ein Rätsel. Die Ermittlungsbeamten suchen weiterhin nach einem verbindenden Element zwischen den Vermissten, die alle in Glücksspielzentren des Bundesstaats Nevada verschwunden sind.

Detectives der Las Vegas Metro Police erklärten am Dienstag, die Vermissten hätten sich zwar nicht gekannt und seien aus äußerst unterschiedlichen Wohnorten und Lebensverhältnissen gekommen, aber es sei dennoch nicht auszuschließen, dass es einen gemeinsamen Nenner zwischen ihnen gebe, der möglicherweise der Schlüssel für die Lösung des rätselhaften Falles sei.

Die Männer, deren Alter von 29 bis 61 reichte, wurden in den vergangenen drei Jahren von ihren Angehörigen vermisst gemeldet. Vier waren zum letzten Mal in Las Vegas gesehen worden, wo das dortige Police Department die Ermittlungen leitet; zwei verschwanden auf Ausflügen nach Laughlin und Primm. Keiner der Vermissten hinterließ in seinem Hotelzimmer oder Fahrzeug oder Wohnsitz irgendeinen Hinweis, wohin er unterwegs gewesen sein könnte oder was aus ihm geworden war.

»Im Moment stehen wir vor einem Rätsel«, erklärte Detective Todd Ritz von der Vermisstenabteilung von Vegas Metro. »Hier in Vegas oder auch anderswo verschwinden ständig Leute. Aber normalerweise tauchen sie irgendwann wieder auf, tot oder lebendig. Und in der Regel gibt es auch eine Erklärung dafür. Bei diesen Männern tappen wir völlig im Dunkeln. Wir sehen kein Licht am Ende des Tunnels.«

Ritz und andere Detectives sind sich jedoch sicher, dass es eine Erklärung gibt, und sie appellieren an die Öffentlichkeit, bei der Aufklärung des rätselhaften Falls zu helfen. Letzte Woche trafen sich in Las Vegas Detectives aus Las Vegas, Laughlin und Primm, um ihre jeweiligen Kenntnisse zu vergleichen und eine gemeinsame Ermittlungsstrategie zu entwickeln. Außerdem bezogen sie die Öffentlichkeit in die Ermittlungen zu dem Fall ein, da sie hoffen, Fotos der Vermissten und deren Lebensgeschichten könnten neue Hinweise aus der Bevölkerung nach sich ziehen. Am Dienstag, eine Woche später, erklärte Ritz, es seien nicht viele sachdienliche Hinweise bei der Polizei eingegangen.

»Irgendjemanden muss es doch geben, der etwas weiß oder etwas gesehen oder gehört hat«, sagte Ritz in einem Telefoninterview. »Sechs Männer stehen doch nicht einfach auf und verschwinden spurlos, ohne dass irgendjemand etwas davon mitbekommt. Wir sind dringend darauf angewiesen, dass sich dieser Jemand bei uns meldet.«

Wie Ritz angedeutet hat, werden ständig Personen vermisst gemeldet. Das Ungewöhnliche an diesem Fall ist jedoch, dass diese sechs Männer aus geschäftlichen Gründen oder zu ihrem Vergnügen nach Nevada kamen und nicht mehr nach Hause zurückkehrten.

Dieser aufsehenerregende Fall fällt in eine Zeit, in der sich Las Vegas wieder einmal ein neues Image zulegt. Die Marketingstrategie, die Spielerstadt als Familienurlaubsziel zu propagieren, ist längst Schnee von gestern. Inzwischen ist das Laster wieder angesagt. In den vergangenen drei Jahren wurde zahlreichen Etablissements mit nackten oder halb nackten Tänzerinnen eine Lizenz erteilt, und viele der Casinos am berühmten Strip locken ihre Kundschaft mit Shows an, die auf Nacktheit und eindeutig sexuelle Inhalte setzen. Es wird viel mit Nacktheit geworben, was den Unmut einiger Bürgerbewegungen erregt hat. Das alles hat dazu beigetragen, das Erscheinungsbild der Stadt zu verändern. Wieder einmal wird sie als ein Spielplatz für Erwachsene vermarktet, an dem man seine Kinder besser zu Hause lässt.

Wie die jüngsten Auseinandersetzungen um die Nacktwerbung zeigen, ist nicht jedermann glücklich über diesen Wandel, und viele mutmaßen, das Verschwinden der sechs Reisenden könne indirekt mit der Rückbesinnung der Region auf ihre frühere Einstellung zusammenhängen, nach der erlaubt ist, was gefällt.

»Machen wir uns doch nichts vor«, sagt Ernie Gelson, Kolumnist der *Las Vegas Sun.* »Sie haben es mit der ›Spaß für die ganze Familie‹-Masche versucht, aber das hat nicht hingehauen. Die Stadt greift wieder auf die altbewährten Rezepte zurück. Und der einzige Gradmesser ist und bleibt der finanzielle Gewinn. Ist das vielleicht das verbindende Element zwischen diesen sechs Männern? Ich weiß es nicht. Vielleicht werden wir das auch nie erfahren.«

Allerdings möchte Gelson keine vorschnellen Schlüsse ziehen, die einen direkten Zusammenhang zwischen den Vermissten und dem neuen Image von Las Vegas herstellen.

»Vergessen Sie dabei jedoch bitte zunächst nicht, dass nicht alle Vermissten aus Las Vegas verschwunden sind«, setzt er nach. »Und zweitens liegen uns im Moment nicht genug Fakten vor, um irgendeine Theorie aufzustellen. Ich glaube, wir müssen einfach abwarten, ob sich das Rätsel nicht von selbst löst, bevor wir uns für irgendeine Meinungsmache, egal welcher Richtung, einspannen lassen.«

Die Vermissten sind:

- Gordon Stansley, 41, aus Los Angeles, vermisst seit dem 17. Mai 2001. Er checkte im Mandalay Bay Resort and Casino in Las Vegas ein, aber sein Bett war nicht benutzt, sein Koffer nicht ausgepackt. Er ist verheiratet und hat zwei Kinder.
- John Edward Dunn, 39, aus Ottawa, Kanada, befand sich auf einer Urlaubsreise nach Los Angeles. Er sollte sein Reiseziel, das Haus seines Bruders in Granada Hills, nie erreichen. Dunns Wohnmobil wurde am 29. Dezember 2001, 20 Tage nach seiner geplanten Ankunft in Granada Hills, auf einem Campingplatz in Laughlin gefunden.
- Lloyd Rockland, 61, verschwand am 17. Juni 2002 aus Las Vegas. Seine Maschine kam um 11 Uhr aus Atlanta am McCarran International Airport an. Er holte bei Hertz einen Leihwagen ab, traf aber nicht im MGM Grand ein, wo er ein Zimmer reserviert hatte. Sein Leihwagen wurde am nächsten Tag um 14 Uhr bei der Hertz-Rückgabestelle am

Flughafen abgeliefert, aber niemand scheint sich erinnern zu können, ob der Vater von vier Kindern und Großvater von drei Enkelkindern tatsächlich die Person war, die ihn zurückgab.

- Fenton Weeks, 29, aus Dallas, Texas, wurde am 25. Januar 2003 vermisst gemeldet, als er von einer Geschäftsreise nach Las Vegas nicht zurückkehrte. Die Polizei stellte fest, dass er sich im Golden Nugget in der Innenstadt von Las Vegas ein Zimmer genommen und am ersten Tag eine Elektronikmesse im Las Vegas Convention Center besucht hatte, auf der er am zweiten und dritten Tag nicht mehr gesehen wurde. Seine Frau meldete ihn vermisst. Er hat keine Kinder.
- Joseph O'Leary, 55, aus Berwyn, Pennsylvania, verschwand am 15. Mai des vergangenen Jahres aus dem Bellagio, wo er sich mit seiner Frau eine Suite genommen hatte. Alice O'Leary ließ ihren Mann, einen Börsenmakler, im Casino beim Blackjack zurück, während sie den Tag im Bad des Resorts verbrachte. Als ihr Mann am Abend nicht auftauchte, meldete sie ihn am nächsten Tag vermisst.
- Roger Eberle, 40, aus Los Angeles, der als

Grafiker in den Disney Studios in Burbank arbeitete, verschwand am 1. November 2003, den er sich freigenommen hatte. Sein Auto wurde unmittelbar hinter der kalifornischen Grenze am Interstate Freeway 15 auf dem Parkplatz des Buffalo Bill's Casino in Primm, Nevada, gefunden.

Den Ermittlern liegen laut ihren eigenen Aussagen kaum Anhaltspunkte vor. Als möglicherweise ergiebigste Spur bezeichnen sie Rocklands Leihwagen, der, 27 Stunden nachdem Rockland ihn abgeholt hatte, zurückgegeben wurde. Den Hertz-Unterlagen zufolge hat er während dieses Zeitraums eine Entfernung von 328 Meilen zurückgelegt. Die Person, die den Wagen in der Hertz-Zentrale am Flughafen ablieferte, stellte ihn dort einfach ab, ohne sich einen Beleg geben zu lassen oder mit einem Hertz-Mitarbeiter zu sprechen.

»Der oder die Betreffende stellte den Wagen einfach bei Hertz ab, stieg aus und ging weg«, sagte Ritz. »Niemand kann sich an etwas erinnern. Am Flughafen werden täglich etwa tausend Autos abgewickelt. Es gibt keine Kameras und keinerlei Belege außer dem Mietvertrag.«

Und es sind diese 328 Meilen, die Ritz und

den anderen Detectives Kopfzerbrechen bereiten.

»Das sind eine Menge Meilen«, sagte Detective Peter Echerd, Ritz' Partner. »Dieses Auto könnte an vielen Orten gewesen sein. Stellen Sie sich einen Kreis mit 164 Meilen Radius vor, und Sie kriegen eine Menge Quadratmeilen, die Sie absuchen können.«

Trotzdem tun die Ermittler genau das, in der Hoffnung, dass ihre Bemühungen zu einem Hinweis führen, der den Kreis kleiner macht und möglicherweise zu einer Aufklärung des rätselhaften Verschwindens der sechs vermissten Männer führt.

»Es ist wirklich bitter«, sagte Ritz. »Diese Männer haben alle Familien, und wir tun unser Bestes. Aber im Augenblick haben wir nur eine Menge Fragen und keinerlei Antworten.«

Nach typischer *Times*-Manier verstand es der Artikel sehr geschickt, der Meldung eine Tragweite zu verleihen, die über den bloßen Nachrichtenwert hinausging. In diesem Fall waren es die Spekulationen darüber, inwieweit das Verschwinden dieser Männer symptomatisch für die jüngste Wandlung von Las Vegas zu einem Spielplatz für Erwachsene war. Das erinnerte mich an die Zeit, als ich in einem Fall ermittelt hatte, bei dem der Besitzer einer Autowerkstatt die Hydraulikleitungen einer Hebebühne durchtrennte, worauf ein drei Tonnen schwerer Cadillac auf seinen langjährigen Geschäftspartner stürzte und ihn zerquetschte. Ein *Times*-Reporter rief mich wegen der Einzelheiten für eine Meldung an und fragte mich dann, ob der Mord symptomatisch für die angespannte Wirtschaftslage sei und ob finanzielle Probleme die Geschäftspartner gegeneinander aufgehetzt hätten. Ich sagte, nein, ich fände den Fall symptomatisch dafür, dass es einem Kerl gegen den Strich gegangen sei, dass sein Partner seine Frau vögelte.

Aber von den größeren Zusammenhängen einmal abgesehen, verfolgte die Polizei mit der Meldung einen ganz bestimmten Zweck. Das wurde mir sofort klar. Ich hatte es damals mit derselben Reporterin genauso gemacht. Ritz fischte nach Informationen. Warum sollte er, nachdem die Hälfte der Vermissten entweder aus Los Angeles kamen oder dorthin unterwegs gewesen waren, nicht bei der *Times* anrufen, dem Redakteur für Verbrechensmeldungen eine Story unterschieben und sehen, wer oder was auftauchte?

Eine Person, die auftauchte, war Terry McCaleb. Er hatte den Artikel offensichtlich am 7. Januar, dem Tag seines Erscheinens, gelesen, denn seine ersten Eintragungen auf der Innenseite des Aktendeckels trugen dieses Datum. Die Vermerke waren kurz und rätselhaft. Ganz oben standen der Name Ritz und eine Telefonnummer mit der Vorwahl 702. Darunter hatte McCaleb geschrieben:

> 7/1 –
> durchschn. 44
> 41 – 39 – 40
> Schnittstelle finden Lücke im Zyklus – es gibt mehr
> Auto – 328
> *Dreieckstheorie?*
> 1 Punkt ergibt 3
> ET – Wüste absuchen
>
> 9/1 – zurückrufen – png
>
> 2/2
> Hinton – 702259–4050
> N/c story?
>
> 28/2 Zzyzx – möglich? Wie?
> Meilen

Auf dem Rand des Ordners standen zwei weitere Telefonnummern mit der Vorwahl 702. Darunter kam der Name William Bing.

Ich las die Einträge noch einmal und sah mir wieder den Zeitungsausschnitt an. Dabei fiel mir zum ersten Mal auf, dass McCaleb zwei Punkte in dem Zeitungsartikel eingekreist hatte: den Hinweis, dass der Leihwagen 328 Meilen mehr auf dem Tacho gehabt hatte, und das Wort *Kreis* in Echerds Kommentar, als er von einem Kreis mit 164 Meilen Radius sprach. Ich wusste nicht, warum er diese zwei Punkte eingekreist hatte, aber ich wusste, was die meisten Vermerke auf dem Aktendeckel bedeuteten. Ich hatte mehr als sieben Stunden über McCalebs Akten gesessen. Ich hatte Eintrag um Eintrag in Akte um Akte gelesen. Der ehemalige FBI-Agent verwendete eine selbst erfundene Kürzelsprache, die jedoch entzifferbar war, weil er in manchen Akten ausschrieb, was er in anderen abkürzte.

Sofort ersichtlich war für mich, was er mit »ET« meinte. Es bedeutete »eindeutig tot«, eine Klassifizierung und Einschätzung, die McCaleb bei der überwiegenden Mehrzahl der von ihm bearbeiteten Vermisstenmeldungen getroffen hatte. Ebenfalls einfach zu entschlüsseln war »png«, was *persona non grata* bedeutete und in diesem Fall hieß, dass McCalebs Angebot, bei den Ermittlungen zu helfen, nicht positiv aufgenommen beziehungsweise überhaupt nicht angenommen worden war.

McCaleb hatte auch dem Alter der Vermissten Bedeutung beigemessen. Er schrieb ein Durchschnittsalter auf und zog dann die Alter dreier Opfer heraus, weil sie nur maximal zwei Jahre voneinander differierten und sehr dicht am Durchschnittsalter lagen. Das schienen mir Notizen zu sein, die zu einem Opferprofil gehörten. Die Akte enthielt jedoch keines, und ich wusste nicht, ob McCaleb jemals über das Notizenstadium hinausgekommen war.

Der Vermerk »Schnittstelle finden« schien ebenfalls Teil dieses Profils zu sein. McCaleb bezog sich auf eine geografische oder den Lebensstil betreffende Schnittstelle im Leben der sechs Vermissten. Wie schon der Metro-Detective in dem *Times*-Artikel angedeutet hatte, ging auch McCaleb davon aus, dass zwischen den Männern eine Verbindung bestehen musste. Sie kamen zwar aus so weit voneinander entfernt liegenden Orten wie Ottawa und Los Angeles und kannten sich untereinander nicht, aber irgendein verbindendes Element musste es zwischen ihnen geben.

Der Vermerk »Lücke im Zyklus – es gibt mehr« bezog sich vermutlich auf die Intervalle zwischen den Vermisstenmeldungen. Falls jemand diese Männer entführt und ermordet hatte, wie McCaleb glaubte, hätte es normalerweise einen erkennbaren Zeitzyklus geben müssen. Das ist bei Serienmördern fast immer der Fall. Gewalttätige psychosexuelle Triebe stauen sich an und lassen nach einem Mord wieder nach. Offensichtlich hatte McCaleb den Zyklus rekonstruiert und Lücken darin entdeckt – fehlende Opfer. Er glaubte, dass mehr als sechs Männer verschwunden waren.

Was mich an den Vermerken am meisten vor ein Rätsel stellte, war der Hinweis auf eine »Dreieckstheorie« und darunter der Vermerk »1 Punkt ergibt 3«. Das war etwas, worauf ich in den Akten bis dahin noch nicht gestoßen war, und ich wusste nicht, was damit gemeint war. Es stand in Zusammenhang mit Hinweisen auf den Leihwagen und die 328 Meilen, die damit gefahren worden waren. Doch je mehr ich daran herumprobierte, desto ratloser wurde ich. Es war ein Code oder Kürzel für etwas, was ich nicht wusste. Das störte mich, aber angesichts dessen, was ich im Moment wusste, gab es nichts, was ich daran hätte ändern können.

Der Eintrag vom 9. Januar bezog sich auf einen Rückruf von Ritz. McCaleb hatte ihn wahrscheinlich angerufen und eine Nachricht hinterlassen, worauf der Detective aus Las Vegas zurückgerufen, sich McCalebs Vortrag und vielleicht auch sein Profil angehört und dann »Kein Interesse«

gesagt hatte. Das war nicht weiter überraschend. Das FBI war bei den lokalen Polizeibehörden oft unerwünscht. Das Kompetenzgerangel zwischen Bundes- und Ortspolizei war fester Bestandteil der Polizeiarbeit. Ein pensionierter FBI-Agent war da vermutlich nicht anders behandelt worden. Terry McCaleb war *persona non grata*.

Damit wäre die Sache bei dieser Akte und diesem Fall vermutlich erledigt gewesen, doch dann kam der Eintrag vom 2. Februar. Ein Name und eine Telefonnummer. Ich griff nach meinem Handy und wählte die Nummer ohne Rücksicht auf die späte Stunde. Oder auch frühe, je nachdem, wie man es sah. Ich hörte eine auf Band gesprochene Frauenstimme.

»Hier spricht Cindy Hinton von der *Las Vegas Sun*. Im Moment kann ich Ihren Anruf nicht entgegennehmen, aber er ist mir wichtig. Bitte hinterlassen Sie Namen und Telefonnummer, und ich rufe Sie baldmöglichst zurück. Vielen Dank.«

Ein Piepton ertönte, und ich zögerte, unschlüssig, ob ich schon Kontakt aufnehmen sollte. Aber dann warf ich meine Bedenken über den Haufen.

»Ähm, ja, hallo, hier spricht Harry Bosch. Ich bin ein Ermittler aus Los Angeles und würde gern über Terry McCaleb mit Ihnen sprechen.«

Ich hinterließ meine Nummer und klappte das Handy zu, immer noch unschlüssig, ob ich den richtigen Schritt unternommen hatte, aber zumindest in dem Glauben, dass es das Beste gewesen war, mich kurz und rätselhaft zu fassen. Unter Umständen brachte es sie dazu, mich zurückzurufen.

Der letzte Eintrag auf dem Aktendeckel war der interessanteste. McCaleb hatte »Zzyzx« geschrieben und dann die Frage gestellt, ob es möglich sei und, wenn ja, wie. Das musste sich auf die Zzyzx Road beziehen. Das war ein Sprung. Ein gewaltiger Sprung. McCaleb hatte Fotos von jemandem erhalten, der seine Familie beobachtet und fotografiert hatte. Dieselbe Person hatte unweit der Grenze zwischen Kalifornien und Nevada Fotos von der Zzyzx Road gemacht. Aus irgendeinem Grund sah McCaleb einen möglichen Zusammenhang und fragte sich, ob das eine Rätsel etwas mit dem anderen zu tun haben könnte. Könnte er etwas angestoßen haben, als er bei Vegas Metro anrief und seine Hilfe im Fall der sechs Vermissten anbot? Ich sah keine Möglichkeit, den Sprung zu solchen Fragen zu machen. Das hieß, mir blieb etwas verborgen. Mir blieb die Brücke verborgen, die Information, die diesen Sprung möglich machte. McCaleb musste etwas gewusst haben, was nicht in der Akte stand, ihm aber einen Zusammenhang realistisch erscheinen ließ.

Die letzten Einträge, die es zu prüfen galt, waren die zwei Las-Vegas-Telefonnummern, die zusammen mit dem Namen William Bing am Rand des Aktendeckels standen. Ich griff wieder nach meinem Handy und wählte die erste Nummer. Es meldete sich eine Bandansage, dass ich mit dem Mandalay Bay Resort and Casino verbunden sei. Als die Stimme begann, eine Reihe von Optionen aufzuzählen, legte ich auf.

Hinter der zweiten Nummer stand ein Name. Ich tippte die Nummer ein, darauf gefasst, William Bing zu wecken und ihn nach seiner Beziehung zu Terry McCaleb zu fragen. Doch der Anruf wurde nach mehrmaligem Läuten von einer Frau entgegengenommen, die sagte: »Las Vegas Memorial Medical Center, mit wem möchten Sie verbunden werden?«

Damit hatte ich nicht gerechnet. Um etwas Zeit zu gewinnen, während ich überlegte, was ich weiter tun sollte, fragte ich sie, wo sich das Krankenhaus befände. Als sie mir die Adresse in der Blue Diamond Road genannt hatte, war mir eine vernünftige Frage eingefallen.

»Haben Sie im Krankenhaus einen Arzt, der William Bing heißt?«

Das verneinte sie nach kurzem Nachdenken.

»Haben Sie einen Mitarbeiter namens William Bing?«

»Nein, haben wir nicht, Sir.«

»Einen Patienten?«

Es trat wieder eine kurze Pause ein, als sie einen Computer zurate zog.

»Nein, im Augenblick nicht.«

»Hatten Sie vielleicht mal einen Patienten namens William Bing.«

»Zu solchen Informationen habe ich keinen Zugang, Sir.«

Ich bedankte mich und klappte das Handy zu.

Ich dachte eine Weile über die letzten zwei Nummern in McCalebs Notizen nach. Meine Schlussfolgerungen waren einfach. Terry McCaleb hatte ein Spenderherz erhalten. Für den Fall, dass er in eine andere Stadt verreiste, musste er wissen, wohin er sich wenden sollte, falls er unvermutet gesundheitliche Probleme bekäme. Ich vermutete, dass McCaleb die Auskunft angerufen hatte, um die zwei auf dem Aktendeckel vermerkten Nummern zu erhalten. Danach hatte er im Mandalay Bay ein Zimmer reserviert und sich vorsichtshalber in einem Krankenhaus in Las Vegas angemeldet. Die Tatsache, dass es im Las Vegas Memorial Medical Center keinen William Bing gab, hatte nicht unbedingt etwas zu bedeuten. Möglicherweise war er ein Herzspezialist, der dort Belegbetten hatte.

Ich öffnete das Handy, sah auf dem Display nach, wie spät es war, und rief Graciela trotzdem an. Sie meldete sich schnell, mit wacher Stimme, aber ich merkte, dass sie geschlafen hatte.

»Graciela, entschuldigen Sie bitte die späte Störung, aber ich habe noch ein paar Fragen.«

»Kann ich die nicht morgen beantworten?«

»Ich will nur wissen, ob Terry in dem Monat, bevor er starb, in Las Vegas war.«

»In Las Vegas? Das weiß ich nicht. Warum?«

»Das wissen Sie nicht? Er war Ihr Mann.«

»Ich sagte Ihnen doch, wir hatten uns ... vorläufig getrennt. Er wohnte auf dem Boot. Ich weiß, dass er ein paarmal aufs Festland gefahren ist, aber wenn er von dort nach Las Vegas gefahren sein sollte, wüsste ich das nur, wenn er es mir gesagt hätte, und das hat er nicht.«

»Und was ist mit Kreditkartenbelegen und Handyunterlagen? Hat er eventuell Geld abgehoben, Dinge in der Art?«

»Ich habe zwar alle Rechnungen bezahlt, aber ich kann mich an nichts erinnern, was darauf hingedeutet hätte – eine Hotelrechnung zum Beispiel oder sonst etwas in der Art.«

»Haben Sie diese Unterlagen noch?«

»Natürlich. Ich habe sie hier im Haus irgendwo. Wahrscheinlich schon eingepackt.«

»Suchen Sie sie, dann komme ich sie morgen früh abholen.«

»Ich bin schon im Bett.«

»Dann suchen Sie sie morgen. Gleich als Erstes. Es ist wichtig, Graciela.«

»Okay, mache ich. Aber eines kann ich Ihnen jetzt schon sagen. Wenn Terry aufs Festland fuhr, nahm er normalerweise das Boot, damit er eine Unterkunft hatte. Wenn er nicht vorhatte, in L. A. zu bleiben, oder wegen irgendwelcher Untersuchungen im Cedars bleiben musste, nahm er allerdings die Fähre, weil sonst der Sprit für das Boot zu teuer gewesen wäre.«

»Okay.«

»Also, im letzten Monat war er einmal weg. Drei Tage lang, glaube ich. Ja, drei Tage, zwei Nächte. Er nahm die Fähre. Das heißt also, er musste entweder ins Krankenhaus oder irgendwohin weiter weg. Und ich bin ziemlich sicher, dass er nicht im Krankenhaus war. Das hätte er mir wohl erzählt, und außerdem kenne ich in der Kardiologie des Cedars sowieso jeden. Sie hätten mir Bescheid gesagt, wenn er da gewesen wäre und wenn sie was mit ihm gemacht hätten. Ich wusste genauestens über alles Bescheid, was im Krankenhaus lief.«

»Okay, Graciela, das ist gut. Das hilft mir weiter. Wissen Sie zufällig, wann genau das war?«

»Genau nicht. Aber es müsste Ende Februar gewesen sein. Vielleicht auch an einem der ersten Märztage. Ich weiß noch, dass ich gerade die ganzen Rechnungen erledigt habe. Ich rief ihn auf dem Handy an, um verschiedene finanzielle Fragen zu klären, und er sagte, er wäre auf dem Festland. Wo, hat er nicht gesagt. Er sagte nur, er wäre rübergefahren und käme in ein paar Tagen wieder zurück. Ich konnte hören, dass er gerade im Auto unterwegs war, als wir telefonierten. Und ich wusste, dass er nicht das Boot genommen hatte, weil ich auf dem Balkon war und es im Hafen unten liegen sah, als wir telefonierten.«

»Erinnern Sie sich noch, warum Sie ihn angerufen haben?«

»Ja, wir mussten verschiedene Rechnungen bezahlen, und ich wusste nicht, wie viel er im Februar mit dem Boot eingenommen hatte. Die Kreditkartenzahlungen gingen zwar direkt an mich, aber Terry hatte die schlechte Angewohnheit, mit Schecks und Bargeld von Kunden in der Tasche herumzulaufen. Als ich nach seinem Tod seine Brieftasche ausgehändigt bekam, waren drei Schecks über insgesamt neunhundert Dollar drin, die er schon zwei Wochen mit sich herumgetragen hatte. Was Geld anging, war er ein bisschen chaotisch.«

Sie sagte es, als sei es eine der sympathischen und amüsanten Eigenschaften ihres Mannes gewesen, auch wenn ich ziemlich sicher war, dass sie diesen Zug zu seinen Lebzeiten nicht lustig gefunden hatte.

»Noch kurz ein paar weitere Punkte«, sagte ich. »Wissen Sie, ob er sich normalerweise immer schon vorher in einem Krankenhaus anmeldete, wenn er vorhatte, in eine andere Stadt zu fahren? Oder anders ausgedrückt: Hätte er, falls er vorhatte, nach Las Vegas zu fahren, vorher in einem Krankenhaus dort angerufen – für den Fall, dass er ärztliche Hilfe gebraucht hätte?«

Sie schwieg eine Weile, bevor sie antwortete.

»Nein, das kann ich mir eigentlich nicht vorstellen. Glauben Sie denn, das hat er getan?«

»Das weiß ich nicht. Ich fand in einer der Akten eine Telefonnummer. Und einen Namen. Die Nummer war die des Vegas Memorial. Und jetzt versuche ich herauszufinden, warum er dort angerufen haben könnte.«

»Im Vegas Memorial haben sie eine Transplantationsabteilung, das weiß ich. Aber ansonsten kann ich mir nicht vorstellen, weshalb er dort angerufen haben könnte.«

»Und der Name William Bing? Sagt Ihnen der etwas? Könnte es sich um einen Arzt handeln, der ihm empfohlen worden war?«

»Keine Ahnung … das heißt, irgendwie kommt mir der Name bekannt vor, aber ich kann ihn nicht einordnen. Es könnte ein Arzt sein. Durchaus möglich, dass ich ihn von daher kenne.«

Ich wartete einen Moment, ob es ihr vielleicht noch einfiele, aber das war nicht der Fall. Ich fuhr fort.

»Gut, noch ein Letztes. Wo ist Terrys Auto?«

»Es müsste drüben in Cabrillo sein, im Jachthafen. Es ist ein alter Jeep Cherokee. An dem Schlüsselbund, den ich Ihnen gegeben habe, ist unter anderem ein Wagenschlüssel. Auch Buddy hat einen Schlüssel, weil er ihn manchmal benutzt. Im Prinzip kümmert er sich für uns um das Auto. Für mich inzwischen, meine ich.«

»Okay, ich werde das am Morgen nachprüfen. Deshalb brauche ich den Schlüssel noch. Wissen Sie, wann die erste Fähre aufs Festland geht?«

»Erst um Viertel nach neun.«

»Könnten wir uns dann um halb acht oder acht bei Ihnen im Haus treffen? Ich möchte mir diese Unterlagen abholen und Ihnen außerdem Verschiedenes zeigen. Es wird nicht lange dauern, und dann nehme ich die erste Fähre.«

»Ähm, ginge vielleicht acht? Bis dahin müsste ich wieder zurück sein. Normalerweise bringe ich Raymond immer zur Schule und liefere dann Ci-Ci in der Krippe ab.«

»Kein Problem. Dann also morgen um acht.«

Wir beendeten das Gespräch, und ich rief sofort Buddy Lockridge noch einmal an, den ich wieder aus dem Schlaf riss.

»Buddy, ich bin's noch mal.«

Er stöhnte.

»Ist Terry in dem Monat vor seinem Tod nach Las Vegas gefahren? Vielleicht um den ersten März rum?«

»Keine Ahnung, Mann.« Er hörte sich müde und genervt an. »Woher soll ich das wissen? Ich weiß ja nicht mal mehr, was *ich* am ersten März getan habe.«

»Denken Sie mal nach, Buddy. Um diese Zeit muss er längere Zeit mit dem Auto unterwegs gewesen sein. Er fuhr nicht mit dem Boot aufs Festland rüber. Wohin ist er gefahren? Hat er Ihnen irgendwas darüber erzählt?«

»Erzählt hat er mir gar nichts. Aber jetzt erinnere ich mich wieder an diesen Ausflug, weil der Jeep danach richtig eingesaut war. Er war voller Salz und was weiß ich für einem Dreck. Und ich war natürlich derjenige, der ihn waschen durfte.«

»Haben Sie ihn daraufhin angesprochen?«

»Ja, ich habe ihn gefragt: ›Wo bist du denn da wieder gewesen? Durchs Gelände gegurkt?‹ Und er nur: ›Ja, so was Ähnliches.‹«

»Mehr nicht?«

»Mehr hat er nicht gesagt. Ich hab die Kiste gewaschen.«

»Und wie sah sie innen aus? Haben Sie da auch sauber gemacht?«

»Nein, ich habe sie nur außen sauber gemacht. Bin damit zu der Waschanlage in Pedro rübergefahren und habe die Kiste mit der Powerdüse abgespritzt. Mehr habe ich nicht gemacht.«

Ich nickte, als ich zu dem Schluss gelangte, von Lockridge alles bekommen zu haben, was ich brauchte. Vorerst zumindest.

»Sind Sie morgen da?«

»Klar. Zurzeit bin ich immer hier. Wo sollte ich auch hin?«

»Schön. Dann sehen wir uns morgen.«

Nachdem ich das Gespräch beendet hatte, machte ich noch einen Anruf. Ich wählte die Nummer, die McCaleb oben auf dem Aktendeckel hinter den Namen Ritz geschrieben hatte; das war der Detective, der in dem *Times*-Artikel zitiert worden war.

Ich hörte eine Bandansage, die Vermisstenabteilung von Vegas Metro sei Montag bis Freitag von acht bis sechzehn Uhr geöffnet. In Notfällen wurde man an die Notrufnummer der Polizei verwiesen.

Ich klappte das Handy zu. Es war spät, und ich musste am Morgen früh raus, aber mir war klar, dass ich nicht so schnell würde einschlafen können. Ich war viel zu überdreht und wusste aus Erfahrung, dass in diesem Zustand an Schlaf nicht zu denken war. Noch nicht.

Ich saß auf einem Boot mit zwei Taschenlampen als einzigen Lichtquellen fest, aber es gab noch Verschiedenes zu tun. Ich klappte meinen Notizblock auf und begann eine chronologische Liste der Vorkommnisse in den Wochen und Monaten vor Terry McCalebs Tod zu erstellen. Ich schrieb alles auf die Seite, das Wichtige und das Unwichtige, die tatsächlichen Zusammenhänge und die eingebildeten. Genau so, wie ich aus Erfahrung einiges über den Schlaf und die Fähigkeit wusste, längere Zeit ohne ihn auszukommen, wusste ich auch, dass es auf die Details ankam. Die Antwort liegt immer im Detail. Was im Moment unwichtig erscheint, ist später von alles entscheidender Bedeutung. Was im Moment rätselhaft und zusammenhanglos erscheint, wird das Vergrößerungsglas, durch das die Dinge später deutlich erkennbar werden.

14

Man kann immer sagen, wer die Einheimischen sind. Sie sind diejenigen, die während der neunzigminütigen Überfahrt der Fähre drinnen sitzen und Kreuzworträtsel lösen. Die Touristen halten sich in der Regel auf dem Oberdeck auf oder reihen sich mit ihren Kameras an Bug oder Heck, um einen letzten Blick auf die Insel zu werfen, wie sie hinter ihnen im Dunst verschwindet. Auf der ersten Fähre zum Festland am nächsten Morgen war ich mit den Einheimischen drinnen. Aber ich arbeitete an einem anderen Rätsel. Ich hatte den Ordner, auf dem sich Terry McCaleb Anmerkungen zu dem Fall gemacht hatte, offen in meinem Schoß liegen. Außerdem hatte ich die Chronologie, die ich in der Nacht zusammengestellt hatte, vor mir liegen. Ich studierte sie in der Hoffnung, mir möglichst viel davon einprägen zu können. Die Fähigkeit, Details eines Falls sofort abrufen zu können, ist für den erfolgreichen Abschluss eines Ermittlungsverfahrens unerlässlich.

7. Jan.	–	McC liest von Vermissten in Nevada, ruft Vegas Metro an
9. Jan.	–	Vegas Metro nicht interessiert
2. Feb.	–	Hinton, Vegas Sun. Wer rief wen an?
13. Feb.	–	Halbtagstour mit Jordan Shandy
19. Feb.	–	Charter mit Finder
22. Feb.	–	GPS gestohlen/Anzeige bei Sheriff
27. Feb.	–	McC legte Fotoordner an
1. März?	–	McC drei Tage auf dem Festland
28. März	–	Letzter Charter. McC mit Medikamenten auf der Following Sea
31. März	–	McC stirbt

Jetzt fügte ich hinzu, was ich eine Stunde zuvor von Graciela erfahren hatte. Die Kreditkartenunterlagen, um die ich sie gebeten hatte, um die Aufenthaltsorte ihres Mannes rekonstruieren zu können, enthielten auch ihre Zahlungen. Am 21. Februar war in einem Nordstrom-Kaufhaus etwas von ihrer Visa-Karte abgebucht worden. Als ich sie danach fragte, sagte sie, das sei im Promenade-Einkaufszentrum gewesen. Ich fragte sie, ob sie seitdem noch einmal dort gewesen sei, und sie sagte Nein.

Als ich das Datum in die Chronologie einfügte, stellte ich fest, dass es der Tag vor dem war, an dem der Diebstahl des GPS-Geräts angezeigt worden war. Das hieß, es war aller Wahrscheinlichkeit nach der gleiche Tag, an dem es gestohlen worden war. Der Fotospion war mit Graciela auf der Fähre gewesen, als sie nach Catalina zurückgefahren war. Könnte er es gewesen sein, der in dieser Nacht heimlich an Bord der *Following Sea* gekommen war und das GPS gestohlen hatte? Wenn ja, warum? Und wenn ja, könnte das auch die Nacht gewesen sein, in der sich jemand an Terry McCalebs Medikamenten zu schaffen gemacht und die richtigen Kapseln gegen Placebos ausgetauscht hatte?

Ich kreiste die Abkürzung GPS in der Chronologie ein. Worin war die Bedeutung des Geräts und des Diebstahls zu sehen? Ich fragte mich, ob ich diesem Punkt zu viel Bedeutung beimaß. Vielleicht war Buddy Lockridges Theorie die richtige: dass das Gerät von Finder, einem Konkurrenten, gestohlen worden war. Vielleicht steckte tatsächlich nicht mehr dahinter, aber die zeitliche Nähe zu den Fotos von Gracielas Besuch in der Mall ließen mich etwas anderes vermuten. Mein Gefühl sagte mir, dass da ein Zusammenhang bestand. Ich wusste nur noch nicht, welcher.

Trotzdem hatte ich das Gefühl, dass ich irgendeinem wichtigen Punkt auf der Spur war. Die Chronologie war insofern sehr hilfreich, als sie mir ermöglichte, Zusammenhänge und zeitliche Abfolgen zu sehen. Es gab noch mehr hinzuzufügen, und mir fiel ein, dass ich vorgehabt hatte, am Morgen noch einmal ein paar Anrufe in Las Vegas zu machen. Ich öffnete mein Handy und prüfte den Ladezustand des Akkus. Ich hatte ihn auf der *Following Sea* nicht aufladen können. Jetzt war er fast leer. Ich konnte vielleicht noch einen Anruf machen, bevor er den Geist aufgab. Ich gab die Nummer der Vermisstenabteilung von Vegas Metro ein. Ich kam durch und verlangte nach Detective Ritz. Ich wurde fast drei Minuten auf die Warteschleife gelegt, und in dieser Zeit begann das Handy, jede Minute zu piepsen, um mich zu warnen, dass sich die Akkuladung dem Ende zuneigte.

»Hier Detective Ritz. Was kann ich für Sie tun?«

»Detective, mein Name ist Harry Bosch. Ich war früher beim LAPD, hauptsächlich Morddezernat. Inzwischen bin ich pensioniert. Ich tue hier einer guten Bekannten einen Gefallen. Ihr Mann starb letzten Monat, und ich versuche gewissermaßen, ein paar Ungereimtheiten auszuräumen. Ich bin auf eine Akte von ihm gestoßen, in der sich Ihr Name und Ihre Telefonnummer und ein Zeitungsartikel über einen Ihrer Fälle befanden.«

»Über welchen Fall?«

»Die sechs Vermissten.«

»Und wie hieß der Mann Ihrer Bekannten?«

»Terry McCaleb. Er war früher beim FBI. Er arbeitete …«

»Ach, der.«

»Kannten Sie ihn?«

»Ich habe einmal mit ihm telefoniert. Von Kennen kann man da vielleicht nicht unbedingt sprechen.«

»Haben Sie über die Vermissten gesprochen?«

»Augenblick, wie war Ihr Name gleich noch mal?«

»Harry Bosch.«

»Also, dann hören Sie mal gut zu, Harry Bosch. Ich weiß nicht, wer Sie sind, und ich weiß nicht, was Sie wollen, aber es ist normalerweise nicht meine Art, mit Fremden am Telefon über offene Fälle zu sprechen.«

»Ich könnte zu Ihnen kommen.«

»Das würde nichts an der Sache ändern.«

»Sie wissen doch, dass er tot ist, oder?«

»McCaleb? Ich habe gehört, er hatte einen Herzinfarkt und er war mit seinem Boot unterwegs und er bekam nicht rechtzeitig Hilfe. Hat sich nicht gerade intelligent angehört für mich. Was hat ein Kerl mit einem fremden Herz fünfundzwanzig Meilen draußen auf dem Meer zu suchen?«

»Wahrscheinlich Geld verdienen. Hören Sie,

es ist da einiges an den Tag gekommen, und ich versuche herauszufinden, woran McCaleb zu diesem Zeitpunkt gearbeitet hat. Um zu sehen, ob er vielleicht jemanden auf sich aufmerksam gemacht hat, wenn Sie wissen, was ich meine. Ich will lediglich …«

»Ich weiß leider nicht, was Sie meinen. Wollen Sie mir hier was von Voodoo erzählen? Dass ihn jemand verhext hat und dass er deshalb einen Herzinfarkt bekam? Ich habe hier zu tun, Bosch. Und zwar eindeutig zu viel, um mir solchen Blödsinn anzuhören. Ihr Pensionierten denkt, wir hätten alle Zeit der Welt für Euch und Eure durchgeknallten Voodoo-Theorien. Aber ob Sie's glauben oder nicht, die haben wir nicht.«

»Haben Sie ihm das auch gesagt, als er bei Ihnen anrief? Wollten Sie von seiner Theorie oder seinem Fallprofil nichts wissen? Haben Sie das auch als Voodoo abgetan?«

»Hören Sie, Mann, was soll so ein Profil schon bringen? Bringt einen doch einen Dreck weiter, dieses Zeugs. Alles Quatsch, das, und das habe ich auch ihm gesagt, und das …«

Sein letztes Wort wurde vom warnenden Piepsen meines Handys abgeschnitten.

»Was war das gerade?«, fragte er. »Nehmen Sie das etwa auf?«

»Nein, das war nur die Ladeanzeige meines Handys. Ist Terry McCaleb nicht nach Las Vegas gekommen, um persönlich mit Ihnen darüber zu reden?«

»Nein. Ich glaube, er ist stattdessen zur Zeitung gerannt. Typisch FBI.«

»War in der *Sun* nicht ein Artikel über seine Ansichten zu diesem Thema?«

»So würde ich es nicht nennen. Ich glaube, die hielten das auch mehr oder weniger für Quatsch.«

Diese Bemerkung enthüllte eine Unwahrheit. Wenn Ritz dachte, McCalebs Theorie wäre Quatsch, musste er sie sich angehört haben, um ein solches Urteil zu fällen. Ich glaubte, es zeigte, dass Ritz mit McCaleb über den Fall gesprochen hatte, möglicherweise sogar ausführlich.

»Wenn ich Ihnen noch eine letzte Frage stellen dürfte, lasse ich Sie auch bestimmt in Frieden. Hat Terry etwas von einer Dreieckstheorie erwähnt? Etwas von einem Punkt, der drei ergibt? Sagt Ihnen irgendetwas davon etwas?«

Das Lachen, das ich im Telefon hörte, war nicht freundlich. Es war nicht einmal gutmütig.

»Das waren drei Fragen, Bosch. Drei Fragen, drei Seiten eines Dreiecks und drei Versuche, und Sie sind …«

Das Handy gab den Geist auf, der Akku war endgültig leer.

»Raus«, sagte ich den Satz für Ritz zu Ende.

Ich wusste, es bedeutete, er würde meine Frage nicht beantworten. Ich klappte das Handy zu und steckte es ein. Im Auto hatte ich ein Ladegerät. Spätestens auf der anderen Seite der Santa Monica Bay wäre das Handy wieder betriebsbereit. Da war zwar noch die Journalistin von der *Sun*, mit der ich reden könnte, aber ich bezweifelte, dass Ritz noch einmal mit mir sprechen würde.

Ich stand auf und ging nach draußen und nach achtern, um mich von der kühlen Morgenluft erfrischen zu lassen. Catalina lag weit hinter uns, nur noch ein zerklüfteter grauer Fels, der aus dem Dunst ragte. Wir hatten schon über die Hälfte der Strecke zurückgelegt. Ich hörte ein kleines Mädchen seiner Mutter sehr laut »Da!« zurufen, und als mein Blick seinem ausgestreckten Finger aufs Wasser hinab folgte, sah ich in der Heckwelle der Fähre eine Schule Tümmler durch die Wasseroberfläche brechen. Es müssen an die zwanzig gewesen sein, und bald drängten sich Passagiere mit ihren Kameras im Heck. Ich glaube, vielleicht kamen sogar ein paar Einheimische nach draußen, um zu schauen. Die Tümmler waren herrlich, ihre graue Haut glänzte im Morgenlicht wie Plastik. Ich fragte mich, ob sie das bloß zum Vergnügen machten oder die Fähre für ein Fischerboot hielten und hofften, etwas von den Abfällen seines Fangs abzubekommen.

Bald schaffte es die Vorstellung nicht mehr, alle in ihren Bann zu ziehen, und die Passagiere kehrten an ihre Plätze zurück. Das kleine Mädchen, das die Tümmler entdeckt hatte, blieb am Dollbord und schaute, genau wie ich, bis die Tümmler schließlich abtauchten und im blauschwarzen Meer verschwanden.

Ich ging nach drinnen und nahm mir McCalebs Akte wieder vor. Ich las alles noch einmal durch, was er und ich geschrieben hatten. Mir kamen keine neuen Ideen. Dann sah ich mir die Fotos an, die ich am Abend zuvor ausgedruckt hatte. Ich hatte Graciela die Fotos von Jordan Shandy gezeigt, aber sie kannte ihn nicht und bestürmte mich mit mehr Fragen als Antworten über ihn, Fragen, die zu beantworten ich im Moment lieber noch nicht versuchen wollte.

Als Nächstes kamen die Kreditkarten- und Telefonunterlagen an die Reihe. Ich hatte sie mir zwar schon in Gracielas Anwesenheit angesehen, wollte sie mir aber noch einmal gründlicher vornehmen. Ganz besonderes Augenmerk richtete ich auf die von Ende Februar und Anfang März, als

Terry McCaleb laut Aussagen Gracielas auf dem Festland gewesen war. Aber es gab keine Zahlung mit einer Kreditkarte und keinen Anruf mit seinem Handy, aus dem hervorgegangen wäre, wo er sich aufgehalten hatte, und schon gar nicht ließ sich feststellen, ob er in Los Angeles oder vielleicht in Las Vegas gewesen war. Fast war es, als hätte er bewusst keine Spuren hinterlassen wollen.

Eine halbe Stunde später lief die Fähre in den Los Angeles Harbor ein und legte neben der *Queen Mary* an, einem ehemaligen Kreuzfahrtschiff, das dort fest vor Anker lag und inzwischen als Hotel und Kongresszentrum diente. Als ich auf dem Parkplatz zu meinem Auto ging, hörte ich ein lautes Kreischen, und als ich mich umdrehte, sah ich eine Frau mit dem Kopf nach unten pendelnd auf und ab wippen. Sie hing an einem Bungeeseil, das an einer Plattform am Heck der *Queen Mary* befestigt war. Sie hatte die Arme seitlich an den Oberkörper gepresst, und ich merkte, dass sie nicht aus Angst oder wegen des durch den freien Fall ausgelösten Adrenalinstoßes geschrien hatte, sondern weil anscheinend ihr T-Shirt beinahe über ihren Kopf und ihre Schultern gerutscht wäre und sie vor den Augen der Schaulustigen, die sich an der Reling des Kreuzfahrtschiffs drängten, entblößt hätte.

Ich wandte mich ab und ging zu meinem Auto. Ich fahre einen Mercedes-Benz-Geländewagen, ein Gefährt von der Sorte, das nach Auffassung bestimmter Leute dazu beiträgt, dass es weiter Terroristen geben wird. Ich lasse mich auf derlei Diskussionen nicht ein, weiß aber, dass die Leute, die in Talkshows auftreten, um über solche Themen zu diskutieren, in der Regel in Stretchlimousinen vorfahren.

Sobald ich eingestiegen war und den Motor gestartet hatte, steckte ich das Handy in das Ladegerät und wartete, dass es wieder zum Leben erwachte. Als das der Fall war, sah ich, dass in den fünfundvierzig Minuten, in denen das Handy außer Betrieb gewesen war, zwei Nachrichten eingegangen waren.

Die erste war von meiner früheren Partnerin Kizmin Rider, die mittlerweile im Büro des Polizeichefs für Verwaltungs- und Planungsaufgaben zuständig war. Sie hinterließ mir keine Mitteilung, nur die Bitte, sie anzurufen. Das war eigenartig, weil wir fast ein Jahr lang nicht mehr miteinander gesprochen hatten und unser letztes Gespräch nicht besonders erfreulich gewesen war. Ihre obligatorische Weihnachtskarte war nur mit ihrer Unterschrift versehen gewesen und nicht mit den gewohnten herzlichen Grüßen und dem Versprechen eines baldigen Wiedersehens. Ich notierte mir ihre Durchwahl – wenigstens dafür war ich noch gut genug – und speicherte die Nachricht.

Die zweite Nachricht war von Cindy Hinton, der *Sun*-Redakteurin. Sie hatte mich lediglich zurückrufen wollen. Ich fuhr in Richtung Freeway los, um nach San Pedro und zur Cabrillo Marina hinüberzustechen, wo Terry McCalebs Jeep auf mich wartete. Unterwegs rief ich Hinton zurück, und sie ging sofort dran.

»Ja, ich rufe wegen Terry McCaleb an«, sagte ich. »Ich rekonstruiere sozusagen, wo er sich in den letzten Monaten seines Lebens aufgehalten hat. Dass er gestorben ist, wissen Sie vermutlich. Ich erinnere mich, dass die *Sun* einen Nachruf veröffentlicht hat.«

»Ja, das weiß ich. Sie haben mir gestern Abend auf Band gesprochen, dass Sie Ermittler sind. Bei welcher Behörde?«

»Eigentlich bin ich staatlich zugelassener Privatdetektiv. Aber ich war fast dreißig Jahre bei der Polizei.«

»Hat das etwas mit diesen Vermissten zu tun?«

»Inwiefern?«

»Das weiß ich doch nicht. Sie haben mich angerufen. Ich weiß nicht, was Sie wollen.«

»Dürfte ich Ihnen eine Frage stellen? Zuerst einmal, ich weiß von Detective Ritz drüben bei Vegas Metro, dass sich Terry McCaleb für den Vermisstenfall interessiert hat. Er hatte sich gründlich mit den Fakten befasst, die ihm zur Verfügung standen, und rief Detective Ritz an, um ihm bei den Ermittlungen seine Hilfe anzubieten und seine Theorien darzulegen. Können Sie mir so weit folgen?«

»Ja. Das alles weiß ich.«

»Okay, gut. Ritz und Vegas Metro wollten nichts von McCalebs Angebot wissen. Nun ist meine Frage: Was passierte als Nächstes? Hat er Sie angerufen? Haben Sie ihn angerufen? Haben Sie einen Artikel geschrieben, in dem stand, dass er in diesem Fall ermittelte?«

»Und aus welchem Grund wollen Sie das alles wissen?«

»Entschuldigung, aber könnten Sie bitte einen Augenblick warten.«

Ich hatte gemerkt, dass ich den Anruf nicht im Fahren hätte machen sollen. Ich hätte damit rechnen sollen, dass mir Hinton mit Misstrauen begegnen würde und dass der Anruf meine ungeteilte Aufmerksamkeit erfordern würde. Ich schaute in den Rückspiegel und schwenkte zwei Spuren nach rechts, um die nächste Ausfahrt zu nehmen. Ich hatte das Schild nicht gesehen und wusste nicht, wohin ich fuhr. Ich kam in ein Gewerbegebiet, wo Speditionen und Lagerhäuser die Straßen säumten. Ich hielt hinter einem Sattelanhänger, der vor den offenen Garagentoren eines Lagerhauses stand.

»So, Entschuldigung, da wäre ich wieder. Sie haben gefragt, warum ich die Antworten auf diese Fragen wissen will. Also, Terry McCaleb war mein Freund. Und ich greife einige der Dinge auf, an denen er gearbeitet hat. Ich will seine Arbeit zu Ende führen.«

»Das hört sich so an, als wäre da noch etwas, etwas, was Sie mir nicht sagen.«

Ich überlegte kurz, wie ich die Sache anpacken sollte. Einem Journalisten Informationen zu geben, vor allem einem Journalisten, den man nicht kannte, war ziemlich riskant. Es konnte ziemlich übel auf einen zurückfallen. Ich musste mir überlegen, wie ich ihr geben konnte, was sie brauchte, um mir zu helfen. Aber hinterher müsste ich alles wieder zurücknehmen.

»Hallo? Sind Sie noch dran?«

»Äh, ja. Wäre es vielleicht möglich, dass das, was ich Ihnen jetzt sage, unter uns bleibt?«

»Unter uns? Wir reden doch noch über gar nichts.«

»Ich weiß. Ich werde Ihnen etwas erzählen,

wenn Sie mir garantieren, dass es unter uns bleibt. Sprich: Sie dürfen es nicht veröffentlichen.«

»Na schön, klar, meinetwegen, es bleibt unter uns. Aber könnten Sie bitte langsam zur Sache kommen oder worum es bei dieser wichtigen Information geht, weil ich nämlich heute Vormittag noch einen Artikel schreiben muss?«

»Terry McCaleb wurde ermordet.«

»Äh, nein, das wurde er nicht. Ich habe die Meldung gelesen. Er hatte einen Herzinfarkt. Er hatte vor sechs Jahren eine Herztransplantation. Er ...«

»Ich weiß, was in der Presse stand, und ich sage Ihnen, es stimmt nicht. Und es wird herauskommen, dass es nicht stimmt. Und ich versuche herauszufinden, wer ihn umgebracht hat. Können Sie mir jetzt vielleicht sagen, ob Sie einen Artikel geschrieben haben, in dem er namentlich erwähnt wurde?«

Sie schien verärgert, als sie antwortete.

»Ja, ich habe einen Artikel geschrieben, in dem er vorkam. In ein, zwei Abschnitten. Okay?«

»Nur ein, zwei Abschnitte. Was stand da drin?«

»Es war ein Nachtrag zu meinem Artikel über die sechs Vermissten. Ich schrieb ihn, um zu sehen, was sich Neues ergeben hatte. Sie wissen schon, irgendwelche neue Spuren, wenn überhaupt welche. McCaleb wurde erwähnt, mehr nicht. Ich schrieb, dass er Vegas Metro seine Hilfe und eine Theorie angeboten hatte, aber dort sagte man ›Nein danke‹. Ich hielt es durchaus für gerechtfertigt, das einzuflechten, weil das Ganze furchtbar trocken war und McCaleb wegen des Films und Clint Eastwood und allem so etwas wie eine Berühmtheit war. Ist damit Ihre Frage beantwortet?«

»Dann hat er Sie also gar nicht angerufen?«

»Rein technisch gesehen schon, doch. Ich bekam seine Nummer von Ritz und rief ihn an. Ich hinterließ ihm eine Nachricht, und er rief mich zurück. Rein technisch gesehen, rief er also mich an, wenn Sie so wollen. Was ist übrigens Ihrer Meinung nach tatsächlich mit ihm passiert?«

»Hat er Ihnen seine Theorie dargelegt? Die, an der Ritz nicht interessiert war?«

»Nein, er wollte keinerlei Kommentar dazu abgeben und bat mich, ihn nicht namentlich zu erwähnen. Ich sprach mit meinem Redakteur, und wir beschlossen, es doch zu tun. Wie gesagt, er war berühmt.«

»Wusste McCaleb, dass Sie ihn in dem Artikel namentlich erwähnt hatten?«

»Keine Ahnung. Ich habe danach nicht mehr mit ihm gesprochen.«

»Hat er bei dem Gespräch, das Sie mit ihm geführt haben, etwas von einer Dreieckstheorie erwähnt?«

»Von einer Dreieckstheorie? Nein, hat er nicht. Aber nachdem ich Ihre Fragen beantwortet habe, beantworten Sie jetzt meine. Wer sagt, er wurde ermordet? Ist das amtlich?«

Jetzt wurde es Zeit, den Rückzug anzutreten. Ich musste richtig dick auftragen, damit sie nicht auf die Idee käme, sich sofort, nachdem sie aufgehängt hatte, wieder ans Telefon zu hängen, um über mich und meine Story Erkundigungen einzuziehen.

»Na ja, eigentlich nicht.«

»Eigentlich nicht? Sind Sie ... also, wieso kommen Sie eigentlich dazu, das zu behaupten?«

»Na ja, weil er doch in bester Verfassung war und das Herz eines jungen Menschen bekommen hatte.«

»Und was ist mit einer Organabstoßung und der Möglichkeit einer Infektion? Es könnte alles Mögliche passiert ... haben Sie irgendetwas Amtliches darüber oder sonst irgendeine Form der Bestätigung? Gibt es ein offizielles Ermittlungsverfahren?«

»Nein. Das wäre ja so, als würde man die CIA bitten, im Fall des Kennedy-Attentats zu ermitteln. Auf den dritten, meine ich. Sie würden doch alles nur verschleiern.«

»Wovon reden Sie überhaupt? Welcher dritte?«

»Der dritte Kennedy. Der Sohn, John-John. Glauben Sie etwa, sein Flugzeug ist einfach so ins Meer gestürzt, wie sie behaupten? Es gab drei Zeugen in New Jersey, die gesehen haben, wie ihre Leichen *vor* dem Start in die Maschine geladen wurden. Diese Zeugen sind übrigens auch verschwunden. Es war Teil der Dreieckstheorie und dann …«

»Okay, Mister, schön, dass Sie angerufen haben. Aber ich stehe gerade gewaltig unter Zeitdruck und muss …«

Sie legte auf, bevor sie ihren eigenen Satz zu Ende gesprochen hatte. Ich musste grinsen. Ich glaubte, aus dem Schneider zu sein, und war richtig stolz auf meine Findigkeit. Ich nahm die Akte vom Beifahrersitz, schlug sie auf und sah auf die Chronologie. Terry hatte das Gespräch mit Hinton am 2. Februar eingetragen. Der Artikel war vermutlich ein, zwei Tage später erschienen. Sobald ich zu einer Bibliothek mit einem Computer kam, konnte ich den Artikel nachschlagen und nachlesen, was an welchem Tag über McCaleb geschrieben worden war.

Vorerst trug ich es am 3. Februar in die Chronologie ein. Dann studierte ich eine Weile, was ich hatte, und begann meine eigene Theorie zu dem Fall zu entwickeln:

McCaleb sieht in der *Los Angeles Times* vom 7. Januar den Artikel über die Vermissten. Er weckt sein Interesse. McCaleb entdeckt darin etwas, was die Polizei möglicherweise übersehen oder falsch gedeutet hat. Er stellt eine Theorie auf und ruft zwei Tage später Ritz von Vegas Metro an. Ritz lässt ihn abblitzen, erzählt aber Hinton von dem Anruf, als diese einen Nachfolgeartikel schreibt, was Ritz sehr gelegen kommt. Es kann nur in seinem Interesse sein, dass der Fall weiter im Gespräch bleibt, und dabei kann es nicht schaden, den Namen eines »prominenten« Ermittlers einzuflechten.

Hintons Nachfolgeartikel, in dem McCaleb erwähnt wird, erscheint in der ersten Februarwoche in der *Sun*. Keine zwei Wochen später – am 13. Februar – taucht Jordan Shandy mit einem Wassertaxi bei McCaleb auf, als dieser gerade allein auf seinem Boot ist, und lässt sich für einen halben Tag von ihm aufs Meer hinausfahren. Beim Fischen erregt irgendetwas an dem Mann McCalebs Argwohn, weshalb er heimlich Fotos von ihm macht. Eine Woche später ist Shandy im Promenade-Einkaufszentrum, wo er McCalebs Familie belauert und heimlich fotografiert – genau so, wie McCaleb es mit ihm gemacht hat. In der gleichen Nacht entwendet jemand das GPS-Gerät von der *Following Sea* und macht sich möglicherweise an McCalebs Medikamenten zu schaffen.

Bis zum 27. Februar erhält McCaleb die Fotos, die in der Mall von seiner Familie aufgenommen wurden. Von wem die Fotos stammen und wie sie McCaleb übermittelt worden sind, ist unbekannt, aber der Zeitpunkt, zu dem der Ordner mit den Fotos in seinem Computer angelegt wird, ist dokumentiert. Nur zwei Tage nachdem er die Fotos in seinem Computer gespeichert hat, fährt McCaleb von Catalina aufs Festland. Sein Ziel ist unbekannt, aber nach seiner Rückkehr ist das Auto sehr schmutzig, als wäre er viel im Gelände damit unterwegs gewesen. Außerdem gibt es schriftliche Beweise, dass er die Telefonnummern eines Krankenhauses in Las Vegas und des Mandalay Bay Resort hatte, einer der letzten bekannten Aufenthaltsorte eines der Vermissten.

Es gab Möglichkeiten und Auslegungen in Hülle und Fülle. Meiner Meinung nach hing alles mit den Fotos zusammen. Ich glaubte, dass sie McCaleb dazu veranlasst hatten, aufs Festland zu fahren. Ich glaubte, dass sein Auto nach seiner Rückkehr drei Tage später so schmutzig gewesen war, weil er an der Zzyzx Road in die Wüste gefahren war. Er hatte den Köder, ob nun wissentlich oder nicht, geschluckt und war in die Wüste gefahren.

Ich sah wieder auf meine Chronologie und kam zu dem Schluss, dass McCalebs namentliche Erwähnung in dem *Sun*-Artikel eine Reaktion nach sich gezogen hatte. In irgendeiner Form hatte Shandy etwas mit dem Verschwinden der vermissten Männer zu tun. Wenn dem so war, dürfte er in den Medien nach Meldungen über neue Erkenntnisse zu dem Fall Ausschau gehalten haben. Als er in der *Sun* McCalebs Namen las, kam er nach Catalina, um ihn unter die Lupe zu nehmen. Er könnte McCaleb auf der vierstündigen Bootstour am selben Tag seine Medikamente einnehmen sehen und einen Plan zur Beseitigung dieser Bedrohung entworfen haben.

Blieb noch die Frage des GPS-Geräts und warum es bei dem Einbruch auf dem Boot am 21. Februar entwendet worden war. Inzwischen glaubte ich, es war nur aus Verschleierungsgründen gestohlen worden. Shandy konnte nicht mit Sicherheit davon ausgehen, dass der Einbruch auf dem Boot, bei dem er Terrys Medikamente vertauschte, unbemerkt bliebe. Deshalb stahl er das Gerät, damit sich McCaleb keine weiteren Gedanken über die Absichten des Eindringlings machte, falls er entdeckte, dass es zu einem Einbruch gekommen war.

Die wichtigere Frage war, weshalb McCaleb als Bedrohung betrachtet wurde, obwohl der *Sun*-Artikel nicht auf seine Dreieckstheorie einging. Darauf wusste ich keine Antwort. Ich hielt es nicht für ausgeschlossen, dass er gar nicht als Bedrohung betrachtet wurde, sondern nur eine Berühmtheit war, die Shandy tötete, um seine Überlegenheit unter Beweis zu stellen. Das war eine der Unbekannten.

Es war auch einer der Widersprüche. Meine Theorie hatte eindeutig Widersprüche. Wenn die ersten sechs Männer spurlos verschwunden waren, warum war McCaleb so ermordet worden, dass es Zeugen gab und eine Leiche, die möglicherweise die Wahrheit an den Tag brachte? Das passte nicht zusammen. Meine einzige Antwort war, dass es ein Ermittlungsverfahren und eine nachträgliche Beschäftigung mit McCalebs Theorie und seinen Überlegungen zu den sechs Vermissten zur Folge gehabt hätte, wenn er einfach verschwunden wäre. Dem hatte Shandy vorbeugen wollen, weshalb McCaleb auf eine Art und Weise beseitigt worden war, die mit etwas Glück wie ein natürlicher Todesfall oder ein Unfall erschien und deshalb keinen Verdacht erregte.

Meine Theorie beruhte auf Spekulationen, und deshalb hatte ich kein gutes Gefühl bei der Sache. Als ich noch eine Dienstmarke trug, war es verpönt, sich auf Spekulationen zu stützen; genauso gut hätte man Sand in seinen Benzintank füllen können. Das führte auf schnellstem Weg ins Verderben. Mir war nicht wohl bei dem Gedanken, wie schnell ich mich dazu hatte verleiten lassen, meinen Theorien nichts als Interpretationen und Spekulationen zugrunde zu legen statt ein Fundament aus Fakten. Das war der Punkt, an dem ich beschloss, alle Theorien beiseite zu lassen und mich wieder auf die Fakten zu konzentrieren.

Ich wusste, dass die Zzyzx Road und die Wüste real und Teil der Faktenkette waren. Ich hatte die Bilder, um es zu beweisen. Ich wusste zwar nicht, ob Terry McCaleb tatsächlich dorthin gefahren war oder was er dort, wenn er da gewesen war, entdeckt haben könnte. Aber ich wusste inzwischen, dass *ich* dorthin fahren würde. Und das war auch ein Fakt.

15

Buddy Lockridge wartete auf dem Parkplatz der Cabrillo Marina, als ich dort eintraf. Ich hatte ihn angerufen und ihm gesagt, ich müsse verreisen und sei in Eile, weshalb wir unser Vorhaben, uns zu einem weiteren Gespräch zusammenzusetzen, verschieben müssten. Ich sagte ihm, ich wolle mir nur rasch McCalebs Cherokee ansehen und dann sofort aufbrechen. Mein Ziel stand bereits fest, ob ich nun in McCalebs Jeep etwas finden würde, was auf die Wüste und Las Vegas hinwies, oder nicht.

»Wieso plötzlich diese Eile?«, fragte Lockridge, als ich neben ihm anhielt und ausstieg.

»Der Schwung«, erklärte ich ihm. »Das Wichtigste bei Ermittlungen ist, dass man dabei den Schwung nicht verliert. Wenn man einmal anfängt, langsamer zu werden, wird man immer weiter langsamer. Das möchte ich vermeiden.«

Bevor ich Graciela die Bootsschlüssel zurückgab, hatte ich den Schlüssel für den Cherokee heruntergenommen. Damit schloss ich jetzt die Fahrertür auf. Ich beugte mich in den Wagen und sah mich kurz darin um, bevor ich einstieg.

»Wo wollen Sie denn hin?«, fragte Lockridge hinter mir.

»Nach San Francisco«, log ich, einfach nur um zu sehen, wie er reagieren würde.

»Nach San Francisco? Was wollen Sie denn dort?«

»Das weiß ich auch noch nicht. Aber ich glaube, dass er dort auf seinem letzten Ausflug war.«

»Dann ist er wohl querfeldein hingefahren.«

»Kann sein.«

Im Innern des Cherokee stach mir nicht sofort etwas Auffälliges in die Augen. Das Auto befand sich in ordentlichem Zustand. Allerdings roch es leicht modrig, als ob einmal bei einem Platzregen die Fenster offen gelassen worden wären. Ich öffnete die Klappe zwischen den zwei Vordersitzen und fand in dem Fach darunter zwei Sonnenbrillen, eine Packung Zahnkaugummi und eine kleine Actionfigur aus Plastik. Ich reichte sie Lockridge nach draußen.

»Sie haben Ihren Superhelden hier drinnen vergessen, Buddy.«

Er nahm die Figur nicht.

»Sehr witzig. Das Ding ist von McDonald's. Weil es auf der Insel drüben keinen gibt, gehen sie mit den Kindern immer gleich als Erstes zu McDonald's, wenn sie aufs Festland rüberkommen. Ist wie Crack, dieser Fraß, Mann. Die Kids werden schon ganz früh richtig süchtig auf die Pommes und diesen ganzen Dreck, und dann kommen sie ihr Leben lang nicht mehr davon los.«

»Es gibt Schlimmeres.«

Ich legte die Actionfigur in das Fach zurück und schloss es. Ich beugte mich weiter vor, um das Handschuhfach öffnen zu können.

»Wollen Sie nicht, dass ich mitkomme? Vielleicht könnte ich Ihnen helfen.«

»Nein danke, Buddy. Ich komme schon zurecht. Ich fahre gleich von hier los.«

»Wieso, ich wäre in fünf Minuten fertig. Ich meine, ich müsste nur ein paar Klamotten in meine Tasche stopfen.«

Das Handschuhfach enthielt eine weitere Plastikfigur und Bedienungsanleitungen für das Auto. Außerdem eine Schachtel mit einem Hörbuch von Stephen J. Cannell mit dem Titel *The Tin Collectors*. Sonst befand sich nichts darin. Dieser Zwischenstopp erwies sich mehr und mehr als Flop. Ich erreichte damit nur, dass sich mir Buddy Lockridge als Partner aufdrängte. Ich zog mich aus dem Wagen zurück und richtete mich auf. Ich sah Lockridge an.

»Nein danke, Buddy. Das mache ich lieber allein.«

»Hey, ich habe Terry immer geholfen, Mann. Es war nicht wie im Film, wo sie diesen Widerling aus mir gemacht haben, der …«

»Ja, ja, ich weiß, Buddy. Das haben Sie mir alles schon erzählt. Aber das hat damit nichts zu tun. Ich arbeite grundsätzlich allein. Das war sogar schon so, als ich noch bei der Polizei war. So war ich, und so bin ich.«

Mir fiel etwas ein, und ich beugte mich wieder in den Wagen und suchte die Windschutzscheibe auf der Beifahrerseite nach einem Sticker wie dem ab, den ich auf der Aufnahme der Zzyzx Road in McCalebs Computer gesehen hatte. In der rechten unteren Ecke der Windschutzscheibe war weder ein Sticker noch sonst etwas. Eine weitere Bestätigung, dass McCaleb das Foto nicht gemacht hatte.

Ich zog mich wieder aus dem Auto zurück, ging nach hinten und öffnete die Heckklappe. Das Einzige, was ich dort fand, war ein Kissen in Form von SpongeBob, einer Cartoonfigur. Das wusste ich, weil meine Tochter SpongeBob-Fan war und ich mir die Sendung hin und wieder mit ihr ansah. Ich vermutete, SpongeBob stand auch bei den McCalebs hoch im Kurs.

Dann ging ich zu einer der Hintertüren und schaute in den Fond. Ebenfalls sauber, aber ich sah, dass in der Tasche auf der Rückseite des vorderen Beifahrersitzes, wo er vom Fahrersitz aus erreichbar war, ein Straßenatlas steckte. Ich achtete darauf, dass Buddy nicht sehen konnte, was ich tat, als ich ihn herauszog und durchblätterte.

Auf der Seite für das südliche Nevada war zu sehen, dass auf der Karte auch Teile der angrenzenden Staaten eingezeichnet waren. An der Südwestecke Nevadas war das bereits zu Kalifornien gehörige Mojave-Naturschutzgebiet eingekreist. Und an den rechten Rand der Karte hatte jemand mit Tinte mehrere Zahlen untereinander geschrieben und dann addiert. Ihre Summe ergab 86. Darunter stand: »Eigentlich 92.«

»Was ist das?« Lockridge sah mich durch die andere Hintertür an.

Ich klappte den Straßenatlas zu und warf ihn auf den Sitz.

»Nichts. Wie es aussieht, hat er sich für eine seiner Reisen Entfernungen oder so was notiert.«

Ich beugte mich weit nach unten, um unter den Beifahrersitz schauen zu können. Ich sah weitere McDonald's-Actionfiguren und alte Lebensmittelverpackungen und andere Abfälle. Nichts, was näherer Begutachtung wert schien. Ich richtete mich auf, ging auf die andere Seite und bat Lockridge, Platz zu machen, damit ich auch unter dem Fahrersitz nachsehen könnte.

Unter dem Fahrersitz lag weiterer Müll, aber darüber hinaus bemerkte ich mehrere zerknüllte Zettel. Ich fuhr mit der Hand unter den Sitz und fegte sie darunter hervor, um sie mir ansehen zu können. Ich öffnete einen und strich ihn glatt und sah, dass es ein Zahlungsbeleg einer Tankstelle in Long Beach war. Er war fast ein Jahr früher datiert.

»Unter den Sitzen sehen Sie nicht nach, wenn Sie das Auto sauber machen, oder, Buddy?«

»Sie haben mir nie gesagt, dass ich das tun soll«, sagte er leicht verlegen. »Eigentlich kümmere ich mich nur darum, dass der Wagen außen sauber ist.«

»Ach so, verstehe.«

Ich begann, die restlichen Papierknäuel zu öffnen. Ich erwartete nichts, was mich weiterbringen könnte. Ich hatte die Kreditkartenbelege bereits durchgesehen und wusste, dass es keine Zahlungen gab, anhand derer ich hätte rekonstruieren können, wo McCaleb auf seinem Dreitageausflug gewesen war. Aber die Regel lautete, immer gründlich zu sein.

Es waren mehrere Belege für Einkäufe in der näheren Umgebung. Lebensmittel aus einem Safeway und Angelausrüstung aus einem Laden in San Pedro, Ginseng-Extrakt aus einem Naturkostladen namens BetterFit und ein Hörbuch mit dem Titel *Auf der Suche nach Chet Baker* aus einer Buchhandlung in Westwood. Von dem Buch hatte ich nie gehört, aber ich wusste, wer Chet Baker war. Ich beschloss, diesem Punkt später nachzugehen, wenn ich Zeit hatte, um ein Buch zu lesen oder zu hören.

Bei der fünften Papierkugel machte sich die Regel bezahlt. Ich entfaltete einen Barbeleg von einer Travel-America-Raststätte in Las Vegas. Sie lag, genau wie das Vegas Memorial, in der Blue Diamond Road. Das Ausstellungsdatum war der 2. März. Der Beleg war für sechzehn Gallonen Benzin, eine Halbliterflasche Gatorade und die Hörbuchausgabe von *The Tin Collectors*.

Diesem Beleg zufolge musste McCaleb während seines Dreitageausflugs in Las Vegas gewesen sein. Es war eine weitere Bestätigung von etwas, was ich bereits zu wissen glaubte. Trotzdem stieg mein Adrenalinspiegel ein paar Striche weiter. Ich wollte mich endlich auf den Weg machen, um nichts von meinem Schwung zu verlieren.

»Haben Sie was gefunden?«, fragte Lockridge.

Ich zerknüllte den Beleg wieder und warf ihn zu den anderen auf den Wagenboden.

»Nicht wirklich«, sagte ich. »Nur, dass Terry wohl auf Hörbücher stand. Das wusste ich gar nicht.«

»Ja, er hat viele gehört. Wenn wir mit dem Boot unterwegs waren und er oben am Ruder stand. Meistens hatte er Kopfhörer auf.«

Ich fasste in das Auto und nahm den Straßenatlas vom Rücksitz.

»Den werde ich mir mal ein paar Tage borgen. Ich glaube nicht, dass Graciela irgendwohin fährt, wo sie ihn braucht.«

Ich wartete nicht auf Buddys Zustimmung. In der Hoffnung, er würde mir diese Erklärung abkaufen, schloss ich die Beifahrertür. Dann warf ich die Fahrertür zu und schloss den Wagen ab.

»Das war's auch schon, Buddy. Ich muss jetzt los. Sind Sie in der Nähe Ihres Telefons, falls sich was ergibt und ich Sie brauche?«

»Klar, Mann, ständig. Ich habe ja sowieso nur das Handy.«

»Also dann, wir hören voneinander.«

Ich schüttelte ihm die Hand und ging zu meinem schwarzen Mercedes, halb in der Erwartung, dass er mir folgen würde. Aber er ließ mich ziehen. Als ich vom Parkplatz fuhr und einen Blick in den Rückspiegel warf, sah ich, dass er immer noch neben dem Cherokee stand und mir nachschaute.

Ich nahm den Freeway 710 zum 10er hoch und fuhr auf dem bis zum 15er. Danach ging es schnurgerade raus aus dem Smog und in die Mojave-Wüste und nach Las Vegas. Im vergangenen Jahr war ich diese Strecke zwei-, dreimal im Monat gefahren. Ich hatte die Fahrt immer genossen. Mir gefiel die Kargheit der Wüste. Vielleicht zog ich aus ihr, was Terry McCaleb aus dem Leben auf einer Insel zog. Das Gefühl, etwas Abstand von dem ganzen Müll um einen herum zu kriegen. Ich spürte dann beim Fahren immer, wie das Gefühl des Eingeschnürtseins nachließ, als dehnten sich die Moleküle meines Körpers und bekämen etwas mehr Abstand voneinander. Vielleicht war es nur ein Nanometer mehr, aber dennoch machte dieses bisschen mehr Platz einen großen Unterschied.

Doch diesmal war es nicht so. Diesmal hatte ich das Gefühl, als läge der ganze Müll vor mir, als wartete er in der Wüste auf mich.

Ich hatte mich gerade am Steuer eingerichtet und begann, die Fakten des Falls an mir vorbeiziehen zu lassen, als mein Handy summte. Ich nahm an, es wäre Buddy Lockridge, der ein letztes Mal darum bäte, mitkommen zu dürfen, aber es war Kiz Rider. Ich hatte vergessen, sie zurückzurufen.

»Na, Harry, bin ich nicht mal mehr einen Rückruf wert?«

»Entschuldige bitte, Kiz, ich hätte dich auf jeden Fall angerufen. Aber ich war heute Morgen ziemlich beschäftigt, und da hab ich es einfach vergessen.«

»Wieso bist du so beschäftigt? Ich dachte, du bist in Pension. Du bist doch nicht etwa wegen eines neuen Falls unterwegs?«

»Um genau zu sein, ich fahre gerade nach Las Vegas. Und wahrscheinlich gerate ich demnächst in ein Funkloch. Was gibt's?«

»Also, ich habe heute Morgen beim Kaffeeholen Tim Marcia getroffen. Er hat mir erzählt, ihr beide hättet vor Kurzem miteinander telefoniert.«

»Ja, gestern. Rufst du wegen dieser Dreijahresoption an, von der er mir erzählt hat?«

»Ganz genau, Harry. Hast du darüber nachgedacht?«

»Er hat mir doch erst gestern davon erzählt. Ich bin noch nicht dazu gekommen, darüber nachzudenken.«

»Das solltest du aber, Harry. Wir könnten dich hier dringend brauchen.«

»Schön, das zu hören, vor allem von dir, Kiz. Ich dachte, ich wäre PNG für dich.«

»Was soll das denn sein?«

»Persona non grata.«

»Jetzt hör aber mal. Das war nichts, was eine

kleine Sendepause nicht heilen könnte. Aber jetzt mal ganz im Ernst, wir könnten dich hier wirklich gut gebrauchen. Du könntest wahrscheinlich in Tims Einheit einsteigen, wenn du wolltest.«

»Wenn ich wollte? Kiz, bei dir hört sich das an, als müsste ich nichts weiter tun, als eben mal kurz zur Tür reinspazieren und irgendeinen Wisch unterschreiben. Wie stellst du dir das vor? Dass alle aus dem Gebäude zusammenkommen werden, um mich willkommen zu heißen? Dass sie im Flur des sechsten Stocks ein Spalier bilden und mit Reis werfen, wenn ich ins Büro des Chief gehe?«

»Meinst du Irving? Irving wurde zurückgestuft. Er leitet jetzt die Abteilung für Zukunftsplanung. Harry, ich rufe an, um dir zu sagen, wenn du zurückwillst, bist du wieder dabei. So einfach ist das. Nach dem Gespräch mit Tim bin ich zu meiner üblichen Neun-Uhr-Besprechung mit dem Chief in den sechsten Stock raufgefahren. Er kennt dich. Er kennt deine Arbeit.«

»Wie soll das denn gehen, wo ich doch nicht mehr dabei war, als er aus New York oder Boston oder sonst wo geholt wurde.«

»Er kennt dich, weil ich ihm alles erzählt habe, Harry. Hör zu, lass uns jetzt bitte nicht auch noch darüber in Streit geraten, ja? Reg dich doch nicht gleich so auf. Ich sage ja nur, dass du mal darüber nachdenken solltest. Du hast nicht mehr ewig Zeit, und deshalb solltest du dir darüber Gedanken machen. Du könntest uns und der Stadt und vielleicht sogar dir selbst helfen, je nachdem, wo du im Leben gerade stehst.«

Der letzte Teil warf eine interessante Frage auf. Wo stand ich im Leben? Das ließ ich mir durch den Kopf gehen, bevor ich antwortete.

»Ja, gut. Das ist wirklich nett von dir, Kiz. Und danke, dass du ein gutes Wort für mich eingelegt hast. Aber sag mal, wann wurde Irving abserviert? Davon habe ich gar nichts mitbekommen.«

»Vor ein paar Monaten. Ich glaube, der Chief fand, er hätte bei zu vielen Dingen mitgemischt. Deshalb hat er ihn aufs Abstellgleis geschoben.«

Unwillkürlich musste ich grinsen. Nicht weil ich immer unter Deputy Chief Irvin Irvings Fuchtel gestanden hatte, sondern weil ich wusste, dass sich ein Mann wie Irving von niemandem aufs Abstellgleis schieben ließe, wie Kiz es ausgedrückt hatte.

»Der Mann kennt sämtliche Geheimnisse«, sagte ich.

»Ich weiß. Wir warten darauf, dass er irgendwann zurückschlägt. Wir sind auf alles gefasst.«

»Dann viel Glück.«

»Danke. Und? Wie sieht es aus, Harry?«

»Was, du willst jetzt schon eine Antwort von mir? Hast du mir nicht gerade gesagt, ich sollte darüber nachdenken?«

»Jemand wie du? Ich glaube, du weißt die Antwort bereits.«

Ich musste wieder grinsen, aber ich antwortete nicht. Sie verschwendete in der Verwaltung nur ihre Zeit. Sie sollte wieder Mordfälle lösen. Sie durchschaute andere Menschen besser als jeder andere, mit dem ich zusammengearbeitet hatte. »Harry, kannst du dich noch erinnern, was du mir gesagt hast, als ich dir als Partnerin zugeteilt wurde?«

»Äh, immer gründlich kauen und nach dem Essen Zähne putzen?«

»Nein, jetzt mal ernst.«

»Ich weiß es nicht. Was?«

»Entweder jeder zählt, oder niemand zählt.«

Ich nickte und schwieg einen Moment.

»Erinnerst du dich noch?«

»Ja, ich erinnere mich.

»Weise Worte.«

»Schon möglich.«

»Na schön, lass dir das noch mal durch den Kopf gehen, wenn du darüber nachdenkst, ob du wieder einsteigen sollst.«

»Wenn ich wieder einsteige, brauche ich einen Partner.«

»Wie bitte? Du wirst dir doch nicht selbst untreu werden, Harry.«

»Ich werde einen Partner brauchen.«

Darauf wurde es kurz still, und ich glaube, jetzt musste auch sie grinsen.

»Das wäre eine Möglichkeit. Du …«

Sie brach ab. Aber ich glaube, ich wusste, was sie sagen wollte.

»Wetten, dass es dir genauso fehlt wie mir.«

»Harry, du kommst jetzt ins Funkloch. Ruf mich zurück, wenn … nicht zu lange Zeit.«

»Okay, Kiz, ich gebe dir Bescheid.«

Ich lächelte auch noch, als ich das Handy ausmachte. Es gibt nichts Schöneres, als erwünscht oder willkommen zu sein. Geschätzt zu werden.

Aber auch die Vorstellung, wieder eine Dienstmarke zu haben, wenn ich tat, was ich tun musste. Ich dachte an Ritz von Vegas Metro und wie er mich behandelt hatte. Wie ich kämpfen musste, nur um die Aufmerksamkeit und Hilfe mancher Leute zu bekommen. Ich wusste auch einiges, was mit der Dienstmarke wieder verloren ginge. In den vergangenen zwei Jahren hatte ich gelernt, dass die Dienstmarke einen nicht automatisch zum tollen Hecht machte, aber sie machte einem seinen Job weiß Gott um einiges leichter. Und für mich war es mehr als nur ein Job. Dienstmarke hin oder her, ich wusste, dass es auf dieser Welt eines gab, was ich tun konnte und sollte. Ich hatte eine Mission in diesem Leben, genau so, wie Terry McCaleb eine gehabt hatte. Nachdem ich den Tag zuvor in seinem schwimmenden Horrorkabinett damit verbracht hatte, seine Fälle und sein Engagement für seine Mission zu studieren, wurde mir plötzlich klar, was wichtig war und was ich zu tun hatte. Durch seinen Tod hatte mich mein stummer Partner vielleicht gerettet.

Nachdem ich vierzig Minuten über meine Zukunft nachgedacht und meine Alternativen abgewogen hatte, kam ich zu dem Hinweisschild, das ich auf dem Foto in Terrys Computer gesehen hatte.

ZZYZX ROAD
1 MILE

Es war nicht genau das Schild von dem Foto. Das konnte ich am Horizont dahinter erkennen. Das Foto war von der anderen Seite aufgenommen worden, von jemandem, der von Las Vegas nach L. A. fuhr. Trotzdem spürte ich tief in mir ein Gefühl gespannter Erwartung. Alles, was ich gesehen oder gelesen oder gehört hatte, seit Graciela McCaleb mich angerufen hatte, führte an diesen Ort. Ich betätigte den Blinker und fuhr vom Highway ab.

16

Am späten Vormittag des Tages nach Rachel Wallings Ankunft waren die Agenten, die dem so genannten »Zzyzx-Road-Fall« zugeteilt waren, persönlich oder per Konferenzschaltung im Bereitschaftsraum in der zweiten Etage des John Lawrence Bailey Building in Las Vegas versammelt. Der Raum war fensterlos und schlecht belüftet. Ein Foto von John Bailey, einem Agenten, der vor zwanzig Jahren bei einem Banküberfall ums Leben gekommen war, blickte auf das Geschehen herab.

Die anwesenden Agenten saßen an Tischen, die mit Blick auf die Kopfseite des Raums aufgestellt waren. Dort waren Randal Alpert und ein Fernseher, der via Webcam mit einem Raum in Quantico, Virginia, verbunden war. Auf dem Bildschirm war Agent Brasilia Doran, die darauf wartete, ihren Bericht vorzulegen. Rachel saß abseits von den anderen in der zweiten Tischreihe. Sie wusste, wo hier ihr Platz war, und versuchte, es nach außen hin zu zeigen.

Alpert eröffnete die Besprechung, indem er

charmant die Anwesenden vorstellte. Rachel dachte, das sei als eine nette Geste ihr gegenüber gedacht, aber sie merkte bald, dass nicht jeder der persönlich Anwesenden oder via Webcam Zugeschalteten alle anderen Teilnehmer kannte.

Zuerst stellte Alpert Doran, auch als Brass bekannt, vor, die aus Quantico zugeschaltet war, wo sie für den Abgleich der eingehenden Informationen zuständig war und als Verbindungsfrau zum National Lab fungierte. Danach forderte er jede im Raum anwesende Person auf, sich und ihr Spezialgebiet beziehungsweise ihre Stellung vorzustellen. Den Anfang machte Cherie Dei, die sagte, sie sei die für den Fall zuständige Agentin. Neben ihr war ihr Partner Tom Zigo. Dann kam John Cates, der Vertreter der lokalen Außendienststelle und einzige nichtweiße Konferenzteilnehmer.

Die nächsten vier Personen kamen von der wissenschaftlichen Seite, und zwei von ihnen hatte Rachel am Tag zuvor auf der Grabungsstätte kennen gelernt. Zu ihnen gehörte eine forensische Anthropologin namens Greta Coxe, die die Ausgrabungen leitete, zwei Gerichtsmediziner, Harvey Richards und Douglas Sundeen, und eine Tatortspezialistin namens Mary Pond. Nach Ed Gunning, einem weiteren Agenten von Behavioral Sciences in Quantico, kam Rachel als Letzte an die Reihe, sich vorzustellen.

»Agent Rachel Walling«, sagte sie. »Außendienststelle Rapid City. Früher Behavioral. Ich habe eine gewisse … Erfahrung mit einem Fall wie diesem.«

»Gut, danke, Rachel«, sagte Alpert schnell, als fürchtete er, Rachel würde Robert Backus namentlich erwähnen.

Das verriet Rachel, dass Leute im Raum waren, die nicht über den wichtigsten Punkt des Falls informiert worden waren. Sie vermutete, dass zu ihnen auch Cates gehörte, der als Vertreter der Außenstelle hier war. Sie fragte sich, ob vielleicht auch einige oder sogar alle Angehörigen des technischen Teams nicht im Bild waren.

»Fangen wir mit den technischen Aspekten an«, fuhr Alpert fort. »Zuallererst, Brass? Irgendwas von Ihrer Seite?«

»Nicht von der Technik. Ich glaube, das haben alles Ihre Tatortleute. Hallo, Rachel. Lange nicht gesehen.«

»Hallo, Brass«, sagte Rachel ruhig. »Zu lange.«

Sie sah auf den Bildschirm, und ihre Blicke trafen sich. Rachel wurde bewusst, dass es wahrscheinlich acht Jahre her war, seit sie Doran zum letzten Mal gesehen hatte. Sie sah ausgelaugt aus, Mund

und Augen nach unten gezogen, das Haar kurz, mit einer Frisur, die vermuten ließ, dass sie nicht viel Zeit darauf verwendete. Sie war eine Empathin, und die Jahre hatten ihren Tribut gefordert.

»Gut siehst du aus, Rachel«, sagte Doran. »Die frische Luft und das Landleben scheinen dir gut zu bekommen.«

Alpert ging dazwischen und ersparte Rachel, sich mit einem falschen Kompliment zu revanchieren.

»Greta, Harvey, wer will den Anfang machen?«, fragte er, das digitale Wiedersehen niedertrampelnd.

»Ich würde sagen, ich, weil alles mit der Grabung beginnt«, schlug Greta Coxe vor. »Bis gestern Abend neunzehn Uhr haben wir acht Leichen vollständig ausgegraben. Sie befinden sich inzwischen in Nellis. Wenn wir heute Nachmittag zur Grabung zurückkehren, werden wir mit Nummer neun beginnen. Was wir bei den ersten Ausgrabungen beobachtet haben, gilt auch für die späteren. Jedes Mal die Plastiktüten und die …«

»Greta, wir haben hier ein Band mitlaufen«, unterbrach Alpert. »Schildern Sie den Sachverhalt also möglichst genau. So, als sprächen Sie vor Leuten, die nichts über die Sache wissen. Klammern Sie nichts aus.«

Außer natürlich, dass Robert Backus hinter all dem steckt, dachte Rachel.

»Okay, gern«, sagte Coxe. »Ähm, alle acht Leichen, die bisher ausgegraben und exhumiert wurden, sind vollständig bekleidet. Die Verwesung ist weit fortgeschritten. Hände und Füße sind mit Klebeband umwickelt. Alle haben Plastiktüten über den Kopf gestülpt, die mit Klebeband am Hals befestigt sind. Es gibt keinerlei Abweichung von diesem Vorgehen, nicht einmal bei den Opfern eins und zwei. Und das ist ungewöhnlich.«

Rachel hatte die Fotos gegen Ende des Vortages gesehen. Sie war in das Wohnmobil, das als Einsatzzentrale diente, zurückgegangen und hatte sich die Fotos an der Wand angesehen. Es schien klar, dass die Männer ohne Ausnahme erstickt worden waren. Die Plastiktüten waren nicht aus durchsichtigem Plastik, aber die Gesichtszüge und die weit offenen Münder, die nach Luft, die nicht kommen würde, schnappten, waren trotzdem deutlich zu erkennen. Sie erinnerten sie an Fotos von Kriegsgräueln, exhumierte Leichen aus Massengräbern in Jugoslawien oder im Irak.

»Warum ist das ungewöhnlich?«, fragte Alpert.

»Weil man in solchen Fällen meistens beobachten kann, dass sich die Mordmethode weiterentwickelt. In Ermangelung einer besseren Beschreibung: Die Tötungstechnik wird besser. Das Unsub lernt von Opfer zu Opfer, es besser zu machen. Das geht normalerweise aus den Daten hervor, die wir vorliegen haben.«

Aus dem Umstand, dass Coxe den Begriff *Unsub*, kurz für unbekanntes Subjekt, verwendet hatte, schloss Rachel, dass sie nicht eingeweiht war und nicht wusste, dass das Subjekt dem FBI sehr wohl bekannt war.

»Okay, dann stand also die Methode von Tag eins an fest«, sagte Alpert. »Sonst noch etwas, Greta?«

»Nur, dass wir die Ausgrabungen wahrscheinlich übermorgen abgeschlossen haben werden. Außer, die Sondierungen führen zu einem weiteren Fund.«

»Sondieren wir denn noch?«

»Ja, wenn wir Zeit dazu haben. Aber wir sind mit den Sonden schon zwanzig Meter über den letzten Fund hinaus und sind auf keinen weiteren mehr gestoßen. Außerdem sind sie gestern Nacht von Nellis aus noch einmal über die Grabung geflogen. Die Wärmebildgebung hat nichts Neues erbracht. Deshalb sind wir uns im Augenblick ziemlich sicher, dass wir sie alle haben.«

»Gott sei Dank. Harvey? Was können Sie uns berichten?«

Richards räusperte sich und beugte sich vor, damit seine Stimme von den Mikrofonen, wo immer sie auch sein mochten, erfasst würde.

»Greta hat Recht, wir haben alle acht Exhumierten in der Gerichtsmedizin in Nellis. Bisher hält der Schleier der Geheimhaltung dicht. Ich glaube, die Leute dort glauben, wir bringen ihnen Außerirdische von einem UFO-Absturz in der Wüste. So entstehen moderne Legenden, Leute.«

Nur Alpert rang sich ein Lächeln ab. Richards fuhr fort.

»Vollständige Autopsien haben wir bislang an vieren vorgenommen, am Rest nur vorläufige Untersuchungen. Auch hier kann ich mich nur Gretas Ausführungen anschließen: Wir können zwischen den einzelnen Leichen keine großen Unterschiede feststellen. Dieser Kerl ist ein Roboter. Keinerlei Variationen des Themas. Es ist fast so, als spielte für ihn das Töten selbst keine Rolle. Vielleicht ist es die Jagd, auf die dieser Typ abfährt. Oder vielleicht sind die Morde nur Teil eines größeren Plans, den wir noch nicht kennen.«

Rachel sah Alpert durchdringend an. Sie fand es unmöglich, dass Leute, die so tief in den Fall involviert waren, immer noch im Dunkeln gelassen wurden. Aber ihr war klar, dass sie sehr schnell vor die Tür gesetzt werden könnte, wenn sie den Mund aufmachte. Und das wollte sie nicht.

»Haben Sie eine Frage, Rachel?«

Er hatte sie überrumpelt. Sie zögerte.

»Warum werden die Leichen nach Nellis gebracht und nicht hierher oder nach L. A.?«

Sie wusste die Antwort, bevor sie die Frage stellte, aber sie musste etwas sagen, um die Situation zu bereinigen.

»So lässt sich einfacher verhindern, dass etwas nach draußen durchsickert. Beim Militär verstehen sie was von Geheimhaltung.«

Der Ton, in dem er das sagte, suggerierte den unausgesprochenen Zusatz: *Sie auch?* Er richtete den Blick wieder auf Richards.

»Fahren Sie fort, Doktor.«

Rachel entging der feine Unterschied nicht. Alpert hatte Richards mit Doktor angesprochen, während er bei Greta Coxe nur den Vornamen verwendet hatte. Das war ein Charakterzug. Entweder hatte Alpert grundsätzlich Probleme mit Frauen in einflussreichen Positionen, oder er hatte keine hohe Meinung von der Wissenschaft der Anthropologie. Sie vermutete, dass Ersteres der Fall war.

»Also, als Ursache haben wir bei allen hier Erstickung«, sagte Richards. »Das geht aus dem, was wir vorliegen haben, ziemlich eindeutig hervor. Von den meisten ist nicht besonders viel übrig, womit man arbeiten kann, aber an dem, was wir noch haben, können wir keine weiteren Verletzungen feststellen. Das Unsub überwältigt sie irgendwie, umwickelt Fuß- und Handgelenke mit Klebestreifen und zieht ihnen dann eine Tüte über den Kopf. Dass er sie mit Klebeband am Hals befestigt, halten wir für bedeutsam. Es weist auf einen langsamen Tod hin. Mit anderen Worten: Das Unsub hält die Tüte nicht fest. Er lässt sich Zeit, zieht sie über den Kopf, befestigt sie mit Klebeband und kann dann zurücktreten, um zuzusehen.«

»Doktor?«, meldete sich Rachel zu Wort. »Wurde das Klebeband von vorn oder von hinten angebracht?«

»Die Enden befinden sich im Nacken, was meiner Meinung nach als Indiz dafür gelten kann, dass die Tüte von hinten übergestreift wurde – möglicherweise, als sich das Opfer in einer sitzenden Position befand –, und dann mit Klebeband befestigt wurde.«

»Demnach könnte es ihm – äh, dem Unsub – peinlich oder unangenehm gewesen sein, seine Opfer anzusehen, als er das tat.«

»Durchaus möglich.«

»Wie steht es mit den Identifizierungen?«, fragte Alpert.

Richards sah Sundeen an, worauf dieser übernahm.

»Weiterhin nur die fünf, die zu dem Las-Vegas-Ermittlungsverfahren gehörten. Wir vermuten, die sechste Leiche aus ihrer Gruppe wird eine der letzten beiden Ausgrabungen sein. Über die anderen haben wir vorerst noch nichts.

Keine brauchbaren Fingerabdrücke. Die Kleidung – was davon noch übrig war – haben wir nach Quantico geschickt, und vielleicht kann uns Brass etwas Neues darüber berichten. In der Zwischenzeit versuchen wir …«

»Nein, nichts Neues«, sagte Doran vom Bildschirm.

»Okay«, sagte Sundeen. »Die Dentaldaten geben wir heute in den Computer ein. Vielleicht können wir ja hier einen Treffer landen. Ansonsten warten wir darauf, dass irgendetwas passiert.«

Er brachte mit einem Nicken zum Ausdruck, dass er mit seinem Bericht fertig war. Darauf übernahm wieder Alpert.

»Brass würde ich mir gern bis zum Schluss aufsparen. Deshalb lassen Sie uns hören, was es über den Boden gibt.«

Das war für Mary Pond das Zeichen, zu übernehmen.

»Wir haben alle Stätten durchgesiebt und sind auf nichts Auffälliges gestoßen – bis auf eine Sache, die wir gestern gefunden haben. In Ausgrabung sieben haben wir einen in seine Hülle gewickelten Klumpen Kaugummi gefunden. Der Hülle zufolge Juicy Fruit. Er befand sich in einem Ein-Meter-Grab in einer Tiefe zwischen sechzig und neunzig Zentimeter. Deshalb sind wir zuversichtlich, dass ein Zusammenhang besteht und dass uns dieser Fund weiterbringt.«

»Dental?«, fragte Alpert.

»Ja, wir haben Dentaldaten. Was genau, kann ich Ihnen noch nicht sagen, aber wie es aussieht, kriegen wir drei gute Abdrücke. Ich habe sie in Schachteln verpackt und an Brass geschickt.«

»Ja, sie sind hier«, sagte Doran vom Bildschirm. »Heute morgen eingetroffen. Ich habe zwar eine sofortige Analyse veranlasst, aber auch darüber liegt mir bisher noch nichts vor. Vielleicht im Lauf des Tages. Allerdings bin ich einer Meinung mit Ihnen. Nach dem zu schließen, was ich gesehen habe, bekommen wir mindestens drei Zähne heraus. Vielleicht sogar DNS.«

»Mehr brauchen wir vielleicht gar nicht«, fügte Alpert aufgeregt hinzu.

Obwohl sie sich deutlich erinnern konnte, dass Bob Backus gewohnheitsmäßig Juicy Fruit gekaut hatte, war Rachel nicht aufgeregt. Der Kaugummi im Grab war zu schön, um wahr zu sein. Sie glaubte nicht, dass Backus so wichtige Indizien am

Tatort zurückließe. Dafür war er sowohl als Killer wie als Agent zu gut. Wegen ihrer Abmachung mit Alpert, Backus im Beisein anderer Agenten nicht zu erwähnen, konnte sie jedoch ihre Zweifel nicht richtig äußern.

»Der Kaugummi muss absichtlich zurückgelassen worden sein«, sagte sie.

Alpert sah sie kurz an und wog dabei das Risiko ab, sie nach dem Grund dafür zu fragen.

»Wie kommen Sie denn darauf, Rachel?«

»Weil ich mir nicht vorstellen kann, wieso sich dieser Kerl, der in dieser gottverlassenen Gegend, wahrscheinlich auch noch mitten in der Nacht, eine Leiche vergräbt, die Zeit genommen haben sollte, die Schaufel beiseite zu legen, den Kaugummi aus dem Mund zu nehmen, in seine Verpackung, die er aus seiner Tasche hätte nehmen müssen, einzuwickeln und ihn dann fallen zu lassen. Ich glaube, wenn er Kaugummi gekaut hätte, hätte er ihn einfach ausgespuckt. Aber ich glaube nicht, dass er Kaugummi gekaut hat. Ich glaube, er hat diesen Klumpen Kaugummi irgendwo gefunden, zu dem Grab mitgenommen und ihn hineinfallen lassen, damit wir deswegen alle Hebel in Bewegung setzen würden, sobald er beschlossen hätte, uns mit diesem GPS-Trick auf die Spur der Leichen zu bringen.«

Sie ließ den Blick über die Anwesenden gleiten. Sie hatte ihre Aufmerksamkeit, aber sie konnte sagen, dass sie für sie mehr ein Kuriosum war als eine respektierte Kollegin. Das Schweigen wurde vom Bildschirm her gebrochen.

»Da könnte Rachel durchaus Recht haben«, sagte Doran. »Wir wurden in dieser Sache vom ersten Tag an manipuliert. Warum auch nicht im Fall des Kaugummis? Angesichts der Gründlichkeit, mit der das Unsub sonst vorgeht, erscheint mir das als ein schwer verständlicher Fehler.«

Rachel bemerkte, dass Doran ihr zuzwinkerte.

»Ein Stück Kaugummi, ein Fehler, bei acht Gräbern?«, sagte Gunning, einer der Agenten aus Quantico. »Ich halte das keineswegs für so unwahrscheinlich. Wir alle wissen, dass noch niemand das perfekte Verbrechen begangen hat. Gewiss, manche kommen ungestraft davon, aber Fehler machen sie alle.«

»Na schön«, sagte Alpert, »dann warten wir erst mal ab und sehen, was dabei herauskommt, bevor wir irgendwelche vorschnellen Schlüsse ziehen, sei es in die eine oder die andere Richtung. Sonst noch etwas, Mary?«

»Diesmal nicht.«

»Dann kommen wir jetzt zu Agent Cates, um

zu sehen, wie die lokalen Behörden mit den Identifizierungen vorankommen.«

Cates schlug eine ledergebundene Mappe auf, die vor ihm auf dem Tisch lag. Sie enthielt einen Block mit zahlreichen Notizen darauf. Der Umstand, dass er für einen simplen Block so eine schöne und teure Mappe hatte, sagte Rachel, dass er sehr stolz auf seine Arbeit war. Entweder das, oder die Person, die ihm die Mappe geschenkt hatte, empfand es so. Egal, was davon nun zutraf, wurde er Rachel dadurch sofort sympathisch. Es führte ihr auch zu Bewusstsein, dass ihr etwas fehlte. Sie hatte nicht mehr diesen Stolz auf das FBI oder auf ihre Tätigkeit.

»Okay, wir haben bei Vegas Metro wegen ihres Vermisstenfalls rumzuschnüffeln begonnen. Der Zwang zur Geheimhaltung stellt allerdings ein beträchtliches Handikap dar. Wir können deshalb nicht mit breiter Brust ankommen. Stattdessen haben wir nur sehr dezent Kontakt aufgenommen und gesagt, wir würden uns wegen der Staatsgrenzensache für den Fall interessieren – Opfer aus verschiedenen Bundesstaaten und sogar aus einem anderen Land. Auf diese Weise kriegen wir schon mal einen Fuß in die Tür, aber wir wollen uns natürlich nicht in die Karten schauen lassen, indem wir einfach so reinplatzen. Deshalb haben wir uns inzwischen darauf geeinigt, uns im späteren Verlauf des Tages mit ihnen zusammenzusetzen. Sobald wir also den Fuß in der Tür haben, fangen wir an, die Herkunft der einzelnen Opfer zurückzuverfolgen und nach dem gemeinsamen Nenner zu suchen. Vergessen Sie dabei nicht, dass diese Leute schon mehrere Wochen lang an dieser Geschichte dran sind und unseres Wissens immer noch einen Scheißdreck in der Hand haben.«

»Agent Cates«, sagte Alpert. »Das Gespräch wird aufgezeichnet.«

»Oh, entschuldigen Sie meine Ausdrucksweise. Ich wollte damit sagen, dass sie rein gar nichts in der Hand haben.«

»Sehr gut, Agent Cates. Halten Sie mich auf dem Laufenden.«

Es folgte nur Schweigen. Alpert lächelte Cates weiter freundlich an, bis es dem Agenten vor Ort dämmerte.

»Oh, ähm, wollen Sie, dass ich gehe?«

»Ich möchte, dass Sie da draußen an den Opfern arbeiten«, sagte Alpert. »Was sollen Sie also Ihre Zeit damit verplempern, sich anzuhören, wie wir hier endlos irgendwelche Details durchhecheln.«

»Also dann.«

Cates stand auf. Wäre er ein Weißer gewesen,

wäre ihm seine Verlegenheit deutlicher anzusehen gewesen.

»Danke, Agent Cates«, sagte Alpert zu seinem Rücken, als er durch die Tür ging.

Dann wandte Alpert seine Aufmerksamkeit wieder dem Tisch zu.

»Ich glaube, auch Mary, Greta, Harvey und Doug werden hier nicht mehr länger benötigt. Leider brauchen wir Sie da draußen in vorderster Front.«

Da war es wieder, dieses administrative Lächeln.

»Ich würde aber gern bleiben und mir anhören, was Brass zu sagen hat«, sagte Mary Pond. »Das könnte uns beim Graben helfen.«

Angesichts dieses Widerspruchs verging Alpert das Lächeln.

»Nein«, entgegnete er bestimmt, »das ist nicht nötig.«

Über den Raum legte sich unbehagliche Stille, die schließlich von geräuschvollem Stühlerücken gebrochen wurde, als sich die Mitglieder des technischen Teams von ihren Plätzen erhoben. Die vier standen auf und verließen wortlos den Raum. Es war schmerzlich für Rachel, das zu beobachten. Die ungebremste Arroganz des Führungspersonals war beim FBI endemisch. Das würde sich nie ändern.

»Also, wo waren wir?«, sagte Alpert und morphte damit problemlos an dem vorbei, was er gerade fünf guten Mitarbeitern angetan hatte. »Jetzt sind Sie an der Reihe, Brass. Soviel ich hier stehen habe, haben Sie das Boot, das Klebeband und die Tüten, die Kleider, das GPS-Gerät, und jetzt haben Sie auch noch den Kaugummi, der, wie wir alle wissen, zu nichts führen wird, vielen Dank, Agent Walling.«

Er sagte das *Agent*, als sei es gleichbedeutend mit *Idiot*. Rachel hob kapitulierend die Hände.

»Tut mir Leid, aber ich wusste nicht, dass das halbe Einsatzteam nicht eingeweiht ist, was den Verdächtigen angeht. Komisch, als ich bei Behavorial war, haben wir es nie so gehandhabt. Wir haben alle Informationen und alles Wissen zusammengeworfen. Wir haben es nicht voreinander verborgen.«

»Sie meinen, als Sie für den Mann gearbeitet haben, nach dem wir gerade suchen?«

»Hören Sie, Agent Alpert, wenn Sie mich auf diese Tour herabsetzen wollen, dann …«

»Dieser Fall ist als geheim klassifiziert, Agent Walling. Das ist alles, was ich Ihnen klar zu machen versuche. Wie ich Ihnen bereits sagte: Jeder braucht nur das zu wissen, was er wirklich wissen muss.«

»Offensichtlich.«

Alpert wandte sich von ihr ab, als löschte er sie aus seinem Gedächtnis, und sah auf den Fernsehschirm.

»Brass, können Sie bitte anfangen?«

Alpert stellte sich bewusst zwischen Rachel und den Bildschirm, um ihre Außenseiterposition noch stärker zu unterstreichen.

»Okay«, begann Doran. »Um gleich zur Sache zu kommen: Ich habe etwas Signifikantes und … na ja, Eigenartiges. Ich erzählte Ihnen gestern von dem Boot. Die erste Fingerabdruckanalyse geeigneter Oberflächen kam negativ zurück. Es war dort draußen weiß Gott wie lang der Witterung ausgesetzt. Deshalb gingen wir einen Schritt weiter. Agent Alpert genehmigte die Demontage des Beweisstücks, und die wurde gestern Abend im Hangar von Nellis vorgenommen. An dem Boot gibt es Grifflöcher, spezielle Stellen, um das Tragen des Bootes zu erleichtern. Es war früher einmal ein Rettungsboot der Navy, gebaut in den späten Dreißigerjahren und nach dem Zweiten Weltkrieg aus militärischen Restbeständen verkauft.«

Während Doran fortfuhr, öffnete Dei einen Ordner und nahm ein Foto des Boots heraus. Sie hielt es Rachel hin, da Rachel das Boot selbst nie gesehen hatte. Als sie an die Ausgrabungsstätte gekommen war, hatte es sich bereits in Nellis befunden. Sie fand es erstaunlich und typisch, dass das FBI so viele Informationen über ein in der Wüste gestrandetes Boot zusammentragen konnte, aber so wenig über die Straftat, mit der es in Zusammenhang stand.

»Bei unserer ersten Untersuchung kamen wir nicht in das Innere der Grifflöcher. Das gelang uns erst, nachdem wir es zerlegt hatten. Und dort hatten wir schließlich Glück, weil diese kleine Höhlung größtenteils vor Witterungseinflüssen geschützt war.«

»Und?«, fragte Alpert ungeduldig. Der Weg interessierte ihn offensichtlich nicht. Er wollte nur das Ziel.

»Und wir konnten vom Backbordgriff am Bug zwei Abdrücke nehmen. Wir ließen sie heute Morgen durch die Datenbanken laufen und hatten fast sofort einen Treffer. Es mag sich vielleicht seltsam anhören, aber die Fingerabdrücke stammten von Terry McCaleb.«

»Wie soll das denn gehen?«, fragte Dei.

Alpert sagte nichts. Sein Blick blieb auf den Tisch geheftet. Auch Rachel saß still da, während sie fieberhaft überlegte, um mit der Entwicklung Schritt zu halten und diese jüngste Information zu verstehen.

»Er muss irgendwann seine Hand in das Griffloch des Boots gesteckt haben«, sagte Doran. »Ein andere Möglichkeit gibt es nicht.«

»Aber er ist tot«, sagte Alpert.

»Was?«, entfuhr es Rachel.

Alle Anwesenden wandten sich ihr zu und sahen sie an. Dei nickte langsam.

»Er starb vor etwa einem Monat. Herzinfarkt. Bis South Dakota ist das wahrscheinlich nicht durchgedrungen.«

Dorans Stimme kam aus dem Lautsprecher.

»Rachel, es tut mir wirklich Leid. Ich hätte dir Bescheid geben sollen. Aber ich war so bestürzt darüber und bin sofort nach Kalifornien geflogen. Es tut mir Leid. Ich hätte es dir sagen sollen.«

Rachel blickte auf ihre Hände hinab. Terry McCaleb war ihr Freund und Kollege gewesen. Er war einer der Empathen gewesen. Ungeachtet der Tatsache, dass sie Jahre nicht mehr mit ihm gesprochen hatte, hatte sie ein abruptes und intensives Verlustgefühl. Ihre gemeinsamen Erfahrungen hatten sie lebenslang miteinander verbunden, und jetzt war dieses Leben für ihn zu Ende gegangen.

»Okay, Leute, vielleicht sollten wir an dieser Stelle eine Pause machen«, sagte Alpert. »Fünfzehn

Minuten. Anschließend sehen wir uns wieder hier. Brass, können Sie dann wieder anrufen?«

»Ja. Es gibt noch mehr zu berichten.«

»Wir hören voneinander.«

Alle gingen nacheinander aus dem Raum, um Kaffee zu holen oder auf die Toilette zu gehen. Um Rachel allein zu lassen.

»Alles in Ordnung, Agent Walling?«, fragte Alpert.

Sie schaute zu ihm hoch. Das Letzte, was sie annähme, wäre Trost von ihm.

»Mir geht's prima«, sagte sie und richtete den Blick wieder auf den leeren Bildschirm.

17

Rachel blieb allein im Besprechungszimmer. Ihr anfänglicher Schock wich einer Woge von Schuld, die sie von hinten erfasste wie eine achterliche See. Terry McCaleb hatte im Lauf der Jahre immer wieder versucht, Kontakt zu ihr aufzunehmen. Sie hatte seine Nachrichten erhalten, aber nie darauf geantwortet. Als er nach der Transplantation im Krankenhaus lag, hatte sie ihm eine Karte geschrieben. Das war vor fünf oder sechs Jahren gewesen. Wann genau, wusste sie nicht mehr. Sie erinnerte sich, ganz bewusst keinen Absender auf den Umschlag geschrieben zu haben. Vor sich selbst hatte sie das damals damit begründet, dass sie nicht mehr lange in Minot sitzen würde. Aber schon damals hatte sie genau wie jetzt den wahren Grund dafür gekannt, nämlich dass sie den Kontakt nicht wollte. Sie wollte die Fragen zu den von ihr getroffenen Entscheidungen nicht hören. Sie wollte diese Verbindung zur Vergangenheit nicht.

Inzwischen brauchte sie sich keine Sorgen mehr zu machen. Die Verbindung war endgültig weg.

Die Tür ging auf, und Cherie Dei schaute herein. »Rachel, möchten Sie eine Flasche Wasser?«

»Ja, gern, das wäre nett. Danke.«

»Papiertaschentücher?«

»Nein, nicht nötig. Ich weine nicht.«

»Bin gleich wieder zurück.« Dei schloss die Tür.

»Ich weine nicht«, sagte Rachel zu niemandem.

Sie stützte die Ellbogen auf den Tisch und hielt sich die Hände vors Gesicht. In der Dunkelheit sah sie eine Erinnerung. Sie und Terry bei Ermittlungen. Sie waren keine Partner gewesen, aber bei diesem Fall hatte Backus sie zusammengesteckt. Es war eine Tatortanalyse. Eine üble. Mutter und Tochter, gefesselt und ins Wasser geworfen, und das Mädchen hatte ein kleines Kruzifix so fest umklammert, dass es in seiner Hand einen vollständigen Abdruck hinterlassen hatte. Er war noch zu erkennen gewesen, als die Leichen gefunden wurden. Terry arbeitete mit den Fotos, und Rachel ging in die Kantine, um Kaffee zu holen. Als sie zurückkam, konnte sie sehen, dass er geweint hatte. Das war der Moment, als ihr klar wurde, dass er ein Empath war, einer von ihrer Sorte.

Dei kam zurück und stellte eine Flasche Quellwasser und einen Plastikbecher auf den Tisch.

»Alles okay?«

»Ja. Danke für das Wasser.«

»Es war ein ziemlicher Schock. Obwohl ich ihn eigentlich gar nicht kannte, hat es mich richtig umgehauen.«

Rachel nickte nur. Sie wollte nicht darüber sprechen. Das Lautsprechertelefon läutete, und Rachel griff vor Dei danach. Statt auf den Telefonkonferenz-Knopf zu drücken, nahm sie das Handgerät aus der Station. So konnte sie erst allein mit Doran sprechen – zumindest wären Dorans Äußerungen nicht zu hören.

»Brass?«

»Rachel, hi, tut mir Leid, dass ich …«

»Schon gut. Es ist nicht dein Job, mich über alles auf dem Laufenden zu halten.«

»Ich weiß, aber das hätte ich dir erzählen sollen.«

»Wahrscheinlich stand es in einem Rundschreiben, und ich habe es einfach nicht gesehen. Es ist nur komisch, es auf diesem Weg zu erfahren.«

»Ich weiß. Entschuldigung.«

»Du warst also beim Begräbnis?«

»Bei der Trauerfeier, ja. Sie fand auf der Insel statt, auf der er lebte. Catalina. Es war wirklich schön dort und wirklich traurig.«

»Waren viele Agenten da?«

»Nein, nicht allzu viele. Es war ein bisschen schwer hinzukommen. Man muss mit einer Fähre übersetzen. Aber einige waren da und auch einige Cops und Angehörige und Freunde. Clint Eastwood war da. Ich glaube, er ist mit seinem eigenen Hubschrauber gekommen.«

Die Tür ging auf, und Alpert kam herein. Er wirkte erholt, als hätte er in der Pause reinen Sauerstoff inhaliert. Die beiden anderen Agenten, Zigo und Gunning, folgten ihm und setzten sich.

»Wir können weitermachen«, sagte Rachel zu Doran. »Ich muss dich jetzt auf den Bildschirm legen.«

»Okay, Rachel. Wir unterhalten uns später.«

Rachel reichte das Telefon Alpert, der die Telefonkonferenz einrichtete. Doran erschien auf dem Bildschirm. Sie sah erschöpfter aus als zuvor.

»Okay«, sagte Alpert. »Können wir weitermachen?«

Als niemand etwas sagte, fuhr er fort:

»Also schön, was bedeuten die Fingerabdrücke an dem Boot?«

»Sie bedeuten, dass wir herausfinden müssen, wann und warum McCaleb dort draußen in der Wüste war, bevor er starb«, sagte Dei.

»Und es bedeutet, wir müssen nach L. A. fahren und uns näher mit seinem Tod beschäftigen«, flocht Gunning ein. »Nur um sicherzugehen, dass der Herzinfarkt auch wirklich ein Herzinfarkt war.«

»Ganz meine Meinung«, sagte Doran. »Nur gibt es da ein kleines Problem. Er wurde eingeäschert.«

»Das ist allerdings blöd«, sagte Gunning.

»Wurde eine Autopsie vorgenommen?«, wollte Alpert wissen. »Blut und Gewebe entnommen?«

»Das weiß ich nicht«, sagte Doran. »Ich weiß nur, dass er eingeäschert wurde. Ich bin zur Trauerfeier geflogen. Die Familie streute seine Asche von seinem Boot ins Meer.«

Alpert blickte in die Gesichter um den Tisch und hielt bei Gunning an.

»Ed, das ist Ihre Sache. Fahren Sie hin und sehen Sie, was Sie in Erfahrung bringen können. Und machen Sie schnell. Ich werde die Außenstelle L. A. anrufen und ihnen sagen, sie sollen Ihnen die Leute zur Verfügung stellen, die Sie brauchen. Und sehen Sie um Himmels willen zu, dass die Presse nichts davon mitbekommt. Wegen des Films war McCaleb so eine Art Berühmtheit. Sobald die Presse Wind davon bekommt, haben wir sie sofort am Hals.«

»Alles klar.«

»Sonst irgendwelche Ideen? Vorschläge?«

Zunächst sagte niemand etwas. Dann räusperte sich Rachel und sprach ganz ruhig.

»Sie wissen, dass Backus auch Terry McCalebs Betreuer war.«

Darauf trat erst einmal kurzes Schweigen ein, bevor Doran sagte: »Das stimmt.«

»Als sie dieses Betreuungsprogramm einführten, war McCaleb der Erste, den sich Backus aussuchte. Als Nächste kam ich dran.«

»Und welche Bedeutung hat das jetzt für uns?«, fragte Alpert.

Rachel zuckte die Achseln.

»Wer weiß? Jedenfalls verlangte Backus mit dem GPS nach mir. Vielleicht hat er nach McCaleb bereits vor mir verlangt.«

Alle waren einen Moment still, um darüber nachzudenken.

»Ich meine, warum bin ich hier? Warum hat er das Päckchen an mich geschickt, wenn er doch weiß, dass ich nicht mehr bei Behavioral bin? Dafür muss es einen Grund geben. Backus hat eine Art Plan. Vielleicht war McCaleb der erste Teil davon.«

Alpert nickte bedächtig.

»Ich glaube, das ist ein Gesichtspunkt, den wir berücksichtigen müssen.«

»Er könnte Rachel beobachten«, sagte Doran.

»Lassen Sie uns mal keine allzu vorschnellen Schlüsse ziehen«, sagte Alpert. »Halten wir uns an die Fakten. Trotzdem möchte ich natürlich, dass Sie mit der gebotenen Vorsicht vorgehen, Agent Walling. Aber nehmen wir uns erst einmal die McCaleb-Situation näher vor und sehen, womit wir es zu tun haben, bevor wir uns zu irgendwelchen wilden Spekulationen hinreißen lassen. Aber abgesehen davon, Brass, was haben Sie sonst noch?«

Doran blickte auf irgendwelche Unterlagen hinab, die vor ihr lagen und auf dem Bildschirm nicht zu sehen waren. Sie war offenkundig gerade dabei, von McCaleb auf den Rest des Beweismaterials umzuschalten.

»Wir haben etwas, was zu McCaleb passen würde. Aber lassen Sie mich zunächst meine Liste durchgehen und die anderen Punkte abhaken. Äh, zuallererst, mit dem Klebeband und den zusammen mit den Leichen geborgenen Tüten fangen wir gerade erst an. Lassen Sie uns noch einen Tag Zeit, und ich habe einen Befund vorliegen. Und dann die Kleider, sie müssen wahrscheinlich noch eine Woche im Trockenraum bleiben, bevor sie einer Analyse unterzogen werden können. Da gibt es also noch nichts. Über den Kaugummi haben wir bereits gesprochen. Wir geben das Zahnprofil bis zum Abend in die Datenbank für Beißspuren ein. Bliebe also noch das GPS.«

Rachel stellte fest, dass alle Anwesenden wie gebannt auf den Bildschirm starrten. Es war, als wäre Doran bei ihnen im Raum.

»Hier machen wir einige Fortschritte. Wir konnten die Seriennummer bis zu einem Big-Five-Sportartikelgeschäft in Long Beach, Kalifornien, zurückverfolgen. Agenten der Außenstelle Los Angeles haben gestern den Laden aufgesucht und sich eine Verkaufsaufstellung geben lassen, aus der hervorging, dass dieses Gulliver-einhundert-Modell von einem gewissen Aubrey Snow erworben wurde. Wie sich herausstellte, ist Mr Snow Fisch-Guide und war gestern mit seinem Boot auf See. Als er am Abend schließlich in den Hafen zurückkehrte, wurde er ausführlich zu seinem Gulliver vernommen. Er erzählte uns, er hätte das Gerät vor elf Monaten bei einer Partie Poker mit mehreren anderen Guides verloren. Es war einiges wert, weil damals mehrere seiner besten und beliebtesten Fischplätze vor der südkalifornischen und mexikanischen Küste darauf gespeichert waren.«

»Hat er uns den Kerl geliefert, der es gewonnen hat?«, fragte Alpert rasch.

»Leider nein. Es war eine Runde, die sich ganz spontan zusammengefunden hatte. Es herrschte schlechtes Wetter, und das Geschäft ging schleppend. Viele Guides saßen im Hafen fest und kamen fast jeden Abend zum Pokern zusammen. Verschiedene Abende, verschiedene Spieler. Viel Alkohol. Mr Snow konnte sich weder an den Namen noch sonst etwas von dem Mann erinnern, der das GPS gewann. Er glaubt allerdings, dass es niemand aus dem Bootshafen war, in dem Mr Snow sein Boot liegen hat, weil er den Mann seitdem nicht mehr gesehen hat. Die Außenstelle sollte sich eigentlich heute mit Snow und einem Zeichner zusammensetzen, um vielleicht ein Phantombild dieses Kerls zu kriegen. Aber selbst wenn sie eine gute Zeichnung bekommen, gibt es in diesem Gebiet jede Menge Bootshäfen und Boot-Charterfirmen. Man hat mir bereits zu verstehen gegeben, dass die Außenstelle dafür nur zwei Agenten erübrigen kann.«

»Ich werde anrufen und das ändern«, sagte Alpert. »Wenn ich anrufe, um Ed in der McCaleb-Sache den Weg zu ebnen, werde ich auch mehr Personal dafür beantragen. Ich werde mich direkt an Rusty Havershaw wenden.«

Rachel kannte den Namen. Havershaw war der leitende Special Agent der Außenstelle Los Angeles.

»Das wäre uns eine Hilfe«, sagte Doran.

»Sie sagten, hier bestünde eine Verbindung zu McCaleb. Inwiefern?«

»Haben Sie den Film gesehen?«

»Nein. Dazu bin ich noch nicht gekommen.«

»Also, McCaleb hatte auf Catalina eine Boot-Charterfirma. Ich weiß zwar nicht, wie tief er in dieser Szene drinsteckte, aber es besteht zumindest die Möglichkeit, dass er einige der Guides kannte, die bei diesen Pokerabenden dabei waren.«

»Ich verstehe. Es ist zwar nicht sehr wahrscheinlich, aber dennoch nicht von der Hand zu weisen. Behalten Sie das im Auge, Ed.«

»In Ordnung.«

Es klopfte, aber Alpert ignorierte es. Cherie Dei stand auf und ging an die Tür. Es war Agent Cates. Er flüsterte Dei etwas zu.

»Sonst noch was, Brass?«, fragte Alpert.

»Im Moment nicht. Ich glaube, wir müssen unser Hauptaugenmerk jetzt auf L. A. richten und herausfinden …«

»Entschuldigung«, sagte Dei und führte Cates in den Raum. »Hören Sie sich das an.«

Cates warf kurz die Hände hoch, wie um zu signalisieren, die Sache sei nur halb so wild.

»Äh, ich habe gerade vom Wachposten der Stätte einen Anruf erhalten. Sie halten einen Mann fest, der dort gerade mit seinem Wagen angekommen ist. Es ist ein Privatdetektiv aus L. A. Sein Name ist Huromibus Bosch. Er …«

»Meinen Sie vielleicht Hieronymus Bosch?«, fragte Rachel. »Wie der Maler?«

»Ja, genau. Den Maler kenne ich leider nicht, aber genauso hat es der Wachmann ausgesprochen. Die Sache ist jedenfalls die: Sie haben ihn in eins der Wohnmobile gebracht und sich seinen Wagen vorgenommen, ohne dass er etwas davon mitbekommt. Er hatte eine Akte auf dem Vordersitz liegen. Sie enthält Notizen und alles mögliche andere, auch Fotos. Und auf einem der Fotos ist das Boot drauf.«

»Sie meinen, das Boot von hier draußen?«, fragte Alpert.

»Ja, das, mit dem das erste Grab markiert war. Außerdem war ein Zeitungsartikel über die sechs Vermissten dabei.«

Alpert sah kurz die anderen Anwesenden an, bevor er sagte:

»Cherie und Tom, rufen Sie in Nellis an, Sie sollen einen Hubschrauber bereitmachen. Sehen Sie zu, dass Sie schleunigst zur Grabung rauskommen. Und nehmen Sie Agent Walling mit.«

18

Sie steckten mich in ein Wohnmobil und sagten, ich solle mich wie zu Hause fühlen. Es gab eine Küche und einen Tisch und eine Sitzecke. Es gab ein Fenster, von dem man aber nur auf die Seitenwand eines anderen Wohnmobils sah. Die Klimaanlage lief, und das hielt den Geruch größtenteils fern. Als ich ihnen Fragen stellte, hatten sie sie nicht beantwortet. Sie sagten mir, es kämen bald andere Agenten, um mit mir zu sprechen.

Eine Stunde verging, und ich hatte genug Zeit, um nachzudenken, in was ich da hineingeraten war. Es war überhaupt keine Frage, dass es sich hier um eine Leichenbergungsstätte handelte. Da war dieser unverkennbare Geruch in der Luft. Außerdem hatte ich zwei nicht gekennzeichnete Lieferwagen gesehen, die weder hinten noch auf der Seite Fenster hatten. Das war ein untrügliches Zeichen. Leichentransporter. Und es gab mehr als eine Leiche zu transportieren.

Nach neunzig Minuten saß ich auf der Couch und las ein vier Wochen altes FBI-Bulletin, das ich vom Couchtisch genommen hatte. Ich hörte, wie ein Hubschrauber über das Wohnmobil flog und wie nach der Landung seine Turbinen ausliefen und stehen blieben. Fünf Minuten später ging die Tür des Wohnmobils auf, und die Agenten, auf die ich gewartet hatte, kamen herein. Zwei Frauen und ein Mann. Eine der Frauen erkannte ich sofort, aber ich wusste nicht, woher. Sie war Ende dreißig, groß und hübsch, mit dunklen Haaren. In ihrem Blick war etwas Totes, das ich ebenfalls schon gesehen hatte. Sie war Agentin, und das hieß, dass unsere Wege sich an allen möglichen Orten gekreuzt haben konnten.

»Mr Bosch?«, sagte die andere Frau, die das Kommando führte. »Ich bin Special Agent Cherie Dei. Das ist mein Partner Tom Zigo, und das ist Agent Walling. Danke, dass Sie auf uns gewartet haben.«

»Oh, ich hatte eine Wahl? Das war mir gar nicht bewusst.«

»Aber natürlich. Man hat Ihnen doch hoffentlich nicht gesagt, Sie müssten bleiben.«

Sie lächelte unaufrichtig. Ich beschloss, nicht weiter darauf herumzureiten und schon gleich zu Beginn die Atmosphäre zu vergiften.

»Hätten Sie was dagegen, in die Küche umzuziehen und sich mit uns an den Tisch zu setzen?«, fragte Dei. »Ich halte es für das Beste, dort zu reden.«

Ich zuckte die Achseln, als spielte es keine Rolle, obwohl es eine spielte. Sie würden mich auffordern, Platz zu nehmen, und mich dann in die Zange nehmen. Einer würde sich mir gegenüber hinsetzen und jeweils einer links und rechts von mir. Ich stand auf und setzte mich auf den Platz, auf dem sie mich haben wollten, auf den, wo ich mit dem Rücken zur Wand saß.

»So«, sagte Dei, nachdem sie mir gegenüber am Tisch Platz genommen hatte. »Was führt Sie hierher in die Wüste, Mr Bosch?«

Ich zuckte wieder die Achseln. Darin bekam ich allmählich Übung.

»Ich war gerade auf dem Weg nach Las Vegas und fuhr kurz vom Highway, um mir ein Plätzchen zu suchen, an dem ich einem Geschäft nachgehen könnte.«

»Was war das für ein Geschäft?«

Ich grinste.

»Ich musste pinkeln, Agent Dei.«

Jetzt lächelte sie.

»Ach so, und dann sind Sie rein zufällig über unseren kleinen Außenposten hier gestolpert.«

»So in etwa.«

»So in etwa.«

»Er ist schwer zu übersehen. Wie viel Leichen haben Sie hier draußen?«

»Wie kommen Sie darauf, das zu fragen? Wer hat hier was von Leichen gesagt?«

Ich lächelte und schüttelte den Kopf. Sie hatte vor, mir auf die harte Tour zu kommen.

»Haben Sie etwas dagegen, wenn wir einen Blick in Ihren Wagen werfen, Mr Bosch?«, fragte sie.

»Ich nehme mal an, das haben Sie bereits getan.«

»Und wie kommen Sie darauf, so etwas anzunehmen?«

»Ich war in L. A. bei der Polizei. Ich habe mit dem FBI zusammengearbeitet.«

»Und deshalb wissen Sie das alles.«

»Drücken wir es mal so aus: Ich weiß, wie eine Leichengrabung riecht, und ich weiß, dass Sie in mein Auto geschaut haben. Jetzt wollen Sie bloß meine Einwilligung, um sich abzusichern. Ich gebe sie Ihnen nicht. Lassen Sie die Finger von meinem Auto.«

Ich sah Zigo an und dann zu Walling hinüber. In diesem Moment konnte ich sie plötzlich einordnen, und damit kamen eine ganze Reihe von Fragen aus der Tiefe hoch.

»Jetzt erinnere ich mich wieder«, sagte ich. »Rachel, nicht wahr?«

»Wie bitte?«, sagte Walling.

»Wir sind uns schon mal begegnet. Vor langer Zeit in L. A. In der Hollywood Division. Sie kamen aus Quantico. Sie fahndeten nach dem Poeten, und Sie dachten, einer meiner Kollegen wäre sein nächstes Ziel. Sie waren die ganze Zeit zusammen mit dem Poeten da.«

»Sie waren beim Morddezernat?«

»Ja.«

»Wie geht es Ed Thomas?«

»Er ist, genau wie ich, in Pension gegangen. Allerdings hat Ed unten in Orange eine Buchhandlung eröffnet. Ob Sie's glauben oder nicht, er verkauft Krimis.«

»Kann ich mir durchaus vorstellen.«

»Sie sind die Agentin, die Backus angeschossen hat, stimmt's? In dem Haus oben auf dem Hügel.«

Sie antwortete nicht. Ihr Blick wanderte von meinen Augen zu denen Agent Deis. Da war etwas, was ich nicht verstand. Walling spielte hier die untergeordnete Rolle, obwohl sie eindeutig einen höheren Rang hätte bekleiden müssen als Dei und ihr Partner Zigo. Dann kam ich auf die Lösung. Wahrscheinlich war sie im Zuge des Skandals, zu dem es in den Nachwehen der Poet-Ermittlungen gekommen war, ein Stück heruntergestuft worden.

Dieser Gedankensprung zog einen weiteren nach sich. Ich versuchte es auf gut Glück.

»Das ist lange her«, sagte ich. »Noch vor Amsterdam.«

Den Bruchteil einer Sekunde flackerten Wallings Augen, und ich wusste, ich hatte an etwas Konkretes gerührt.

»Woher wissen Sie etwas von Amsterdam?«, fragte Dei rasch.

Ich sah sie an. Ich holte wieder dieses Achselzucken hervor und zeigte es ihr.

»Wahrscheinlich weiß ich es einfach. Ist es das, worum es hier geht? Ist das da draußen das Werk des Poeten? Er ist wieder aufgetaucht, stimmt's?«

Dei sah Zigo an und machte ein Zeichen in Richtung Tür. Er stand auf und verließ das Wohnmobil. Dann beugte sich Dei vor, damit ich mir des Ernsts der Lage und ihrer Worte bewusst würde.

»Wir wollen wissen, was Sie hier wollen, Mr Bosch. Und Sie kommen nicht eher von hier weg, als bis wir kriegen, was wir haben wollen.«

Ich spiegelte ihre Haltung wider, indem ich mich ebenfalls vorbeugte. Unsere Gesichter waren fünfzig Zentimeter voneinander entfernt.

»Ihr Mann am Kontrollpunkt hat mir meine Lizenz abgenommen. Ich bin sicher, Sie haben sie sich angesehen und wissen, was ich tue. Ich ermittle in einem Fall. Und das ist vertraulich.«

Zigo kam zurück. Er war klein und gedrungen, wahrscheinlich ganz knapp über der vorgeschriebenen Mindestgröße. Sein Haar war kurz geschnitten wie das eines Soldaten. Er hielt Terry McCalebs Vermisstenakte in der Hand. Ich wusste, sie enthielt die Fotos, die ich mit Terrys Computer ausgedruckt hatte. Zigo legte den Ordner vor Dei auf den Tisch, und sie schlug ihn auf. Obenauf war das Foto des alten Boots. Sie hob es hoch und schob es mir zu.

»Woher haben Sie das?«

»Das ist vertraulich.«

»Für wen arbeiten Sie?«

»Das ist vertraulich.«

Sie blätterte die Fotos durch und kam zu der Aufnahme, die Terry heimlich von Shandy gemacht hatte. Sie hielt sie für mich hoch.

»Wer ist das?«

»Das weiß ich nicht mit Sicherheit, aber ich glaube, es ist der lange verschollene Robert Backus.«

»Was?«, entfuhr es Walling.

Sie riss Dei das Foto aus der Hand. Ich sah ihre Augen hin und her schnellen, als sie es studierte.

»Mein Gott!«, flüsterte sie.

Sie stand auf und ging mit dem Foto zur Arbeitsplatte der Küche. Sie legte es darauf und betrachtete es weiter.

»Rachel?«, sagte Dei. »Sagen Sie kein weiteres Wort.«

Dei wandte sich wieder dem Ordner zu. Sie legte die anderen Fotos von Shandy auf dem Tisch aus. Dann sah sie wieder zu mir hoch. Inzwischen war Feuer in ihrem Blick.

»Wo haben Sie diese Fotos aufgenommen?«

»Sie sind nicht von mir.«

»Wer hat sie dann gemacht? Und kommen Sie mir nicht wieder damit, dass das vertraulich ist, Bosch, sonst können Sie so lange in einem tiefen dunklen Loch versauern, bis es *un*-vertraulich wird. Das ist Ihre letzte Chance.«

Ich war schon einmal in einem der tiefen dunklen Löcher des FBI gewesen. Ich wusste, wenn nötig, könnte ich ihre schlimmste Drohung durchaus erdulden. Tatsache war jedoch, dass ich helfen wollte. Ich wusste, dass ich helfen sollte. Diesen Wunsch musste ich gegen das abwägen, was für Graciela McCaleb das Beste wäre. Ich hatte eine Klientin und musste sie schützen.

»Wissen Sie, was«, sagte ich. »Ich will Ihnen helfen. Und ich will, dass Sie mir helfen. Lassen Sie mich kurz telefonieren, damit ich sehen kann, ob ich von meiner Verpflichtung, die Sache vertraulich zu behandeln, entbunden werde. Was halten Sie davon?«

»Sie wollen ein Telefon?«

»Ich habe eins. Ich weiß nur nicht, ob es hier draußen funktioniert.«

»Tut es. Wir haben einen Repeater aufgestellt.«

»Das ist nett. Ihr denkt wirklich an alles.«

»Machen Sie Ihren Anruf.«

»Ich muss ihn ungestört machen.«

»Dann lassen wir Sie hier allein. Fünf Minuten, Mr Bosch.«

Inzwischen waren wir wieder bei *Mr* Bosch. Das war ein Fortschritt.

»Ehrlich gestanden, wäre es mir lieber, Sie warten hier, während ich draußen in der Wüste einen kleinen Spaziergang mache. So bin ich ungestörter.«

»Wie Sie meinen. Machen Sie einfach.«

Ich ließ Rachel an der Arbeitsplatte das Foto anstarren und Dei am Tisch die Akte studieren. Ich wurde aus dem Wohnmobil in die offene Wüste hinausgeführt, zu einer Stelle nicht weit von dem provisorischen Hubschrauberlandeplatz. Zigo blieb stehen und ließ mich allein weitergehen. Er zündete sich eine Zigarette an und behielt mich im Auge. Ich zog mein Handy heraus und rief meine letzten zehn Anrufe auf. Ich markierte Buddy Lockridges Nummer und rief an. Die Aussicht, ihn zu erreichen, war gut, weil er ein Handy hatte.

»Ja?«

Es hörte sich nicht nach ihm an.

»Buddy?«

»Ja, wer ist da?«

»Bosch. Wo sind Sie?«

»Im Bett, Mann. Sie rufen mich ständig im Bett an, Mann.«

Ich sah auf die Uhr. Es war zwölf Uhr durch.

»Dann stehen Sie auf. Ich habe Arbeit für Sie.«

Seine Stimme bekam sofort etwas Wachsames.

»Ich bin auf. Was soll ich machen?«

Ich versuchte, rasch einen Plan zu entwerfen. Einerseits ärgerte ich mich über mich selbst, weil ich McCalebs Laptop nicht mitgenommen hatte, andererseits wäre er dann jetzt in den Händen des FBI und für mich kaum von Nutzen.

»Sehen Sie zu, dass Sie möglichst schnell auf die *Following Sea* kommen. Nehmen Sie einen Hubschrauber. Ich erstatte Ihnen hinterher alle Kosten. Gehen Sie einfach auf die Insel rüber und auf das Boot.«

»Kein Problem. Und dann?«

»Rufen Sie in Terrys Computer die Fotos auf.

Drucken Sie die Frontal- und Profilaufnahmen von Shandy aus. Geht das?«

»Klar, aber haben Sie die denn nicht schon ausgedruckt?«

»Ich weiß, Buddy. Ich möchte, dass Sie es noch mal machen. Drucken Sie sie aus, und dann suchen Sie mir aus den Schachteln mit den Ordnern eine Akte raus. Ich weiß nicht mehr, in welcher Schachtel sie ist, aber ich brauche die Akte von Robert Backus. Es ist …«

»Der Poet – ja, ich weiß, welche Sie meinen.«

Hätte mich auch gewundert, wenn nicht, sagte ich beinahe.

»Okay, gut. Nehmen Sie die Akte und die Fotos, und bringen Sie sie nach Las Vegas.«

»Nach Las Vegas? Sind Sie denn nicht in San Francisco?«

Das brachte mich kurz durcheinander, doch dann fiel mir ein, dass ich ihn belogen hatte, um ihn mir vom Hals zu halten.

»Es hat sich anders ergeben. Bringen Sie alles nach Las Vegas, checken Sie in einem Hotel ein, und warten Sie auf meinen Anruf. Achten Sie darauf, dass Ihr Handy aufgeladen ist. Aber rufen Sie mich nicht an, ich rufe Sie an.«

»Wieso kann ich Sie nicht anrufen, wenn ich ankomme?«

»Weil ich vielleicht in zwanzig Minuten dieses Telefon nicht mehr habe. Und jetzt beeilen Sie sich, Buddy.«

»Und Sie bezahlen alles, ja?«

»Ich komme für sämtliche Kosten auf. Ich bezahle auch Sie. Die Stechuhr läuft, Buddy. Also, dann mal los.«

»Alles klar, wird gemacht. Übrigens geht in zwanzig Minuten eine Fähre. Die könnte ich nehmen und Ihnen eine Menge Geld sparen, wissen Sie.«

»Nehmen Sie einen Hubschrauber. Damit sind Sie eine Stunde schneller als die Fähre. Diese Stunde ist wichtig.«

»Okay, Mann, bin schon unterwegs.«

»Und noch was, Buddy. Sagen Sie niemandem, wohin Sie unterwegs sind und was Sie vorhaben.«

»In Ordnung.«

Er legte auf, und ich sah nach Zigo, bevor ich auf die Trenntaste drückte. Der Agent trug inzwischen eine Sonnenbrille, aber es sah so aus, als beobachtete er mich. Ich tat so, als wäre die Funkverbindung unterbrochen, und rief ein paarmal »Hallo« in das Telefon. Dann machte ich es aus und wieder an und wählte Gracielas Nummer. Das Glück ließ mich nicht im Stich. Sie war zu Hause und ging dran.

»Graciela, hier ist Harry. In der Zwischenzeit hat sich einiges getan, und ich brauche Ihre Einwilligung, dass ich mit dem FBI über Terrys Tod und meine Ermittlungen sprechen kann.«

»Mit dem FBI? Harry, ich habe Ihnen doch gesagt, dass ich nicht zum FBI gehen kann. Jedenfalls nicht, bis …«

»Ich bin nicht zu ihnen gegangen. Sie sind zu mir gekommen. Ich bin hier gerade mitten in der Wüste, Graciela. Verschiedenes, was ich in Terrys Büro gefunden habe, hat mich hierher geführt, und das FBI war bereits hier. Ich glaube, es ist unbedenklich, mit ihnen zu reden. Ich glaube, die Person, die sie hier suchen, ist dieselbe, die Terry auf dem Gewissen hat. Ich glaube nicht, dass das jetzt noch auf Sie zurückfällt. Ich finde, ich sollte mit ihnen reden, ihnen sagen, was ich weiß. Es könnte dazu beitragen, diesen Kerl zu fassen.«

»Wer ist es?«

»Robert Backus. Sagt Ihnen der Name etwas? Hat Terry ihn mal erwähnt?«

Es wurde still, als sie darüber nachdachte.

»Ich glaube nicht. Wer ist das?«

»Ein Mann, mit dem er mal zusammengearbeitet hat.«

»Ein Agent?«

»Ja. Und zwar der, den sie den Poeten nannten.

Haben Sie Terry mal über den Poeten sprechen hören?«

»Ja, aber das ist schon lange her. Drei, vier Jahre, würde ich sagen. Ich kann mich erinnern, dass er ziemlich aufgebracht war, weil er, glaube ich, hätte tot sein sollen, aber dann sah es so aus, als wäre er es doch nicht. Etwas in der Art.«

Das musste ungefähr zu der Zeit gewesen sein, als Backus angeblich in Amsterdam aufgetaucht war. Terry hatte damals wahrscheinlich gerade die internen Ermittlungsunterlagen bekommen.

»Und seitdem nichts mehr?«

»Nein. Jedenfalls kann ich mich an nichts mehr erinnern.«

»Okay, Graciela. Also, was meinen Sie? Ich kann nur mit ihnen reden, wenn Sie es erlauben. Ich glaube, es ist okay.«

»Dann tun Sie es doch, wenn Sie denken, es hilft.«

»Es bedeutet allerdings, dass sie schon sehr bald zu Ihnen auf die Insel kommen werden. FBI-Agenten. Wahrscheinlich bringen sie die *Following Sea* zum Festland, um sie zu durchsuchen.«

»Wonach?«

»Nach Beweismaterial. Dieser Kerl war auf dem Boot. Zuerst als Charterkunde, und dann kam er noch mal zurück und verschaffte sich heimlich

Zugang dazu. Das war, als er die Medikamente vertauscht hat.«

»Oh.«

»Und sie werden auch zu Ihnen ins Haus kommen. Sie werden mit Ihnen reden wollen. Seien Sie ganz ehrlich, Graciela. Sagen Sie ihnen alles. Verschweigen Sie nichts, dann wird es keine Probleme geben.«

»Sind Sie sicher, Harry?«

»Ja, da bin ich sicher. Sind Sie also einverstanden?«

»Ja, ich bin einverstanden.«

Wir verabschiedeten uns voneinander und beendeten das Gespräch. Als ich zu Zigo zurückging, machte ich mein Handy wieder an und wählte meine Privatnummer. Dann drückte ich sofort die Trenntaste und wiederholte diesen Vorgang neun Mal, um auf meinem Handy sämtliche Hinweise auf meine Anrufe bei Buddy Lockridge und Graciela McCaleb zu löschen. Wenn es im Wohnmobil Ärger geben sollte und Dei wissen wollte, wen ich angerufen hatte, würde das nicht einfach für sie werden. Mein Handy würde ihr nicht weiterhelfen. Sie müsste mit einem Durchsuchungsbefehl zur Telefongesellschaft gehen.

Als ich auf Zigo zukam, sah er, was ich machte. Er lächelte und schüttelte den Kopf.

»Wenn wir Ihre Telefonnummern wissen wollten, Bosch, hätten wir sie aus der Luft abgefangen.«

»Könnten Sie das tatsächlich?«

»Wenn wir wollten, schon.«

»Wow, dann seid ihr ja wirklich ziemlich speziell, nicht wahr?«

Zigo sah mich über seine Sonnenbrille hinweg an.

»Seien Sie kein Arschloch, Bosch. Irgendwann wird das langweilig.«

»Sie müssen es ja wissen.«

19

Zigo begleitete mich ohne ein weiteres Wort in das Wohnmobil zurück. Agent Dei wartete am Tisch. Rachel Walling stand immer noch an der Arbeitsplatte. Ich setzte mich in aller Ruhe und sah Dei an.

»Wie ging's?«, fragte sie in freundlichem Ton.

»Gut. Mein Klient sagt, ich darf mit Ihnen reden. Aber das ist keine Einbahnstraße. Wir tauschen. Ich beantworte Ihre Fragen, Sie beantworten meine.«

Sie schüttelte den Kopf.

»Hn-nhn, so läuft das hier nicht. Das sind FBI-Ermittlungen. Wir tauschen mit Amateuren keine Informationen aus.«

»Sie meinen, ich bin ein Amateur? Ich bringe Ihnen ein Foto des lang verschollenen Robert Backus, und ich soll der Amateur sein?«

Aus dem Augenwinkel sah ich, wie sich etwas bewegte, und ich schaute zu Rachel Walling hinüber. Sie hatte eine Hand an ihr Gesicht gehoben, um ein Lächeln zu verbergen. Als sie merkte, dass ich zu ihr schaute, drehte sie sich wieder zur Arbeitsplatte und tat so, als studierte sie das Foto von Backus.

»Wir wissen nicht mal, ob das überhaupt Backus *ist*«, sagte Dei. »Auf dem Foto ist ein Kerl mit Bart, Mütze und Sonnenbrille zu sehen. Es könnte weiß Gott wer sein.«

»Und es könnte der Mann sein, der angeblich tot ist, es aber irgendwie geschafft hat, vor ein paar Jahren in Amsterdam fünf Männer zu töten und jetzt hier – wie viel? – sechs. Oder sind es mehr als die sechs, von denen in der Zeitungsmeldung die Rede war?«

Dei bedachte mich mit einem angespannten, gequälten Lächeln.

»Sich selbst können Sie damit ja vielleicht beeindrucken, aber uns mit Sicherheit nicht. Die Sache sieht nach wie vor so aus: Wenn Sie hier wieder rauskommen wollen, sollten Sie langsam anfangen, mit uns zu reden. Inzwischen haben Sie die Einwilligung Ihres Klienten. Ich würde vorschlagen, Sie fangen damit an, uns zu sagen, wer Ihr Klient ist.«

Ich lehnte mich zurück. Sie war ein Bollwerk, bei dem ich mir keine großen Chancen ausrechnete, es durchbrechen zu können. Aber wenn sonst schon nichts, hatte ich dieses Lächeln von Rachel Walling erzielt. Das sagte mir, dass ich später vielleicht Gelegenheit bekäme, mit ihr über die FBI-Barrikade zu klettern.

»Mein Klient ist Graciela McCaleb. Terry McCalebs Frau. Das heißt, seine Witwe.«

Dei blinzelte überrascht, fing sich aber rasch. Vielleicht war es auch gar nicht Überraschung. Vielleicht war es eine Art Bestätigung.

»Und warum hat sie Sie engagiert?«

»Weil jemand die Medikamente ihres Mannes vertauscht und ihn umgebracht hat.«

Das zog kurzes Schweigen nach sich. Rachel löste sich langsam von der Arbeitsplatte und kam zu ihrem Stuhl zurück. Mit wenig Fragen oder irgendwelchen Hinweisen seitens Deis schilderte ich ihnen, wie Graciela mich angerufen hatte, was es mit den unwirksamen Medikamenten ihres Mannes auf sich hatte und wie mich meine Ermittlungen schließlich hierher in die Wüste geführt hatten. Ich gelangte mehr und mehr zu der Überzeugung, dass ich sie mit nichts überraschen konnte. Vielmehr schien es, als bestätigte ich etwas oder als erzählte ich eine Geschichte, die sie zum Teil bereits kannten. Als ich geendet hatte, stellte mir Dei ein paar klärende Fragen bezüglich meines Vorgehens. Zigo und Walling fragten nichts.

»So«, sagte Dei, als ich mit meiner Geschichte fertig war. »Das war eine interessante Geschichte. Eine Menge Informationen. Stellen Sie uns das doch noch in einen größeren Zusammenhang. Was schließen Sie aus all dem?«

»Das fragen Sie mich? Ich dachte immer, das wäre es, was sie in Quantico machen, alles in den Mixer werfen, und hinterher kommen dann ein Fallprofil und sämtliche Antworten heraus.«

»Keine Sorge, das werden wir auch tun. Trotzdem würde ich gern wissen, wie Sie darüber denken.«

»Also«, sagte ich, ohne allerdings dann weiterzusprechen. Ich war damit beschäftigt, alles zusammenzukratzen und in meinen eigenen Mixer zu werfen, mit Robert Backus als neuester Zutat.

»Was also?«

»Entschuldigung, ich habe gerade versucht, mir noch einmal alles vor Augen zu führen.«

»Sagen Sie uns einfach, was Sie denken.«

»Hat irgendjemand hier Terry McCaleb gekannt?«

»Wir alle kannten ihn. Was hat das damit zu tun, was …«

»Ich meine, wirklich gekannt.«

»Ich«, sagte Rachel. »Wir haben gemeinsam an Fällen gearbeitet. Aber ich hatte dann keinen Kontakt mehr mit ihm. Ich habe sogar heute erst erfahren, dass er tot ist.«

»Also, dann sollten Sie vielleicht wissen, dass er nach wie vor an Fällen gearbeitet hat; im Übrigen werden Sie das auch selbst feststellen, wenn Sie nach Catalina fahren und sein Haus und sein Boot und alles andere durchsuchen. Er konnte es nicht lassen. Er beschäftigte sich mit einigen seiner eigenen alten ungelösten Fälle, und er arbeitete an verschiedenen neuen. Er las Zeitung und sah fern. Er rief bei Fällen, die ihn interessierten, die zuständigen Ermittler an und bot ihnen seine Hilfe an.«

»Und das wurde ihm zum Verhängnis?«, fragte Dei.

Ich nickte.

»Irgendwann. Glaube ich zumindest. Im Januar erschien in der *L.A. Times* der Artikel aus der Akte, die Sie dort haben. Terry McCaleb las ihn und begann sich für die Sache zu interessieren. Er rief bei Vegas Metro an, um ihnen seine Unterstützung anzubieten. Sie wimmelten ihn ab, kein Interesse. Aber sie waren sich nicht zu schade, gegenüber der *Las Vegas Sun* seinen Namen fallen zu lassen, als diese einen Nachfolgebericht über die Vermissten brachte.«

»Wann war das?«

»Anfang Februar. Sie können das sicher nachprüfen. Jedenfalls hat ihm dieser Artikel, sein Name in diesem Artikel, den Poeten auf den Hals gehetzt.«

»Nur zu Ihrer Information: Wir bestätigen hier nichts über den Poeten. Ist Ihnen das klar?«

»Klar. Wie Sie wollen. Wenn Sie möchten, können wir das Ganze rein hypothetisch behandeln.«

»Fahren Sie fort.«

»Jemand hat diese Männer entführt – und, wie wir inzwischen wissen, in der Wüste begraben. Wie jeder Serienmörder, der auf sich hält, verfolgt er die Berichterstattung in den Medien, ob vielleicht jemand Lunte gerochen hat und ihm möglicherweise gefährlich werden könnte. Er stößt auf besagten Artikel mit McCalebs Namen darin. Er ist ein alter Kollege von ihm. Ich würde sagen, er kannte McCaleb von früher. Aus Quantico, bevor McCaleb nach L.A. kam, um hier eine eigene Behavioral-Sciences-Abteilung aufzubauen. Bevor er Probleme mit dem Herz bekam.«

»Terry war sogar der erste Agent, den Backus in der Abteilung betreut hat«, sagte Walling.

Dei sah sie an, als hätte sie ihr Vertrauen missbraucht. Walling ignorierte sie, und das gefiel mir an ihr.

»Da sehen Sie's«, sagte ich. »Es bestand eine Verbindung zwischen ihnen. Backus las den Namen in der Zeitung, und dann passierte eins von zwei Dingen. Entweder sah er es als Herausforderung an, oder er wusste, dass McCaleb hartnäckig war und keine Ruhe geben würde, obwohl man bei Vegas Metro kein Interesse an seiner Mitwirkung hatte.«

»Deshalb nahm er McCaleb aufs Korn«, sagte Dei.

»Richtig.«

»Und er musste ihn auf eine Weise ausschalten, die niemanden neugierig machen würde«, fügte Rachel hinzu.

»Richtig.«

Ich sah Zigo an. Es wurde Zeit, dass auch er seinen Senf dazugab, aber er sagte nichts.

»Deshalb fuhr er auf die Insel rüber, um ihn sich etwas genauer anzusehen«, fuhr ich fort. »Er hatte den Bart, die Schildmütze, die Sonnenbrille und dazu wahrscheinlich auch noch ein bisschen plastische Chirurgie. Er ließ sich von McCaleb zum Fischen rausfahren.«

»Und Terry ahnte nicht, dass er es war«, sagte Rachel.

»Verdacht muss McCaleb wohl schon geschöpft haben, aber ich weiß nicht, weswegen. Diese Fotos waren Teil einer ganzen Serie. Terry wusste, dass an dem Kerl etwas faul war, und machte ein paar zusätzliche Fotos von ihm. Aber wenn er gewusst hätte, dass der Kerl Backus war, hätte er, glaube ich, sofort etwas unternommen. Aber er hat nichts unternommen, und daraus schließe ich, dass er sich nicht sicher war, wer der Kerl war oder was genau mit ihm los war.«

Ich sah Rachel an.

»Sie haben sich das Foto angesehen. Können Sie darauf erkennen, dass er es ist? Rein hypothetisch natürlich.«

»Das kann ich nicht sagen, ob nun hypothetisch oder nicht. Ich kann weder seine Augen sehen noch genug von seinem Gesicht. Wenn er es ist, hat er sich operieren lassen. Die Nase ist anders. Die Wangen auch.«

»Problemlos veränderbar«, sagte ich. »Kommen Sie mal nach L. A. Ich bringe Sie zu einem Typen, den ich in Hollywood kenne, der für das horizontale Gewerbe tätig ist. Er hat ein paar Vorher-Nachher-Fotos. Sie würden Augen machen, zu welchen Wundern die Medizin imstande ist.«

»Das glaube ich Ihnen gern«, sagte Dei, obwohl ich mit Rachel sprach. »Und was weiter? Wann vertauschte er Mc-Calebs Medikamente?«

Ich wollte meine Chronologie zurate ziehen, aber mein Notizblock war in meiner Jackentasche. Da sie mich noch nicht durchsucht hatten, wollte ich den Block aus allem heraushalten, vielleicht sogar mit ihm von hier wegkommen.

»Ähm, etwa zwei Wochen nach der Chartertour wurde auf McCalebs Boot eingebrochen. Der Einbrecher entwendete ein GPS-Gerät, aber ich glaube, das diente nur der Verschleierung, falls McCaleb gemerkt hätte, dass jemand – was ist?«

Ich hatte ihre Reaktion bemerkt. Mit dem GPS war etwas.

»Was war das für ein GPS?«, wollte Rachel wissen.

»Rachel«, fiel ihr Dei ins Wort. »Denken Sie bitte daran, Sie sind in beobachtender Funktion hier.«

»Ein Gulliver«, sagte ich. »Die genaue Typenbezeichnung weiß ich nicht mehr. Der Bericht des Sheriffs ist auf dem Boot. Das Gerät gehörte übrigens auch gar nicht McCaleb, sondern seinem Partner.«

»Wissen Sie, wie dieser Partner heißt?«, fragte Dei.

»Ja, Buddy Lockridge. Erinnern Sie sich aus dem Film an ihn?«

»Ich kenne den Film nicht. Wissen Sie noch mehr über die Geschichte dieses GPS-Geräts?«

»Lockridge hat mir erzählt, er hätte es beim Pokern gewonnen. Es waren eine Menge guter Fischplätze darin gespeichert. Er war wegen des Diebstahls stinksauer und dachte, es wäre ein anderer Fisch-Guide gewesen.«

Ihre Reaktionen verrieten mir, dass ich ins Schwarze getroffen hatte. Das GPS war wichtig. Es war nicht nur zu Verschleierungszwecken entwendet worden. Darin hatte ich mich getäuscht. Ich brauchte eine Weile, aber dann kam ich drauf.

»Jetzt ist mir alles klar«, sagte ich. »So haben Sie die Stelle hier gefunden, richtig? Backus hat Ihnen das GPS geschickt, mit dieser Stelle drauf. Er hat Sie genauso hierher gelockt, wie er es auch mit Terry gemacht hat.«

»Hier geht es nicht um uns«, sagte Dei, »sondern um Sie.«

Aber als ich einen kurzen Blick zu Rachel hinüberwarf, sah ich die Bestätigung in ihren Augen. Ich zog den nächsten Schluss und folgerte, dass es ihr zugeschickt worden war. Deshalb war sie als Beobachterin dabei. Backus hatte sie genauso gerufen, wie er Terry McCaleb gerufen hatte.

»Sie sagen, Terry McCaleb war der erste Agent, den Backus bei Behavioral betreute. Wer war der zweite?«

»Machen wir weiter«, sagte Dei.

Rachel Walling antwortete nicht, aber sie bedachte mich mit einem verhaltenen Lächeln, das so traurig aussah mit diesen toten Augen. Sie gab mir zu verstehen, dass ich richtig vermutet hatte. Nach Terry McCaleb war sie Backus' Schützling gewesen.

»Ich hoffe, Sie treffen entsprechende Vorsichtsmaßnahmen«, sagte ich ruhig.

Dei schlug den Ordner auf dem Tisch auf.

»Das ist nun wirklich nicht Ihre Sache«, sagte sie. »Aber jetzt wieder zurück zum Thema. Da sind ein paar Punkte in Ihren Notizen, zu denen ich Ihnen gern ein paar Fragen stellen würde. Zuallererst, wer ist William Bing?«

Ich sah Dei an. Sie dachte, es sei meine Akte mit meinen Notizen.

»Das weiß ich nicht. Nur ein Name, auf den ich gestoßen bin.«

»Wo?«

»Ich glaube, McCaleb hatte ihn sich notiert. Aber wer das ist, habe ich noch nicht herausgefunden.«

»Und dieser Hinweis auf die Dreieckstheorie, was bedeutet der?«

»Was denken Sie denn?«

»Mr Bosch, bitte lassen Sie diesen Quatsch. Kommen Sie mir nicht dumm.«

»Cherie?«, sagte Rachel Walling.

»Ja, was?«

»Das sind wahrscheinlich Terry McCalebs Aufzeichnungen.«

Dei blickte auf die Akte und merkte, dass Rachel Walling Recht hatte. Ich sah Rachel an, als wäre ich beleidigt, dass sie mich verpetzt hatte. Dei klappte die Akte abrupt zu.

»Richtig. Natürlich.«

Sie sah zu mir hoch.

»Wissen Sie, was das bedeutet?«

»Nein, aber ich glaube, Sie werden es mir sagen.«

»Es bedeutet, dass wir von jetzt an übernehmen. Sie können nach L. A. zurückfahren.«

»Ich fahre nicht nach L. A. Ich fahre nach Las Vegas. Dort habe ich eine Wohnung.«

»Sie können fahren, wohin Sie wollen, aber halten Sie sich aus diesem Ermittlungsverfahren raus. Wir übernehmen es offiziell.«

»Sie wissen, dass ich nicht für die Polizei arbeite, Agent Dei. Sie können nichts von mir übernehmen, solange ich das nicht will. Ich bin Privatdetektiv.«

Sie nickte, als hätte sie Verständnis für meine Situation.

»Alles wunderbar, Mr Bosch, wir werden noch heute mit Ihrem Auftraggeber sprechen, und Sie werden noch vor Sonnenuntergang beschäftigungslos sein.«

»Ich versuche nur, meinen Lebensunterhalt zu verdienen.«

»Ich versuche nur, einen Mörder zu fangen. Deshalb begreifen Sie endlich: Ihre Dienste sind nicht mehr erwünscht.

Lassen Sie die Finger von der Sache. Sie sind weg vom Fenster. Erledigt. Muss ich mich noch deutlicher ausdrücken?«

»Könnten Sie mir das vielleicht auch noch schriftlich geben?«

»Wissen Sie was? Sie sollten lieber zusehen, dass Sie hier schleunigst verschwinden und nach Hause fahren, solange Sie noch in der Lage dazu sind. Tom, würden Sie bitte Mr Bosch seine Lizenz und seine Schlüssel aushändigen und ihn zu seinem Auto bringen?«

»Mit dem größten Vergnügen.« Es waren die ersten Worte, die Zigo im Wohnmobil von sich gegeben hatte.

Ich griff nach der Akte, aber Dei schnappte sie mir unter den Fingern weg.

»Und das hier behalten wir.«

»Klar. Viel Glück bei der Jagd, Agent Dei.«

»Danke.«

Ich folgte Zigo zur Tür. Ich sah mich um und nickte Rachel Walling zu, und sie tat das Gleiche. Ich glaube, ich sah ein Funkeln in ihren Augen.

20

Die drei Agenten sprachen immer noch über Bosch, als der Hubschrauber vom Wüstenboden abhob und zu dem vierzigminütigen Flug nach Las Vegas startete. Damit sie trotz des Rotorenlärms kommunizieren konnten, trugen die Agenten Headsets. Dei war offenkundig immer noch sauer auf den Privatdetektiv, und Rachel glaubte, dass Cherie vielleicht der Ansicht war, Bosch hätte sie irgendwie untergebuttert. Rachel amüsierte das Ganze immer noch. Ihr war klar, dass sie Bosch nicht zum letzten Mal gesehen hatten. Er hatte Hab-ich-alles-schon-gesehen-Augen, und dieses Nicken am Ende sagte ihr, er würde nicht einfach seine Zelte abbrechen und nach Hause fahren.

»Was könnte es mit dieser Dreieckstheorie auf sich haben?«, fragte Dei.

Rachel wartete, dass Zigo den Anfang machte, aber wie üblich sagte er nichts.

»Ich glaube, Terry war wahrscheinlich irgendetwas auf der Spur«, sagte sie. »Jemand sollte dem nachgehen.«

»Ich weiß nicht, ob wir im Moment die Leute haben, um das alles nachzuprüfen. Ich werde Brass fragen, ob Sie jemanden erübrigen kann. Und dieser William Bing – bisher ist dieser Name nicht aufgetaucht.«

»Ich würde sagen, er ist Arzt. Terry McCaleb wollte womöglich eine Anlaufstelle haben, wenn er her kam und mit seinem Herz Probleme bekäme.«

»Könnten Sie das nachprüfen, Rachel, sobald wir da sind? Ich weiß zwar, was Alpert gesagt hat, dass Sie nur in beobachtender Funktion hier sind und so, aber wenn das eine offene Frage ist, wäre es gut, wenn Sie es klären könnten.«

»Kein Problem. Ich kann es in meinem Hotelzimmer machen, wenn Sie nicht wollen, dass er mich telefonieren sieht.«

»Nein, bleiben Sie in der Außenstelle. Wenn Alpert Sie nicht sieht, wird er sich bestimmt fragen, was Sie im Schilde führen.«

Dei drehte sich auf dem vorderen Passagiersitz zu Rachel um, die hinter dem Piloten saß.

»Was sollte das eigentlich mit Ihnen beiden?«

»Wie meinen Sie das?«

»Sie wissen genau, was ich meine. Sie und Bosch. Diese Blicke, dieses Grinsen. ›Ich hoffe, Sie treffen entsprechende Vorsichtsmaßnahmen.‹ Was steckt dahinter, Rachel?«

»Er war hier doch eindeutig in Unterzahl, oder? Da ist es ganz natürlich, dass er einen von uns auf seine Seite zu ziehen versucht. Steht alles im Handbuch für Verhörtechniken und Strategien. Werfen Sie vielleicht mal einen Blick rein.«

»Und Sie? Wollen Sie ihn ebenfalls auf Ihre Seite ziehen? Steht das auch im Handbuch?«

Rachel schüttelte den Kopf, als wolle sie die ganze Diskussion beenden.

»Mir hat einfach sein Auftreten gefallen. Er verhält sich, als hätte er noch eine Dienstmarke, wissen Sie? Er hat nicht klein beigegeben, und irgendwie hat mir das imponiert.«

»Sie sind schon zu lange bei diesen Hinterwäldlern, sonst würden Sie so etwas nicht sagen. Wir mögen keine Leute, die nicht klein beigeben.«

»Schon möglich.«

»Heißt das, Sie denken, er könnte Ärger machen?«

»Auf jeden Fall«, sagte Zigo.

»Wahrscheinlich«, fügte Rachel hinzu.

Dei schüttelte den Kopf.

»Ich habe nicht die Leute für das alles. Ich brauche meine Zeit für andere Dinge, als auf diesen Kerl aufzupassen.«

»Möchten Sie, dass ich ihn im Auge behalte?«, fragte Rachel.

»Bieten Sie sich dafür als Freiwillige an?«

»Ich würde gern irgendwas tun. Deshalb, ja, ich melde mich freiwillig.«

»Wissen Sie, vor dem elften September und der Gründung des Heimatschutzes bekamen wir alles, was wir brauchten. Serienkiller dingfest zu machen waren die besten Schlagzeilen, die das FBI bekam. Jetzt sind es nur noch Terroristen, und wir kriegen nicht mal Überstunden bezahlt.«

Rachel entging nicht, dass Dei ganz bewusst nicht sagte, ob sie wollte, dass sie Bosch im Auge behielt. Eine raffinierte Methode, alles leugnen zu können, wenn etwas schief ging. Sie beschloss, sich Dei allein zu schnappen, sobald sie zurück in der Außenstelle wären, und sie breitzuschlagen, nachprüfen zu lassen, ob Bosch tatsächlich einen Wohnsitz in Las Vegas hatte. Sie würde versuchen herauszufinden, was er vorhatte, und ihn unauffällig im Auge behalten.

Sie sah aus dem Fenster und auf das schwarze Asphaltband hinunter, das die Wüste durchschnitt. Sie folgten ihm in die Stadt zurück. Im selben Moment sah sie einen schwarzen Mercedes-Geländewagen, der in die gleiche Richtung fuhr. Er war von einer Fahrt durch unwegsames Wüstengelände staubig. Das musste Bosch auf dem Weg nach Las Vegas sein. Dann bemerkte sie die Zeichnung auf dem Dach des Mercedes. Mit einem Lappen oder etwas Ähnlichem hatte er ein fröhliches Gesicht in den weißen Staub auf dem Dach gezeichnet. Die Zeichnung brachte auch sie zum Lächeln.

Deis Stimme kam aus dem Kopfhörer.

»Was ist, Rachel? Warum lächeln Sie so?«

»Nichts. Ich musste nur gerade an etwas denken.«

»Ja, ich würde auch gern lächeln können, wenn ich weiß, dass vielleicht ein durchgeknallter Agent nur darauf wartet, mir eine Plastiktüte über den Kopf zu ziehen.«

Verärgert über so eine abfällige und brutale Bemerkung, sah Rachel Dei an. Anscheinend bemerkte Dei etwas in ihren Augen.

»Entschuldigung. Ich finde nur, Sie sollten das Ganze langsam etwas ernster nehmen.«

Rachel sah sie an, bis Dei den Blick abwenden musste.

»Glauben Sie wirklich, ich nehme das nicht ernst?«

»Nein, ich weiß, dass das nicht stimmt. Ich hätte lieber nichts sagen sollen.«

Rachel sah wieder auf den I-15 Freeway hinab. Sie hatten den schwarzen Mercedes längst überholt. Bosch war verschwunden, weit hinter ihnen.

Sie betrachtete eine Weile die Landschaft. Sie war so ganz anders und doch völlig gleich. Ein Mondlandschaftsteppich aus Sand und Steinen. Sie wusste, er war voller Leben, aber alles Leben war verborgen. Die Räuber hatten sich verkrochen und warteten darauf, nachts herauszukommen.

»Meine Damen und Herren«, ertönte die Stimme des Piloten in Rachels Ohr. »Schalten Sie auf Kanal drei. Sie haben einen Anruf.«

Rachel musste das Headset abnehmen, um herauszufinden, wie man die Frequenz änderte. Sie fand das Design des Headsets ziemlich idiotisch. Als sie es wieder aufsetzte, hörte sie Brass Dorans Stimme. Sie redete wie ein Maschinengewehr, so, wie sie das in Rachels Erinnerung immer getan hatte, wenn etwas Wichtiges anstand.

»… zentig zuverlässig. Er ist eindeutig von ihm.«

»Was?«, sagte Rachel. »Ich habe den Anfang nicht mitbekommen.«

»Brass«, sagte Dei, »fangen Sie noch mal von vorn an.«

»Ich sagte, wir haben eine Übereinstimmung in der Gebissabdruck-Datenbank. Von dem Kaugummi. Sie ist fünfundneunzigprozentig zuverlässig, womit es eine der zuverlässigsten Übereinstimmungen wäre, die ich je gesehen habe.«

»Wer?«, fragte Rachel.

»Rach, du wirst es nicht glauben. Ted Bundy. Dieser Kaugummi wurde von Ted Bundy gekaut.«

»Das ist doch völlig unmöglich«, sagte Dei. »Erstens ist Bundy schon seit Jahren tot, lange bevor einer dieser Männer vermisst wurde. Und er war erwiesenermaßen nie in Kalifornien oder Nevada, noch hatte er es auf Männer abgesehen. Irgendetwas mit den Daten kann da nicht stimmen, Brass. Es ist eine schlechte …«

»Wir haben es zweimal eingegeben. Beide Male kam Bundy raus.«

»Doch«, sagte Rachel. »Es ist richtig.«

Dei drehte sich zu ihr um. Rachel dachte an Bundy. Der ultimative Serienmörder. Gut aussehend, clever und bösartig. Ein Beißer war er auch. Er war der Einzige gewesen, bei dem sie Gänsehaut bekommen hatte. Bei den anderen empfand sie nur Abscheu und Ekel.

»Woher wissen Sie, dass es stimmt, Rachel?«

»Ich weiß es einfach. Backus war vor fünfundzwanzig Jahren an der Einrichtung der VICAP-Datenbank beteiligt. Das weiß auch Brass noch. In den nächsten acht Jahren wurden Daten dafür gesammelt. Agenten der Abteilung wurden losgeschickt, um jeden Serienmörder und Vergewaltiger zu interviewen, der in einem amerikanischen Gefängnis saß. Das war noch vor meiner Zeit, aber auch später noch, zu meiner Zeit, führten wir weiterhin diese Gespräche und gaben sie in die Datenbank ein. Bundy wurde mehrmals interviewt, hauptsächlich von Bob. Unmittelbar vor seiner Hinrichtung ließ er Bob nach Raiford runterkommen, und Bob nahm mich mit. Wir führten drei Tage lang Gespräche mit ihm. Ich erinnere mich, dass Bundy sich von Bob Kaugummi borgte. Es war Juicy Fruit. Den hat Bob immer gekaut.«

»Und was dann?«, fragte Zigo ungläubig. »Hat er ihn Backus hinterher etwa in die Hand gespuckt?«

»Nein, er warf ihn immer in den Abfalleimer. Wir führten die Gespräche mit ihm im Büro des Direktors des Todestrakts. Dort gab es einen Abfalleimer. Wenn das Gespräch zu Ende war, wurde Bundy abgeführt. Es gab viele Momente, in denen Backus allein in diesem Büro war. Er könnte den Kaugummi einfach aus dem Abfalleimer genommen haben.«

»Sie sagen also, Backus hat Ted Bundys Kaugummi aus dem Müll gefischt und ihn dann aufbewahrt, um ihn Jahre später in ein Grab zu legen?«

»Ich sage, er hat diesen Kaugummi damals in

dem Wissen, dass er Bundys Zahnabdrücke aufwies, aus dem Gefängnis mitgenommen. Vielleicht war er damals nur ein Andenken. Aber später wurde er etwas anderes. Möglicherweise etwas, womit er uns verhöhnen konnte.«

»Und wo soll er ihn aufbewahrt haben? Im Kühlschrank?«

»Vielleicht. Dort würde ich ihn jedenfalls aufbewahren.«

Dei drehte sich in ihrem Sitz herum.

»Was glauben Sie, Brass?«, fragte sie.

»Ich glaube, darauf hätte ich selbst kommen sollen. Ich glaube, Rachel liegt durchaus richtig. Ich glaube, Backus und Bundy kamen ganz gut miteinander klar. Er fuhr mehrere Male hin, um mit ihm zu sprechen. Manchmal allein. Er könnte sich den Kaugummi bei einer dieser Gelegenheiten beschafft haben.«

Rachel beobachtete, wie Dei zustimmend nickte.

Zigo räusperte sich. »Demnach diente das alles nur dem Zweck, uns unter die Nase zu reiben, dass das alles sein Werk ist und wie raffiniert er ist. Er will uns damit nur auf den Arm nehmen. Erst das GPS mit den Fingerabdrücken und jetzt der Kaugummi.«

»So würde ich es auch sehen«, stimmte ihm Doran zu.

So einfach war es aber nicht, dachte Rachel. Sie schüttelte, ohne sich dessen bewusst zu sein, den Kopf, und Zigo, der neben ihr saß, griff es auf.

»Sind Sie anderer Meinung, Agent Walling?«

Zigo musste bei Randal Alpert gelernt haben, wie man eine Beziehung zu Kollegen aufbaute.

»Ich glaube nur nicht, dass es so einfach ist. Sie betrachten es aus dem falschen Blickwinkel. Vergessen Sie nicht, das GPS und Backus' Fingerabdrücke gelangten als Erstes in unsere Hände, aber dieser Kaugummi war schon vorher in dem Grab. Er könnte beabsichtigt haben, dass der Kaugummi zuerst gefunden würde. Bevor es irgendeine direkte Verbindung zu ihm gab.«

»Wenn dem so ist«, fragte Dei, »was hat er dann damit bezweckt?«

»Keine Ahnung. Darauf habe ich keine Antwort. Ich sage nur, Sie sollten an diesem Punkt nicht davon ausgehen, dass wir wissen, wie der Plan oder auch die Abfolge aussehen sollte.«

»Rachel, Sie wissen, dass wir immer ganz unvoreingenommen an alles herangehen. Wir nehmen die Dinge, wie sie kommen, und hören nie auf, sie von allen Seiten zu betrachten.«

Das hörte sich an wie ein Spruch, der im Pressebüro in Quantico an der Wand hing, wo Agenten am Telefon gegenüber Journalisten ständig plakative Statements zu Richtlinien und Vorgehensweise des FBI abgeben mussten. Rachel beschloss, sich jetzt nicht mehr weiter mit Dei anzulegen. Sie musste aufpassen, dass sie nicht zu weit ging, und sie spürte, dass sie bei ihrer ehemaligen Schülerin nicht mehr weit von diesem Punkt entfernt war.

»Ja, ich weiß«, sagte sie.

»Okay, Brass, sonst noch etwas Neues?«, fragte Dei.

»Das war's. War ja auch nicht gerade wenig.«

»Okay. Dann hören wir beim nächsten Mal voneinander.«

Damit meinte sie die nächste Besprechung in der Außenstelle. Doran verabschiedete sich und unterbrach die Verbindung. Danach blieb die Bordfunkverbindung still. Wenig später überquerte der Hubschrauber die Trennlinie zwischen der rauen, unerschlossenen Landschaft und den Außenbezirken von Las Vegas. Als Rachel nach unten schaute, wurde ihr klar, dass hier nur eine Form von Wüste gegen eine andere ausgetauscht wurde. Auch dort unten, unter all den Ziegel- und Kiesdächern, warteten Räuber darauf, nachts hervorzukommen. Um ihre Opfer zu finden.

21

Das Executive Extended Stay Motel lag in einer Seitenstraße am Südende des Strip. Es hatte keine grellen Neonreklamen. Es hatte kein Casino und kein Unterhaltungsprogramm. Es wohnten dort auch keine Führungskräfte. Vielmehr war es von Angehörigen der Randgruppen von Las Vegas bevölkert. Die Spielsüchtigen, die Parodisten, die im Sexbusiness Beschäftigten, die Sorte Leute also, die nicht von hier wegkommen, aber auch keine Wurzeln schlagen können.

Leute wie ich. Wenn man im Double X, wie die Langzeitmieter das Motel nennen, einen Mitbewohner trifft, wird man nicht selten gefragt, wie lang man schon da ist und wie lang man noch bleibt, fast so, als säße man eine Gefängnisstrafe ab. Ich glaube, viele der Bewohner des Motels hatten ein Gefängnis auch tatsächlich schon von innen gesehen, und ich hatte mich aus zwei Gründen dafür entschieden. Einer war, dass ich in Los Angeles immer noch eine Hypothek abzuzahlen hatte und es mir nicht leisten konnte, in einem Hotel wie dem Bellagio oder dem Mandalay Bay oder selbst dem Riviera abzusteigen. Und der zweite war, dass ich mich in Las Vegas nicht zu wohl fühlen wollte. Ich wollte vermeiden, dass ich mich hier heimisch zu fühlen begann. Denn ich wollte möglichst nur den Schlüssel abgeben müssen und mich ins Auto setzen, wenn es Zeit für mich würde, von hier zu verschwinden.

Ich kam um drei in Las Vegas an und wusste, dass meine Tochter aus dem Hort zurück war und ich zum Haus meiner Exfrau fahren und sie besuchen konnte. Das hätte ich gern getan, aber ich wollte auch warten. Buddy Lockridge würde in Kürze eintreffen, und ich musste noch Verschiedenes erledigen. Das FBI hatte mich mit meinem Notizblock in meiner Jackentasche und mit Terry McCalebs Straßenatlas in meinem Auto aus dem Wohnmobil gelassen. Ich wollte von beidem optimalen Gebrauch machen, bevor Agent Dei vielleicht auf ihren Fehler aufmerksam wurde und wieder bei mir anrückte. Ich wollte sehen, ob ich bei den Ermittlungen den nächsten Schritt vor ihr machen könnte.

Ich fuhr auf das Gelände des Double X und parkte auf meinem Stammplatz an dem Zaun, der das Motel von den Privatjet-Stellplätzen auf dem McCarran-Rollfeld trennte. Ich stellte fest, dass eine Gulfstream 9, die schon bei meiner Abreise aus

Las Vegas drei Tage zuvor dort gestanden hatte, immer noch dastand. Außerdem war daneben ein schwarzer Jet geparkt, der kleiner, aber schnittiger aussah. Ich wusste nicht, was für ein Jet das war, außer dass er nach Geld aussah. Ich stieg aus und ging zu meiner Zweizimmerwohnung im ersten Stock hoch. Sie war sauber und zweckmäßig, und ich versuchte, so wenig Zeit wie möglich dort zu verbringen. Das Beste daran war der kleine Balkon, der vom Wohnzimmer abging. In den an der Rezeption ausliegenden Prospekten wurde er als Raucherbalkon bezeichnet. Um einen Stuhl darauf zu stellen, war er zu klein. Aber ich konnte dort draußen stehen und mich auf das extra hohe Geländer lehnen und die Milliardärsjets landen sehen. Und ich ertappte mich dabei, dass ich das oft tat. Ich stand auf dem Balkon und wünschte mir sogar, ich würde noch rauchen. Oft stand einer der Bewohner der Wohnungen links oder rechts von meiner auf seinem Balkon und rauchte, wenn ich dort draußen war. Auf der einen Seite wohnte ein Kartenzähler oder »Vorzugsspieler«, wie er sich selbst bezeichnete –, auf der anderen eine Frau mit undefinierbarer Einkommensquelle. Meine Gespräche mit ihnen waren oberflächlich. In diesem Motel wollte niemand zu viele Fragen stellen oder beantworten.

Auf dem abgetretenen Gummifußabstreifer vor

meiner Tür lagen die letzten zwei Ausgaben der *Sun*. Ich hatte die Zeitung nicht abbestellt, weil ich wusste, dass die Frau von nebenan sie gern stibitzte, um sie zu lesen und dann wieder zu falten und in den Plastikumschlag zu stecken. Sie wusste nicht, dass ich das wusste.

In der Wohnung warf ich die Zeitungen auf den Boden und legte McCalebs Straßenatlas auf den Esstisch. Ich zog den Notizblock aus der Tasche und legte ihn dazu. Dann ging ich an die Schiebetür und öffnete sie, um ein wenig zu lüften. Mein Vormieter hatte den Raucherbalkon nicht benutzt, und in der Wohnung schien sich dauerhafter Nikotingestank festgesetzt zu haben.

Nachdem ich das Ladegerät des Handys in die Dose unter dem Esstisch gesteckt hatte, rief ich Buddy Lockridge an, bekam aber nur seine Mailbox dran. Ich unterbrach die Verbindung, bevor ich aufgefordert wurde, eine Nachricht zu hinterlassen. Als Nächstes rief ich Graciela McCaleb an und fragte sie, ob das FBI schon bei ihr aufgetaucht sei.

»Sie sind gerade gegangen«, sagte sie. »Sie haben hier alles Mögliche durchsucht und sind gerade runter zum Boot. Sie hatten Recht, sie werden das Boot mitnehmen. Ich weiß nicht, wann ich es zurückbekomme.«

»Haben Sie Buddy heute schon gesehen?«

»Buddy? Nein, sollte er denn vorbeikommen?«

»Nein, ich dachte nur.«

»Hält Sie das FBI immer noch fest?«

»Nein, sie haben mich vor ein paar Stunden laufen lassen. Ich bin in meiner Wohnung in Las Vegas. Ich werde weiter an dem Fall arbeiten, Graciela.«

»Warum? Offensichtlich ... die FBI-Agenten sagten, es wäre inzwischen ein vorrangiges Ermittlungsverfahren. Sie glauben, dass dieser Exagent seine Medikamente ausgetauscht hat. Backus.«

Sie wollte wissen, was ich tun könnte, wozu die hehren Kräfte des Federal Bureau of Investigation nicht in der Lage wären. Die Antwort darauf war natürlich: nichts. Aber ich wusste, was Terry zu Graciela über mich gesagt hatte. Dass er wollte, dass ich mich der Sache annähme, falls ihm etwas zustoßen sollte. Das machte es mir unmöglich, der Sache einfach den Rücken zu kehren.

»Weil es das ist, was Terry wollte«, sagte ich. »Aber keine Sorge, wenn ich auf etwas stoße, was das FBI nicht weiß, sage ich ihnen Bescheid. Genau wie heute. Ich versuche nicht, sie auszustechen. Ich arbeite einfach an dem Fall, Graciela.«

»Okay.«

»Aber Sie wissen doch, dass Sie ihnen das nicht

sagen müssen, wenn sie fragen. Sie sind wahrscheinlich nicht begeistert darüber.«

»Ich weiß.«

»Danke, Graciela. Ich melde mich, wenn es etwas Neues gibt.«

»Danke, Harry. Viel Glück.«

»Das werde ich wahrscheinlich brauchen.«

Nachdem ich die Verbindung unterbrochen hatte, versuchte ich es noch einmal bei Buddy Lockridge, bekam aber wieder nur seine Mailbox dran. Ich nahm an, er war in einem Flugzeug und hatte das Handy ausgemacht. Jedenfalls hoffte ich das. Ich hoffte, er hätte es geschafft, auf das Boot zu kommen und es wieder zu verlassen, bevor die FBI-Agenten auftauchten. Ich legte das Handy beiseite und ging zum Kühlschrank. Ich machte mir schnell ein Weißbrotsandwich mit Schmelzkäse. Beides hatte ich im Kühlschrank, falls meine Tochter ein getoastetes Käsesandwich wollte, wenn sie zu Besuch war. Es war eines ihrer Grundnahrungsmittel. Ich sparte mir das Toasten und stellte mich einfach an die Küchentheke und aß das geschmacklose Sandwich, um das Loch in meinem Bauch zu füllen. Dann setzte ich mich an den Tisch und schlug eine neue Seite in meinem Block auf. Ich machte ein paar Entspannungsübungen, die ich vor Jahren in einem Hypnoseseminar gelernt hatte. Ich sah eine leere Tafel vor meinem inneren Auge. Relativ bald nahm ich die Kreide und begann in weißer Schrift auf die schwarze Oberfläche der Tafel zu schreiben. So gut ich konnte, rekonstruierte ich Terry McCalebs Notizen in der Vermisstenakte – die Notizen, die mir das FBI weggenommen hatte. Als ich alles, woran ich mich erinnern konnte, auf der Tafel hatte, begann ich, alles auf meinen Block zu schreiben. Ich glaubte, das meiste zu haben, bis auf die Telefonnummern, aber die waren mir nicht so wichtig, weil ich nur die Auskunft anzurufen brauchte, um sie mir zu besorgen.

Durch die offene Balkontür hörte ich das hohe Heulen von Düsentriebwerken. Eine weitere Maschine rollte gerade auf ihren Platz. Ich hörte die Triebwerke auslaufen, und es wurde wieder friedlich.

Ich öffnete McCalebs Straßenatlas. Ich sah auf jeder Seite nach und fand keine weiteren handschriftlichen Eintragungen außer denen auf der Seite, auf der das südliche Nevada und die angrenzenden Teile Kaliforniens und Arizonas zu sehen waren. Wieder sah ich mir an, was McCaleb gemacht hatte. Er hatte das Mojave-Naturschutzgebiet eingekreist, in dem die Zzyzx-Ausfahrt und die Grabungsstätte des FBI lagen. An den Außenrand der Karte hatte er untereinander eine Reihe von Zahlen geschrieben, die zusammengezählt 86 ergaben. Darunter hatte er einen Strich gezogen und geschrieben: »Eigentlich – 92.«

Ich vermutete, dass sich diese Zahlen auf Meilen bezogen. Ich sah auf die Straßenkarte und stellte fest, dass zwischen allen größeren Städten die Entfernungen angegeben waren. Es war nur eine Frage von Sekunden, bis ich Zahlen fand, die mit denen übereinstimmten, die McCaleb an den Rand der Karte geschrieben hatte. Er hatte die Entfernungsangaben zwischen Las Vegas und einer Stelle des I-15 Freeway mitten in der Mojave-Wüste addiert. Die Zzyzx Road war zu klein und unwichtig, um auf der Karte namentlich eingetragen zu sein. Aber ich vermutete, dass sie die namenlose Stelle am Interstate 15 war, von dem aus McCaleb die Entfernungen zu addieren begonnen hatte.

Ich schrieb die Zahlen in meinen Block und zählte sie selbst zusammen. McCaleb hatte richtig gerechnet – laut Karte waren es 86 Meilen. Aber aus irgendeinem Grund war er mit diesem Ergebnis nicht einverstanden gewesen, oder er hatte eine andere Strecke gefunden, bei der 92 Meilen herauskamen. Ich vermutete, dass er die Strecke selbst gefahren war und dass sein Kilometerzähler eine andere Entfernung angezeigt hatte als die

Straßenkarte. Diese Abweichung könnte darauf zurückzuführen gewesen sein, dass er in Las Vegas ein ganz bestimmtes Ziel gehabt hatte und die Meilenangaben auf der Karte sich auf einen anderen Punkt der Stadt bezogen.

McCalebs Ziel war mir nicht bekannt. Ich hatte keine Ahnung, von wann die Einträge auf der Karte stammten oder ob sie in irgendeinem Zusammenhang mit dem Fall standen. Aber da er an der Zzyzx Road zu zählen begonnen hatte, hielt ich es für sehr wahrscheinlich. Das konnte kein Zufall sein. Zufälle gibt es nicht.

Ich hörte durch die Balkontür ein Husten hereindringen. Das war die Frau von nebenan, die auf ihrem Balkon rauchte. Ich fand sie ziemlich eigenartig und hatte immer ein Auge auf sie, wenn ich im Double X war. Sie war keine starke Raucherin und ging anscheinend nur auf den Balkon, wenn ein Privatjet an seinen Stellplatz gerollt kam. Klar, manche Leute beobachten gern Flugzeuge. Aber ich hatte das Gefühl, sie hatte irgendeinen Hintergedanken dabei, und das machte mich umso neugieriger. Ich nahm an, dass sie vielleicht für die Casinos oder andere Spieler potenzielle Melkkühe ausspähte.

Ich stand auf und ging auf den Balkon hinaus. Als ich durch die Tür kam, schaute ich nach rechts und sah meine Nachbarin etwas hinter sich in die Wohnung werfen. Etwas, von dem sie nicht wollte, dass ich es sah.

»Hallo, Jane, wie geht's?«

»Danke, gut, Harry. Lange nicht mehr gesehen.«

»Ich war ein paar Tage verreist. Was ist das denn für ein toller Vogel?«

Ich blickte über den Parkplatz auf das Rollfeld. Ein weiterer schnittiger schwarzer Jet war neben seinem Zwilling stehen geblieben. Eine dazu passende schwarze Limousine wartete an der Gangway des Jets. Ein Mann im Anzug, mit Sonnenbrille und einem kastanienbraunen Turban kam aus dem Flugzeug. Ich merkte, dass ich Jane bei einer Observierungsaktion störte, falls es eine Kamera oder ein Fernglas gewesen war, was sie bei meinem Auftauchen in die Wohnung geworfen hatte.

»Der Sultan of Swing«, sagte ich, nur um etwas zu sagen.

»Wahrscheinlich.«

Sie nahm einen Zug von ihrer Zigarette und hustete wieder. Sie war offenbar keine Raucherin. Sie rauchte nur, um einen Vorwand zu haben, auf dem Balkon zu stehen und reiche Männer und ihre Flugzeuge zu beobachten. Sie hatte auch keine braunen Augen – einmal hatte ich sie auf dem Balkon gesehen, als sie vergessen hatte, ihre getönten Kontaktlinsen einzusezten – und ihr mit Henna getöntes schwarzes Haar war vermutlich auch nicht ihre Naturfarbe.

Ich wollte sie fragen, was sie da machte, was sie damit bezweckte. Aber mir machten unsere Gespräche von Balkon zu Balkon auch Spaß, und ich war nicht mehr bei der Polizei. Tatsache war außerdem, dass ich keine sonderlich große Entrüstung aufzubringen vermochte, wenn Jane – ihren Nachnamen wusste ich nicht – tatsächlich ihr Geld damit verdiente, diese reichen Männer um Teile ihres Reichtums zu erleichtern. Die ganze Stadt basierte auf diesem Prinzip. Man wirft in der Stadt der Sehnsucht die Würfel, und man bekommt, was man verdient.

Ich spürte so etwas wie einen guten Kern in ihr. Angeschlagen, aber gut. Als ich einmal meine Tochter in die Wohnung mitnahm, begegneten wir Jane auf der Treppe, und sie blieb stehen, um mit Maddie zu reden. Am nächsten Morgen fand ich neben meiner Zeitung einen kleinen Stoffpanther auf dem Fußabstreifer.

»Wie geht's Ihrer Tochter?«, fragte sie, als könnte sie meine Gedanken lesen.

»Ihr geht's gut. Vor Kurzem hat sie mich gefragt, ob der Burger King und die Dairy Queen miteinander verheiratet wären.«

Jane lächelte, und ich sah wieder diese Traurigkeit in ihren Augen. Sie hatte offenbar etwas mit Kindern zu tun. Ich fragte sie etwas, was ich eigentlich schon lange hatte tun wollen.

»Haben Sie Kinder?«

»Eine Tochter. Sie ist etwas älter als Ihre. Ich bin nicht mehr mit ihr zusammen. Sie lebt in Frankreich.«

Das war alles, was sie sagte, und ich beließ es dabei, denn ich hatte ein schlechtes Gewissen wegen der plötzlichen Bereicherung, die mein Leben erfahren hatte, und weil ich schon, bevor ich die Frage stellte, wusste, dass ich damit den Kummer in ihr herausfordern würde. Doch meine Frage veranlasste sie dazu, mir eine zu stellen, die auch sie mir schon eine Weile hatte stellen wollen.

»Sind Sie Polizist, Harry?«

Ich schüttelte den Kopf.

»Ich war mal einer. In L. A. Woran haben Sie das gemerkt?«

»Nur so ein Gefühl. Ich glaube, es lag an der Art, wie ich Sie mal mit Ihrer Tochter zum Auto gehen sah. Als ob Sie sich sofort auf alles stürzen würden, was sich bewegte. Auf alles Schlimme.«

Ich zuckte die Achseln. Sie hatte mich durchschaut.

»Ich fand das irgendwie sympathisch«, fügte sie hinzu. »Was machen Sie jetzt?«

»Nichts Besonderes. Ich denke darüber nach, wissen Sie.«

»Ja.«

Plötzlich wurden wir mehr als Wohnungsnachbarn, die oberflächliche Gespräche führten.

»Und Sie?«, fragte ich.

»Ich? Ich warte nur auf etwas.«

So viel dazu. Weiter ging es in dieser Richtung nicht mehr. Ich wandte mich von ihr ab und sah einen weiteren Sultan oder Scheich die Gangway des Jets herunterkommen. Der Chauffeur hielt ihm die Tür der Limousine auf. Für mich sah es so aus, als hätte der Chauffeur etwas unter seinem Jackett, etwas, was er herausziehen konnte, wenn es ernst wurde. Ich sah wieder zu Jane hinüber.

»Bis zum nächsten Mal, Jane.«

»Okay, Harry. Grüßen Sie Ihre Tochter von mir.«

»Mache ich. Passen Sie auf sich auf.«

»Sie auch.«

Zurück am Küchentisch, versuchte ich wieder, Buddy Lockridge zu erreichen, mit dem gleichen Ergebnis. Nichts. Ich griff nach meinem Stift und trommelte damit ungeduldig auf den Block. Er hätte sich längst bei mir melden sollen. Ich machte mir keine Sorgen. Ich wurde sauer. Es hieß von Buddy, dass er unzuverlässig war. Das war etwas, was ich jetzt nicht brauchen konnte.

Ich stand auf und ging in die Kochnische und nahm ein Bier aus dem Kühlschrank unter der Arbeitsplatte. Am Türrahmen war ein Flaschenöffner. Ich öffnete die Flasche und nahm einen kräftigen Schluck. Das Bier drang durch den Wüstenstaub und schmeckte gut, als es hinuntergluckerte. Ich fand, dass ich es verdient hatte.

Ich ging an die Balkontür zurück, ohne nach draußen zu gehen. Ich wollte Jane nicht wieder stören. Durch das Fenster konnte ich sehen, dass die Limousine weg war und der Jet, der zuletzt eingetroffen war, dichtgemacht wurde. Ich beugte mich nach draußen und sah auf Janes Balkon. Sie war weg. Ich sah, dass die Zigarette, die sie in dem Aschenbecher auf dem Geländer ausgedrückt hatte, nur zu einem Viertel geraucht war. Ihr sollte mal jemand sagen, dass das verräterisch war.

Ein paar Minuten später war das Bier weg, und ich saß wieder am Küchentisch und studierte meine Notizen und McCalebs Straßenatlas. Ich wusste, ich übersah irgendetwas, aber ich konnte den Finger nicht drauflegen. Es war da, direkt vor meiner Nase. Aber ich bekam es noch nicht zu fassen.

Mein Handy läutete. Endlich. Es war Buddy Lockridge.

»Haben Sie mich gerade angerufen?«

»Ja, habe ich. Aber ich habe Ihnen doch gesagt, Sie sollten mich nicht unter dieser Nummer anrufen.«

»Ich weiß, aber Sie haben mich doch gerade angerufen. Deshalb dachte ich, es wäre kein Problem.«

»Und wenn es nicht ich gewesen wäre?«

»Ich habe Anruferkennung. Ich wusste, dass Sie's waren.«

»Schon, aber woher wussten Sie, dass wirklich ich es war? Was wäre, wenn es jemand anders mit meinem Handy gewesen wäre?«

»Oh.«

»Ja, ganz richtig, ›oh‹, Buddy. Deshalb noch mal, wenn Sie für mich arbeiten wollen, sollten Sie auf das hören, was ich Ihnen sage.«

»Schon gut, schon gut, ich habe verstanden.«

»Gut. Wo sind Sie?«

»In Vegas, Mann. Wie Sie gesagt haben.«

»Haben Sie das Zeug vom Boot geholt?«

»Hab ich.«

»Kein FBI?«

»Nee. Alles klar, Mann.«

»Wo sind Sie gerade?«

Beim Sprechen fiel mir etwas in meinen Notizen auf, und ich erinnerte mich an etwas anderes aus dem *Times*-Artikel über die Vermissten. Oder genauer: Ich erinnerte mich an den Kreis, den Terry auf den Zeitungsausschnitt gemacht hatte.

»Ich bin im B«, sagte Lockridge.

»Im B? Wo ist das B?«

»Das Big B, Mann.«

»Buddy, wovon reden Sie eigentlich? Wo sind Sie?«

Er flüsterte die Antwort.

»Ich dachte, man kann nicht vorsichtig genug sein. Könnte doch sein, dass wir abgehört werden.«

»Buddy, es ist mir egal, ob wir abgehört werden. Lassen Sie den Quatsch. Was ist das Big B?«

»Das Bellagio. Total simpel, der Code, Mann.«

»Ein simpler Code für einen simplen Verstand. Soll das heißen, Sie haben sich auf meine Rechnung im Bellagio ein Zimmer genommen?«

»Ganz richtig.«

»Dann checken Sie wieder aus.«

»Jetzt hören Sie mal. Ich bin doch gerade erst angekommen.«

»Ich zahle Ihnen das Bellagio nicht. Checken Sie aus, und kommen Sie hierher, und nehmen

Sie sich da ein Zimmer, wo ich bin. Wenn ich mir leisten könnte, Sie im Bellagio unterzubringen, würde ich selbst dort wohnen.«

»Kein Spesenkonto, wie?«

»Nein.«

»Meinetwegen. Wo sind Sie denn?«

Ich gab ihm die Adresse des Double X, und er wusste sofort, dass ich in einer billigen Absteige war.

»Haben Sie dort Pay-per-View?«

»Die haben hier gar nichts. Kommen Sie einfach her.«

»Also, hören Sie, ich habe gerade eingecheckt. Mein Geld kriege ich sowieso nicht mehr zurück. Sie haben es bereits von meiner Karte abgebucht, und außerdem habe ich schon ins Klo geschissen. Das ist wie eine unausgesprochene Inbesitznahme des Zimmers, wissen Sie. Ich bleibe eine Nacht hier, und morgen bleibe ich dann da, wo Sie sind.«

Es wird nur eine Nacht geben, dachte ich.

»Dann geht alles, was über den Preis dieser Absteige hier hinausgeht, auf Ihre Rechung, Mann. Ich habe Ihnen nicht gesagt, Sie sollten sich im teuersten Hotel am Strip einquartieren.«

»Schon gut, schon gut, ziehen Sie's von meinem Honorar ab, wenn Sie meinen. Von mir aus. Soll mir doch egal sein.«

»Gut, mache ich. Haben Sie ein Auto?«

»Nein, ich hab mir ein Taxi genommen.«

»Gut, fahren Sie mit dem Lift nach unten, und nehmen Sie sich wieder eins, und bringen Sie den ganzen Kram hierher.«

»Kann ich mich vorher nicht noch massieren lassen?«

»Verdammt noch mal, Buddy, wenn Sie nicht auf der Stelle …«

»War doch nur ein Witz! Man wird doch noch einen Witz machen dürfen, Harry? Bin schon unterwegs.«

»Gut. Ich warte.«

Ich unterbrach die Verbindung, ohne mich zu verabschieden, und löschte das Gespräch sofort aus meinem Gedächtnis. Ich war aufgeregt. Ich machte Fortschritte. Ich glaubte, unerklärlicherweise eins der Rätsel gelöst zu haben. Ich sah auf meine Rekonstruktion von McCalebs Aktennotizen und da wieder auf eine ganz bestimmte Zeile:

Dreieckstheorie? – 1 Punkt ergibt 3

In dem Zeitungsartikel hatte McCaleb in dem Zitat eines Metro-Detective über den Kilometerstand des Leihwagens eines der Vermissten außerdem das Wort *Kreis* markiert. Die Ermittler waren nämlich davon ausgegangen, dass in einem großen Kreis nach Hinweisen zu suchen wäre, was mit dem Vermissten geschehen war.

Inzwischen glaubte ich jedoch, dass McCaleb das Wort eingekreist hatte, weil er es für falsch gehalten hatte. Das Suchgebiet war kein Kreis. Es war ein Dreieck, und das hieß, dass die mit dem Leihwagen zurückgelegten Meilen die drei Seiten eines Dreiecks bildeten. Der erste Eckpunkt war der Flughafen, der Ausgangspunkt. Dort holte der Mieter den Wagen ab und fuhr zu Eckpunkt zwei. Punkt zwei war die Stelle, an der sich sein Weg mit dem des Entführers kreuzte. Und Punkt drei war die Stelle, wo der Entführer das Opfer in seine Gewalt brachte. Danach wurde der Wagen an Punkt eins zurückgebracht und das Dreieck vollendet.

Als McCaleb diese Notizen geschrieben hatte, hatte er nichts von der Zzyzx Road gewusst. Er hatte einen Punkt gehabt – die Rückgabestelle der Leihwagenfirma am Flughafen. Deshalb schrieb er »1 Punkt ergibt 3«, denn er wusste, wenn ein weiterer Punkt des Dreiecks identifiziert werden könnte, würde dieser zum verbleibenden Punkt führen.

»Ein weiterer Punkt des Dreiecks bedeutet, dass wir alle drei bestimmen können«, sagte ich laut und übersetzte damit die Kürzelsprache von McCalebs Vermerk.

Ich stand auf und begann, auf und ab zu gehen. Ich war ziemlich aufgeregt und glaubte, kurz vor des Rätsels Lösung zu stehen. Der Entführer hätte mit dem Leihwagen zwar an eine beliebige Zahl von Orten fahren können, womit die Dreieckstheorie hinfällig wäre. Aber wenn er das nicht getan hatte, wenn er Ablenkungen vermieden und sich ganz auf die Durchführung seines Vorhabens konzentriert hatte, dann traf die Dreieckstheorie zu. Seine Gründlichkeit war möglicherweise seine Schwachstelle. Es machte die Zzyzx Road zum dritten Eckpunkt des Dreiecks, weil sie der letzte Halt des Wagens wäre, bevor er am Flughafen zurückgegeben wurde. Und damit wäre der zweite Punkt der unbekannte. Er war die Schnittstelle. Der Ort, an dem Räuber und Beute aufeinander getroffen waren. Seine Lage war im Augenblick nicht bekannt, aber dank meines stummen Partners wusste ich, wie ich sie finden könnte.

22

Backus sah Rachel in einem dunkelblauen Crown Victoria vom Seitenparkplatz des FBI-Gebäudes fahren. Sie bog nach links in den Charleston Boulevard und fuhr in Richtung Las Vegas Boulevard. Er ließ sich zurückfallen. Er saß am Steuer eines Ford Mustang, Baujahr 1997, mit einem Kennzeichen aus Utah. Er hatte das Auto von einem Mann namens Elijah Willows, der es nicht mehr brauchte. Er wandte den Blick von Rachels Auto ab und dem Geschehen auf der Straße zu.

Fast im selben Moment bemerkte er einen Grand Am mit zwei Männern darin, der sich vor dem Bürogebäude neben dem FBI-Gebäude in den Verkehr einordnete. Er fuhr in dieselbe Richtung wie Rachels Auto.

»Das ist Nummer eins«, sagte Backus zu sich selbst.

Er wartete, und schließlich sah er einen dunkelblauen Geländewagen mit Dreifachantennen vom FBI-Parkplatz kommen, nach rechts in den Charleston Boulevard biegen und in der entgegengesetzten Richtung wie Rachel davonfahren. Dann fuhr ein weiterer Grand Am los und folgte ihm. »Das sind Nummer zwei und drei.« Backus wusste, dass man so etwas eine »Sky Bird«-Observierung nannte. Während das Subjekt via Satellit geortet wurde, nahm gleichzeitig ein Wagen eine lockere visuelle Observierung vor. Rachel hatte, ob sie das nun wusste oder nicht, ein Auto mit einem GPS-Sender bekommen.

Für Backus stellte das kein Problem dar. Er konnte ihr dennoch folgen. Dazu brauchte er nur hinter dem Wagen, der sie beschattete, herzufahren und käme genauso ans Ziel.

Er startete den Mustang. Bevor er auf dem Charleston Boulevard losfuhr, um den Grand Am einzuholen, der Rachel folgte, fasste er nach rechts und öffnete das Handschuhfach. Er trug Chirurgenhandschuhe aus Gummi in Größe S, damit sie sich straff über die Hände spannten und daher aus der Ferne nicht zu erkennen waren.

Backus lächelte. Im Handschuhfach lag eine kleine zweischüssige Westentaschenpistole, die eine hervorragende Ergänzung seiner eigenen Waffe wäre. Er hatte Elijah Willows vollkommen richtig eingeschätzt, als er ihn beim Verlassen des Slots-o-Fun am unteren Ende des Strip zum ersten Mal gesehen hatte. Ja, der Mann entsprach nicht nur körperlich genau dem, wonach Backus suchte – gleiche Größe, gleiche Statur –, sondern hatte auch gewisse einzelgängerische Züge gezeigt. Er war jemand, der allein und am Rand der Gesellschaft lebte. Die Waffe im Handschuhfach schien das zu bestätigen. Sie bestärkte Backus in der Überzeugung, dass er die richtige Wahl getroffen hatte.

Er gab Gas und fuhr mit laut aufheulendem Motor los. Das tat er mit Absicht. Für den unwahrscheinlichen Fall, dass es einen vierten Wagen gab, fänden sie das Fahrzeug am wenigsten verdächtig, dessen Fahrer ganz unverhohlen Aufmerksamkeit auf sich lenkte.

23

Es lief auf simple Mittelstufengeometrie hinaus. Ich hatte zwei der drei Eckpunkte eines Dreiecks und brauchte den dritten. Es war ganz einfach und gleichzeitig ganz schwierig. Um diesen Punkt zu finden, stand mir der Umfang des Dreiecks zur Verfügung. Ich setzte mich, schlug meinen Notizblock auf einer neuen Seite auf und machte mich mit McCalebs Straßenatlas an die Arbeit.

Ich erinnerte mich, dass mit dem Leihwagen eines der Vermissten laut dem Artikel in der *Times* 328 Meilen zurückgelegt worden waren. Wenn ich McCalebs Theorie richtig verstanden hatte, entsprach diese Strecke der Summe der drei Dreiecksseiten. Dank der Einträge im Straßenatlas wusste ich, dass eine Seite des Dreiecks – von der Zzyzx Road zum Flughafen von Las Vegas – 92 Meilen lang war. Damit blieben für die restlichen zwei Seiten 236 Meilen. Diese Strecke ließ sich sehr unterschiedlich unterteilen, womit es eine Unzahl von Orten gab, auf denen sich der gesuchte dritte Punkt auf der Karte befinden konnte. Um das

Dreieck exakt konstruieren zu können, hätte ich eigentlich einen Kartenkompass gebraucht, aber ich behalf mir mit dem, was ich hatte.

Den Maßstabsangaben auf der Karte zufolge entsprach ein Zentimeter 20 Meilen. Ich holte meine Brieftasche heraus und entnahm ihr meinen Führerschein. Ich hielt eine seiner kurzen Kanten an den Maßstab, und dabei zeigte sich, dass ihre Länge 100 Meilen entsprach. Damit konstruierte ich nun eine Reihe von Dreiecken, deren zwei restliche Seiten zusammen 236 Meilen ergaben. Ich zeichnete nördlich und südlich der Grundlinie, die ich von der Zzyzx Road nach Las Vegas gezogen hatte, mögliche Punkte ein. Ich verbrachte zwanzig Minuten damit, verschiedene Möglichkeiten zu konstruieren. Dabei stellte sich heraus, dass der dritte mögliche Punkt des Dreiecks unten in Arizona liegen konnte oder beim Grand Canyon oder im Norden beim Bombenabwurf- und Artillerieübungsgelände der Nellis Air Force Base. Ich gab bald frustriert auf, denn ich merkte, dass es unendlich viele Möglichkeiten gab und dass ich den fehlenden Dreieckspunkt bereits eingezeichnet haben könnte, ohne es zu wissen.

Ich stand auf, um mir noch ein Bier aus dem Kühlschrank zu holen. Immer noch unzufrieden mit mir selbst, klappte ich das Handy auf und rief

Buddy Lockridge an. Ich bekam seine Mailbox dran.

»Verdammt noch mal, wo stecken Sie schon wieder, Buddy?«

Wütend klappte ich das Handy zu. Eigentlich brauchte ich Lockridge im Moment gar nicht. Ich brauchte nur jemanden, den ich anbrüllen konnte, und er war ein geeignetes Opfer.

Ich ging wieder auf den Balkon hinaus und sah nach Jane. Sie war nicht da, und ich spürte einen Anflug von Enttäuschung. Sie war ein Rätsel, und ich unterhielt mich gern mit ihr. Mein Blick streifte über den Parkplatz und die Jets hinter dem Zaun und blieb auf einem Mann haften, der in der hintersten Ecke des Parkplatzes stand. Er hatte eine schwarze Baseballkappe mit goldener Aufschrift auf, die ich nicht lesen konnte. Er war glatt rasiert und trug eine Spiegelbrille und ein weißes Hemd. Seine untere Körperhälfte war von dem Auto, hinter dem er stand, verdeckt. Er schien mich direkt anzusehen.

Der Mann mit der Kappe bewegte sich mindestens zwei Minuten lang nicht und ich ebenfalls nicht. Ich war versucht, auf den Parkplatz hinunterzugehen, fürchtete aber, der Mann könnte verschwinden, wenn ich ihn auch nur ein paar Sekunden aus den Augen ließe.

Wir standen da und starrten uns gegenseitig an, bis der Mann plötzlich seinen Posten verließ und über den Parkplatz zu gehen begann. Als er hinter dem Auto hervorkam, sah ich, dass er schwarze Shorts und eine Art Equipmentgürtel trug. In dem Moment konnte ich auch das Wort *Security* auf seinem Hemd lesen und merkte, dass er anscheinend für das Double X arbeitete. Er ging in den Durchgang zwischen den zwei Gebäuden, aus denen das Double X bestand, und ich konnte ihn nicht mehr sehen.

Ich beließ es dabei. Es war zwar das erste Mal, dass ich bei Tageslicht einen Wachmann auf dem Motelgelände gesehen hatte, aber ich fand es trotzdem nicht besonders verdächtig. Ich sah noch einmal zum Nachbarbalkon hinüber – keine Spur von Jane – und ging wieder hinein zum Küchentisch.

Diesmal ging ich anders an die Geometrie heran. Ich achtete nicht mehr auf die Meilen, sondern sah nur auf die Karte. Meine vorherige Übung hatte mir zu einer ungefähren Vorstellung verholfen, wie weit sich das Dreieck auf der Karte erstrecken konnte. Ich begann, die Straßen und Städte in diesem Bereich zu studieren. Jedes Mal, wenn mich eine Stelle interessierte, maß ich die Entfernungen, um zu sehen, ob ein Dreieck mit zirka 328 Meilen Umfang herauskäme.

Ich hatte fast ein Dutzend Stellen nachgemessen, bei denen die Anzahl der Meilen in keinem Fall auch nur annähernd stimmte, bis ich auf eine Stadt nördlich der Grundseite stieß, die so klein war, dass sie nur durch einen schwarzen Punkt gekennzeichnet war, wie er für Ansiedlungen mit besonders niedriger Einwohnerzahl stand. Der Ort hieß Clear. Ich hatte davon gehört und wurde plötzlich ganz aufgeregt. In einer Art Geistesblitz wurde mir klar, dass er in das Profil des Poeten passte.

Mit meinem Führerschein maß ich die Entfernungen. Clear lag ungefähr 80 Meilen nördlich von Las Vegas am Blue Diamond Highway. Von dort waren es auf Landstraßen über die kalifornische Grenze und durch das Sandy Valley hinab zum Freeway 15 und dem dritten Dreieckspunkt an der Zzyzx Road ungefähr 150 Meilen. Rechnete man noch die Entfernung von der Zzyzx Road zum Flughafen von Las Vegas hinzu, kam ein Dreieck von zirka 322 Meilen Umfang heraus, was nur sechs Meilen vom Kilometerstand des Leihwagens eines der Vermissten abwich.

Mir begann das Blut in den Adern zu pochen. Clear, Nevada. Ich war zwar nie dort gewesen, aber ich wusste, dass es sich um eine Ansammlung von Bordellen und anderen Dienstleistungsbetrieben handelte, wie sie in einem solchen Umfeld anzutreffen waren. Ich kannte die Stadt, weil ich während meiner Zeit bei der Polizei in mehr als einem Fall einen Verdächtigen in Clear, Nevada, aufgespürt hatte. Und in mehr als einem Fall hatte ein Verdächtiger, der sich in Los Angeles widerstandslos von mir festnehmen ließ, mir gegenüber erklärt, dass er seine letzten paar Nächte in Freiheit bei den Damen von Clear, Nevada, verbracht hatte.

Es war ein Ort, den Männer heimlich aufsuchten und ohne eine Spur zu hinterlassen, die verriet, dass sie in dunkle moralische Gewässer eingetaucht waren. Verheiratete Männer. Erfolgreiche oder gottesfürchtige Männer. Clear war in vieler Hinsicht wie das Rotlichtviertel von Amsterdam, ein Ort, wo der Poet bei einer früheren Gelegenheit seine Opfer gefunden hatte.

Bei der Polizeiarbeit läuft viel darauf hinaus, dass man sich von seinem Gefühl und seinem Riecher leiten lässt. Letztlich steht und fällt die Sache mit den konkreten Fakten und Beweisen. Daran gibt es nichts zu rütteln. Aber oft ist es dieser Riecher, der einem die entscheidenden Dinge zuführt und dann wie Klebstoff zusammenhält. Ich ließ mich jetzt von meinem Riecher leiten. Ich hatte eine Ahnung, was Clear anging. Mir war klar, wenn ich wollte, konnte ich noch stundenlang am Küchentisch sitzen und Dreiecke konstruieren und Punkte auf der Karte eintragen. Doch das Dreieck, das ich mit der Stadt Clear als Spitze gezeichnet hatte, war dasjenige, das mich stillhalten ließ, während gleichzeitig das Adrenalin durch meine Adern jagte. Ich glaubte, McCalebs Dreieck gezeichnet zu haben. Nein, mehr als das. Ich *wusste* es. Mein stummer Partner. Dank der Hinweise in seinen rätselhaften Notizen wusste ich jetzt, wohin mein Weg führte. Ich benutzte meinen Führerschein als Lineal, um zwei weitere Linien in die Karte einzutragen und das Dreieck zu vervollständigen. Ich tippte auf jeden der drei Punkte auf der Karte und stand auf.

Auf der Uhr in der Kochnische war es fast fünf. Es war zu spät, um an diesem Abend noch nach Norden zu fahren. Ich käme in fast völliger Dunkelheit an, und das wollte ich nicht – das konnte gefährlich sein. Stattdessen beschloss ich, bei Tagesanbruch loszufahren, damit ich fast einen ganzen Tag Zeit hätte, um zu tun, was ich in Clear tun musste.

Ich überlegte gerade, was ich für die Fahrt brauchte, als es klopfte. Obwohl ich darauf gewartet hatte, erschrak ich. Ich ging zur Tür, um Buddy Lockridge hereinzulassen.

24

Harry Bosch öffnete die Tür, und Rachel Walling merkte sofort, dass er sauer war. Er wollte etwas sagen, doch dann sah er, dass sie es war, und riss sich zusammen. Das verriet ihr, dass er auf jemanden wartete und dieser Jemand sich verspätet hatte.

»Agent Walling.«

»Warten Sie auf jemanden?«

»Äh, nein, eigentlich nicht.«

Sie sah seinen Blick an ihr vorbeischnellen und den Parkplatz absuchen.

»Darf ich reinkommen?«

»Aber natürlich, Entschuldigung, kommen Sie rein.«

Er machte einen Schritt zurück und hielt ihr die Tür auf. Sie betrat eine triste kleine Zweizimmerwohnung, spärlich eingerichtet und in deprimierenden Farben. Links war ein kleiner Esstisch, der vermutlich aus den Sechzigerjahren stammte, und darauf sah sie eine Flasche Bier, einen Notizblock und einen Straßenatlas, der auf einer Karte von Nevada aufgeschlagen war. Bosch ging rasch zum Tisch, klappte Straßenatlas und Notizblock zu und legte sie aufeinander. Dann merkte sie, dass auch sein Führerschein auf dem Tisch lag.

»Und was führt Sie an diesen bezaubernden Ort?«, fragte er.

»Nur mal sehen, was Sie im Schilde führen.« Sie hielt jeden Argwohn aus ihrer Stimme heraus. »Hoffentlich war unser Begrüßungskomitee heute nicht zu unangenehm für Sie.«

»Nein. Das gehört dazu.«

»Das ist sicher richtig.«

»Wie haben Sie mich gefunden?«

Sie kam weiter in den Raum.

»Sie bezahlen für diese Wohnung mit einer Kreditkarte.«

Bosch nickte, schien aber über die Schnelligkeit oder fragliche Legalität ihrer Suche nach ihm nicht überrascht. Sie ging weiter und wies mit dem Kopf auf den Straßenatlas, der auf dem Esstisch lag.

»Wollen Sie Urlaub machen? Ich meine, wo Sie doch jetzt nicht mehr an dem Fall arbeiten.«

»Einen Ausflug, ja.«

»Wohin?«

»Da bin ich noch nicht ganz sicher.«

Sie lächelte und wandte sich der offenen Balkontür zu. Auf dem Rollfeld hinter dem Motelparkplatz konnte sie einen teuer aussehenden schwarzen Jet stehen sehen.

»Ihren Kreditkartenunterlagen zufolge mieten Sie diese Wohnung schon fast neun Monate. Mit Unterbrechungen zwar, aber fast durchgehend.«

»Ja, sie geben mir den Dauermieterrabatt. Beläuft sich auf zirka zwanzig Dollar am Tag, etwas in dieser Größenordnung.«

»Das ist wahrscheinlich zu viel.«

Er drehte sich um die eigene Achse und nahm die Wohnung in Augenschein, als wäre es das erste Mal.

»Ja.«

Beide standen noch. Rachel wusste, dass er wegen des Besuchs, den er erwartete, nicht wollte, dass sie sich setzte oder blieb. Deshalb beschloss sie, selbst die Initiative zu ergreifen. Ohne dazu aufgefordert zu werden, setzte sie sich auf die abgenutzte Couch.

»Warum haben Sie diese Wohnung schon neun Monate?«, fragte sie.

Er zog einen Stuhl unter dem Esstisch hervor, brachte ihn zur Couch und setzte sich.

»Das hat nichts mit dieser Geschichte hier zu tun, falls es das ist, was Sie meinen.«

»Nein, das habe ich damit nicht gemeint. Ich bin nur neugierig, mehr nicht. Sie sehen mir nicht nach einem Spieler aus – jedenfalls nicht um Geld. Und das hier sieht nach einer Bleibe für Leute aus, die echt hart drauf sind.«

Er nickte.

»Ist es auch. Das und für Leute mit anderen Süchten. Ich bin hier, weil meine Tochter hier lebt. Bei ihrer Mutter. Ich versuche, sie kennen zu lernen. Wahrscheinlich ist sie meine Sucht.«

»Wie alt ist sie?«

»In Kürze wird sie sechs.«

»Wie schön. Ist ihre Mutter Eleanor Wish, die ehemalige FBI-Agentin?«

»Richtig. Was kann ich für Sie tun, Agent Walling?«

Sie lächelte. Sie mochte Bosch. Er kam sofort zur Sache. Anscheinend ließ er sich von nichts und niemandem einschüchtern. Sie fragte sich, woher das kam. Lag es daran, dass er eine Dienstmarke gehabt hatte oder dass er anderes Gepäck hatte?

»Zunächst mal können Sie mich Rachel nennen. Aber ich glaube, es geht mehr darum, was ich für Sie tun kann. Sie wollten, dass ich mit Ihnen Kontakt aufnehme, nicht?«

Er lachte, aber es war ein humorloses Lachen.

»Wie meinen Sie das?«

»Die Vernehmung. Die Blicke, das Nicken, das Lächeln, das alles. Sie haben sich mich da drinnen als so eine Art Brieffreundin ausgesucht. Eine Verbindung herzustellen versucht. Das Kräfteverhältnis etwas auszugleichen versucht, aus einem Eins-gegen-drei ein Zwei-gegen-zwei zu machen.«

Bosch sah achselzuckend auf den Balkon hinaus.

»War nur so eine Vermutung. Ich … ich weiß nicht, ich fand nur irgendwie, Sie wurden dort nicht fair behandelt, mehr nicht. Und ich glaube zu wissen, wie das ist.«

»Es ist acht Jahre her, seit ich vom FBI das letzte Mal fair behandelt worden bin.«

Er sah wieder sie an.

»Alles wegen Backus?«

»Das und wegen anderer Dinge. Ich habe ein paar Fehler gemacht, und das FBI vergisst nie.«

»Wie das ist, weiß ich auch.«

Er stand auf.

»Ich hole mir ein Bier«, sagte er. »Möchten Sie auch eins, oder ist das ein dienstlicher Besuch?«

»Ich könnte eines vertragen, Dienst hin oder her.«

Er stand auf, nahm das offene Bier vom Esstisch und ging in die kleine Küche. Er stellte die Flasche in die Spüle und nahm zwei neue aus dem Kühlschrank. Er machte sie auf und brachte sie zur Sitzgruppe. Rachel wusste, sie musste vorsichtig und auf der Hut sein. Der Grat, wer in solchen Situationen wen austrickste, war sehr schmal.

»Zu dieser Wohnung gehören zwar auch Gläser im Küchenschrank, aber denen würde ich nicht trauen«, sagte er und reichte ihr die Flasche.

»Aus der Flasche ist völlig okay.«

Sie nahm ihre und stieß ganz bewusst mit ihm an. Dann nahm sie einen kurzen Schluck. Sierra Nevada, es schmeckte gut. Sie merkte, dass er sie beobachtete, ob sie wirklich trank. Sie wischte sich mit dem Handrücken über den Mund, obwohl sie es nicht musste.

»Schmeckt nicht übel.«

»Klar. Welchen Part haben sie Ihnen dabei zugeteilt? Oder müssen Sie bloß herumstehen und den Mund halten – wie Agent Zigo?«

Rachel schenkte ihm ein kurzes Lachen.

»Ja. Ich glaube nicht, dass ich ihn schon einen ganzen Satz habe sagen hören. Aber andererseits bin ich erst ein paar Tage hier. Im Grunde genommen haben sie mich dazugeholt, weil sie keine große Wahl hatten. Ich habe noch von früher meine spezielle kleine Geschichte mit Bob Backus laufen, und das GPS wurde an mich nach Quantico geschickt, obwohl ich schon acht Jahre nicht mehr dort war. Wie Sie in dem Wohnmobil mitgekriegt haben, könnte es hier um mich gehen.

Vielleicht, vielleicht auch nicht, jedenfalls bringt es mich ins Spiel.«

»Und von wo hat man Sie geholt?«

»Aus Rapid City.«

Bosch verzog das Gesicht.

»Nein, nein«, sagte sie. »Ist richtig klasse dort. Davor war ich in Minot, North Dakota. Ein Einagentenbüro. Im zweiten Jahr hatten sie dort, glaube ich, tatsächlich so etwas wie einen Frühling.«

»Ganz schön hart, wirklich. Wenn sie einen in L. A. loswerden wollen, verschreiben sie einem, was sie ›Freeway-Therapie‹ nennen. Man versetzt Sie in die Dienststelle, die am weitesten von Ihrem Wohnort entfernt ist, damit Sie sich jeden Tag im Stau zermürben lassen dürfen. Ein paar Jahre mit zwei Stunden Fahrt zur Arbeit, da gibt irgendwann jeder freiwillig seine Dienstmarke ab.«

»Haben sie das auch mit Ihnen gemacht?«

»Nein, aber Sie wissen wahrscheinlich schon, was mit mir los war?«

Darauf ging sie nicht ein, sondern zog sich rasch in die andere Richtung zurück.

»Beim FBI haben sie das ganze Land zur Verfügung und noch ein bisschen mehr. Sie nennen es nicht ›Freeway-Therapie‹, sondern ›Härtestationierung‹. Sie schicken einen dorthin, wo niemand hinwill. Und solche Orte gibt es eine ganze Menge, Orte, an denen sie einen Agenten versauern lassen können, wenn sie wollen. In Minot hatte ich lauter Reservat-Fälle, und in den Reservaten sind wir vom FBI nicht sonderlich gut gelitten. Rapid City ist nur ein kleiner Fortschritt. Aber wenigstens gibt es in der Dienststelle dort noch andere Agenten. Meine Mitausgestoßenen. Wir fühlen uns dort eigentlich sogar ganz wohl, weil man dort nicht so unter Druck steht. Wissen Sie, was ich meine?«

»Ja. Wie lang sind Sie schon dort oben?«

»Insgesamt acht Jahre.«

»O Mann.«

Sie machte mit ihrer freien Hand eine wegwerfende Bewegung, als wäre das alles Schnee von gestern. Sie war dabei, ihn einzuwickeln. Indem sie sich ihm öffnete, brachte sie ihn dazu, ihr zu vertrauen. Sie brauchte sein Vertrauen.

»Was mich interessieren würde«, sagte er. »War das, weil Sie der Bote waren? Weil Sie auf Backus geschossen haben? Oder weil er entkommen ist?«

»Das alles und auch noch verschiedene andere Dinge. Fraternisieren mit dem Feind, im Unterricht Kaugummi kauen, das Übliche.«

Er nickte.

»Warum haben Sie nicht einfach alles hingeschmissen, Rachel?«

»Weil ich ihnen ganz einfach diesen Triumph nicht gönnen wollte, Harry.«

Er nickte wieder, und sie konnte ein Leuchten in seinen Augen sehen. Mit dieser Antwort hatte sie etwas in ihm berührt. Sie wusste es, konnte es spüren, und es war ein gutes Gefühl.

»Darf ich Ihnen etwas sagen, was aber strikt unter uns bleiben muss, Harry?«

»Klar.«

»Mein augenblicklicher Auftrag lautet, Sie im Auge zu behalten.«

»Mich? Warum? Ich weiß zwar nicht, ob Sie heute in dieser Außenstelle auf vier Rädern zugehört haben, aber ich wurde gewissermaßen von den Ermittlungen ausgeschlossen.«

»Ja, und ich bin sicher, Sie nehmen das widerspruchslos hin und ziehen sich einfach zurück.«

Sie drehte sich um und sah zum Tisch, auf den Straßenatlas und seinen Notizblock. Dann wandte sie sich wieder ihm zu und fuhr in strengem, aber gelassenem Ton fort:

»Mein Auftrag lautet, Sie zu beobachten und Ihnen sofort auf die Finger zu klopfen, sobald Sie sich auch nur annäherungsweise in die Ermittlungen einmischen.«

»Hören Sie, Agent Walling, ich glaube nicht, dass …«

»Kommen Sie mir nicht plötzlich wieder auf die förmliche Tour.«

»Na schön, dann Rachel. Wenn das eine Drohung sein soll, dann schön, ich habe verstanden. Nachricht überbracht. Aber ich glaube nicht, dass Sie …«

»Ich drohe Ihnen nicht. Ich bin hier, um Ihnen zu sagen, dass ich nicht vorhabe, meinen Auftrag auszuführen.«

Er schwieg und betrachtete sie eine Weile prüfend.

»Wie bitte?«

»Ja, Sie haben durchaus richtig gehört. Ich habe Erkundigungen über Sie eingezogen. Was das angeht, hatten Sie völlig Recht. Ich weiß über Sie Bescheid, und ich weiß, was für eine Sorte Cop Sie waren. Ich weiß, was mit Ihnen und dem FBI war. Über das alles weiß ich Bescheid, und ich weiß, dass Sie mehr draufhaben, als man zunächst denkt. Ich würde sagen, Sie sind irgendetwas auf der Spur. Sie haben uns heute gerade genug erzählt, um mit heiler Haut wieder aus diesem Wohnmobil zu kommen.«

Sie hörte auf und wartete, und schließlich antwortete er:

»Also, wenn das alles ein Kompliment sein soll, nehme ich es an. Aber worauf wollen Sie hinaus?«

»Ich will darauf hinaus, dass auch ich eine Vergangenheit habe. Und ich werde nicht brav auf der Ersatzbank sitzen, während die anderen hinter Backus her sind und mich im Büro Kaffee machen lassen. Nicht in diesem Fall. Ich will als Erste da sein, und da wir hier in einer Spielerstadt sind, setze ich auf Sie.«

Bosch rührte sich nicht und sagte ziemlich lange nichts. Sie beobachtete seine dunklen Augen, als er alles durchkaute, was sie gesagt hatte. Sie wusste, sie ging ein unglaubliches Risiko ein. Aber acht Jahre am Arsch der Welt hatten sie Risiken mit anderen Augen sehen lassen als zu der Zeit, als sie noch in Quantico gewesen war.

»Darf ich Sie was fragen?«, sagte er schließlich. »Wie kommt es, dass sie Sie nicht in einem Hotelzimmer mit zwei Wachen vor der Tür untergebracht haben? Sie wissen schon, für den Fall, dass Backus auftaucht. Sie haben doch selbst gesagt, hierbei könnte es sich in erster Linie um Sie drehen. Zuerst Terry McCaleb, dann Sie.«

Sie tat diesen Gedanken mit einem Kopfschütteln ab.

»Weil sie mich möglicherweise benutzen. Vielleicht diene ich ihnen als Köder.«

»Glauben Sie?«

Sie zuckte die Achseln.

»Keine Ahnung. Ich bin nicht in alle Aspekte dieses Verfahrens eingeweiht. Aber egal was, es spielt für mich keine Rolle. Wenn er es auf mich abgesehen hat, soll er ruhig kommen. Ich werde mich nicht in einem Hotelzimmer verkriechen. Nicht, solange er da draußen sein Unwesen treibt, und nicht, solange ich noch meine Kumpel SIG und Glock dabeihabe.«

»Oh, ein Zweiknarrenagent. Das ist ja interessant. Die meisten Zweiknarrenagenten, die ich kannte, hatten außer diesen Extrakugeln auch noch ein bisschen zu viel Testosteron. Mit diesen Typen habe ich nicht gern zusammengearbeitet.«

Er sagte es mit einer Art Lächeln in der Stimme. Sie wusste, dass sie ihn fast am Haken hatte.

»Ich trage sie nicht beide gleichzeitig. Eine im Dienst, die andere danach. Und Sie versuchen, das Thema zu wechseln.«

»Das wäre?«

»Ihr nächster Schritt. Sie wissen doch, was sie im Kino immer sagen? Wir können es auf die harte Tour durchziehen, oder wir können …«

»Ihnen mit einem Telefonbuch ins Gesicht schlagen.«

»Genau. Sie arbeiten allein, gegen den Strich, aber offensichtlich haben Sie einen guten Riecher und wissen Dinge über diese Sache, die wir noch nicht wissen. Können wir nicht zusammenarbeiten?«

»Und was ist, wenn Agent Dei und das restliche FBI davon Wind bekommen?«

»Das ist mein Risiko. Wenn, dann trifft es mich. Aber sonderlich schlimm kann es nicht werden. Was wollen Sie mir schon groß tun? Mich nach Minot zurückschicken? Ich bitte Sie.«

Er nickte. Sie beobachtete ihn, versuchte durch diese dunklen Augen zu sehen und herauszufinden, was in seinem Kopf vor sich ging. So, wie sie Bosch einschätzte, war ihm der Fall wichtiger als persönliche Eitelkeiten und irgendwelche Nebensächlichkeiten. Er würde sich die Sache gut überlegen und schließlich zu der Überzeugung gelangen, dass dies der einzig richtige Weg war.

Schließlich nickte er und sagte:

»Was machen Sie morgen früh?«

»Sie beobachten. Warum?«

»Wo wohnen Sie?«

»Im Embassy Suites in der Paradise Road, nicht weit von der Harmon Avenue.«

»Ich hole Sie um acht ab.«

»Und wo fahren wir hin?«

»An die Spitze des Dreiecks.«

»Wie bitte? Wohin?«

»Das erkläre ich Ihnen morgen. Ich glaube, ich

kann Ihnen trauen, Rachel. Aber ein Schritt nach dem andern. Kommen Sie mit mir?«

»Na schön, Bosch, ich komme mit.«

»Wollen Sie mir jetzt wieder auf die förmliche Tour kommen?«

»Das war nur ein Versprecher. Ich möchte Ihnen nicht wieder auf die förmliche Tour kommen.«

Sie lächelte, und sie beobachtete, wie er es zu deuten versuchte.

»Also schön, dann bis morgen«, sagte er. »Ich muss jetzt los, meine Tochter abholen.«

Er stand auf, und das tat auch sie. Sie nahm noch einen Schluck Bier und stellte die halb volle Flasche auf den Esstisch.

»Morgen um acht«, sagte sie. »Holen Sie mich ab?«

»Ja.«

»Wollen Sie wirklich nicht, dass ich fahre. Dass Uncle Sugar fürs Benzin zahlt?«

»Nein, nein, das ist schon okay so. Können Sie sich Fotos von den Vermissten besorgen? Die einzigen, die ich hatte, waren auf dem Zeitungsausschnitt, aber den hat mir Agent Dei abgenommen.«

»Ich sehe, was ich machen kann. Aber eigentlich müsste es in der Dienststelle noch einen Sechserpack geben, den niemand vermisst.«

»Und noch etwas. Nehmen Sie Ihre beiden Freunde mit.«

»Welche Freunde?«

»Sig und Glock.«

Sie lächelte und schüttelte den Kopf über ihn.

»Sie dürfen jetzt keine Waffe mehr tragen, oder? Zumindest nicht offiziell.«

»Nein, darf ich nicht. Tue ich auch nicht.«

»Fühlen Sie sich da nicht irgendwie nackt?«

»Doch, so könnte man es nennen.«

Sie lächelte wieder.

»Also, von mir kriegen Sie keine Waffe, Harry. Auf gar keinen Fall.«

Er zuckte die Achseln.

»Fragen kostet ja nichts.«

Er öffnete die Tür, und sie ging nach draußen. Nachdem er sie wieder geschlossen hatte, ging Rachel die Treppe zum Parkplatz hinunter und sah zur Tür hoch. Sie fragte sich, ob er sie durch den Spion beobachtete. Sie stieg in den Crown Vic, den sie aus dem FBI-Fuhrpark hatte. Sie war nahe daran, sich eine Menge Ärger einzuhandeln. Was sie Bosch erzählt und wozu sie sich für den nächsten Tag bereit erklärt hatte, liefe auf das Endstadium der Ruinierung ihrer Karriere hinaus, wenn etwas schief ging. Aber das war ihr egal. Es war eine Spielerstadt. Sie vertraute auf Bosch und sie vertraute auf sich selbst. Sie würde sie nicht gewinnen lassen.

Als sie mit dem Crown Vic rückwärts aus der Lücke stieß, sah sie ein Taxi auf dem Motelparkplatz anhalten. Ein pummeliger Mann mit sonnengebleichtem Haar und einem knallbunten Hawaiihemd stieg aus und studierte die Nummern auf den Zimmertüren. Er hatte einen dicken Umschlag oder Aktenordner bei sich, der alt und vergilbt aussah. Rachel beobachtete, wie der Mann die Treppe hinaufging und vor Appartement 22 stehen blieb, Boschs Wohnung. Die Tür ging auf, bevor er klopfen konnte.

Rachel stieß ganz aus der Lücke und fuhr vom Parkplatz auf die Koval Lane. Sie fuhr einmal um den Block und parkte an einer Stelle, wo sie beide Ausfahrten von Boschs billigem Motel im Blick hatte. Sie war sicher, dass Bosch etwas im Schilde führte, und sie würde herausfinden, was das war.

25

Backus hatte nur einen flüchtigen Blick auf den Mann erhascht, der auf Rachel Wallings Klopfen hin an die Tür des Motelzimmers gekommen war. Aber er glaubte, ihn aus einer Zeit zu kennen, die viele Jahre zurücklag. Er spürte, wie sein Puls schneller wurde. Wenn er sich bezüglich des Mannes, den Rachel in Zimmer 22 aufsuchte, nicht täuschte, war der Einsatz erheblich höher geworden.

Er beobachtete das Motel und seine Umgebung. Die drei Observierungsfahrzeuge des FBI hatte er bereits entdeckt. Die Agenten hielten sich im Hintergrund. Einer hatte sich auf der anderen Seite der Koval Lane auf der Bank einer Bushaltestelle postiert. Er wirkte ziemlich fehl am Platz, wie er in seinem grauen Anzug scheinbar auf den Bus wartete, aber das war typisch FBI.

Backus konnte sich also ungestört auf dem Motelgelände bewegen. Es hatte die Form eines L, mit Parkmöglichkeiten auf allen Seiten. Er merkte, dass er vielleicht von der anderen Seite des Gebäudes durch ein Fenster oder eine Balkontür noch einmal einen Blick auf den Mann erhaschen könnte, bei dem Rachel war. Er wollte nicht riskieren, das Auto vom vorderen Parkplatz auf den hinteren zu fahren. Das könnte die Aufmerksamkeit des Bankhockers auf der anderen Straßenseite erregen. Deshalb öffnete er die Fahrertür und schlüpfte aus dem Auto. Weil er die Innenbeleuchtung ausgeschaltet hatte, bestand keine Gefahr, dass er dabei bemerkt würde. Geduckt schlich er zwischen zwei anderen Autos hindurch und richtete sich dann auf. Gleichzeitig setzte er eine Baseballkappe auf und zog sich das Schild tief ins Gesicht. Auf der Kappe stand UNLV.

Backus ging durch den überdachten Verbindungsgang im Erdgeschoss des zweigeschossigen Motels, vorbei an den Getränke- und Süßigkeitenautomaten und hinaus auf den hinteren Parkplatz, wo er so tat, als suchte er nach seinem Auto. Er blickte zu der beleuchteten Balkontür hoch, die seiner Meinung nach zu Appartement 22 gehörte, in das Rachel gegangen war. Er sah, dass die Schiebetür offen war.

Als Backus sich erneut umblickte, als suchte er nach seinem Auto, stellte er fest, dass der Agent an der Bushaltestelle nicht auf den hinteren Parkplatz sehen konnte. Hier wurde er von niemandem beobachtet. Beiläufig ging er auf eine Stelle direkt unter dem Balkon von Appartement 22 zu. Er versuchte, ein paar Gesprächsfetzen aufzuschnappen, die durch die offene Schiebetür drangen. Er hörte zwar Rachels Stimme, konnte aber die Wörter nicht verstehen. Doch dann hörte er sie plötzlich sehr deutlich sagen: »Fühlen Sie sich da nicht irgendwie nackt?«

Das verwirrte und faszinierte ihn. Er spielte mit dem Gedanken, in den ersten Stock hinaufzuklettern, um das Gespräch in Appartement 22 belauschen zu können. Doch dann hörte er, wie sich eine Tür schloss, und er spann den Gedanken nicht weiter. Er nahm an, dass Rachel gerade gegangen war. Er kehrte in den offenen Verbindungsgang zurück und ging hinter einem Cola-Automaten in Deckung, als er einen Automotor anspringen hörte. Er wartete und lauschte. Er hörte das Motorengeräusch eines anderen Autos, das auf den Parkplatz fuhr. Er schlich hinter dem Cola-Automaten hervor und spähte um die Ecke auf den Parkplatz. Aus einem Taxi stieg ein Mann, den Backus ebenfalls kannte. Es war Terry McCalebs Partner. Eindeutig. Backus hatte ein Gefühl, als wäre er gerade auf einen Schatz von Intrigen und Rätseln gestoßen. Was hatte Rachel vor? Wie hatte sie so schnell mit McCalebs Partner Kontakt aufnehmen können? Und was hatte das LAPD hier zu suchen?

Er schaute von dem Taxi zu Rachels Crown Victoria, der gerade vom Parkplatz fuhr. Nach kurzem Warten sah er, wie einer der Grand Ams an der Bushaltestelle anhielt und den Mann einsteigen ließ und dann weiterfuhr. Backus zog sich das Mützenschild noch tiefer ins Gesicht und verließ den Verbindungsgang. Er ging auf sein Auto zu.

26

Ich spähte durch den Spion und dachte an Agent Walling und wie sie selbst die unwirtlichen Gefilde des FBI und der beiden Dakotas nicht ihres Feuers und ihres Humors hatten berauben können. Ich fand sie deswegen sympathisch und spürte eine gewisse Nähe. Ich dachte, ich könnte ihr vielleicht vertrauen, während ich gleichzeitig dachte, ich wäre gerade nach allen Regeln der Kunst an der Nase herumgeführt worden. Sie hatte mir bestimmt nicht alles erzählt, was sie vorhatte – das tut niemand –, aber sie hatte mir genug erzählt. Wir wollten beide das Gleiche, wenn auch vielleicht aus verschiedenen Gründen. Aber ich zweifelte nicht an meiner Entscheidung, am nächsten Morgen eine Beifahrerin mitzunehmen.

Der Blick durch das Guckloch wurde plötzlich von dem konkaven Bild Buddy Lockridges ausgefüllt. Ich öffnete die Tür, bevor er klopfen konnte, und zog ihn rasch herein. Ich fragte mich, ob Walling ihn gesehen hatte, als sie gegangen war.

»Perfektes Timing, Buddy. Hat Sie da draußen jemand angesprochen oder aufgehalten?«

»Wo, hier?«

»Ja, hier.«

»Nein, ich bin gerade aus dem Taxi gestiegen.«

»Okay, und wo haben Sie so lange gesteckt?«

Er erklärte seine Verspätung damit, dass es im Bellagio keine Taxis gegeben hätte, eine Geschichte, die ich ihm nicht abnahm. Als ich die zwei Akten, die er bei sich hatte, an mich nahm, sah ich, dass sich eine der Taschen seiner Jeans deutlich wölbte.

»Erzählen Sie mir doch keinen Quatsch, Buddy. Manchmal mag es in Las Vegas vielleicht schwierig sein, ein Taxi zu kriegen, aber bestimmt nicht im Bellagio. Dort gibt es immer welche.«

Ich streckte die Hand aus und klopfte damit auf seine volle Tasche.

»Sie waren vorher noch kurz spielen, stimmt's? Ihre Tasche ist voller Chips.«

»Na schön, ich wollte noch ein bisschen Blackjack spielen, bevor ich losfuhr. Aber dann hatte ich eine Glückssträhne, Mann. Ich konnte nicht verlieren. Sehen Sie sich das mal an.«

Er fasste in die Tasche und zog eine Hand voll 5-Dollar-Chips heraus.

»Ich habe vielleicht abgesahnt! Man hört schließlich nicht auf, wenn man eine Glückssträhne hat.«

»Ja, toll. Das wird Ihnen helfen, Ihr Zimmer zu zahlen.«

Buddy sah sich in meiner Wohnung um. Durch die offene Balkontür kam Verkehrs- und Fluglärm herein.

»Mit Vergnügen«, sagte er. »Hier bleibe ich jedenfalls nicht.«

Bei dem Gedanken an das, was ich auf seinem Boot gesehen hatte, musste ich fast lachen.

»Meinetwegen können Sie auch wirklich bleiben, wo Sie wollen, weil ich Sie hier nämlich nicht mehr brauche. Danke, dass Sie mir die Akten gebracht haben.«

Er bekam große Augen.

»Was?«

»Ich habe einen neuen Partner. Das FBI. Deshalb können Sie nach L. A. zurückfahren, wenn Sie wollen, oder so lange Blackjack spielen, bis Ihnen das Bellagio gehört. Ich zahle Ihnen, wie versprochen, das Flugticket und den Hubschrauber auf die Insel und vierzig Dollar für das Zimmer. So viel kostet diese Wohnung am Tag.«

Ich hielt die Akten hoch.

»Und dann lege ich noch zweihundert drauf,

dass Sie hergekommen sind und mir das hier gebracht haben.«

»Das kann doch nicht Ihr Ernst sein, Mann. Ich bin extra den weiten Weg hierher gekommen, Mann. Ich kann Ihnen trotzdem noch helfen. Ich habe auch früher mit den Leuten vom FBI zusammengearbeitet, wenn ich und Terry an was dran waren.«

»Das war einmal, Buddy, aber jetzt ist jetzt. Kommen Sie, ich bringe Sie in Ihr Hotel zurück. Taxis sind doch schwer zu kriegen, und ich muss sowieso in diese Richtung.«

Nachdem ich die Balkontür geschlossen hatte, begleitete ich ihn aus der Wohnung und schloss die Tür ab. Die Akten nahm ich mit, um sie später zu lesen. Als wir die Treppe zum Parkplatz hinuntergingen, sah ich mich nach dem Wachmann um, entdeckte ihn aber nirgendwo. Ich schaute mich nach Rachel Walling um, konnte aber auch sie nirgendwo sehen. Aber ich sah meine Nachbarin Jane einen Schuhkarton in den Kofferraum eines Autos legen. Es war ein weißer Monte Carlo. Von da, wo ich stand, konnte ich erkennen, dass der Kofferraum voll mit anderen, größeren Schachteln war.

»Mit mir sind Sie auf jeden Fall besser dran«, sagte Lockridge, immer noch mit einem Anflug von Aufbegehren in der Stimme. »Dem FBI können Sie doch nicht trauen, Mann. Terry war sogar selber mal bei diesem Verein, und trotzdem hat er ihnen nicht über den Weg getraut.«

»Ich weiß, Buddy. Ich habe schon dreißig Jahre immer wieder mit dem FBI zu tun.«

Er schüttelte nur den Kopf. Ich beobachtete, wie Jane in ihr Auto stieg und rückwärts aus der Parklücke stieß. Ich fragte mich, ob es das letzte Mal wäre, dass ich sie sah. Ich fragte mich, ob sie wegen meines Geständnisses, dass ich bei der Polizei gewesen war, Panik bekommen hatte und deshalb verschwand. Vielleicht hatte sie durch die dünnen Wände einen Teil meines Gesprächs mit Agent Walling mitbekommen.

Buddys Kommentare über das FBI erinnerten mich an etwas.

»Ihnen ist doch klar, dass sie mit Ihnen werden reden wollen, wenn Sie zurückkommen.«

»Worüber?«

»Über Ihr GPS. Sie haben es gefunden.«

»Echt, toll! Heißt das, es war nicht Finder? War es Shandy?«

»Wahrscheinlich. Aber es ist wahrscheinlich doch nicht so toll, Buddy.«

»Wieso nicht?«

Ich schloss den Mercedes auf, und wir stiegen

ein. Ich sah Lockridge an, als ich den Motor startete.

»Ihre guten Fischplätze sind alle gelöscht. Inzwischen ist nur noch ein Punkt drauf, und an dem werden Sie nicht einen Fisch fangen.«

»Ach, verdammt! Hätte ich mir eigentlich denken können.«

»Jedenfalls werden sie von Ihnen alles darüber wissen wollen und auch über Terry und die letzte Chartertour. Genau wie ich.«

»Dann sind Sie ihnen also einen Schritt voraus, wie? Das FBI versucht, Sie einzuholen. Sie sind der Größte, Harry.«

»Nicht wirklich.«

Ich wusste, was jetzt kommen würde. Lockridge drehte sich herum und beugte sich zu mir herüber.

»Nehmen Sie mich mit, Harry. Glauben Sie mir, ich kann Ihnen helfen. Ich bin nicht blöd. Ich finde alles Mögliche raus.«

»Legen Sie den Sicherheitsgurt an, Buddy.«

Ich legte den Rückwärtsgang ein, bevor er dazu kam, und er krachte fast gegen das Armaturenbrett.

Wir fuhren zum Strip und dann hinunter zum Bellagio. Es war früher Abend, und die Bürgersteige kühlten ab und füllten sich. Ich sah, dass die Seilbahnen und Fußgängerbrücken voll wurden. Der Neonschein von den Fassaden entlang der Straße ließ die Dämmerung erstrahlen wie ein herrlicher Sonnenuntergang. Fast. Buddy lag mir weiter in den Ohren, dass ich ihn doch an den Ermittlungen beteiligen sollte, aber ich wimmelte ihn immer wieder ab. Nachdem wir um die riesige Fontäne herumgefahren waren und unter dem gigantischen Säulenvorbau des Casinos angehalten hatten, sagte ich dem Parkwächter, dass wir nur jemanden abholen wollten, worauf er mich zu einer Stelle an der Seite dirigierte und mir einschärfte, das Auto nicht unbeaufsichtigt zurückzulassen.

»Wen holen wir ab?«, fragte Buddy mit neuem Leben in der Stimme.

»Niemanden. Das habe ich nur so gesagt. Sie wollen doch mit mir arbeiten, Buddy. Dann bleiben Sie ein paar Minuten im Auto sitzen, damit es nicht abgeschleppt wird. Ich müsste mal eben auf einen Sprung da rein.«

»Wozu?«

»Um zu sehen, ob jemand hier ist.«

»Wer?«

Ich sprang aus dem Auto und schloss die Tür, ohne seine Frage zu beantworten, weil ich wusste, dass bei Buddy jede Antwort zu einer weiteren Frage führte, und dafür hatte ich jetzt keine Zeit.

Ich kannte das Bellagio so gut wie die Kurven des Mulholland Drive. Es war der Ort, an dem Eleanor Wish, meine Exfrau, ihren Lebensunterhalt verdiente und wo ich ihr schon mehr als einmal dabei zugesehen hatte. Ich bahnte mir rasch einen Weg durch das noble Casino, um den Spielautomaten-Obstgarten herum zum Pokerzimmer.

Es herrschte nur an zwei Pokertischen Betrieb. Es war sehr früh. Ich ließ den Blick rasch über die dreizehn Spieler gleiten und konnte Eleanor nirgendwo sehen. Ich schaute zur Saalaufsicht und stellte fest, dass ich den Mann, der an diesem Abend Dienst hatte, von den Gelegenheiten kannte, bei denen ich mit Eleanor hierher gekommen war und ihr beim Spielen zugesehen hatte. Ich ging zu ihm.

»Hallo, Freddy, was läuft so?«

»Eine Menge Titten und Ärsche laufen hier heute Abend rum.«

»Das ist gut. Dann gibt's was für Sie zu sehen.«

»Ich kann nicht klagen.«

»Wissen Sie, ob Eleanor heute herkommt?«

Eleanor hatte es sich zur Gewohnheit gemacht, bei der Saalaufsicht Bescheid zu geben, wenn sie an einem bestimmten Abend vorhatte, zum Spielen ins Casino zu kommen. Manchmal hielten sie ihr Plätze an Tischen frei, an denen um hohe Einsätze oder auf höherem Niveau gespielt wurde. Manchmal arrangierten sie Privatrunden. Meine Ex war fast so etwas wie ein Geheimtipp, eine Attraktion für Insider. Sie war eine attraktive Frau, die eine verdammt gute Pokerspielerin war. Für eine bestimmte Sorte Männer stellte das eine Herausforderung dar. Die cleveren Casinos wussten das und machten es sich zunutze. Im Bellagio wurde Eleanor immer sehr zuvorkommend behandelt. Wenn sie etwas brauchte – sei es einen Drink oder eine Suite oder dass ein unverschämter Spieler vom Tisch entfernt wurde –, bekam sie es. Ohne lange Fragen. Und deshalb spielte sie normalerweise hier, wenn sie spielte.

»Ja, sie wollte heute kommen«, sagte Freddy. »Im Moment habe ich zwar nichts für sie, aber sie wird kommen.«

Ich wartete, bevor ich ihn mit einer anderen Frage anging. Ich musste es geschickt anstellen. Ich stützte mich auf das Geländer und beobachtete beiläufig den Geber, der gerade die letzten Karten austeilte, die wie ein leises kleines Flüstern auf dem blauen Filz landeten. Fünf Spieler waren noch dabei. Ich beobachtete ihre Gesichter, als sie die letzte Karte aufdeckten. Ich hielt nach verräterischen Reaktionen Ausschau, sah aber keine.

Eleanor hatte mir einmal erzählt, dass die richtigen Spieler die letzte Karte »River«, Fluss, nannten, weil sie einem Leben gab oder es mit sich nahm. Wenn man das Blatt bis zur siebten Karte durchspielte, hing alles von ihr ab.

Drei der fünf Spieler stiegen sofort aus. Die restlichen zwei trieben den Einsatz weiter hoch, und einer der Männer, die ich beobachtet hatte, strich mit drei Siebenern den Pot ein.

»Wann wollte sie kommen?«, fragte ich Freddy.

»Äh, zur üblichen Zeit. Gegen acht.«

Obwohl ich mir den Anschein der Beiläufigkeit gegeben hatte, merkte ich, dass Freddy Bedenken kamen, denn ihm wurde bewusst, dass er eigentlich Eleanor verpflichtet war und nicht ihrem Exehemann. Da ich bekommen hatte, was ich brauchte, dankte ich ihm und ging weg. Eleanor hatte vor, unsere Tochter zu Bett zu bringen und dann zur Arbeit hierher zu kommen. Maddie würde von der im Haus wohnenden Kinderfrau beaufsichtigt.

Als ich an den Eingang des Casinos zurückkam, war mein Auto leer. Ich sah mich nach Buddy um und entdeckte ihn, wie er mit einem der Parkwächter redete. Ich rief ihm einen Gruß zu und winkte zum Abschied. Aber er kam auf mich zugerannt und erreichte mich an der Tür des Mercedes.

»Fahren Sie schon?«

»Ja, das habe ich Ihnen doch gesagt. Ich wollte nur ein paar Minuten da rein. Danke, dass Sie bei meinem Auto geblieben sind, wie ich Sie gebeten habe.«

Er kapierte nicht.

»Kein Problem«, sagte er. »Haben Sie ihn gefunden?«

»Wen?«

»Na, wen Sie treffen wollten.«

»Ja, Buddy, habe ich. Wir sehen uns –«

»Jetzt kommen Sie schon, Mann, lassen Sie uns das zusammen durchziehen. Terry war auch mein Freund.«

Das gab mir zu denken.

»Das kann ich verstehen, Buddy. Aber wenn Sie etwas für Terry tun wollen, ist das Beste, was Sie im Moment tun können, wieder nach Hause zu fahren, auf die Agenten zu warten und ihnen dann Punkt für Punkt alles zu erzählen, was Sie wissen. Verschweigen Sie ihnen nichts.«

»Auch nicht, dass Sie mich aufs Boot rübergeschickt haben, um die Akte zu stehlen und die Fotos zu holen?«

Jetzt versuchte er nur, mich zu provozieren, weil er endlich begriff, dass ich ihn nicht dabeihaben wollte.

»Meinetwegen können Sie es ihnen ruhig erzählen«, sagte ich. »Ich habe Ihnen doch gesagt, dass ich mit ihnen zusammenarbeite. Sie wissen es bestimmt schon, wenn sie bei Ihnen aufkreuzen. Aber nur, damit da keine Missverständnisse aufkommen: Ich habe Sie nicht aufgefordert, irgendetwas zu stehlen. Ich arbeite für Graciela. Das Boot und alles, was sich darauf befindet, gehört ihr. Einschließlich dieser Akten und Fotos.«

Ich stieß ihm den Finger fest gegen die Brust.

»Haben Sie verstanden, Buddy?«

Er wich zurück.

»Ja, ich habe verstanden. Ich wollte nur …«

»Gut.«

Dann reichte ich ihm die Hand. Wir schüttelten uns die Hände, aber die Geste hatte nichts besonders Freundliches.

»Ich melde mich bei Ihnen, Buddy.«

Er ließ meine Hand los, und ich stieg ein und schloss die Tür. Ich startete den Motor und fuhr weg. Im Rückspiegel beobachtete ich, wie er durch die Drehtür hineinging, und ich wusste, dass er sein ganzes Geld wieder verlieren würde, bevor die Nacht zu Ende war. Er hatte Recht gehabt. Er hätte den Spieltisch nicht verlassen sollen, als er eine Glückssträhne hatte.

Die Uhr am Armaturenbrett sagte mir, dass

Eleanor ihr Haus erst in neunzig Minuten verlassen würde, um zur Arbeit ins Casino zu fahren. Ich hätte sofort hinfahren können, aber ich wusste, es wäre besser, zu warten. Ich wollte meine Tochter sehen, aber nicht meine Exfrau. Ich war ihr ewig dankbar dafür, dass sie so freundlich gewesen war, mir uneingeschränktes Besuchsrecht einzuräumen, solange sie arbeiten war. Das wäre also kein Problem. Und es war mir egal, ob Maddie wach war oder nicht. Ich wollte sie nur sehen, ihren Atem hören und ihr Haar berühren. Aber anscheinend entgleisten Eleanor und ich bei jeder unserer Begegnungen, und die Atmosphäre war von gegenseitigem Verdruss geprägt. Es war am besten, immer nur dann bei ihr zu Hause aufzukreuzen, wenn sie nicht da war.

Ich hätte zum Double X zurückfahren und noch eine Stunde damit verbringen können, die Akten über den Poeten zu lesen, aber stattdessen fuhr ich durch die Gegend. Die Paradise Road war weniger verstopft als der Strip. Das ist immer so. Ich fuhr auf der Harmon Lane zu ihr hinüber und dann nach Norden und fast sofort auf den Parkplatz des Embassy Suites. Vielleicht hatte Rachel Walling Lust auf eine Tasse Kaffee und ein paar ausführlichere Erläuterungen zu unserem bevorstehenden Ausflug. Ich fuhr über den Parkplatz und hielt nach einem FBI-Auto Ausschau, das wegen seiner billigen Radkappen und der Behördenkennzeichen sofort zu erkennen gewesen wäre. Aber ich sah keines. Ich holte mein Handy heraus, rief die Auskunft an und ließ mir die Nummer des Embassy Suites geben. Dann rief ich dort an und ließ mich zu Rachel Wallings Zimmer durchstellen. Ich ließ es mehrere Male läuten, aber niemand ging dran. Ich legte auf und dachte kurz nach. Dann klappte ich das Handy noch einmal auf und wählte die Handynummer, die sie mir gegeben hatte. Sie meldete sich sofort.

»Hallo, hier Bosch, was treiben Sie gerade?«, sagte ich so beiläufig wie möglich.

»Nichts, nur ein bisschen rumtrödeln.«

»Sind Sie im Hotel?«

»Ja, wieso?«

»Ach, einfach so. Ich dachte nur, ob Sie vielleicht Lust auf eine Tasse Kaffee oder so hätten. Ich bin gerade unterwegs und muss etwas Zeit totschlagen. Ich könnte in ein paar Minuten in Ihrem Hotel sein.«

»Oh, das ist nett, aber vielen Dank, ich glaube, ich will heute Abend nicht mehr aus meinem Zimmer.«

Natürlich kannst du nicht rauskommen, dachte ich. Du bist doch gar nicht da.

»Um ganz ehrlich zu sein, macht mir der Jetlag noch etwas zu schaffen. Mich erwischt es immer erst am zweiten Tag. Und außerdem müssen wir morgen früh raus.«

»Klar, kann ich verstehen.«

»Es ist nicht so, dass ich keine Lust hätte. Vielleicht morgen, ja?«

»Okay. Es bleibt also bei acht Uhr.«

»Ich warte vor dem Eingang.«

Wir legten auf, und ich spürte die erste Last des Zweifels in meinem Bauch. Sie führte etwas im Schilde, wollte mich für irgendetwas einspannen.

Doch dann versuchte ich, nicht weiter daran zu denken. Ihr Auftrag lautete, mich im Auge zu behalten. Was das anging, war sie ganz offen zu mir gewesen. Vielleicht hatte ich diese letzte Geschichte in den falschen Hals gekriegt.

Ich drehte eine weitere Runde auf dem Parkplatz und hielt nach einem Crown Vic oder LTD Ausschau, entdeckte aber keinen. Darauf fuhr ich vom Parkplatz rasch auf die Paradise Road zurück. An der Flamingo Road bog ich nach Westen und fuhr auf dem Strip zurück und über den Freeway. Ich bog auf den Parkplatz eines Steakhouse in der Nähe des Palms, des Casinos, das viele Einheimischen bevorzugten, weil es nicht am Strip lag und viele Prominente anzog. Das letzte Mal, als Eleanor und ich vernünftig miteinander geredet hatten, hatte sie mir erzählt, sie spiele mit dem Gedanken, vom Bellagio ins Palms zu wechseln. Das große Geld floss immer noch im Bellagio, aber das meiste davon floss in Bakkarat und Pai Gow und Craps. Poker war eine andere Sache, und es war das einzige Spiel, bei dem man nicht gegen das Haus spielte. In der Szene hatte sich herumgesprochen, dass alle Prominenten und Sportler, die aus L. A. ins Palms kamen, Poker spielten und jede Menge Geld verloren, während sie es lernten.

In der Steakhouse-Bar bestellte ich ein New York Strip und eine gebackene Kartoffel. Die Bedienung versuchte, mich davon abzubringen, das Steak medium zu nehmen, aber ich blieb stur. Da wo ich aufgewachsen war, hatte ich nie etwas gegessen, das innen rosa war, und ich konnte mich nicht dazu durchringen, es jetzt zu essen. Nachdem sie meine Bestellung an die Küche weitergegeben hatte, musste ich an eine Feldküche denken, in die es mich in Fort Benning mal verschlagen hatte. Dort waren in einem Dutzend riesiger Kessel ganze Rinderhälften durch und durch grau gekocht worden. Ein Typ schöpfte mit einer Schaufel das Fett aus einem der Kessel ab und füllte es in einen Eimer. Diese Küche war das Schlimmste, was ich je gerochen hatte, bis ich ein paar Monate später in Vietnam in die unterirdischen Gänge kam und einmal dahin geriet, wo der Vietcong seine Toten vor den Militärstatistikern versteckte.

Ich schlug die Akte über den Poeten auf und wollte mich gerade in sie vertiefen, als das Telefon summte. Ich ging dran, ohne auf das Display zu sehen.

»Hallo?«

»Harry, hier Rachel. Hätten Sie immer noch Lust auf einen Kaffee? Ich hab's mir anders überlegt.«

Ich vermutete, sie war schnell ins Embassy Suites zurückgekehrt, damit sie dort wäre und nicht einer Lüge überführt würde.

»Ähm, ich habe mir gerade auf der anderen Seite der Stadt was zu essen bestellt.«

»Oh, schade. Na ja, das soll mir eine Lehre sein. Sind Sie allein?«

»Ja, ich habe etwas zum Arbeiten dabei.«

»Das kenne ich. Ich esse fast jeden Abend allein.«

»Ja, ich auch. Wenn ich esse.«

»Echt? Was ist mit Ihrer Tochter?«

Ich fühlte mich nicht mehr wohl, wenn ich mit ihr redete, und traute ihr nicht mehr. Ich wusste nicht, was sie vorhatte. Und mir war nicht danach, meine traurige Geschichte als Ehemann und Vater vor ihr auszubreiten.

»Äh, hören Sie, Rachel, hier hat mich gerade jemand etwas komisch angesehen. Ich glaube, Handys sind hier nicht erlaubt.«

»Na, dann wollen wir mal nichts Unerlaubtes tun. Dann also bis morgen um acht.«

»Okay, Eleanor. Wiedersehen.«

Ich wollte gerade auf die Trenntaste drücken, als ich ihre Stimme hörte:

»Harry?«

»Ja?«

»Ich bin nicht Eleanor.«

»Wie bitte?«

»Sie haben mich gerade Eleanor genannt.«

»Oh. Das ist mir wohl so rausgerutscht. Entschuldigung.«

»Erinnere ich Sie an sie?«

»Schon möglich. In gewisser Hinsicht. Aber nicht wie sie jetzt ist. Eher wie früher.«

»Oh, aber doch hoffentlich nicht zu früh.«

Damit spielte sie auf den Vorfall an, durch den Eleanor beim FBI in Ungnade gefallen war. Und das in einem Maß, dass nicht einmal mehr eine Strafversetzung nach Minot in Frage gekommen war.

»Bis morgen, Rachel.«

»Gute Nacht, Harry.«

Ich unterbrach die Verbindung und dachte über

meinen Versprecher nach. Es war direkt aus dem Unterbewusstsein hochgeschossen, aber jetzt, wo es heraus war, war es nicht zu übersehen. Ich wollte nicht darüber nachdenken. Ich wollte mich in die Akte vor mir vertiefen. Ich wusste, mir wäre wohler, wenn ich das Blut und den Wahnsinn einer anderen Person und Zeit studierte.

27

Um 20.30 Uhr klopfte ich an die Tür von Eleanor Wishs Haus, und die Frau aus San Salvador, die dort wohnte und auf meine Tochter aufpasste, öffnete mir. Marisol hatte ein freundliches, aber ausgezehrtes Gesicht. Sie war in den Fünfzigern, sah aber viel älter aus. Die Geschichte ihres Überlebens war schrecklich, und jedes Mal, wenn ich darüber nachdachte, fand ich, dass ich mit meiner Geschichte Glück gehabt hatte. Marisol war seit dem Tag, an dem ich unerwartet in diesem Haus aufgetaucht war und festgestellt hatte, dass ich eine Tochter hatte, immer freundlich zu mir gewesen. Sie hatte mich nie als Bedrohung betrachtet und war immer herzlich und voller Respekt für meine Stellung als Vater und Außenstehender gewesen. Sie trat zurück, um mich hereinzulassen.

»Sie schlafen«, sagte sie.

Ich hielt die Akte hoch, die ich bei mir hatte.

»Das macht nichts. Ich habe was zu arbeiten dabei. Ich möchte nur eine Weile bei ihr sitzen. Wie geht's, Marisol?«

»Oh, danke gut.«

»Ist Eleanor im Casino?«

»Ja, sie gefahren.«

»Und wie ging's Maddie heute Abend?«

»Maddie, sie ist gutes Mädchen. Sie spielen.« Marisol beschränkte ihre Berichte immer auf ein Minimum. Da ich zunächst angenommen hatte, der Grund, weshalb sie so wenig sprach, seien ihre mangelhaften Englischkenntnisse, hatte ich versucht, spanisch mit ihr zu sprechen. Aber auch in ihrer Muttersprache hatte sie nicht nennenswert mehr gesagt und ihre Auskünfte über das Leben und die Aktivitäten meiner Tochter in jeder Sprache auf einige wenige Worte beschränkt.

»Okay, gut, danke«, sagte ich. »Wenn Sie schon zu Bett gehen wollen, kann ich mich später selber rauslassen. Ich passe auf, dass die Tür abgeschlossen ist.«

Ich hatte keinen Hausschlüssel, aber die Eingangstür verschloss sich von selbst, wenn ich sie zumachte.

»Ja, ist okay.«

Ich nickte und ging den Gang auf der linken Seite hinunter. Ich betrat Maddies Zimmer und schloss die Tür. An der hinteren Wand war ein Nachtlicht eingesteckt, das einen blauen Schein über das Zimmer breitete. Ich ging an die Seite von Maddies Bett und machte die Nachttischlampe an. Aus Erfahrung wusste ich, dass Maddie durch das Licht nicht im Schlaf gestört wurde. Die Träume der Fünfjährigen waren so tief, dass sie anscheinend nicht einmal von einem Play-off-Spiel der Lakers oder einem Erdbeben der Stärke 5 wach wurde.

Das Licht brachte auf dem Kissen ein Nest zerzausten dunklen Haars zum Vorschein. Ihr Gesicht war von mir abgewandt. Ich strich mit der Hand die Locken aus ihrem Gesicht, und ich beugte mich über sie und küsste sie auf die Wange. Ich drehte meinen Kopf zur Seite, sodass mein Ohr näher bei ihr war. Ich überprüfte ihr Atemgeräusch und wurde belohnt. Ein kurzer Moment unbegründeter Angst fiel von mir ab.

Ich ging zur Kommode und machte das Babyfon aus, dessen anderes Element im Fernsehzimmer oder in Marisols Schlafzimmer war. Es war jetzt nicht erforderlich. Ich war da.

Maddie schlief in einem großen Bett, dessen Bezug mit allen möglichen Katzen bedruckt war. Da ihr kleiner Körper in dem Bett so wenig Platz einnahm, blieb für mich mehr als genug, um das zweite Kissen gegen das Kopfteil zu lehnen und mich neben sie zu setzen. Ich schob meine Hand unter die Decke und legte sie behutsam auf ihren Rücken. Ohne mich zu bewegen, wartete ich, bis ich das leichte Heben und Senken ihres Atems spürte. Mit der anderen Hand öffnete ich die Akte über den Poeten und begann zu lesen.

Den größten Teil der Akte hatte ich bereits beim Essen durchgearbeitet. Dazu gehörte auch das Täterprofil, das zum Teil von Agent Rachel Walling stammte, zum Teil aus Ermittlungsberichten und Tatortfotos bestand, die sich angesammelt hatten, als die Ermittlungen noch in vollem Gang waren und das FBI im ganzen Land nach dem als Poet bezeichneten Mörder fahndete. Das war acht Jahre zuvor gewesen, als der Poet auf dem Weg von Osten nach Westen acht Detectives ermordete, bevor die Serie in Los Angeles abriss.

Jetzt, mit meiner schlafenden Tochter neben mir, begann ich mit den Berichten, die aus der Zeit stammten, als FBI Special Agent Robert Backus als mutmaßlicher Täter identifiziert worden war. Nachdem er von Rachel Walling angeschossen worden und anschließend verschwunden war.

Unter diesen Unterlagen befand sich auch der Obduktionsbefund einer Leiche, die von einem Inspektor der städtischen Versorgungsbetriebe in einem Flutkanal im Laurel Canyon gefunden worden war. Die Leiche wurde fast drei Monate nach dem Zeitpunkt gefunden, als Backus angeschossen wurde und durch ein Fenster eines freitragenden Hauses im Canyon fiel und in dem Dunkel und Gestrüpp des Steilabhangs darunter verschwand. An dem Toten wurden ein FBI-Ausweis und eine Dienstmarke gefunden. Auch die stark in Mitleidenschaft gezogene Kleidung war von Backus – ein in Italien angefertigter Maßanzug, den sich Backus hatte machen lassen, als er in Zusammenhang mit einer Serienmörderfahndung als Berater nach Mailand geschickt wurde.

Allerdings war die technische Identifizierung der Leiche nicht eindeutig. Die Überreste waren so stark verwest, dass eine Fingerabdruckanalyse nicht möglich war. Außerdem fehlten mehrere Körperteile, was man ursprünglich darauf zurückführte, dass sie von Ratten und anderen Tieren, die in den Kanälen nach Nahrung suchten, verschleppt worden waren. Unter anderem fehlten der ganze Unterkiefer und die obere Brücke, weshalb ein Vergleich mit den zahnärztlichen Unterlagen von Robert Backus nicht möglich war.

Auch die Todesursache konnte nicht festgestellt werden, auch wenn im oberen Zwerchfell ein Schusswundenkanal festgestellt wurde – also in dem Bereich, in dem Agent Wallings Kugel laut ihren eigenen Aussagen getroffen hatte. Außerdem war, möglicherweise durch die Wucht des

Treffers, eine Rippe gebrochen. Allerdings wurden keine Geschossfragmente gefunden, was auf einen glatten Durchschuss hindeutete und einen Vergleich mit einer Kugel aus Wallings Waffe unmöglich machte.

Ein DNS-Vergleich wurde nie vorgenommen. Nach dem Schuss auf Backus – als man davon ausging, Backus könnte noch am Leben und auf der Flucht sein – durchsuchten Agenten zwar seine Privatwohnung und sein Büro. Allerdings hatten sie dabei nach Beweisen für die von ihm begangenen Straftaten und nach Hinweisen auf seine Motive gesucht. Sie hatten dabei nicht die Möglichkeit berücksichtigt, dass sie eines Tages seine verwesten Überreste identifizieren müssten. Infolge einer Panne, die das Ermittlungsverfahren überschattete und dem FBI später den Vorwurf der Dienstvernachlässigung und der Verschleierung eintrug, wurden keinerlei potenzielle DNS-Rezeptoren geborgen – Haar- und Hautpartikel aus dem Duschabfluss, Speichel von der Zahnbürste, Fingernagelschnipsel aus den Abfalleimern, Schuppen und Haare von der Rückenlehne des Schreibtischsessels. Und als die Leiche drei Monate später in dem Flutkanal gefunden wurde, war es zu spät. Die Rezeptoren waren inzwischen unbrauchbar oder nicht mehr vorhanden. Das Gebäude, in dem Backus eine Eigentumswohnung gehabt hatte, brannte, drei Wochen nachdem das FBI dort seine Ermittlungen abgeschlossen hatte, unerklärlicherweise bis auf die Grundfesten nieder. Und Backus' Büro war von einem Agenten namens Randal Alpert, der bei Behavioral Sciences Backus' Nachfolge angetreten hatte, übernommen und renoviert und neu eingerichtet worden.

Die Suche nach einer Blutprobe von Backus erwies sich als erfolglos und als neuerliche Blamage für das FBI. Als Agent Walling Backus in dem Haus in Los Angeles angeschossen hatte, war eine kleine Menge Blut auf den Fußboden gespritzt. Es wurde zwar eine Probe genommen, die dann aber im zuständigen Labor in Los Angeles bei der Entsorgung medizinischer Abfälle versehentlich vernichtet wurde.

Die Suche nach Blut, das Backus bei einer ärztlichen Untersuchung oder einer Blutspende gegeben haben könnte, blieb ohne Erfolg. Infolge behördlichen Versagens und seiner eigenen raffinierten Planung, gepaart mit einer Portion Glück, war es Backus gelungen, unterzutauchen, ohne irgendetwas von sich zu hinterlassen.

Offiziell wurde die Suche nach Backus mit der Entdeckung des Toten im Flutkanal beendet. Obwohl es auf wissenschaftlicher Basis nie zu einer

Bestätigung der Identität des Toten kam, genügten der FBI-Führung Ausweis, Dienstmarke und italienischer Anzug, um den Fall, der in den Medien für großes Aufsehen gesorgt und das ohnehin schon angeschlagene Image des FBI noch weiter beschädigt hatte, kurzerhand für abgeschlossen zu erklären.

In der Zwischenzeit wurden jedoch insgeheim weiter Ermittlungen über die psychologischen Hintergründe des Killeragenten angestellt. Das waren die Berichte, die ich jetzt las. Geführt von Behavioral Sciences – eben der Abteilung, in der Backus gearbeitet hatte – schien sich das Verfahren mehr mit der Frage zu befassen, warum er tat, was er tat, als mit der Frage, wie er es vor der Nase anerkannter Experten in Sachen Mord hatte tun können. Diese Zielrichtung der Ermittlungen war vermutlich eine Schutzmaßnahme. Sie befassten sich mit dem Verdächtigen, nicht mit dem System. Die Akte war voll von Ermittlungsprotokollen über Agent Backus' Kindheit, Jugend und Schullaufbahn. Trotz der großen Zahl zackig geschriebener Beobachtungen, Spekulationen und Resümees, gab es darunter wenig Brauchbares. Nur ein paar Fäden, herausgelöst aus einem komplexen Persönlichkeitsgeflecht. Backus blieb ein Rätsel, seine Pathologie ein Geheimnis. Er war der

Fall, den auch die Besten und Klügsten am Ende nicht lösen konnten.

Ich ging die Fäden durch. Backus war der Sohn eines perfektionistischen Vaters – ein hochdekorierter FBI-Agent, immerhin – und einer Mutter, die er nie kennen lernte. Der Vater hatte den Jungen erwiesenermaßen brutal gezüchtigt und ihm möglicherweise die Schuld daran gegeben, dass die Mutter die Familie verlassen hatte. Schon so harmlose Vergehen wie Bettnässen und das Necken von Haustieren der Nachbarn wurden streng bestraft. Laut Aussagen eines Klassenkameraden aus der siebten Klasse hatte ihm Robert Backus einmal anvertraut, sein Vater habe ihn, als er noch klein war, fürs Bettnässen bestraft, indem er ihn in der Dusche mit Handschellen an die Handtuchstange fesselte. Ein anderer Klassenkamerad sagte aus, Backus habe einmal behauptet, aus Angst vor der Strafe, die er für jedes Bettnässen bekam, jede Nacht mit Kissen und Decke in der Badewanne geschlafen zu haben. Ein Nachbar des kleinen Backus berichtete von seinem Verdacht, es sei Backus gewesen, der einen Dackel mittendurch geschnitten und die zwei Hälften des toten Tieres auf einem unbebauten Grundstück deponiert habe.

Als Erwachsener wies Backus zwanghafte Züge auf. Er hatte in puncto Hygiene und Ordnung

Zwangsvorstellungen. Viele Aussagen zu diesem Punkt kamen von Kollegen bei Behavioral Sciences. Backus war in seiner Abteilung bekannt dafür, zu Besprechungen immer mit mehreren Minuten Verspätung zu erscheinen, weil er sich vorher auf der Toilette die Hände wusch. Niemand hatte ihn in der Kantine in Quantico mittags jemals etwas anderes essen sehen als ein einfaches gegrilltes Käsesandwich. Jeden Tag ein gegrilltes Käsesandwich. Er kaute außerdem zwanghaft Kaugummi und achtete immer penibel darauf, dass ihm nie die Juicy Fruits ausgingen, die er am liebsten mochte. Ein Agent beschrieb sein Kauen als durchdacht, womit er sagen wollte, Backus könnte mitgezählt haben, wie oft er jeden Kaugummi kaute, und wenn eine bestimmte Zahl erreicht war, hätte er diesen herausgenommen und sich einen neuen in den Mund gesteckt.

Es gab das Protokoll eines Gesprächs mit einer ehemaligen Verlobten. Sie sagte darin aus, Backus habe von ihr verlangt, oft und ausgiebig zu duschen, vor allem, bevor und nachdem sie miteinander geschlafen hatten. Sie sagte, er habe ihr auf der Haussuche vor der Hochzeit erklärt, er wolle sein eigenes Schlaf- und Badezimmer. Sie sagte die Hochzeit ab und beendete die Beziehung, als er sie einmal als Schlampe bezeichnete, weil sie in ihrem eigenen Wohnzimmer ihre hochhackigen Schuhe ausgezogen hatte.

Die Protokolle waren nur Streiflichter auf eine beschädigte Psyche. Sie waren keine richtigen Hinweise auf irgendetwas. Was für seltsame Angewohnheiten Backus auch gehabt haben mochte, sie erklärten nicht, warum er anfing, Menschen umzubringen. Tausende von Menschen leiden an leichten bis schweren zwanghaften Verhaltensstörungen. Trotzdem steht Morden nicht auf ihrer Liste persönlicher Ticks. Tausende wurden als Kinder missbraucht. Trotzdem missbrauchen sie später nicht alle selber Kinder.

Wesentlich weniger Berichte hatte McCaleb über das Wiederauftauchen des Poeten – Backus – vier Jahre später in Amsterdam erhalten. Alles, was die Akte dazu enthielt, war ein neunseitiges Resümee, in dem die Fakten der Morde und die forensischen Untersuchungsergebnisse zusammengefasst waren. Davor hatte ich diesen Bericht nur überflogen, aber jetzt las ich ihn gründlich und stellte fest, dass gewisse Aspekte zu der Theorie passten, die ich hinsichtlich der Stadt Clear aufgestellt hatte.

Die fünf bekannten Opfer in Amsterdam waren allein reisende männliche Touristen. Damit passten sie in dasselbe Profil wie die an der Zzyzx Road begrabenen Opfer, mit Ausnahme eines Mannes, der mit seiner Frau nach Las Vegas gekommen war, aber nicht mit ihr zusammen gewesen war, weil sie den Tag im Bad des Hotels verbracht hatte. In Amsterdam wurden die ermordeten Männer zum letzten Mal im Rosse-Buurt-Viertel gesehen, wo hinter neonumrandeten Schaufenstern, in denen sich Frauen in aufreizender Kleidung den Passanten anbieten, in kleinen Zimmern legalisierter Prostitution nachgegangen wird. In zwei Fällen machten holländische Ermittler Prostituierte aus, die angaben, sie seien an dem Abend, bevor die Toten in der Amstel treibend gefunden wurden, mit den Opfern zusammen gewesen.

Obwohl die Leichen an verschiedenen Stellen des Flusses gefunden worden waren, wurde in den Berichten angedeutet, dass alle fünf Opfer vermutlich in der Gegend um das Six-Haus ins Wasser gelangt waren. Dieses Areal befand sich im Besitz einer bedeutenden Familie der Amsterdamer Geschichte. Das fand ich interessant, weil sich zum einen Six-Haus und Zzyzx ein wenig ähnlich anhörten. Zum anderen stellte sich aber auch die Frage, ob der Mörder das Six-Haus zufällig ausgesucht hatte oder in der Absicht, sich mit seinen Taten über die Behörden lustig zu machen, indem er sich für ein Gebäude entschied, das gewissermaßen für sie stand.

Viel weiter kam die holländische Polizei mit ihren Ermittlungen nicht. Sie fanden nie heraus, nach welchem Schema der Mörder seine Opfer auswählte, sie in seine Gewalt brachte und tötete. Backus wäre nicht einmal als winziger Lichtpunkt auf ihrem Radar in Erscheinung getreten, wenn er nicht hätte bemerkt werden wollen. Er schickte der Polizei die Bekennerschreiben, in denen er nach Rachel Walling verlangte und die zu seiner Identifizierung führten. Dem Schlussresümee zufolge enthielten diese Schreiben Angaben zu den Opfern und Taten, die offenbar nur der Mörder kennen konnte. Einem Schreiben war der Pass des letzten Opfers beigelegt.

Für mich war der Zusammenhang zwischen dem Amsterdamer Rosse-Buurt-Viertel und Clear unübersehbar. Beides waren Orte, an denen Sex ganz legal gegen Geld getauscht wurde. Aber was wichtiger war: Männer suchten solche Orte auf, ohne jemand anderem davon zu erzählen, und legten es vermutlich sogar ganz gezielt darauf an, keine Spuren zu hinterlassen. Das machte sie für einen Killer in verschiedener Hinsicht zu perfekten Zielen und zu perfekten Opfern. Es verschaffte dem Mörder ein zusätzliches Maß an Sicherheit.

Ich beendete meine Durchsicht von McCalebs Akte über den Poeten und ging sie noch einmal von vorn durch, in der Hoffnung, etwas übersehen zu haben, vielleicht nur ein einziges Detail, das die Sache in einem klareren Licht erscheinen ließe. Manchmal ist das der Fall. Ein übersehenes oder falsch gedeutetes Detail wird der Schlüssel zum ganzen Rätsel.

Aber ich fand dieses Detail auch bei der zweiten Durchsicht nicht, und bald erschienen mir die Berichte nur noch ermüdend und sich ständig wiederholend. Ich wurde müde und irgendwie dachte ich plötzlich über diesen kleinen Jungen nach, der in der Dusche mit Handschellen an die Handtuchstange gekettet worden war. Ich stellte mir die Szene immer wieder vor, und ich empfand Mitleid mit dem Jungen und Wut auf den Vater, der es tat, und auf die Mutter, die sich nicht genug dafür interessiert hatte.

Hieß das, dass ich Mitleid mit einem Mörder empfand? Das glaubte ich nicht. Backus hatte seine eigenen Qualen genommen und etwas anderes daraus gemacht und sie dann gegen die Welt gekehrt. Ich hatte ein gewisses Verständnis für diesen Vorgang, und ich hatte Mitleid mit dem Jungen, der er gewesen war. Aber für Backus, den erwachsenen Mann, empfand ich nichts als eine kalte Entschlossenheit, ihn zu stellen und für das, was er tat, büßen zu lassen.

28

Es roch grauenhaft, aber Backus wusste, dass er damit leben konnte. Es waren die Fliegen, die ihn am meisten abstießen. Sie waren überall, tot und lebendig. Und sie waren mit Bazillen und Krankheiten und Schmutz behaftet. Als er sich mit hochgezogenen Knien unter die Decke kuschelte, konnte er sie im Dunkeln summen hören, wie sie blindlings herumflogen und mit kleinen Geräuschen gegen die Fliegengittertüren und Wände prallten. Sie waren da draußen, überall. Er hätte wissen müssen, dass sie kommen würden, dass sie Teil des Plans waren.

Er versuchte, ihre Geräusche auszublenden. Er versuchte, sich auf den Plan zu konzentrieren. Es war sein letzter Tag hier. Zeit, weiterzuziehen. Zeit, es ihnen zu zeigen. Er wäre gern hier geblieben, um zuzusehen, um Zeuge des Geschehens zu werden. Aber es gab viel zu tun.

Er hörte zu atmen auf. Jetzt konnte er sie spüren. Die Fliegen hatten ihn gefunden und krabbelten über die Decke und suchten nach einer Möglichkeit, unter sie zu kommen, nach einer Möglichkeit, an ihn heranzukommen. Er hatte ihnen Leben geschenkt, aber jetzt hatten sie es auf ihn abgesehen und wollten ihn fressen.

Sein Lachen brach scharf unter der Decke hervor, und die Fliegen, die sich darauf niedergelassen hatten, flogen auf. Er begriff, dass er nicht anders war als die Fliegen. Auch er hatte sich gegen den Lebenspender gekehrt. Er lachte wieder, und er spürte, wie etwas seine Kehle hinunterrutschte.

»Aaaggh!«

Er würgte. Er hustete. Er versuchte, es herauszubekommen. Eine Fliege. Eine Fliege war in seine Kehle geraten.

Backus sprang auf und fiel fast hin, als er herausstieg. Er rannte zur Tür und in die Nacht hinaus. Er steckte sich einen Finger in den Rachen, bis alles hoch- und herauskam. Er fiel auf die Knie, würgte und spuckte alles aus. Dann zog er die Taschenlampe aus der Tasche und betrachtete sein Erbrochenes in ihrem Strahl. Er sah die Fliege in der grünlich gelben Galle. Sie lebte noch, und ihre Flügel und Beine strampelten im Sumpf menschlichen Auswurfs.

Backus richtete sich auf. Er trat auf die Fliege und nickte sich dann selbst zu. Er wischte die Unterseite seines Schuhs an der roten Erde ab. Er blickte zur Silhouette des Felsens hoch, der dreißig Meter über ihm aufragte. Um diese Uhrzeit verdeckte er den Mond. Aber das war in Ordnung. Das machte die Sterne nur umso heller.

29

Ich legte den dicken Ordner beiseite und betrachtete das Gesicht meiner Tochter. Ich fragte mich, wovon sie wohl träumte. Sie hatte in ihrem Leben so wenig erlebt, was inspirierte ihre Träume? Ich war sicher, in dieser verborgenen Welt warteten nur gute Dinge auf sie, und ich hoffte, es würde immer so bleiben.

Ich wurde selbst müde und schloss bald die Augen, um mich ein paar Minuten auszuruhen. Und bald träumte auch ich. Aber in meinem Traum gab es Schattengestalten und wütende Stimmen, es gab plötzliche und heftige Bewegungen in der Dunkelheit. Ich wusste nicht, wo ich war oder wohin ich ging. Und dann wurde ich von unsichtbaren Händen gepackt und aus allem herausgezogen, zurück ans Licht.

»Harry, was machst du da?«

Ich öffnete die Augen, und Eleanor zog am Kragen meines Jacketts.

»He … Eleanor … was ist?«

Aus irgendeinem Grund versuchte ich, sie anzulächeln, aber ich war noch zu durcheinander, um zu wissen, warum.

»Was soll das? Schau mal, was da auf dem Boden liegt.«

Allmählich merkte ich, dass sie wütend war. Ich zog mich nach vorn und schaute über die Bettkante. Die Backus-Akte war vom Bett gerutscht und hatte sich über den Boden verstreut. Überall lagen Tatortfotos herum. Besonders deutlich zu sehen waren drei Fotos eines Detective der Denver Police, der in einem Auto von Backus erschossen worden war. Sein Hinterkopf fehlte vollständig, der Sitz war mit Blut und Gehirnmasse bespritzt. Es waren auch andere Fotos dabei, Fotos von Leichen, die in Kanälen schwammen, oder von einem Detective, dessen Kopf mit einer Schrotflinte weggeschossen worden war.

»Oh, Scheiße!«

»Das kannst du doch nicht machen!«, sagte Eleanor laut. »Stell dir vor, sie wäre aufgewacht und hätte das gesehen? Sie hätte ihr Leben lang Albträume.«

»Wenn du nicht leiser sprichst, wird sie tatsächlich aufwachen, Eleanor. Es tut mir Leid, ja? Ich hatte nicht vor, einzuschlafen.«

Ich rutschte vom Bett und kniete auf den Boden, um den Inhalt des Ordners einzusammeln. Als ich auf die Uhr sah, stellte ich fest, dass es fast fünf Uhr morgens war. Ich hatte stundenlang geschlafen. Kein Wunder, dass ich so benommen war.

Zugleich sagte mir der Blick auf die Uhr, dass Eleanor spät nach Hause gekommen war. Normalerweise spielte sie nicht so lange. Wahrscheinlich hieß das, dass es an diesem Abend nicht gut gelaufen war und dass sie versucht hatte, ihre Verluste wieder reinzuholen, eine schlechte Strategie. Ich sammelte die Fotos und Berichte rasch ein und steckte sie in den Ordner zurück, dann stand ich auf.

»Entschuldigung«, sagte ich noch einmal.

»Herrgott noch mal, das ist nicht gerade, was ich brauche, wenn ich nach Hause komme.«

Ich sagte nichts. Mir war klar, in dieser Situation konnte ich nur verlieren. Ich drehte mich um und sah auf das Bett. Maddie schlief noch, ihre braunen Locken waren wieder über ihr Gesicht gefallen. Wenn nichts ihren Schlaf stören konnte, würde das hoffentlich auch die brüllende Stille der Wut nicht schaffen, die ihre Eltern aufeinander hatten.

Eleanor ging rasch aus dem Zimmer, und kurz darauf folgte auch ich ihr. Ich fand sie in der Küche, wo sie mit fest über der Brust verschränkten Armen an einer Arbeitsplatte lehnte.

»Schlecht gelaufen heute Abend?«

»Schieb meine Reaktion nicht auf den Verlauf des Abends.«

Ich hob kapitulierend die Hände.

»Tue ich ja auch nicht. Es war einzig und allein meine Schuld. Ich habe Mist gebaut. Ich wollte nur ein bisschen bei ihr sitzen, und dabei bin ich eingeschlafen.«

»Vielleicht solltest du das nicht mehr machen.«

»Was, sie nachts besuchen kommen?«

»Ich weiß nicht.«

Sie ging zum Kühlschrank und nahm eine Flasche Wasser heraus. Sie schenkte ein Glas voll und hielt dann die Flasche in meiner Richtung hoch. Ich sagte, ich wollte nichts.

»Was ist das überhaupt für eine Akte?«, fragte sie. »Bist du wegen eines Falls hier?«

»Ja. Ein Mord. Es begann in L.A. und verlagerte sich dann hierher. Ich muss heute in die Wüste rausfahren.«

»Wie praktisch für dich. Und unterwegs schaust du noch schnell hier vorbei und erschreckst deine Tochter.«

»Ich bitte dich, Eleanor, das war wirklich dumm, und ich bin ein Idiot, aber zumindest hat sie nichts gesehen.«

»Aber sie hätte was sehen können. Vielleicht hat sie es ja sogar. Vielleicht ist sie aufgewacht und hat diese fürchterlichen Fotos gesehen und ist wieder eingeschlafen. Wahrscheinlich hat sie gerade einen schrecklichen Albtraum.«

»Hör zu, sie hat sich die ganze Nacht nicht bewegt. Da bin ich ganz sicher. Sie hat bestimmt nichts mitgekriegt. Es wird nicht wieder vorkommen. Können wir es also dabei belassen?«

»Klar. Prima.«

»Schau, Eleanor, erzähl doch lieber, wie's bei dir heute Abend lief.«

»Nein, darüber will ich nicht reden. Ich will nur ins Bett.«

»Dann erzähle ich dir was.«

»Was?«

Ich hatte nicht vorgehabt, diesen Punkt zur Sprache zu bringen, aber irgendwie brach plötzlich so viel auf einmal über mich herein, und mir wurde klar, dass ich es ihr erzählen musste.

»Ich überlege, ob ich wieder einsteigen soll.«

»Wie meinst du das? Bei diesem Fall?«

»Nein, bei der Polizei. Das LAPD hat ein neues Einstellungsprogramm. Alte Hasen wie ich können wieder einsteigen. Sie brauchen unsere Erfahrung. Wenn ich es jetzt tue, brauche ich nicht mal auf die Akademie.«

Sie nahm einen langen Schluck Wasser und antwortete nicht.

»Was hältst du davon, Eleanor?«

Sie zuckte die Achseln, als wäre es ihr egal.

»Tu einfach, was du willst, Harry. Aber dann wirst du deine Tochter nicht mehr so oft sehen. Du wirst dich intensiv mit Fällen beschäftigen und … du weißt ja, wie es ist.«

Ich nickte.

»Schon möglich.«

»Vielleicht macht es ja auch nichts. Sie hat die meiste Zeit ihres Lebens nicht viel von dir zu sehen bekommen.«

»Und wessen Schuld ist das?«

»Lass uns bitte nicht wieder damit anfangen.«

»Hätte ich gewusst, dass es sie gibt, wäre ich hier gewesen. Aber ich wusste es nicht.«

»Ich weiß, ich weiß. Ich bin diejenige, welche. Es ist alles meine Schuld.«

»Das habe ich nicht gesagt. Ich …«

»Ich weiß, was du sagen willst. Du brauchst es nicht mal zu sagen.«

Eine Weile waren wir beide still und ließen den Ärger verebben. Ich blickte zu Boden.

»Vielleicht könnte sie ja auch ab und zu rüberkommen«, sagte ich.

»Wie meinst du das?«

»Na, worüber wir schon öfter gesprochen haben. Über diese Stadt. Wie es ist, hier aufzuwachsen.«

Sie schüttelte sehr entschieden den Kopf.

»Ich habe meine Meinung nicht geändert, was das betrifft. Wie stellst du dir das vor, dass du sie selbst aufziehst? Du, mit deinen Einsätzen mitten in der Nacht, mit deinen Überstunden, langen Ermittlungen, Waffen im Haus, Tatortfotos auf dem Boden. Ist es das, was du dir für sie vorstellst? Glaubst du, das ist besser als Las Vegas?«

»Nein. Ich dachte, du könntest vielleicht auch mitkommen.«

»Das kannst du vergessen, Harry. Davon will ich nichts mehr hören. Ich bleibe hier und Madeline ebenfalls. Du triffst deine Entscheidungen einzig und allein unter dem Gesichtspunkt, was für dich das Beste ist, aber beziehe dabei bitte nicht mich und Maddie mit ein.«

Bevor ich antworten konnte, kam Marisol mit verschlafenen Augen in die Küche. Sie trug einen weißen Bademantel, auf dessen Brusttasche in Schreibschrift *Bellagio* stand.

»Sehr laut«, sagte sie.

»Sie haben Recht, Marisol«, sagte Eleanor. »Entschuldigung.«

Marisol ging zum Kühlschrank und nahm die Wasserflasche heraus. Sie schenkte sich ein Glas ein und stellte dann die Flasche zurück. Sie verließ die Küche ohne ein weiteres Wort.

»Ich finde, du solltest gehen«, sagte Eleanor zu mir. »Ich bin im Moment zu müde, um darüber zu sprechen.«

»Na gut. Ich schaue nur noch kurz zu ihr rein, mich von ihr verabschieden.«

»Aber weck sie nicht.«

»Keine Sorge.«

Ich ging ins Schlafzimmer meiner Tochter zurück. Wir hatten das Licht angelassen. Ich setzte mich auf die Seite des Betts, die ihr am nächsten war, und betrachtete sie einfach eine Weile im Schlaf. Dann strich ich ihr Haar zurück und küsste sie auf die Wange. Ich roch den Duft von Babyshampoo in ihrem Haar. Ich küsste sie noch einmal und flüsterte »Gute Nacht«. Ich machte das Licht aus und saß dann noch ein paar Minuten da, einfach um zu schauen und zu warten. Worauf, wusste ich nicht. Wahrscheinlich hoffte ich, Eleanor käme herein und setzte sich ebenfalls ans Bett, damit wir vielleicht gemeinsam unsere schlafende Tochter ansehen könnten.

Nach einer Weile stand ich auf und machte das Babyfon wieder an. Ich verließ das Zimmer, um nach draußen zu gehen. Im Haus war es still, als ich zur Eingangstür ging. Ich sah Eleanor nicht. Sie war schlafen gegangen und hatte offensichtlich nicht das Bedürfnis, mich noch einmal zu sehen.

Ich zog die Eingangstür zu und vergewisserte mich, dass sie abgeschlossen war, bevor ich wegging.

Das laute Schnappen von Stahl auf Stahl war von einer Endgültigkeit, die in mir hin und her prallte wie ein Querschläger.

30

Um acht Uhr morgens stand ich mit meinem Mercedes vor dem Eingang des Embassy Suites in der Paradise Road. Ich hatte zwei große Starbucks-Kaffees in den Becherhaltern und eine Tüte Donuts. Ich war frisch geduscht und rasiert. Ich hatte die Kleider, in denen ich geschlafen hatte, gewechselt. Ich hatte den Wagen aufgetankt und mein Abhebungslimit am Geldautomaten der Tankstelle voll ausgeschöpft. Ich war bereit für einen Tag in der Wüste, aber Rachel Walling kam nicht durch die Glastür nach draußen. Nachdem ich fünf Minuten gewartet hatte, wollte ich sie anrufen, aber dann klingelte mein Handy. Sie war es.

»Bei mir dauert es noch fünf Minuten.«

»Wo sind Sie?«

»Ich musste zu einer Besprechung in die Außenstelle. Ich bin gerade auf dem Weg zurück ins Hotel.«

»Was für eine Besprechung?«

»Das erzähle ich Ihnen, wenn ich da bin. Ich bin inzwischen auf der Paradise.«

»Okay.«

Ich klappte das Handy zu und sah, während ich wartete, auf die Werbung am Heck eines Taxis, das vor mir stand. Es war eine Werbung für eine Show im Riviera. Darauf waren die wunderschön proportionierten Rückenansichten eines Dutzends Frauen zu sehen, die nackt nebeneinander standen. Das erinnerte mich an den sich wandelnden Charakter von Las Vegas und was in dem *Times*-Artikel über die Vermissten angesprochen worden war. Ich dachte an die ganzen Leute, die mit der Familienkarte hierher gekommen waren, um diese Karte bei ihrer Ankunft mit so einer Reklame und tausend anderen wie dieser entwertet zu bekommen.

Ein typisches FBI-Auto – ein Crown Victoria – kam aus der entgegengesetzten Richtung auf mich zu und hielt neben mir an. Rachel ließ das Seitenfenster herunter.

»Soll ich fahren?«

»Ich fahre lieber selber«, sagte ich. So hätte ich die Lage etwas besser unter Kontrolle.

Sie erhob keine Einwände. Sie fuhr den Crown Vic in eine Parklücke und stieg bei mir ein.

Ich fuhr nicht los.

»Wollen Sie die zwei Kaffee ganz allein trinken?«, fragte sie.

»Nein, einer ist für Sie. Zucker ist in der Tüte. Kaffeesahne hatten sie keine.«

»Ich nehme keine.«

Sie griff sich einen der Kaffeebecher und trank daraus. Ich schaute nach vorn, durch die Windschutzscheibe, dann in den Rückspiegel. Und ich wartete.

»Na«, sagte sie schließlich, »wollen wir?«

»Ich weiß nicht. Ich glaube, wir sollten erst reden.«

»Worüber?«

»Was hier eigentlich los ist.«

»Wie meinen Sie das?«

»Was haben Sie so früh in der Außenstelle gemacht? Was wird da gespielt, Agent Walling?«

Sie ließ verärgert den Atem entweichen.

»Hören Sie, Harry, Sie vergessen hier eines. Dieses Ermittlungsverfahren ist für das FBI extrem wichtig. Man könnte sogar sagen, der Direktor ist direkt beteiligt.«

»Und?«

»Und wenn er um zehn eine Einsatzbesprechung will, heißt das, die Agenten in Quantico und draußen im Außendienst kommen um neun zusammen, um sicherzustellen, dass wir auch wissen, was wir ihm erzählen, und dass es zu keinen Fehlinformationen kommt.«

Ich nickte. Jetzt war mir alles klar.

»Und neun Uhr morgens in Quantico ist sechs Uhr morgens in Las Vegas.«

»So ist es.«

»Und was ist um zehn passiert? Was haben Sie alle dem Direktor erzählt?«

»Das ist FBI-Angelegenheit.«

Ich sah sie an, und sie wartete mit einem Lächeln.

»Aber ich werde es Ihnen erzählen, weil Sie mir gleich auch alle Ihre Geheimnisse erzählen werden. Der Direktor will damit an die Öffentlichkeit gehen. Es nicht zu tun wäre zu riskant. Wenn das Ganze später unkontrolliert herauskommt, wird es so aussehen, als hätten wir es vertuschen wollen. Alles eine Frage des richtigen Timings, Harry.«

Ich fuhr in Richtung Ausfahrt los. Meine Route stand bereits fest. Ich würde die Flamingo Road zur Interstate 15 nehmen und dann schnell zum Blue Diamond Highway hinüberfahren. Von da ginge es dann immer geradeaus nach Norden. Nach Clear.

»Was wird er ihnen erzählen?«

»Er wird am späten Nachmittag eine Pressekonferenz abhalten. Er wird bekannt geben, dass Backus offensichtlich noch am Leben ist und dass wir nach ihm fahnden. Er wird das Foto zeigen, das McCaleb von dem Mann aufgenommen hat, der sich Shandy nannte.«

»Sind Sie dem allem schon weiter nachgegangen?«

»Ja. Allerdings haben wir über diesen Shandy noch nichts Näheres – wahrscheinlich war das nur irgendein Name, den er Terry McCaleb genannt hat. Aber während wir uns hier unterhalten, wird bereits eine Auswertung der Fotos und ein Vergleich der von McCaleb aufgenommenen Fotos mit Fotos von Backus vorgenommen. Dem vorläufigen Befund zufolge ist darauf ein und dieselbe Person zu sehen. Es war Backus.«

»Und Terry hat ihn nicht erkannt?«

»Na ja, irgendetwas kam ihm doch offensichtlich spanisch an ihm vor. Er hat die Fotos gemacht, also muss er einen Verdacht gehabt haben. Aber dieser Kerl hatte einen Vollbart und trug Mütze und Sonnenbrille. Der zuständige Analyst meinte, er hätte sich Nase und Gebiss ändern lassen und hätte möglicherweise Wangenimplantate gehabt. Es gibt eine ganze Reihe von Dingen, die er hätte machen lassen können, sogar einen Eingriff, um seine Stimme zu verändern. Nehmen Sie doch nur mich, ich habe die Fotos gesehen und war mir auch nicht sicher, obwohl ich fünf Jahre lang direkt mit Backus zusammengearbeitet habe, wesentlich länger als Terry McCaleb. McCaleb wurde nach L. A. versetzt, um dort die Behavioral-Sciences-Außenstelle zu besetzen.«

»Irgendeine Idee, wo er das alles hat machen lassen?«

»In der Beziehung sind wir uns ziemlich sicher. Vor sechs Jahren wurden in Prag die Leichen eines Chirurgen und seiner Frau gefunden – in seinem vollständig niedergebrannten Haus, in dem auch seine Praxis war. Es existierte bereits eine Interpol-Akte über den Arzt. Die Ehefrau war seine Arzthelferin. Er stand im Verdacht, gegen Bezahlung Gesichtsoperationen vorgenommen zu haben. Die Theorie war, dass jemand, dem er das Gesicht umoperiert hatte, ihn und seine Frau umgebracht hatte, um seine Spuren zu verwischen. Alle Unterlagen, die er möglicherweise über die von ihm vorgenommenen Gesichtsoperationen aufbewahrt hatte, wurden bei dem Brand vernichtet. Als Ursache wurde Brandstiftung angegeben.«

»Wie wurde der Zusammenhang mit Backus hergestellt?«

»Etwas Konkretes haben wir nicht. Aber wie Sie sich sicher vorstellen können, haben wir uns nach Backus' Enttarnung alles, was er als Agent tat oder auch nur anfasste, gründlichst vorgenommen. Seine gesamte Fallgeschichte wurde so weit wie möglich aufgearbeitet. Er war sehr oft in beratender Funktion im Ausland. Teil der Imagepflege des FBI. Er war unter anderem in Polen, Jugoslawien, Italien, Frankreich und was weiß ich wo sonst noch überall.«

»Auch in Prag?«

Sie nickte.

»Er war in Zusammenhang mit einem Fall in Prag. Als Berater. Junge Frauen, die verschwanden und im Fluss landeten. Prostituierte. Der Arzt – der Gesichtschirurg – wurde im Zuge der Ermittlungen vernommen, weil er bei drei Opfern eine Brustvergrößerung vorgenommen hatte. Backus war dort. Er war bei der Vernehmung des Arztes dabei.«

»Und er könnte über die mutmaßliche Nebenbeschäftigung des Doktors Bescheid gewusst haben.«

»Auf jeden Fall. Wir glauben, er wusste davon, und wir glauben, er war bei ihm, um sich das Gesicht verändern zu lassen.«

»Das kann aber nicht ganz einfach gewesen sein. Sein richtiges Gesicht war damals in allen Zeitungen.«

»Sehen Sie, Bob Backus ist ein psychopathischer Mörder, aber er ist ein extrem cleverer Psychopath. Außer diesen fiktiven Kerlen aus Büchern und Filmen gibt es niemanden, der so clever ist wie er.

Nicht einmal Ted Bundy. Wir müssen davon ausgehen, dass er von Anfang an einen Fluchtplan hatte. Vom ersten Tag an. Als ich ihn vor acht Jahren durch jenes Fenster geballert habe, hatte er sicher schon einen Plan parat, darauf können Sie Gift nehmen. Damit meine ich Geld, Ausweise, alles, was er brauchte, um eine neue Person zu werden und unterzutauchen. Wahrscheinlich hatte er alles bei sich. Wir nehmen an, dass er sich von L. A. zunächst an die Ostküste durchschlug und dann nach Europa absetzte.«

»Er legte in seiner Eigentumswohnung Feuer«, sagte ich.

»Richtig, das schreiben wir ihm zu. Demnach war er, drei Wochen nachdem ich in L. A. auf ihn geschossen hatte, in Virginia. Ein raffinierter Schachzug. Er fackelte die Wohnung ab und setzte sich dann nach Europa ab, wo er erst einmal eine Weile untertauchte und sein Aussehen veränderte, um dann wieder von vorn anzufangen.«

»In Amsterdam.«

Sie nickte.

»Der erste dieser Morde in Amsterdam ereignete sich, sieben Monate nachdem der Gesichtschirurg in Prag verbrannt war.«

Ich nickte. Es schien alles ins Bild zu passen. Dann fiel mir etwas anderes ein.

»Wie will es der FBI-Direktor als große Überraschung verkaufen, dass Backus noch am Leben ist, wo Sie doch vier Jahre zuvor bereits Amsterdam hatten?«

»Um dieses Argument zu entkräften, hat er eine ganze Reihe von Möglichkeiten. Die erste und wichtigste wäre, dass es unter die Amtszeit eines anderen FBI-Direktors fiel. Daher kann er nötigenfalls alles seinem Vorgänger in die Schuhe schieben. Das hat beim FBI Tradition. Und außerdem, einmal ganz realistisch betrachtet: Das Ganze ist im Ausland passiert, und es war kein Ermittlungsverfahren, das wir geführt haben. Und es wurde nie hundertprozentig bestätigt. Wir hatten eine Handschriftenanalyse, aber das war auch schon alles. So etwas hat auf keinen Fall den gleichen Stellenwert wie ein Fingerabdruck oder ein DNS-Vergleich. Deshalb kann der Direktor einfach geltend machen, in Amsterdam habe es keine eindeutigen Indizien für Backus' Täterschaft gegeben. So oder so, ist er also aus dem Schneider. Er braucht sich nur um das Hier und Jetzt Sorgen zu machen.«

»Augenblicksmanagement sozusagen.«

»FBI in Reinkultur.«

»Und Sie und Ihre Kollegen sind einverstanden, dass er damit an die Öffentlichkeit geht?«

»Nein. Wir haben uns eine Woche ausgebeten. Er hat uns den Tag heute gegeben. Die Pressekonferenz ist um achtzehn Uhr Eastern Time.«

»Als ob heute noch groß was passieren würde.«

»Ja, das ist uns klar. Wir sind gelackmeiert.«

»Backus wird wahrscheinlich untertauchen, sich wieder das Gesicht operieren lassen und weitere vier Jahre in der Versenkung verschwinden.«

»Wahrscheinlich. Aber für den Direktor bleibt die Sache dann ohne Konsequenzen. Er hat nichts zu befürchten.«

Wir schwiegen eine Weile, während wir uns das alles durch den Kopf gehen ließen. Ich konnte die Entscheidung des FBI-Direktors verstehen, aber sie kam eindeutig ihm zugute und nicht den Ermittlungen.

Wir waren auf der Interstate 15, und ich ordnete mich ganz rechts ein, um auf den Blue Diamond Highway überzuwechseln.

»Worüber wurde bei dem Neun-Uhr-Treffen gesprochen, vor der Besprechung mit dem Direktor?«

»Der übliche Rundlauf. Aktualisierungen des Wissensstands von jedem Agenten.«

»Und?«

»Nichts und. Es gab nicht allzu viel Neues. Nur ein paar Kleinigkeiten. Vor allem haben wir über Sie gesprochen. Ich zähle auf Sie, Harry.«

»Inwiefern?«

»Dass Sie uns hier auf eine neue Spur bringen. Wo fahren wir hin?«

»Wissen Ihre Leute, dass wir gemeinsame Sache machen, oder sollen sie immer noch auf mich *aufpassen*?«

»Ich glaube, Letzteres wäre ihnen lieber – ich weiß sogar, dass es so ist. Aber das wäre langweilig, und außerdem, wie bereits gesagt, was können sie mir schon groß tun, wenn sie rausfinden, dass ich gemeinsame Sache mit Ihnen mache? Mich nach Minot zurückschicken? Und selbst wenn, inzwischen habe ich diesen Ort richtig ins Herz geschlossen.«

»Eine Versetzung nach Minot mag Sie ja vielleicht nicht mehr groß jucken, aber sie könnten Sie auch woandershin schicken. Haben Sie nicht auch in Guam und solchen Orten Außenstellen?«

»Schon, aber das ist alles relativ. Soviel ich gehört habe, ist Guam gar nicht so übel – eine Menge Terrorismusfälle, was im Moment ja schwer in Mode ist. Und nach acht Jahren in Minot und Rapid City wäre etwas Veränderung vielleicht gar nicht so schlecht, egal, worum es bei den Ermittlungen geht.«

»Was wurde bei der Besprechung über mich gesagt?«

»Geredet habe vor allem ich, denn mir sind Sie ja zugeteilt worden. Ich habe gesagt, ich hätte mich bei der Außenstelle L. A. über Sie erkundigt und Ihren Stammbaum erhalten. Den habe ich ihnen gegeben und bei dieser Gelegenheit auch erzählt, dass Sie letztes Jahr hinter die Mauer gegangen sind.«

»Wie meinen Sie das? Dass ich den Dienst quittiert habe?«

»Nein, die Homeland Security, der Heimatschutz. Sie haben sich mit ihnen angelegt, sind hinter die Mauer gegangen und wieder zurückgekommen. Das hat Cherie Dei mächtig imponiert. Danach war sie etwas eher bereit, Ihnen mehr Spielraum zu lassen.«

»Dass ich den überhaupt hatte, hat mich schon die ganze Zeit gewundert.«

Im Grunde hatte ich mich gefragt, warum Agent Dei mich nicht ganz aus dem Verkehr gezogen hatte.

»Was ist mit Terry McCalebs Notizen?«, fragte ich.

»Was soll mit ihnen sein?«

»Es müssen sich doch klügere Köpfe als ich mit ihnen beschäftigt haben. Was haben sie herausgefunden? Wie erklären sie sich die Dreieckstheorie?«

»Das ist ein gängiges Muster bei Serientätern, dass sie ›Dreiecksverbrechen‹ begehen, wie wir es nennen. Das lässt sich oft beobachten. Es heißt, die Wege des Opfers lassen sich durch drei Punkte eines Dreiecks bestimmen. Da ist ihr Anfangs- oder Einstiegspunkt – ihr Wohnort oder in diesem Fall der Flughafen. Dann gibt es den Ort des Zuschlagens, wie wir ihn nennen – die Stelle, wo Mörder und Opfer zusammenkommen, wo sich ihre Wege kreuzen. Und schließlich ist da noch der Entsorgungsort. Bei Serientätern sind die drei Punkte nie dieselben, denn auf diese Weise können sie am besten ihrer Entdeckung entgehen. Das ist, was Terry McCaleb auffiel, als er den Zeitungsbericht las. Er kreiste es ein, weil der Metro-Typ es falsch auffasste. Er dachte nicht an ein Dreieck, er dachte an einen Kreis.«

»Und arbeitet das FBI jetzt an diesem Dreieck?«

»Natürlich. Aber manche Dinge brauchen Zeit. Im Moment wird größerer Wert auf die Tatortauswertung gelegt. Aber wir haben in Quantico auch jemanden, der sich mit dem Dreieck befasst. Das FBI ist zwar effektiv, aber manchmal auch langsam, Harry. Das müssten Sie eigentlich wissen.«

»Klar.«

»Es ist wie mit Hase und Igel. Wir sind der Igel, Sie der Hase.«

»Wie meinen Sie das?«

»Sie sind schneller als wir, Harry. Irgendwas sagt mir, dass Sie hinter die Dreieckstheorie gekommen und jetzt zu dem fehlenden Punkt unterwegs sind. Zu der Stelle, an der er zugeschlagen hat.«

Ich nickte. Ob ich benutzt wurde oder nicht, spielte keine Rolle. Sie gestatteten mir, mich weiter an der Jagd zu beteiligen, und das war das Einzige, was mich interessierte.

»Der erste Punkt ist der Flughafen, der letzte die Zzyzx Road. Damit bleibt noch ein Punkt – die Schnittstelle von Räuber und Beute –, und ich glaube, sie zu kennen. Dorthin fahren wir jetzt.«

»Und wo genau ist das?«

»Erst sagen Sie mir noch etwas über McCalebs Notizen.«

»Ich habe Ihnen, glaube ich, schon alles gesagt. Sie werden immer noch ausgewertet.«

»William Bing, wer ist das?«

Sie zögerte, aber nur ganz kurz.

»Das ist eine Sackgasse, etwas, was nicht weiterführt.«

»Wieso?«

»William Bing hatte ebenfalls ein neues Herz

bekommen und war im Vegas Memorial, um sich untersuchen zu lassen. Wir vermuten, McCaleb kannte ihn und besuchte ihn im Krankenhaus, als er in Las Vegas war.«

»Haben Sie schon mit Bing gesprochen?«

»Noch nicht. Wir versuchen ihn aufzuspüren.«

»Kommt mir ein bisschen komisch vor.«

»Was, dass er jemanden besucht hat?«

»Nein, das nicht. Eher, dass er so etwas in die Akte schrieb, wenn es nichts mit dem Fall zu tun hatte.«

»McCaleb hat sich häufig Notizen gemacht. Aus seinen Akten und Notizbüchern geht eindeutig hervor, dass er sich viele Notizen gemacht hat. Wenn er in Zusammenhang mit dem Fall vorhatte, hierher zu kommen, könnte er sich doch Bings Namen und seine Krankenhausnummer in der Akte notiert haben – um sich daran zu erinnern, ihn anzurufen oder zu besuchen. Dafür könnte es alle möglichen Gründe geben.«

Ich sagte nichts. Ich hatte immer noch Probleme damit.

»Woher kannte er diesen Bing?«

»Das wissen wir nicht. Möglicherweise wegen des Films. Als der Film herauskam, bekam McCaleb haufenweise Post von anderen Transplantationspatienten. Er war für eine Menge Leute mit einem ähnlichen Schicksal fast so etwas wie ein Held.«

Als wir auf dem Blue Diamond Highway nach Norden fuhren, sah ich das Schild einer TravelAmerica-Raststätte und erinnerte mich an den Beleg, den ich in Terry McCalebs Auto gefunden hatte. Ich fuhr vom Highway, obwohl ich den Mercedes voll getankt hatte, nachdem ich am Morgen von Eleanors Haus losgefahren war. Ich hielt an und sah mir die Raststätte einfach nur an.

»Was ist? Müssen Sie tanken?«

»Nein, der Tank ist noch fast voll. Es ist nur ... McCaleb war hier.«

»Wie bitte? Sind Sie jetzt unter die Hellseher gegangen oder was?«

»Nein, ich habe in seinem Auto einen Zahlungsbeleg gefunden. Ich frage mich, ob das heißt, dass er nach Clear hochgefahren ist.«

»Nach Clear?«

»Ja, das ist eine kleine Ortschaft. Das ist der Ort, wohin wir fahren.«

»Na, das werden wir wohl nur herausfinden, wenn wir hinfahren und ein paar Fragen stellen.«

Ich nickte und fuhr wieder auf den Blue Diamond und weiter in Richtung Norden. Unterwegs erzählte ich Rachel von meiner Theorie zur Theorie. Sprich, von meiner Ansicht zu McCalebs

Dreieck und wie Clear in dieses Bild passte. Mir entging nicht, dass ich damit ihr Interesse weckte. Sie könnte deswegen sogar richtig in Aufregung geraten sein. Sie gab mir hinsichtlich der Opfer Recht und auch hinsichtlich der Frage, wie und warum die Wahl auf sie gefallen sein könnte. Sie bestätigte, dass meine Ansicht mit der Viktimologie – ihr Wort – in Amsterdam übereinzustimmen schien.

Nach einem einstündigen Brainstorming zu diesem Thema wurden wir schließlich still, als wir uns Clear näherten. Die karge, unwirtliche Landschaft wurde immer mehr von Außenposten menschlicher Besiedlung durchsetzt, und wir sahen Werbetafeln für die Bordelle, die vor uns lagen.

»Waren Sie mal in einem von denen?«, fragte mich Rachel.

»Nein.«

Ich dachte an die Puffzelte in Vietnam, brachte sie aber nicht zur Sprache.

»Ich habe nicht gemeint als Kunde, sondern dienstlich.«

»Ebenfalls nein. Allerdings habe ich auf diesem Weg einige Leute aufgespürt. Und damit meine ich, über Kreditkarten und andere Dinge. Wir dürfen seitens der Leute hier nicht mit allzu großer Kooperationsbereitschaft rechnen. Zumindest habe ich am Telefon diese Erfahrung gemacht. Und den zuständigen Sheriff einzuschalten wäre ein Witz. Der Staat kassiert Steuern von diesen Läden. Ein Großteil davon fließt wieder ans County zurück.«

»Verstehe. Wie sollen wir es dann anpacken?«

Fast musste ich grinsen, weil sie *wir* gesagt hatte. Ich gab die Frage an sie zurück.

»Keine Ahnung«, sagte sie. »Ich würde vorschlagen, wir marschieren einfach durch den Vordereingang rein.«

Mit anderen Worten, wir machen kein Hehl aus unseren Absichten, sondern gehen einfach rein und stellen unsere Fragen. Ich war nicht sicher, ob das die richtige Methode war, aber sie hatte eine Dienstmarke und ich nicht.

Wir passierten die Stadt Pahrump und kamen zehn Meilen weiter an eine Kreuzung mit einem Schild, auf dem unter einem nach links zeigenden Pfeil CLEAR stand. Ich fuhr in die angegebene Richtung, und bald wich der Asphaltbelag einem Schotteruntergrund, von dem ein schmaler Staubstreifen hinter meinem Auto aufstieg. Die Stadt Clear konnte uns schon aus einer Meile Entfernung kommen sehen.

Das heißt, falls sie nach uns Ausschau hielt. Wie

sich herausstellte, war die Stadt Clear jedoch wenig mehr als eine Wohnwagensiedlung. Die Schotterstraße führte uns zu einer weiteren Kreuzung und einem weiteren Schild mit einem Pfeil. Wir bogen wieder nach Norden ab und kamen wenig später zu einer freien Stelle, wo ein alter Wohnwagen stand, von dessen Nieten der Rost tropfte. Auf einem Schild, das oben um den Wohnwagen herum lief, stand: WILLKOMMEN IN CLEAR. SPORTS BAR GEÖFFNET. ZIMMER FREI. Auf dem freien Platz vor der Bar standen keine Autos.

Ich fuhr an einem alten Wohnwagen mit Begrüßungsschild vorbei, hinter dem die Straße in eine Siedlung aus weiteren Wohnwagen führte, die wie Bierdosen in der Sonne schmorten. Wenige davon befanden sich in besserem Zustand als der Begrüßungswagen. Schließlich kamen wir zu einem festen Bauwerk, das anscheinend sowohl das Rathaus beherbergte als auch die Quelle, nach der die Stadt benannt war. Wir fuhren weiter und wurden mit einem weiteren Schild belohnt, auf dem schlicht BORDELLE stand.

Der Bundesstaat Nevada hat über dreißig Bordellen eine Genehmigung erteilt. An diesen Orten ist Prostitution erlaubt, gesetzlich geregelt und überwacht. Drei dieser staatlich genehmigten

Etablissements fanden wir in Clear am Ende der Straße. Die Schotterstraße beschrieb einen großen Kreis, an dem drei fast identische Bordelle auf Kunden warteten. Sie hießen Sheila's Front Porch, Tawny's High Five Ranch und Miss Delilah's House of Holies.

»Reizend«, sagte Rachel, als wir uns umsahen. »Warum werden solche Häuser immer nach Frauen benannt – als ob sie tatsächlich Frauen gehören würden?«

»Keine Ahnung. Andererseits würde Mister Dave's House of Holies bei den Jungs nicht besonders gut ankommen.«

Rachel grinste.

»Das stimmt. Wahrscheinlich ein geschickter Schachzug. Man benennt einen Ort weiblicher Erniedrigung und Versklavung nach einer Frau, und schon hört sich das Ganze nur mehr halb so schlimm an. Alles eine Frage der Verpackung.«

»Versklavung? Soviel ich gehört habe, sind diese Frauen aus freien Stücken hier. Angeblich sind einige von ihnen Hausfrauen, die aus Las Vegas hierher kommen.«

»Wenn Sie das glauben, sind Sie ganz schön naiv, Bosch. Bloß weil man kommen und gehen kann, heißt das noch lange nicht, dass man kein Sklave ist.«

Ich nickte nachdenklich, wollte mich mit ihr aber auf keine Diskussionen zu diesem Thema einlassen, weil ich wusste, es brächte mich dazu, mich mit bestimmten Punkten meiner eigenen Vergangenheit auseinander zu setzen.

Anscheinend wollte auch Rachel nicht weiter darauf herumreiten.

»So, und mit welchem wollen Sie anfangen?«, fragte sie. Ich hielt vor Tawny's High Five Ranch an. Das Ganze hatte nicht viel von einer Ranch an sich. Es war eine Ansammlung von drei oder vier Wohnwagen, die mit geschlossenen Gängen verbunden waren. Ich sah nach links und stellte fest, dass Sheila's Front Porch ähnlich angelegt war und trotz ihres Namens keine Veranda hatte. Das Gleiche galt für Miss Delilah's rechts von mir, und das ließ mich zu der Überzeugung gelangen, dass die drei scheinbar separaten Bordelle keine Konkurrenzunternehmen waren, sondern vielmehr Zweige desselben Baumes.

»Ich weiß nicht«, sagte ich. »Sieht mir ein bisschen nach ›Eene, meene, miste‹ aus.«

Rachel öffnete ihre Tür.

»Einen Augenblick noch«, sagte ich. »Ich hätte da noch was.«

Ich reichte ihr den Ordner mit den Fotos, den Buddy Lockridge am Tag zuvor nach Las Vegas gebracht hatte. Rachel öffnete ihn und sah die Frontal- und Profilaufnahmen des Mannes, der sich als Shandy ausgegeben hatte, aber vermutlich Robert Backus war.

»Ich will lieber nicht fragen, wo Sie die herhaben.«

»Kein Problem. Aber nehmen Sie sie ruhig. Sie werden mehr Gewicht haben, wenn sie von Ihnen kommen, denn Sie sind diejenige, die eine Dienstmarke hat.«

»Vorerst zumindest.«

»Haben Sie die Fotos der Vermissten dabei?«

»Ja.«

»Gut.«

Sie nahm den Ordner und stieg aus. Das tat auch ich. Wir gingen beide zur Vorderseite des Autos, wo wir kurz stehen blieben und die drei Bordelle noch einmal in Augenschein nahmen. Vor jedem standen ein paar Autos. Vor Miss Delilah's House of Holies waren außerdem vier chromblitzende Flathead Harleys aufgereiht. Auf den Tank einer der Maschinen war mit einer Spritzpistole ein jointrauchender Totenkopf gesprüht, über dem ein Rauchring wie ein Heiligenschein schwebte.

»Als Letztes nehmen wir uns das Delilah's vor«, sagte ich. »Vielleicht haben wir Glück und müssen da gar nicht mehr rein.«

»Wegen der Motorräder?«

»Ja, wegen der Motorräder. Das sind Straßenheilige. Ich bin dafür, schlafende Hunde nicht zu wecken.«

»Das soll mir nur recht sein.«

Rachel übernahm die Führung und marschierte auf den Eingang des Sheila's zu. Sie wartete nicht auf mich, denn sie wusste, ich würde mich an sie hängen.

31

Im Sheila's wurden wir von süßlichem Parfumgeruch, vermischt mit zu viel Räucherstäbchen, begrüßt. Wir wurden auch von einer lächelnden Frau in einem purpurroten Kimono begrüßt, die nicht im geringsten überrascht oder verdutzt zu sein schien, dass ein Paar in das Bordell kam. Ihr Mund verzog sich zu einer Schneide, so gerade und scharf wie die einer Guillotine, als sie den FBI-Ausweis sah, den Rachel aufklappte.

»Wunderbar«, sagte sie mit falscher Freundlichkeit. »Und jetzt lassen Sie mich den Durchsuchungsbefehl sehen.«

»Einen Durchsuchungsbefehl gibt's heute nicht«, erwiderte Rachel gelassen. »Wir würden Ihnen nur gern ein paar Fragen stellen.«

»Solange Sie keinen entsprechenden Gerichtsbeschluss haben, bin ich nicht verpflichtet, mit Ihnen zu sprechen. Ich führe hier einen legalen und staatlich zugelassenen Betrieb.«

Ich bemerkte zwei wie in einem Victoria's-Secret-Katalog gekleidete Frauen, die auf einer Couch saßen. Sie sahen sich im Fernsehen eine Soap an und schienen sich nicht für das Wortgefecht zu interessieren, das an der Tür im Gange war. Beide waren auf eine bestimmte Art attraktiv, hatten aber etwas Verlebtes um Mund und Augen. Die Szene erinnerte mich plötzlich an meine Mutter und einige ihrer Freundinnen. An die Art, wie sie mich angeschaut hatten, als ich ein kleiner Junge war und ihnen zusah, wie sie sich abends fertig machten, um auszugehen und anzuschaffen. Ich fühlte mich plötzlich völlig unwohl in dieser Umgebung und wollte wieder gehen. Ich hoffte sogar, der Frau im Kimono gelänge es, uns wegzuschicken.

»An der Legalität Ihres Etablissements bestehen keinerlei Zweifel«, sagte Rachel. »Wir müssen lediglich Ihnen und … Ihrem Personal ein paar Fragen stellen, aber dann sind wir gleich wieder weg.«

»Besorgen Sie sich einen Gerichtsbeschluss, und wir helfen Ihnen gern.«

»Sind Sie Sheila?«

»So können Sie mich nennen. Sie können mich nennen, wie Sie wollen, solange Sie nur auch noch Wiedersehen sagen.«

Rachel erhöhte den Einsatz, indem sie auf ihre Komm-mir-nicht-dumm-Stimme umschaltete.

»Wenn ich mir diesen Gerichtsbeschluss hole, werde ich als Erstes zwei Männer des Sheriffs anfordern und diesen Wagen so lange vor diesem Wohnwagen stehen lassen, bis ich wieder zurück bin. Ihr Betrieb hier mag ja völlig legal sein, Sheila, aber für welchen von den Schuppen hier werden sich die Freier entscheiden, wenn sie vor diesem hier den Sheriff stehen sehen? Ich schätze mal, zwei Stunden zurück nach Las Vegas, ein paar Stunden Warten, bis wir beim Richter drankommen, und dann wieder zwei Stunden zurück hierher. Ich habe um fünf Dienstschluss, sodass ich wahrscheinlich erst morgen zurückkomme. Wenn Sie das unbedingt wollen?«

Sheila konterte hart und schnell.

»Wenn Sie den Sheriff rufen, sagen Sie ihm, er soll Dennis oder Tommy schicken. Sie kennen den Laden hier ziemlich gut und sind auch Kunden.«

Sie grinste Rachel herausfordernd an und hielt die Stellung. Sie hatte ihren Bluff durchschaut, und Rachel hatte nichts mehr nachzulegen. Sie starrten sich nur gegenseitig an, während die Sekunden verstrichen. Ich wollte mich schon einschalten und etwas sagen, als mir eine der Frauen auf der Couch zuvorkam.

»Bringen wir's doch einfach hinter uns«, schlug diejenige vor, die uns am nächsten saß.

Sheila wandte den Blick von Rachel ab und sah die Frau auf der Couch an. Dann machte sie einen Rückzieher, aber ihr Ärger blieb nur mit Mühe unter der Oberfläche. Ich bin nicht sicher, ob es eine andere Möglichkeit gab, die Sache anzupacken, nachdem Sheila uns einmal so angegangen war, aber mir war klar, dass uns das ganze Aufplustern und Drohen nicht weiterbrachte.

Wir richteten uns in Sheilas kleinem Büro ein und vernahmen die Frauen, zuerst Sheila und dann der Reihe nach die zwei Frauen, die gerade Dienst gehabt hatten, als wir aufgetaucht waren. Da mich Rachel niemandem vorstellte, stellte sich das Problem meiner Funktion bei den Ermittlungen erst gar nicht. Die Frauen konnten oder wollten ohne Ausnahme keinen der Vermissten identifizieren, die an der Zzyzx Road verscharrt worden waren, und das war auch bei den Fotos von Shandy auf McCalebs Boot nicht anders.

Nach einer halben Stunde verließen wir den Laden wieder, ohne etwas anderes vorweisen zu können als Kopfschmerzen infolge Räucherstäbchenvergiftung meinerseits und durch Stress verursachte Risse in Rachels Fassade.

»Widerwärtig«, sagte sie, als wir auf dem rosafarbenen Bürgersteig zu meinem Auto gingen.

»Was?«

»Dieser Laden. Ich verstehe nicht, wie jemand so etwas tun kann.«

»Sagten Sie nicht, sie wären Sklaven?«

»Verschonen Sie mich jetzt bloß mit Ihren schlauen Bemerkungen.«

»Okay.«

»Was ist eigentlich los mit Ihnen? Eben noch haben Sie den Mund nicht aufbekommen. Sie waren wirklich eine große Hilfe.«

»Das ist nur, weil ich nicht so an die Sache herangegangen wäre. Nach zwei Minuten in diesem Laden war mir klar, dass wir aus denen nichts rauskriegen.«

»Ach, aber Sie wahrscheinlich schon.«

»Nein, das wollte ich damit nicht sagen. Ich habe Ihnen doch gesagt, diese Puffs sind wie Felsen. Da ist es schwer, Wasser zu finden. Und mit dem Sheriff zu drohen war eindeutig falsch. Ich habe Ihnen doch gesagt, die Hälfte seines Gehalts stammt wahrscheinlich von den Bordellen in seinem Revier.«

»Sie wollen also nur rumkritisieren und nichts zur Lösung beitragen.«

»Jetzt lassen Sie das doch, Rachel. Lassen Sie Ihre Wut an jemand anderem aus. Ich bin nicht der, auf den Sie sauer sind, ja? Wenn Sie es im nächsten Puff auf eine andere Tour versuchen wollen, will ich es gern probieren.«

»Bitte, tun Sie sich keinen Zwang an.«

»Gut. Dann geben Sie mir die Fotos, und warten Sie im Auto.«

»Wie bitte? Ich komme auf jeden Fall mit rein.«

»Mit der Brechstange erreicht man hier gar nichts, Rachel. Das hätte mir von Anfang an klar sein sollen, als ich Sie eingeladen habe mitzumachen. Aber ich dachte nicht, Sie würden denen, kaum dass wir zur Tür rein waren, Ihre Dienstmarke unter die Nase halten.«

»Dann werden Sie also jetzt da reingehen und es mit Finesse versuchen.«

»Ich weiß nicht, ob ich es Finesse nennen würde. Ich werde es einfach auf die altmodische Tour probieren.«

»Heißt das, Sie ziehen Ihre Klamotten aus?«

»Nein, das heißt, ich ziehe mein Portemonnaie raus.«

»Das FBI kauft keine Informationen von potenziellen Zeugen.«

»Mag sein. Aber ich bin nicht vom FBI. Wenn ich auf diesem Weg einen Zeugen finde, braucht das FBI nichts zu zahlen.«

Ich legte meine Hand auf ihren Rücken und bugsierte sie behutsam in Richtung Mercedes. Ich machte ihr die Tür auf und schob sie ins Auto. Ich gab ihr die Schlüssel.

»Machen Sie meinetwegen die Klimaanlage an. Aber es wird nicht lange dauern.«

Ich rollte die Ausdrucke mit den Fotos zusammen und steckte sie unter dem Sakko in meine Gesäßtasche.

Auch der Weg zum Eingang von Tawny's High Five war aus rosa eingefärbtem Beton, und langsam begann ich die dahinter verborgene Symbolik zu sehen. Die Frauen, mit denen wir es im Sheila's zu tun gehabt hatten, waren trotz aller weiblichen Attribute knallhart. Das galt auch für Rachel. Langsam bekam ich das Gefühl, dass meine Füße in Kübeln mit rosa Beton steckten.

Ich drückte auf den Klingelknopf. Darauf öffnete mir eine Frau in einer abgeschnittenen Bluejeans und einem Trägertop, das ihre offensichtlich operativ vergrößerten Brüste nur mit Mühe fasste.

»Komm rein. Ich bin Tammy.«

»Danke.«

Ich betrat den Eingangsbereich des Wohnwagens, wo sich zwei Sofas gegenüberstanden. Auf den Sofas saßen drei Frauen, die mich mit einem versierten Lächeln ansahen.

»Das sind Georgette und Gloria und Mecca«, sagte Tammy. »Und ich bin Tammy. Du kannst dir eine von uns aussuchen oder auf Tawny warten. Sie ist gerade mit einem Kunden hinten.«

Ich sah Tammy an. Sie machte den willigsten Eindruck. Sie war sehr klein und topplastig und hatte kurzes braunes Haar. Für manche Männer war sie wahrscheinlich attraktiv, aber für mich nicht. Ich sagte ihr, sie wäre völlig in Ordnung, worauf sie mit mir einen Gang hinunterging, der nach rechts in einen anderen Wohnwagen führte. Auf der linken Seite waren drei Zimmer, und Tammy blieb vor dem dritten stehen und schloss die Tür auf. Wir gingen hinein, und sie machte die Tür zu, ohne sie jedoch abzuschließen. Es gab kaum genug Platz zum Stehen, weil ein Doppelbett fast den ganzen Raum einnahm.

Tammy setzte sich aufs Bett und tätschelte die Stelle neben ihr. Ich setzte mich, worauf sie von einem Bord voller zerlesener Krimis etwas nahm, was aussah wie eine Speisekarte, und mir gab. Es war ein dünner Ordner mit einer Karikatur vorn drauf. Eine nackte Frau auf allen vieren, die hinter sich blickte und einem Mann zuzwinkerte, der von hinten in sie eindrang. Auch der Mann war bis auf einen Cowboyhut und zwei Revolver an seinen Hüften nackt. Er hatte einen Arm in die Höhe gereckt und schwang ein Lasso, dessen Schlinge über dem Paar die Worte *Tawny's High Five* bildete.

»Du kannst ein T-Shirt damit haben«, erklärte mir Tammy. »Kostet zwanzig Dollar.«

»Toll«, sagte ich, als ich den Ordner aufklappte.

Wie sich herausstellte, war es tatsächlich eine Art Speisekarte. Sie war speziell auf Tammy abgestimmt. Sie enthielt ein einziges Blatt Papier, das in zwei Spalten unterteilt war. In einer war neben den sexuellen Handlungen, zu denen sie bereit war, die Dauer der jeweiligen Sitzung aufgelistet, in der anderen waren die Preise angegeben, die diese Dienstleistungen den Kunden kosten würden. Zwei der sexuellen Handlungen waren durch ein Sternchen gekennzeichnet. Am Ende der Seite fand sich ein Hinweis, dass es sich bei den mit Sternchen gekennzeichneten Leistungen um persönliche Spezialitäten handelte.

»Aha«, sagte ich, während ich das Angebot studierte. »Könnte sein, dass ich für einige dieser Dienste einen Dolmetscher brauche.«

»Ich helfe dir. Für welche?«

»Wie viel kostet es, bloß zu reden?«

»Wie meinst du das? Dass ich unanständiges Zeug zu dir sage? Oder du zu mir?«

»Nein, nur reden. Ich möchte dich nach einem Kerl fragen, den ich suche. Er ist von hier aus der Gegend.«

Ihre Haltung änderte sich. Sie setzte sich auf und brachte dabei ein paar Zentimeter mehr Abstand zwischen sich und mich, was mir nur recht war, weil ihr Parfum meine von den Räucherstäbchen angegriffenen Nasenschleimhäute malträtierte.

»Da solltest du vielleicht lieber mit Tawny reden, wenn sie fertig ist.«

»Ich will aber mit dir reden, Tammy. Ich zahle einen Hunderter für fünf Minuten. Und ich lege noch mal einen drauf, wenn du mir irgendwas über diesen Kerl sagen kannst.«

Sie dachte kurz nach. Der Speisekarte zufolge reichten zweihundert Dollar nicht einmal für eine Stunde Arbeit. Aber wenn mich nicht alles täuschte, handelte es sich dabei keineswegs um Festpreise, und außerdem stand draußen auf dem rosafarbenen Beton niemand Schlange, um endlich an die Reihe zu kommen.

»Irgendjemand hier wird mein Geld einstecken«, sagte ich. »Warum also nicht du?«

»Okay, aber mach bitte schnell. Wenn Tawny merkt, dass du kein zahlender Kunde bist, wirft sie dich raus und setzt mich ans Ende der Reihe.«

Jetzt begriff ich. Sie hatte mir geöffnet, weil sie dran war. Ich hätte mir jede beliebige Frau auf den Sofas aussuchen können, aber Tammy war als Erste an der Reihe gewesen.

Ich zog mein Geld aus der Tasche und gab ihr

hundert Dollar. Den Rest behielt ich in der Hand, während ich die Fotos herausholte und vor ihr aufs Bett legte. Rachel hatte den Fehler gemacht, die Frauen im Sheila's zu fragen, ob sie einen der Männer auf den Fotos wiedererkannten. Das lag daran, dass sie nicht die Gewissheit hatte, die ich hatte. Ich war mir meiner Theorie sicherer, und ich machte bei Tammy diesen Fehler nicht.

Das erste Foto, das ich ihr zeigte, war die Frontalaufnahme von Shandy auf Terry McCalebs Boot.

»Wann hast du ihn hier zum letzten Mal gesehen?«, fragte ich sie.

Tammy sah sich das Foto ziemlich lange an. Sie nahm es mir nicht aus der Hand, obwohl ich es ihr gegeben hätte, damit sie es halten könnte. Nach einem, wie es schien, endlos langen Augenblick, als ich schon dachte, die Tür würde auffliegen und die Frau, die Tawny hieß, würde mich zum Gehen auffordern, sagte sie endlich etwas:

»Ich weiß nicht … vor einem Monat vielleicht, aber vielleicht ist es auch schon etwas länger her. Er ist schon eine ganze Weile nicht mehr aufgetaucht.«

Am liebsten wäre ich aufs Bett gestiegen und darauf herumgehüpft, aber ich beherrschte mich. Ich wollte sie in dem Glauben lassen, ich wüsste bereits alles, was sie mir sagte. So würde sie sich wohler fühlen und entgegenkommender sein.

»Weißt du noch, wo du ihn gesehen hast?«

»Gleich vor der Tür. Ich habe einen Kunden nach draußen begleitet, und da stand Tom und hat gewartet.«

»Aha. Hat er irgendwas gesagt?«

»Nein, das hat er nie. Eigentlich kennt er mich gar nicht richtig.«

»Und was ist dann weiter passiert?«

»Nichts ist passiert. Mein Typ stieg zu ihm ins Auto, und sie fuhren weg.«

Ich begann mir ein Bild zu machen. Tom hatte ein Auto. Er war ein Fahrer.

»Wer hat ihn angerufen? Du oder der Kunde?«

»Wahrscheinlich war es Tawny. Aber eigentlich kann ich das nicht mehr sagen.«

»Weil es ständig vorkam.«

»Ja.«

»Aber er ist schon, wie lange, einen Monat nicht mehr aufgetaucht?«

»Ja. Vielleicht auch schon länger. Hilft dir das schon weiter? Ich meine, was willst du eigentlich wissen?«

Sie sah auf den zweiten Hunderter in meiner Hand.

»Zwei Dinge. Weißt du Toms Nachnamen?«

»Nein.«

»Okay, wie kann man ihn erreichen, wenn man einen Fahrer braucht?«

»Ich würde sagen, man ruft ihn einfach an.«

»Kannst du mir die Nummer geben?«

»Geh doch einfach rüber zur Sports Bar. Dort rufen wir ihn an. Auswendig weiß ich die Nummer nicht. Sie ist gleich neben dem Telefon am Eingang.«

»In der Sports Bar, okay.«

Ich gab ihr das Geld nicht.

»Noch eine letzte Sache.«

»Das sagst du ständig.«

»Ich weiß, aber diesmal meine ich es.«

Ich zeigte ihr den Sechserpack Fotos von den Vermissten, den Rachel mitgebracht hatte. Sie waren besser und schärfer als die Fotos in dem Zeitungsbericht. Es waren farbige Schnappschüsse, die Vegas Metro von Angehörigen bekommen und dann freundlicherweise an das FBI weitergegeben hatte.

»Gehört einer von diesen Typen zu deinen Kunden?«

»Über Kunden reden wir hier nicht. Wir sind sehr diskret und erteilen keine solchen Auskünfte.«

»Sie sind tot, Tammy. Es spielt keine Rolle mehr.«

Sie bekam große Augen, dann senkte sie den Blick auf die Fotos in meiner Hand. Sie nahm sie an sich und sah sie durch, als wären es Spielkarten. Am Flackern ihrer Augen konnte ich erkennen, dass sie ein Ass gezogen hatte.

»Was ist?«

»Also, dieser eine da sieht aus wie ein Typ, der hier war. Er war, glaube ich, bei Mecca. Du kannst ja sie fragen.«

Ich hörte ein zweimaliges Hupen. Es kam von meinem Auto. Rachel wurde ungeduldig.

»Okay, dann geh mal kurz Mecca holen. Dann gebe ich dir das restliche Geld. Sag ihr, dass ich auch für sie Geld habe. Sag ihr aber nicht, was ich will. Sag ihr nur, ich will zwei Mädchen gleichzeitig.«

»Meinetwegen. Aber dann ist wirklich Schluss. Dann rückst du das Geld raus.«

»Dann kriegst du das Geld.«

Sie verließ das Zimmer, und ich blieb auf dem Bett sitzen und schaute mich um. Die Wände waren mit Kirschholzfolie verkleidet. Es gab ein Fenster mit einem Rüschenvorhang davor. Ich beugte mich über das Bett und zog den Vorhang auf. Es war nichts zu sehen als baumlose Wüste. Das Bett und der Wohnwagen hätten genauso gut auf dem Mond stehen können.

Die Tür ging auf, und ich drehte mich um, um Tammy den Rest des Gelds zu geben und Meccas Anteil aus der Tasche zu holen. Aber in der Tür standen nicht zwei Frauen, sondern zwei Männer. Sie waren riesig – einer größer als der andere –, und die Arme unter ihren schwarzen T-Shirts waren über und über mit Knasttusche bestichelt. Auf dem mächtigen Bizeps des größeren Mannes war ein Totenkopf mit einem Heiligenschein, und das verriet mir, wer sie waren.

»Was gibt's, Doc?«, sagte der Größere.

»Sie sind wohl Tawny«, sagte ich.

Ohne ein Wort streckte er die Arme aus und packte zwei Fäuste voll von meinem Sakko. Er zog mich vom Bett hoch und stieß mich in den Gang hinaus in die wartenden Arme seines Partners, der mich in die entgegengesetzte Richtung, aus der ich gekommen war, den Gang hinunter schubste. Mir wurde klar, dass Rachels Hupen eine Warnung gewesen war, kein Ausdruck ihrer Ungeduld. Ich wünschte mir, ich hätte es richtig gedeutet, als mich die zwei Anabolikabomber durch eine Hintertür auf felsiges Wüstenterrain stießen.

Ich landete auf Händen und Knien und wollte mich gerade wieder aufrichten, als einer von ihnen seinen Stiefel auf meine Hüfte stellte und mich wieder nach unten drückte. Ich versuchte wieder aufzustehen, und diesmal ließen sie mich.

»Was es gibt, Doc, habe ich gefragt. Was haben Sie hier zu suchen?«

»Ich habe nur ein paar Fragen gestellt, und ich habe mich bereit erklärt, für Antworten zu zahlen. Ich dachte nicht, das wäre ein Problem.«

»Ist es aber, Chef.«

Sie kamen auf mich zu, der Größere zuerst. Er war so riesig, dass ich seinen kleinen Bruder hinter ihm nicht sehen konnte. Bei jedem Schritt, den sie nach vorn machten, machte ich einen zurück. Und ich hatte das ungute Gefühl, dass das genau das war, was sie wollten. Sie trieben mich auf etwas zu, was hinter mir war, vielleicht auf ein Loch im Sand und in den Felsen da draußen.

»Wer bist du, Kleiner?«

»Ich bin ein Privatdetektiv aus L. A. Ich suche nur einen Vermissten, mehr nicht.«

»Schön, aber Leute, die hierher kommen, wollen nicht, dass man nach ihnen sucht.«

»Das ist mir inzwischen klar. Ich mache einfach den Abgang, und Sie werden …«

»Entschuldigung.«

Wir hielten alle inne. Es war Rachels Stimme. Der größere Mann drehte sich nach dem Wohnwagen um, und seine Schultern senkten sich ein paar Zentimeter. Ich konnte Rachel aus dem Hintereingang des Wohnwagens kommen sehen. Ihre Hände waren an ihren Seiten.

»Wen haben wir denn hier?«, sagte der große Anabolikabomber. »Haben Sie Ihre Mutter mitgebracht?«

»So was Ähnliches.«

Während er Rachel ansah, faltete ich beide Hände zu einer Faust und schlug ihm mit voller Wucht in den Nacken. Er wankte nach vorn und gegen seinen Partner. Aber der Schlag war nichts weiter als ein Überraschungsangriff. Er ging nicht zu Boden. Er wirbelte herum und kam, die Fäuste zu zwei Vorschlaghämmern geballt, auf mich zu. Ich sah, wie Rachel unter ihren Blazer griff und ihn zurückschlug, um an ihre Waffe zu kommen. Aber ihre Hand verfing sich kurz in seinem Futter, und sie bekam die Pistole zu spät heraus.

»Schluss!«, schrie sie.

Aber die Anabolikabomber machten nicht Schluss. Ich duckte mich unter dem ersten Schlag des Größeren weg, aber als ich hinter ihm hochkam, war ich direkt vor seinem kleinen Bruder. Er schlang wie ein Bär die Arme um mich und hob mich hoch. Aus irgendeinem Grund merkte ich an diesem Punkt, dass von den drei rückwärtigen Fenstern des hintersten Wohnwagens mehrere Frauen zusahen. Meine Vernichtung fand vor Publikum statt.

Meine Arme waren in der Umarmung meines Angreifers gefangen, und ich spürte, wie der Druck auf mein Rückgrat zunahm, während mir gleichzeitig die Luft aus den Lungen gepresst wurde. Erst jetzt bekam Rachel ihre Waffe heraus und schoss zweimal in die Luft.

Ich wurde fallen gelassen und beobachtete, wie Rachel sich seitlich vom Wohnwagen wegbewegte, damit sie niemand von hinten angreifen konnte.

»FBI«, rief sie. »Runter. Auf den Boden. Beide.«

Die zwei Hünen kamen ihrer Aufforderung nach. Sobald ich wieder etwas Luft in die Lunge bekam, richtete ich mich auf. Ich versuchte, den Schmutz von meinen Kleidern zu wischen, aber ich verteilte ihn damit nur. Ich sah Rachel an und nickte. Ohne ihren Abstand zu den zwei Männern auf dem Boden zu verringern, winkte sie mich mit dem Finger zu sich.

»Was ist passiert?«

»Ich habe mit einer der Frauen gesprochen und sie gebeten, eine andere zu holen. Aber dann sind diese Typen da aufgetaucht und haben mich hier rausgeschleppt. Danke für die Warnung.«

»Ich *habe* Sie zu warnen versucht. Ich habe gehupt.«

»Ich weiß, Rachel. Deshalb bedanke ich mich ja auch. Ich habe es nur falsch gedeutet.«

»Und was machen wir jetzt?«

»Die zwei Typen da sind mir egal. Lassen Sie sie laufen. Aber drinnen sind zwei Frauen, Tammy und Mecca, die brauchen wir. Eine von ihnen kennt Shandy, und die andere kann, glaube ich, einen der Vermissten als Kunden identifizieren.«

Rachel überlegte kurz und nickte schließlich.

»Gut. Ist Shandy ein Kunde?«

»Nein, er ist so eine Art Fahrer. Wir müssen in die Sports Bar und dort nach ihm fragen.«

»Dann können wir die zwei hier nicht einfach laufen lassen. Sonst kriegen wir es dort vielleicht noch mal mit ihnen zu tun. Außerdem standen vor dem Eingang vier Maschinen. Wo sind die anderen zwei?«

»Keine Ahnung.«

»Hey, jetzt macht mal ein bisschen zu!«, brüllte Big Bomber. »Langsam kommt uns der Sand schon zu den Ohren raus.«

Rachel ging auf die zwei Männer am Boden zu.

»Okay, stehen Sie auf.«

Sie wartete, bis sie aufgestanden waren und sie böse anstarrten. Sie ließ die Waffe sinken und sprach ganz ruhig, so als ob sie andere Leute immer so kennen lernte.

»Woher sind Sie beide?«

»Warum?«

»Warum? Weil ich mir einen Eindruck von Ihnen zu verschaffen versuche. Ich überlege, ob ich Sie verhaften soll.«

»Weswegen? Er hat doch angefangen.«

»So habe ich das nicht gesehen. Ich habe zwei große Männer gesehen, die einen kleineren angegriffen haben.«

»Er hat Hausfriedensbruch begangen.«

»Hausfriedensbruch ist meines Wissens aber kein hinreichender Grund für Körperverletzung. Wenn Sie sich vergewissern wollen, ob ich falsch liege, dann …«

»Pahrump.«

»Wie bitte?«

»Wir kommen aus Pahrump.«

»Gehören Ihnen diese drei Etablissements hier?«

»Nein, wir sind nur Security.«

»Verstehe. Dann will ich Ihnen mal was sagen. Wenn Sie beide die zwei anderen finden, deren Harleys vor der Sports Bar stehen und damit nach Pahrump zurückfahren, dann wollen wir nicht weiter nachtragend sein.«

»Das ist nicht fair. Er hat da drinnen Fragen …«

»Ich bin vom FBI. Mich interessiert nicht, was fair ist. Also, was ist?«

Nach kurzem Zögern gab der größere Mann seine drohende Haltung auf und begann auf den Wohnwagen zuzugehen. Der kleinere große Mann folgte ihm.

»Wohin wollen Sie?«, fuhr Rachel sie an.

»Wir verziehen uns. Wie Sie gesagt haben.«

»Gut. Und vergessen Sie nicht, Ihre Helme aufzusetzen, meine Herren.«

Ohne sich umzusehen, hob der größere Mann im Gehen einen kräftigen Arm und zeigte uns den Stinkefinger. Der kleinere große Mann sah das und machte das Gleiche.

Rachel sah mich an und sagte: »Hoffentlich haut das hin.«

32

Die Frauen auf dem Rücksitz waren stinksauer, aber Rachel ließ das kalt. Seit jenem Abend damals in Los Angeles war sie – oder sonst jemand – nicht mehr so dicht an Backus herangekommen. Seit jenem Abend, an dem sie ihn rücklings durch die Glasscheibe in das Nichts hatte fallen sehen, das scheinbar jede Spur von ihm verschluckt hatte.

Bis jetzt. Und das Letzte, weshalb sie sich jetzt Gedanken machen würde, waren die Proteste der zwei Prostituierten auf dem Rücksitz von Boschs Auto. Das Einzige, weswegen sie sich Gedanken machte, war ihre Entscheidung, bei Bosch mitzufahren. Inzwischen hatten sie zwei Personen in Gewahrsam und beförderten sie in einem Privatauto. Es war eine Frage der Sicherheit, und sie war nicht sicher, wie sie bei ihrem Zwischenstopp an der Sports Bar verfahren sollten.

»Ich weiß, was wir tun«, sagte Bosch, als er von den drei Bordellen am Ende der Straße losfuhr.

»Ich auch«, sagte Rachel. »Sie bleiben bei den beiden, wenn ich reingehe.«

»Nein, auf keinen Fall. Sie brauchen Verstärkung. Wir haben doch gerade gesehen, dass wir uns nicht trennen sollten.«

»Was schlagen Sie dann vor?«

»Ich mache bei den Türen hinten die Kindersicherung rein. Dann kriegen sie sie nicht auf.«

»Und was soll sie daran hindern, nach vorn zu klettern und dort auszusteigen?«

»Wo sollen sie denn groß hin? Sie haben keine Wahl, habe ich Recht, meine Damen?«

Er sah in den Rückspiegel.

»Leck mich doch«, antwortete die Frau, die Mecca hieß. »Sie können nicht einfach so mit uns umspringen. Wir sind hier nicht diejenigen, die was Strafbares getan haben.«

»Wie ich Ihnen eben erklärt habe, können wir das sehr wohl«, sagte Rachel in genervtem Ton. »Sie sind in einem strafrechtlichen Ermittlungsverfahren als Zeugen in bundespolizeilichen Gewahrsam genommen worden. Sie werden in aller Form vernommen und dann wieder freigelassen.«

»Na, dann tun Sie das lieber gleich. Bringen wir es hinter uns.«

Als Rachel sich den Führerschein der Frau angesehen hatte, hatte sie zu ihrer Überraschung festgestellt, dass sie tatsächlich Mecca hieß. Mecca McIntyre. Was für ein Name.

»Das geht aber nicht, Mecca. Auch das habe ich Ihnen gerade erklärt.«

Bosch fuhr auf den gekiesten Platz vor der Sports Bar. Es standen keine anderen Autos da. Er ließ alle Fenster ein paar Zentimeter nach unten und machte den Motor aus.

»Ich stelle die Alarmanlage an«, sagte er. »Wenn Sie über den Sitz steigen und die Tür öffnen, geht der Alarm los. Dann kommen wir nach draußen und fangen Sie wieder ein. Versuchen Sie es also erst gar nicht. Wir sind gleich wieder zurück.«

Rachel stieg aus und schloss die Tür. Sie probierte wieder ihr Handy, aber es ging immer noch nicht. Sie sah, wie Bosch das Gleiche tat und den Kopf schüttelte. Sie beschloss, das Telefon in der Sports Bar zu beschlagnahmen, falls es dort eines gab, und in der Außenstelle Las Vegas anzurufen, um durchzugeben, was sie herausgefunden hatte. Sie nahm an, Cherie Dei wäre sehr wütend und sehr zufrieden.

»Ach, übrigens«, sagte Bosch, als sie zu der Rampe kamen, die zur Tür des Wohnwagens hinaufführte, »haben Sie ein Ersatzmagazin für Ihre SIG.«

»Klar.«

»Wo? An Ihrem Gürtel?«

»Ja, warum?«

»Nur so. Ich habe vorhin gesehen, wie sich Ihre Hand an Ihrer Jacke verfangen hat.«

»Sie hat sich nicht verfangen. Ich habe nur – worauf wollen Sie hinaus?«

»Nichts. Ich wollte nur sagen, dass ich meine Ersatzmunition immer in meiner Jackentasche hatte. Zur Beschwerung, wissen Sie. Damit die Jacke durch das zusätzliche Gewicht ganz nach hinten und aus dem Weg gezogen wurde, wenn man sie zurückschlagen musste.«

»Danke für den Tipp«, sagte sie neutral. »Aber können wir uns jetzt auf das hier konzentrieren?«

»Sicher, Rachel. Übernehmen Sie jetzt das Kommando?«

»Wenn Sie nichts dagegen haben.«

»Ganz und gar nicht.«

Er folgte ihr die Rampe hinauf. Sie glaubte, im spiegelnden Glas der Wohnwagentür ein Lächeln in seinem Gesicht zu sehen. Sie öffnete die Tür und betätigte damit eine Glocke, die ihre Ankunft ankündigte.

Sie betraten eine kleine, leere Bar. Rechts war ein Billardtisch, der grüne Filz von der Zeit gebleicht und von verschütteten Getränken mit Flecken übersät. Obwohl es ein kleiner Tisch war, war auf dem engen Raum nicht genug Platz um ihn herum. Vermutlich musste man das Queue schon beim ersten Stoß vierzig Grad anwinkeln.

Links von der Tür war eine Bar mit sechs Hockern, drei Borden voller Gläser und dem Gift deiner Wahl dahinter. Es war niemand in der Bar, aber bevor Rachel oder Bosch »Hallo« rufen konnten, teilten sich zwei schwarze Vorhänge links vom Tresen, und ein Mann mit verschlafenen Augen erschien, obwohl es fast Mittag war.

»Kann ich was für Sie tun? ’n bisschen früh, finden Sie nicht?«

Rachel hielt ihm ihre Dienstmarke unter die Nase, worauf er die Augen prompt etwas weiter aufbekam. Sie schätzte ihn auf Anfang sechzig, obwohl sein ungekämmtes Haar und die unrasierten weißen Stoppeln ihre Schätzung möglicherweise verfälschten.

Er nickte, als hätte er gerade eine Art privates Rätsel gelöst.

»Dann sind Sie also seine Schwester, habe ich Recht?«, sagte er.

»Wie bitte?«

»Sie sind doch Toms Schwester, oder nicht? Er hat gesagt, Sie würden kommen.«

»Tom wer?«

»Tom Walling. Wer dachten Sie denn?«

»Wir suchen einen gewissen Tom, der Bordellkunden fährt. Ist das Tom Walling?«

»Klar, was rede ich denn die ganze Zeit. Tom Walling war mein Fahrer. Er hat gesagt, eines Tages könnte seine Schwester hier auftauchen, um nach ihm zu suchen. Davon, dass sie eine FBI-Agentin ist, hat er aber nichts gesagt.«

In dem Bemühen, den Schock zu überspielen, nickte Rachel. Es war nicht unbedingt Überraschung, was sie wie ein Stromschlag durchfuhr. Es waren die Kühnheit und die tiefere Bedeutung, die weitreichenden Dimensionen von Backus' Plan.

»Wie heißen Sie, Sir?«

»Billings Rett. Mir gehört der Laden, und ich bin auch der Bürgermeister hier.«

»Der Bürgermeister von Clear.«

»Richtig.«

Rachel spürte, wie etwas gegen ihren Arm stieß, und als sie den Blick senkte, fiel er auf den Ordner mit den Fotos. Bosch gab ihn ihr, hielt sich aber im Hintergrund. Er schien zu wissen, dass plötzlich etwas anders geworden war. Es schien mehr um sie zu gehen als um McCaleb oder auch Bosch. Sie nahm den Ordner und zog eins der Fotos heraus, die McCaleb von dem Charterkunden gemacht hatte, der sich ihm als Jordan Shandy vorgestellt hatte. Sie zeigte es Billings Rett.

»Ist das der Mann, den Sie als Tom Walling kannten?« Rett sah sich das Foto nur ein paar Sekunden an.

»Das ist er. Einschließlich der Dodgers-Kappe. Wir kriegen hier mit der Satellitenschüssel alle Spiele rein, und Tom war ein absoluter Dodgers-Fan.«

»Er hat einen Wagen für Sie gefahren?«

»Den einzigen Wagen. So groß ist mein Geschäft auch wieder nicht.«

»Und er hat Ihnen gesagt, seine Schwester käme vorbei?«

»Nein, er hat gesagt, sie könnte vorbeikommen. Und er hat mir was gegeben.«

Er drehte sich um und sah auf die Borde hinter der Bar. Er entdeckte, wonach er suchte und fasste zum obersten Bord hoch. Er nahm ein Kuvert herunter und gab es Rachel. Das Kuvert hinterließ im Staub auf dem gläsernen Bord ein Rechteck. Es hatte schon eine Weile dort oben gelegen.

Auf dem Umschlag stand ihr vollständiger Name. Als wollte sie ihn vor Bosch abschirmen, drehte sie den Oberkörper leicht zur Seite und machte sich daran, ihn zu öffnen.

»Rachel«, sagte Bosch. »Sollten Sie ihn nicht zuerst untersuchen?«

»Das erübrigt sich. Ich weiß, er ist von ihm.«

Sie riss den Umschlag auf und zog eine sieben mal zwölf Zentimeter große Karte heraus. Sie las die handschriftliche Nachricht darauf.

Liebe Rachel,
wenn Sie das, wie ich hoffe, als Erste lesen, dann habe ich Sie gut ausgebildet. Ich hoffe, diese Nachricht trifft Sie in guter Gesundheit und Verfassung an. Aber vor allem hoffe ich, es bedeutet, Sie haben Ihre Zurückstufung beim FBI überlebt und sind wieder obenauf. Ich hoffe, er, der nimmt, kann auch zurückgeben. Es stand nie in meiner Absicht, Rachel, Sie in den Ruin zu treiben. Vielmehr beabsichtige ich jetzt mit meiner letzten Handlung, Sie zu retten.

Wiedersehen, Rachel.
R

Sie las die Nachricht rasch noch einmal und reichte sie dann über ihre Schulter Bosch. Während er sie las, machte sie mit Billings Rett weiter.

»Wann hat er Ihnen das gegeben, und was genau hat er gesagt?«

»Das war vor etwa einem Monat, ein paar Tage mehr oder weniger, und es war an dem Tag, als er mir gesagt hat, dass er von hier weggeht. Er hat die Miete gezahlt und gesagt, dass er das Zimmer behalten will, und dann hat er mir den Brief gegeben und gesagt, er ist für seine Schwester und dass sie vielleicht vorbeikommt und sich nach ihm erkundigt. Und da sind Sie.«

»Ich *bin* nicht seine Schwester«, knurrte Rachel. »Wann ist er zum ersten Mal in Clear aufgetaucht?«

»Schwer zu sagen. Vor drei oder vier Jahren.«

»Warum kam er hierher?«

Rett schüttelte den Kopf.

»Da bin ich überfragt. Warum gehen Leute nach New York? Jeder hat seine Gründe. Und er hat mir seinen speziellen Grund nicht mitgeteilt.«

»Wie kam es dazu, dass er als Fahrer für Sie zu arbeiten begann?«

»Er war mal zum Billardspielen hier, und da hab ich ihn gefragt, ob er Arbeit brauchen könnte. Er sagte, er hätte nichts dagegen, und dann ergab eins das andere. Es war kein Vollzeitjob. Nur, wenn wir einen Anruf bekamen, dass sich jemand fahren lassen wollte. Die meisten fahren selbst her.«

»Und damals, vor drei oder vier Jahren, hat er Ihnen gesagt, er heißt Tom Walling?«

»Nein, das hat er mir gesagt, als er den Wohnwagen von mir gemietet hat. Das war erst später.«

»Und wie war das vor einem Monat genau? Sie

sagen, er hätte seine Miete gezahlt und wäre dann weggefahren?«

»Ja, er sagte, er würde wieder zurückkommen, und wollte den Wohnwagen behalten. Er hat bis Ende August bezahlt. Aber er ging auf Reisen, und seitdem habe ich nichts mehr von ihm gehört.«

Im Freien ertönte ein Alarm. Der Mercedes. Rachel wandte sich Bosch zu, aber er war bereits auf dem Weg zur Tür.

»Darum kümmere ich mich«, sagte er.

Er verschwand nach draußen und ließ Rachel mit Rett allein. Sie wandte sich wieder dem Kneipenbesitzer zu.

»Hat Ihnen Tom Walling mal erzählt, woher er kam?«

»Nein, das hat er mir nie gesagt. Er hat überhaupt nicht viel geredet.«

»Und Sie haben ihn auch nie gefragt.«

»Schätzchen, an einem Ort wie dem hier stellt man keine Fragen. Die Leute, die hierher kommen, die beantworten nicht gern Fragen. Tom, er fuhr gern die Kunden und verdiente sich auf diese Weise ein bisschen Geld, und ab und zu kam er hier rein und spielte Billard. Hat nie was getrunken, nur Kaugummi gekaut. Hat nie die Huren blöd angemacht und immer pünktlich seine

Kunden abgeholt. Mir war das alles nur recht. Der Kerl, der jetzt für mich fährt, ist immer …«

»Der Kerl, den Sie jetzt haben, interessiert mich nicht.«

Hinter ihr ertönte die Glocke, und als sie sich umdrehte, sah sie Bosch hereinkommen. Er nickte ihr zum Zeichen, dass alles in Ordnung war, kurz zu.

»Sie haben versucht, die Tür zu öffnen. Die Kindersicherung funktioniert anscheinend nicht.«

Rachel Walling nickte und wandte ihre Aufmerksamkeit wieder Rett zu, dem stolzen Bürgermeister einer Bordellstadt.

»Mr Rett«, sagte sie, »wo ist Tom Wallings Wohnwagen?«

»Seiner ist der schmale auf der Kuppe westlich von hier.«

Als Rett lächelte, kam unten ein abgestorbener Zahn zum Vorschein.

»Er war gern dort draußen. Meinte, bei dem ganzen Trubel hier wäre er lieber etwas ab vom Schuss. Deshalb habe ich ihn da draußen hinter dem Titanic Rock untergebracht.«

»Hinter dem Titanic Rock?«

»Sie werden schon sehen, wenn Sie hinkommen – falls Sie den Film gesehen haben. Einer von diesen klugscheißerischen Kletterfritzen, die hier rauskommen, hat den Namen sogar draufgeschrieben. Er ist nicht zu übersehen. Nehmen Sie einfach die Straße von hier nach Westen, dann können Sie ihn nicht verfehlen. Halten Sie einfach nach dem sinkenden Schiff Ausschau.«

33

Ich war mit den zwei Frauen draußen im Mercedes und ließ die Klimaanlage laufen, um sie abzukühlen. Rachel war noch drinnen und telefonierte mit Cherie Dei, um das Eintreffen der Verstärkung zu koordinieren. Ich vermutete, in Kürze würden Agenten in Hubschraubern vom Himmel fallen und geballt über Clear, Nevada, hereinbrechen. Die Spur war frisch. Sie waren ganz dicht dran.

Ich versuchte mit den Mädchen zu reden – sie als Frauen zu betrachten fiel mir schwer, trotz ihres Berufs und obwohl sie alt genug waren. Wahrscheinlich wussten sie alles, was es über Männer zu wissen gab, aber über die Welt schienen sie nichts zu wissen. In meinen Augen waren sie einfach Mädchen, die auf die schiefe Bahn geraten oder entführt und davon abgehalten worden waren, Frauen zu werden. Ich begann zu verstehen, was Rachel gemeint hatte.

»Ist Tom Walling mal in den Wohnwagen gekommen und hat sich eins der Mädchen genommen?«, fragte ich.

»Nicht, dass ich wüsste«, sagte Tammy.

»Jemand hat gesagt, er wäre vermutlich schwul oder so«, fügte Mecca hinzu.

»Wieso das?«

»Weil er wie ein Einsiedler lebte oder so«, antwortete Mecca. »Und er wollte nie mal ’ne Nummer mit einem der Mädchen schieben, obwohl ihm Tawny eine spendiert hätte wie den anderen Fahrern auch.«

»Gibt es viele Fahrer?«

»Er war der Einzige von hier aus der Gegend«, sagte Tammy rasch. Offenbar passte ihr nicht, dass sich Mecca immer stärker in den Vordergrund spielte. »Die anderen kommen von Las Vegas hoch. Einige von ihnen arbeiten für die Casinos.«

»Wenn es dort unten auch Fahrer gibt, wieso nahm sich dann jemand Tom, wo er doch den ganzen Weg nach Vegas fahren musste, um sie zu holen?«

»Das hat ja auch niemand gemacht«, sagte Mecca.

»Manchmal schon«, korrigierte Tammy sie.

»Na ja, ein paarmal vielleicht. Irgendwelche Trottel. Meistens holten wir aber Tom nur dann, wenn sich jemand herfahren ließ und dann aber eine Weile blieb oder einen von Old Billings’ alten Wohnwägen mietete und dann eine Rückfahrgelegenheit brauchte, weil sein Fahrer längst wieder weg war. Die Fahrer von den Casinos warten nicht allzu lange. Außer vielleicht bei irgendwelchen Typen, die eine Menge Geld in den Casinos lassen, aber andererseits würden die …«

»Ja, was?«

»Die würden wohl kaum nach Clear kommen.«

»In Pahrump haben sie hübschere Mädchen«, sagte Tammy sachlich, als wäre es ausschließlich ein geschäftlicher Nachteil und nichts, was ihr persönlich zu schaffen machte.

»Und es ist nicht so weit entfernt, und die Mädchen sind teurer«, sagte Mecca. »Was wir also hier in Clear kriegen, sind eher die preisbewussten Verbraucher.«

Gesprochen wie eine echte Marketingexpertin. Ich versuchte wieder zum Thema zurückzukommen.

»Größtenteils kam Tom Walling also hier vorbei und fuhr Kunden nach Las Vegas oder wo sie sonst herkamen zurück.«

»Genau.«

»Genau.«

»Und diese Typen – diese Kunden – blieben total anonym. Ihr lasst euch doch hier keine Ausweise zeigen, oder? Die Kunden können sich doch weiß Gott wie nennen, wenn sie hierher kommen.«

»Klar. Einen Ausweis lassen wir sie nur vorlegen, wenn sie aussehen, als wären sie noch nicht einundzwanzig.«

»Genau. Von den Jungen lassen wir uns die Ausweise zeigen.«

Ich begann zu sehen, wie es abgelaufen sein könnte, wie sich Backus unter den Bordellkunden seine Opfer ausgesucht haben könnte. Wenn alles darauf hindeutete, dass sie versucht hatten, ihre Identität geheim zu halten und zu vertuschen, dass sie nach Clear gekommen waren, hatten sie sich unabsichtlich zu perfekten Opfern gemacht. Es passte auch zu den prägenden Kindheitserlebnissen, die seine Mordlust anstachelten. Das Psychogramm in seiner Akte ließ darauf schließen, dass Backus' Störung maßgeblich von der Beziehung zu seinem Vater bestimmt war, einem Mann, der nach außen hin das hehre Image des FBI-Agenten, Helden und guten Menschen hochhielt, während er in Wirklichkeit seine Frau und seinen Sohn in einem Maß missbrauchte, dass Erstere die Flucht ergriff, solange sie noch konnte, während dem Sohn, der ihm nicht hatte entkommen können, kein anderer Ausweg blieb als der Rückzug in eine Welt voller Fantasien, die unter anderem die

Ermordung seines Peinigers zum Gegenstand hatten.

Ich merkte, dass irgendetwas nicht recht ins Bild passen wollte. Lloyd Rockland, das Opfer, das sich ein Auto gemietet hatte. Wie passte er in das Schema, wenn er keinen Fahrer gebraucht hatte?

Ich schlug die Akte auf, die Rachel im Wagen gelassen hatte, und zog das Foto von Rockland heraus. Ich zeigte es den Frauen.

»Dieser Mann, erkennt ihn eine von euch? Er hieß Lloyd.«

»Hieß?«

»Ja, er hieß so. Lloyd Rockland. Er ist tot. Kennt ihr ihn?«

Keine von beiden konnte sich an ihn erinnern. Mir war klar, dass das auch ziemlich unwahrscheinlich gewesen wäre. Rockland war 2002 verschwunden. Ich überlegte, wie er in die Theorie passen könnte.

»Man kriegt bei euch doch auch alkoholische Getränke, oder?«

»Wenn der Kunde das will, kann er welche haben«, sagte Mecca. »Wir haben eine Ausschankgenehmigung.«

»Und was ist, wenn ein Typ den ganzen Weg von Las Vegas hier hochkommt und so viel trinkt, dass er nicht mehr zurückfahren kann?«

»Er kann seinen Rausch ausschlafen«, antwortete sie. »Er kann sich ein Zimmer nehmen, wenn er dafür zahlt.«

»Und wenn er unbedingt nach Las Vegas zurückwill? Oder wenn er zurückmuss?«

»Er kann in der Bar anrufen, damit sich der Bürgermeister darum kümmert. Dann bringt ihn ein Fahrer in seinem Auto nach Las Vegas zurück, und hinterher sieht der Fahrer einfach zu, dass er mit einem der Casinoautos zurückfahren kann oder so. Das klappt eigentlich immer irgendwie.«

Ich nickte. Das passte hervorragend in meine Theorie. Möglicherweise war Rockland betrunken gewesen und hatte sich von einem Fahrer, Backus, zurückbringen lassen. Nur war er nicht nach Las Vegas zurückgefahren worden. Ich würde Rachel bitten müssen, die sterblichen Überreste Rocklands auf einen hohen Alkoholspiegel hin untersuchen zu lassen. Es wäre eine weitere Bestätigung.

»Wie lange sollen wir eigentlich noch hier bleiben, Mister?«, fragte Mecca.

»Keine Ahnung«, sagte ich mit einem Blick auf die Tür des Wohnwagens.

Rachel versuchte, möglichst leise zu sprechen, weil Billings Rett am anderen Ende der Bar war und so tat, als löste er ein Kreuzworträtsel, obwohl sie genau wusste, dass er alles mitzubekommen versuchte, was sie sagte und was aus dem Telefonhörer drang.

»Voraussichtliche Ankunftszeit?«, fragte sie.

»Zwanzig Minuten, bis wir starten, und noch mal zwanzig Minuten, bis wir da sind«, sagte Cherie Dei. »Beherrschen Sie sich also, Rachel.«

»Okay.«

»Und, Rachel, ich kenne Sie. Ich weiß, was Sie tun wollen. Lassen Sie die Finger vom Wohnwagen des Verdächtigen, bis wir mit einem Spezialistenteam reinkönnen. Überlassen Sie das denen.«

Fast hätte Rachel zu Dei gesagt, dass sie sie in Wirklichkeit überhaupt nicht kannte und absolut nichts über sie wusste. Aber sie tat es nicht.

»Okay«, sagte sie stattdessen.

»Was ist mit Bosch?«, fragte Dei als Nächstes.

»Was soll mit ihm sein?«

»Ich möchte nicht, dass er in irgendeiner Weise einbezogen wird.«

»Wie stellen Sie sich das vor? Immerhin hat er diesen Ort gefunden. Das haben wir alles nur ihm zu verdanken.«

»Das ist mir durchaus klar, aber früher oder

später wären auch wir dort gelandet. Das tun wir doch immer. Wir bedanken uns bei ihm, aber danach müssen wir ihn loswerden.«

»Na, dann sagen Sie ihm das mal.«

»Werde ich auch. Soweit also alles klar? Ich muss jetzt nach Nellis.«

»Alles klar. Dann also bis spätestens in einer Stunde.«

»Noch ein Letztes, Rachel. Warum sind Sie eigentlich nicht selbst da hochgefahren?«

»Es war Boschs Idee, er wollte fahren. Wo soll da das Problem sein?«

»Sie haben ihm dadurch die Kontrolle über die Situation überlassen.«

»Hinterher lässt sich immer gut reden. Wir dachten, wir bekämen vielleicht einen Hinweis auf die Vermissten, nicht gleich …«

»Schon gut, Rachel. Das hätte ich mir sparen sollen. Ich muss jetzt los.«

Dei legte auf. Rachel konnte den Hörer nicht aufhängen, weil sie an der Bar stand und der Apparat an der Wand dahinter befestigt war. Sie hielt ihn Rett hin, der seinen Bleistift beiseite legte und zu ihr kam. Er nahm ihr den Hörer aus der Hand und hängte ihn auf.

»Danke, Mr Rett. Etwa in einer Stunde werden hier ein paar Hubschrauber landen. Wahrscheinlich direkt vor diesem Wohnwagen. Agenten werden mit Ihnen reden wollen. Formeller als ich das getan habe. Sie werden wahrscheinlich mit einigen Leuten hier in Ihrer Stadt reden.«

»Schlecht fürs Geschäft.«

»Wahrscheinlich. Aber je schneller die Leute kooperieren, um so schneller sind sie hier fertig und verschwinden wieder.«

Sie sagte nichts von der Meute Journalisten, die wahrscheinlich ebenfalls hier einfallen würden, sobald an die Öffentlichkeit drang, dass sich der Poet die letzten paar Jahre unbemerkt in diesem kleinen Bordellkaff in der Wüste aufgehalten und hier seine jüngsten Opfer rekrutiert hatte.

»Wenn die Agenten nach mir fragen, sagen Sie ihnen, ich bin zu Tom Wallings Wohnwagen gefahren, ja?«

»Das hörte sich ganz so an, als hätte man Ihnen gesagt, Sie sollten *nicht* hinfahren.«

»Mr Rett, sagen Sie ihnen nur, was ich Sie zu sagen gebeten habe.«

»Klar, mache ich.«

»Übrigens, waren Sie mal da draußen, seit er herkam, um Ihnen zu sagen, er müsste eine Weile verreisen?«

»Nein, ich bin nicht dazu gekommen, hinzufahren. Er hat die Miete gezahlt, warum sollte ich also in seinen Sachen rumschnüffeln? Das ist nicht unsere Art hier in Clear.«

Rachel nickte.

»Okay, Mr Rett, vielen Dank für Ihre Hilfe.«

Er zuckte die Achseln, als wolle er zum Ausdruck bringen, er habe keine andere Wahl gehabt oder seine Hilfe sei minimal gewesen. Rachel wandte sich von der Bar ab und ging zur Tür. Doch als sie sie erreichte, zögerte sie. Sie fasste unter ihre Jacke und zog das Ersatzmagazin für ihre SIG von ihrem Gürtel. Sie wog sein Gewicht in der Hand, bevor sie es in die Tasche ihres Blazers steckte. Dann ging sie nach draußen und setzte sich zu Bosch in den Mercedes.

»Und?«, fragte er. »Ist Agent Dei sauer?«

»Nein. Wir haben ihr gerade zum entscheidenden Durchbruch verholfen. Warum sollte sie da sauer sein?«

»Ich weiß auch nicht. Manche Leute haben es so an sich, immer sauer zu sein, egal, wie sehr man ihnen hilft.«

»Wie lange sollen wir eigentlich noch hier sitzen?«, fragte Mecca vom Rücksitz.

Rachel drehte sich zu den zwei Frauen um.

»Wir fahren jetzt zum Westkamm rüber, um uns einen Wohnwagen anzusehen. Sie können mitkommen und im Auto bleiben, oder sie können in die Bar gehen und warten. Es sind weitere Agenten auf dem Weg hierher. Wahrscheinlich reicht es, wenn Sie hier vernommen werden. Dann brauchen Sie nicht nach Vegas mitzukommen.«

»Gott sei Dank«, sagte Mecca. »Ich warte hier.«

»Ich auch«, sagte Tammy.

Bosch ließ sie aussteigen.

»Aber warten Sie auch wirklich hier«, rief ihnen Rachel zu. »Wenn Sie in Ihren Wohnwagen oder sonst wohin gehen, werden Sie nicht weit kommen, und außerdem erreichen Sie damit nur, dass sie richtig sauer werden.«

Sie gaben nicht zu erkennen, ob sie diese Warnung gehört hatten. Rachel beobachtete, wie sie die Rampe hinauf und in die Bar gingen. Bosch stieg wieder ein und legte den Rückwärtsgang ein.

»Wollen Sie das wirklich tun?«, fragte er. »Wenn mich nicht alles täuscht, hat Ihnen Agent Dei gesagt, Sie sollten nichts unternehmen, bis Verstärkung eingetroffen ist.«

»Sie hat auch gesagt, mit als Erstes würde sie Sie wegschicken. Wollen Sie warten, dass sie das tut, oder wollen Sie mitkommen, den Wohnwagen ansehen?«

»Machen Sie sich keine Sorgen, ich komme

mit. Es ist ja nicht meine Karriere, die hier auf dem Spiel steht.«

»Tolle Karriere.«

Wir folgten der unbefestigten Straße, die uns Billings Rett gezeigt hatte, und sie führte vom Westrand der Ansiedlung Clear etwa eine Meile weit einen Abhang hinauf. Danach verlief die Straße eben und krümmte sich um einen rötlich orangefarbenen Felsen, der genauso aussah, wie Rett ihn beschrieben hatte. Er sah aus wie das Heck des großen Passagierschiffs, als es in einem Winkel von sechzig Grad aus dem Wasser ragte und in die Tiefe glitt. Zumindest dem Film zufolge. Der von Rett erwähnte Kletterer war zu der entsprechenden Stelle des Felsens hochgestiegen und hatte mit weißer Farbe »Titanic« darauf gepinselt.

Wir hielten nicht an, um den Felsen oder den Schiffsnamen zu bewundern. Ich fuhr um ihn herum, und wenig später erreichten wir eine freie Stelle, wo ein kleiner Wohnwagen auf Betonblöcken aufgebockt war. Daneben standen ein schrottreifes Auto mit vier platten Reifen und eine Öltonne, die zum Verbrennen von Abfällen verwendet worden war. Auf der anderen Seite waren ein großer Treibstofftank und ein Stromgenerator.

Um keine Tatortspuren zu zerstören, hielt ich

ein Stück vor dem Wohnwagen an und machte den Motor aus. Der Generator lief nicht. Die Stille, die über der Szenerie lag, hatte etwas Ominöses. Ich hatte das Gefühl, ans Ende der Welt gekommen zu sein, an einen Ort der Finsternis. Ich fragte mich, ob Backus seine Opfer hier in seine Gewalt gebracht hatte, ob das für sie das Ende der Welt gewesen war. Wahrscheinlich, nahm ich an. Es war ein Ort, an dem das Böse lauerte.

Rachel brach das Schweigen.

»Und? Sollen wir es uns nur von außen ansehen oder gehen wir rein?«

»Ich warte nur darauf, dass Sie den ersten Schritt tun.«

Sie öffnete die Tür auf ihrer Seite, und dann öffnete ich meine. Wir trafen uns an der Motorhaube des Mercedes. In diesem Moment merkte ich, dass die Fenster des Wohnwagens alle offen waren. Das war nicht, was man erwartete, wenn jemand sein Zuhause für längere Zeit zurückließ. Nach dieser Feststellung kam der Geruch.

»Riechen Sie das?«

Sie nickte. In der Luft lag Tod. Es war viel schlimmer, viel intensiver als in Zzyzx. Instinktiv wusste ich, dass das, was wir hier finden würden, nicht die vergrabenen Geheimnisse des Mörders wären. Diesmal nicht. In diesem Wohnwagen war eine – mindestens eine – Leiche, die Luft und Verwesung ausgesetzt war.

»Mit meiner letzten Handlung«, sagte Rachel.

»Wie bitte?«

»Die Karte. Was er auf der Karte geschrieben hat.«

Ich nickte. Sie dachte an Selbstmord.

»Glauben Sie?«

»Ich weiß nicht. Lassen Sie uns nachsehen.«

Wir gingen langsam los, ohne dass einer von uns noch ein Wort sagte. Der Geruch wurde stärker, und uns war beiden klar, was oder wer tot in diesem Wohnwagen lag, schmorte dort schon lange.

Ich löste mich von Rachels Seite und ging auf eine Reihe von Fenstern links von der Wohnwagentür zu. Seitlich die Augen beschirmend, spähte ich durch das Fliegengitter in das dunkle Innere. Als meine Hände das Fliegengitter berührten, lösten sie im Wohnwagen einen Alarm summender Fliegen aus. Sie prallten bei dem Versuch, nach draußen zu kommen, gegen das Gitter, so, als wären der Anblick und der Geruch dort drinnen selbst ihnen zu viel.

Vor dem Fenster hing zwar kein Vorhang, aber trotzdem konnte ich aus meinem Blickwinkel nicht viel sehen – zumindest keine Leiche oder irgendeinen Hinweis, dass dort eine war. Es sah aus wie eine Sitzecke mit einer Couch und einem Sessel. Es gab einen Tisch mit zwei Stapeln gebundener Bücher darauf. Hinter dem Sessel war ein Bücherregal, die Borde voll mit Büchern.

»Nichts zu sehen«, sagte ich.

Ich trat vom Fenster zurück und schaute an der Seitenwand des Wohnwagens entlang. Ich sah, wie sich Rachels Blick auf die Tür und dann auf den Türgriff heftete. Dann kam mir ein Gedanke, etwas, was mir eigenartig vorkam.

»Rachel, warum hat er die Nachricht für Sie in der Bar hinterlegt?«

»Was?«

»Die Nachricht. Er hat sie in der Bar hinterlegt. Warum dort? Warum nicht hier?«

»Wahrscheinlich wollte er sichergehen, dass ich sie auch wirklich erhalte.«

»Auch wenn er sie nicht in der Sports Bar hinterlegt hätte, wären Sie hier raufgekommen. Sie hätten sie auch hier gefunden.«

Sie schüttelte den Kopf.

»Was wollen Sie damit sagen? Ich verstehe nicht, worauf …«

»Lassen Sie die Finger von der Tür, Rachel. Warten wir lieber.«

»Wieso? Warum?«

»Irgendetwas gefällt mir hier nicht.«

»Sehen Sie doch mal auf der Rückseite nach. Vielleicht gibt es dort ein Fenster, durch das Sie was erkennen können.«

»Okay. Warten Sie hier so lange.«

Sie antwortete mir nicht. Ich ging links um den Wohnwagen herum, stieg über die Anhängerkupplung und wollte gerade auf die hintere Seite gehen. Doch dann blieb ich stehen und ging zu der Mülltonne.

Sie war zu einem Drittel voll mit den verkohlten Resten verbrannter Abfälle. Daneben lag ein Besenstiel, dessen eines Ende verkohlt war. Ich hob ihn vom Boden auf und stocherte damit in der Asche herum, wie es sicher auch Backus gemacht hatte, als das Feuer gebrannt hatte. Er hatte sichergehen wollen, dass alles verbrannte.

Allem Anschein nach waren hauptsächlich Papierkram und Bücher verbrannt worden. Es war nichts dabei, was man erkennen konnte, bis ich auf eine verkohlte und geschmolzene Kreditkarte stieß. Ich konnte zwar nichts darauf erkennen, aber ich nahm an, dass die Spurensicherungsexperten sie einem der Opfer zuordnen könnten. Ich stocherte weiter herum und sah Teile von geschmolzenem schwarzem Plastik. Dann entdeckte ich ein Buch, das außen bis zur Unkenntlichkeit verbrannt war, aber innen noch ein paar zum Teil intakte Seiten hatte. Ich hob es mit den Fingern heraus und öffnete es vorsichtig. Es sah aus wie ein Gedichtband, aber mit Sicherheit ließ sich das nicht sagen, weil alle Seiten teilweise verbrannt waren. Zwischen zwei Seiten fand ich eine halb verbrannte Quittung für das Buch. Am oberen Rand stand »Book Car«, aber der Rest war verbrannt.

»Bosch? Wo sind Sie?«

Es war Rachel. Sie konnte mich nicht sehen. Ich legte das Buch in die Tonne zurück und steckte den Besenstiel ebenfalls hinein. Ich ging auf die Rückseite des Wohnwagens zu. Ich sah ein weiteres offenes Fenster.

»Augenblick.«

Rachel wartete. Sie wurde ungeduldig. Sie lauschte nach dem fernen Geräusch von Hubschraubern, die über die Wüste geflogen kamen. Sobald sie sie hörte, wäre ihre Chance verspielt. Sie würde kaltgestellt, möglicherweise sogar bestraft, weil sie Bosch nicht an die Leine genommen hatte.

Sie blickte wieder auf den Türgriff. Sie dachte an Backus und ob das sein letztes Spiel sein könnte. Waren vier Jahre in der Wüste genug gewesen? Hatte er Terry McCaleb umgebracht und ihr das GPS geschickt, nur um sie schließlich hierher zu lotsen? Sie dachte an die Nachricht, die er ihr hinterlassen hatte, an die Mitteilung, dass er ihr viel beigebracht hatte. In ihr stieg Wut auf, eine Wut, die in ihr den Wunsch weckte, die Tür aufzureißen und …

»Wir haben eine Leiche!«

Es war Bosch, der das von der Rückseite des Wohnwagens rief.

»Was? Wo?«

»Kommen Sie nach hinten. Von hier kann man besser sehen. Da ist ein Bett, und ich sehe eine Leiche. Zwei, drei Tage alt. Das Gesicht kann ich nicht sehen.«

»Okay, sonst noch was?«

Sie wartete. Er sagte nichts mehr. Sie legte die Hand an den Türgriff. Er ließ sich drehen.

»Es ist nicht abgeschlossen.«

»Rachel, nicht aufmachen«, rief Bosch. »Ich glaube … ich glaube, da ist Gas. Ich rieche noch etwas, nicht nur die Leiche. Etwas außer dem Eindeutigen. Etwas, was davon überdeckt wird.«

Rachel zögerte, doch dann drehte sie den Knauf bis zum Anschlag und öffnete die Tür ein paar Zentimeter.

Nichts geschah.

Langsam zog sie die Tür ganz auf. Nichts passierte. Fliegen sahen die Öffnung und summten an ihr vorbei ans Licht. Sie wedelte sie von ihren Augen fort.

»Bosch, ich gehe rein.«

Sie stieg in den Wohnwagen. Mehr Fliegen. Sie waren überall. Dann traf sie der Geruch mit voller Wucht, drang in sie ein, schnürte ihr den Magen zusammen.

Nach der Helligkeit im Freien gewöhnten sich ihre Augen an das Dämmerlicht, und sie sah die Fotos. Sie waren auf Tischen gestapelt und mit Klebstreifen an den Wänden und am Kühlschrank befestigt. Fotos der Opfer, lebendig und tot, weinend, flehend, jämmerlich. Der Tisch in der Wohnwagenküche war zu einem Arbeitsplatz umfunktioniert worden. Da waren ein Laptop, der an einen Drucker neben dem Tisch angeschlossen war, und drei einzelne Packen Fotos. Sie griff nach dem dicksten Packen und begann die Fotos durchzusehen. Wieder erkannte sie in einigen der Männer die Vermissten, deren Fotos sie nach Clear mitgenommen hatte. Aber es waren keine Familienfotos, wie sie sie dabeihatte. Es waren Aufnahmen von einem Mörder und seinen Opfern. Männer, deren Augen flehentlich in die Kamera blickten und um Vergebung und Gnade baten. Rachel stellte fest, dass alle Fotos mit nach unten gerichtetem Aufnahmewinkel gemacht worden waren, mit dem Fotografen – Backus – in der überlegenen Position, aus der er auf seine Opfer hinabblickte, während diese hofften und um ihr Leben flehten.

Als sie die Fotos nicht mehr länger ansehen konnte, legte sie sie zurück und griff nach dem zweiten Packen. Dieser bestand aus weniger Fotos, und auf den meisten davon waren eine Frau und zwei Kinder in einem Einkaufszentrum zu sehen. Sie legte sie zurück und wollte gerade die Kamera wegnehmen, die den dritten Packen Fotos beschwerte, als Bosch in den Wohnwagen kam.

»Rachel, was machen wir jetzt?«

»Keine Sorge. Wir haben noch fünf, vielleicht sogar zehn Minuten. Sobald wir die Hubschrauber hören, verschwinden wir hier und lassen die Spurensicherung übernehmen. Ich will nur sehen, ob …«

»Damit habe ich nicht gemeint, wie wir den anderen Agenten zuvorkommen. Mir gefällt das Ganze hier nicht – dass er die Tür offen gelassen hat. Irgendetwas stimmt …«

Er verstummte, als sein Blick auf die Fotos fiel.

Sie wandte sich wieder dem Tisch zu und nahm die Kamera von dem letzten Packen Fotos. Sie blickte auf eine Aufnahme von sich selbst hinab.

Es dauerte einen Moment, bis sie das Foto einordnen konnte, doch dann wurde ihr klar, wo es aufgenommen worden war.

»Er war die ganze Zeit in meiner Nähe«, sagte sie.

»Wie meinen Sie das?«, fragte Bosch.

»Das hier hat er am O'Hare von mir gemacht. Als ich auf meinen Anschlussflug wartete. Backus war auch dort und hat mich beobachtet.«

Sie blätterte die Fotos rasch durch. Es waren sechs, alle an dem Tag aufgenommen, an dem sie nach Las Vegas geflogen war. Auf der letzten Aufnahme war sie mit Cherie Dei zu sehen, wie sie sich an der Gepäckausgabe begrüßten, Cherie Dei noch mit dem Schild in der Hand, auf dem BOB BACKUS stand.

»Er hat mich die ganze Zeit beobachtet.«

»Wie er auch Terry McCaleb beobachtet hat.«

Bosch beugte sich zum Drucker hinab und hob mit jeweils einem Finger jeder Hand das Foto, das darin steckte, so an den Kanten heraus, dass er keinen Fingerabdruck darauf hinterließ. Anscheinend war es das letzte Bild, das Backus hier ausgedruckt hatte. Es zeigte die Vorderseite eines zweigeschossigen Hauses, das keinerlei auffällige Merkmale aufwies. Davor war ein Kombiwagen. An der Fahrertür stand ein alter Mann, der einen Schlüsselbund ansah, als suchte er nach dem Schlüssel zum Aufschließen des Autos.

Bosch hielt das Foto Rachel hin.

»Wer ist das?«

Sie studierte es eine Weile.

»Keine Ahnung.«

»Das Haus?«

»Nie gesehen.«

Vorsichtig legte Bosch das Foto in das Ausgabefach des Druckers zurück, damit es die Spurensicherung an seinem ursprünglichen Platz fände.

Rachel ging hinter ihm vorbei in einen Gang und auf die geschlossene Tür an seinem Ende zu. Bevor sie sie erreichte, trat sie durch die offene Tür eines Bads. Bis auf die toten Fliegen, die alle Oberflächen bedeckten, war es sauber. In der Badewanne waren wie in einem Bett zwei Kissen und eine Decke ausgebreitet. Sie erinnerte sich an die Hintergrundinformationen, die über Backus gesammelt worden waren, und spürte, wie sich in ihrer Brust physischer Ekel ausbreitete.

Sie verließ das Bad und ging zu der geschlossenen Tür am Ende des Flurs.

»Ist das, wo Sie die Leiche gesehen haben?«, fragte sie.

Bosch drehte sich um und beobachtete, wie sie sich der Tür näherte.

»Rachel …«

Rachel blieb stehen. Sie drehte den Knauf und zog die Tür auf. Ich hörte ein eigenartiges metallisches Klicken, das ich nicht mit dem Geräusch irgendeines Türschlosses in Verbindung brachte. Rachel verharrte mitten in der Bewegung.

»Harry?«

Ich begann auf sie zuzugehen.

»Was ist?«

»Harry!«

Sie drehte sich in der Enge des holzvertäfelten Flurs zu mir um. Ich schaute an ihrem Gesicht vorbei und sah die Leiche auf dem Bett. Ein auf dem Rücken liegender Mann, der einen schwarzen Cowboyhut über sein Gesicht gezogen hatte. In seiner rechten Hand eine Pistole. Links oben in seiner Brust eine Schusswunde.

Fliegen summten um uns herum. Ich hörte ein lautes Zischen und schob mich weiter an Rachel vorbei und sah die Lunte auf dem Boden. Sie bestand aus mehreren miteinander verbundenen Drähten, die chemisch so behandelt waren, dass sie überall brannten, sogar unter Wasser.

Die Lunte brannte schnell. Wir konnten sie nicht löschen. Gut ein Meter davon schlängelte sie sich über den Boden, dann verschwand sie unter dem Bett. Rachel bückte sich, um daran zu ziehen.

»Nein, nicht! Das könnte die Explosion sofort auslösen. Es gibt nichts, was … schnell raus hier!«

»Nein! Wir dürfen diesen Tatort nicht verlieren! Wir müssen …«

»Rachel, keine Zeit! Schnell! Raus! Sofort!«

Ich schob sie den Flur hinunter und blockte jegliche Rückkehrversuche ihrerseits mit meinem Körper ab. Den Blick auf die Gestalt auf dem Bett geheftet, begann ich rückwärts zu gehen. Als ich dachte, Rachel hätte aufgegeben, drehte ich mich um, und darauf hatte sie gewartet. Sie zwängte sich an mir vorbei.

»Wir brauchen DNS!«, schrie sie.

Sie rannte in den Raum, sprang aufs Bett und riss dem Toten den Hut vom Kopf, sodass darunter ein Gesicht, grau und entstellt vor Verwesung, zum Vorschein kam. Dann richtete sie sich wieder auf und kam zur Tür zurück.

Trotz der Dramatik der Situation bewunderte ich ihre Geistesgegenwart und was sie gerade getan hatte. Das Schweißband des Huts enthielt mit ziemlicher Sicherheit Hautzellen mit der DNS des Toten. Sie trug den Hut an mir vorbei und rannte dann in Richtung Tür los. Ich sah, dass der brennende Bereich der Lunte unter dem Bett verschwand. Ich lief Rachel hinterher.

»War er es?«, rief sie über ihre Schulter.

Ich wusste, was sie meinte. War die Leiche auf dem Bett der Mann, der auf Terry McCalebs Boot aufgetaucht war? War es Backus?

»Keine Ahnung. *Los jetzt! Schnell! Schnell!*«

Ich erreichte die Tür zwei Sekunden nach Rachel. Sie war bereits draußen und stürmte vom Wohnwagen fort, auf den Titanic Rock zu. Ich folgte ihr. Ich hatte vielleicht fünf Schritte gemacht, als hinter mir die Explosion durch die Luft fetzte. Ich wurde von der vollen Wucht der ohrenbetäubenden Druckwelle erfasst und bäuchlings zu Boden geschleudert. Bei der Grundausbildung hatte ich gelernt, in Embryohaltung über den Boden zu rollen, und auf diese Weise konnte ich mir ein paar zusätzliche Meter Distanz zu der Explosion verschaffen.

Der Zeitablauf wurde unzusammenhängend und verlangsamt. Eben war ich noch gerannt. Im nächsten Moment war ich plötzlich, die Augen offen, auf allen vieren und versuchte, den Kopf zu heben. Etwas verdeckte vorübergehend die Sonne, und es gelang mir, nach oben zu blicken und zehn Meter über mir das Gehäuse des Wohnwagens zu sehen. Seitenwände und Dach intakt. Er schien zu schweben und fast dort oben zu hängen. Dann kam er zehn Meter von mir entfernt nach unten geflogen, seine splitternden Aluminiumwände rasiermesserscharf. Als er auf dem Boden aufschlug, entstand ein Geräusch wie bei einer Massenkarambolage.

Ich suchte den Himmel nach weiterem Ausfall ab und stellte fest, dass ich nichts mehr zu befürchten hatte. Ich sah zu der Stelle, wo der Wohnwagen ursprünglich gestanden hatte. Dort stiegen jetzt hohe Flammen und dichter schwarzer Rauch in den Himmel. Sonst war nichts zu erkennen. Die Explosion und das Feuer hatten alles zerstört. Das Bett und der Mann darauf waren verschwunden. Backus hatte seinen Abgang perfekt geplant.

Ich richtete mich auf, fühlte mich aber noch wacklig auf den Beinen, weil sich meine Trommelfelle noch nicht erholt hatten und mein Gleichgewichtssinn gestört war. Für mich hörte es sich an, als ginge ich durch einen Tunnel, in dem auf beiden Seiten Züge an mir vorbeibrausten. Ich wollte die Hände auf die Ohren legen, aber ich wusste, das würde nichts helfen. Der Lärm hallte von innen nach.

Vor der Explosion war Rachel nur ein, zwei Meter von mir entfernt gewesen, aber jetzt konnte ich sie nicht mehr sehen. Ich wankte im Rauch herum und dachte bereits, sie könnte unter der Hülle des Wohnwagens liegen.

Aber dann fand ich sie links von den Überresten des Wohnwagens. Sie lag immer noch auf dem steinigen Boden. Neben ihr, wie ein Todesmal, der schwarze Hut. Ich bewegte mich, so schnell ich konnte, auf sie zu.

»Rachel?«

Ich ließ mich auf alle viere nieder und untersuchte sie zunächst, ohne sie zu berühren. Sie lag mit dem Gesicht nach unten, und ihr Haar war nach vorn gefallen, sodass ich ihre Augen nicht sehen konnte. Als ich ihr mit der Hand behutsam das Haar zurückstrich, musste ich unwillkürlich an meine Tochter denken. Gleichzeitig bemerkte ich das Blut auf meinem Handrücken, und mir wurde zum ersten Mal bewusst, dass ich anscheinend leicht verletzt war. Ich beschloss, mir darüber später Gedanken zu machen.

»Rachel?«

Ich konnte nicht feststellen, ob sie atmete oder nicht. Es schien, als unterlägen auch meine Sinne der Dominotheorie. Nachdem, zumindest vorübergehend, mein Gehör außer Betrieb gesetzt war, klappte auch die Koordination der anderen Sinne nicht mehr. Ich tätschelte Rachels Wange.

»Los, Rachel, aufwachen.«

Weil ich fürchtete, sie könnte nicht erkennbare Verletzungen erlitten haben, die sich verschlimmerten, wenn ich sie bewegte, wollte ich sie zunächst nicht herumdrehen. Ich tätschelte noch einmal ihre Wange, diesmal fester. Dann legte ich, in der Hoffnung, wie bei meiner Tochter das Heben und Sinken des Atems spüren zu können, meine Hand auf ihren Rücken.

Nichts. Ich legte mein Ohr auf ihren Rücken, was angesichts meines Zustands absurd war. Es war nur der Instinkt, der hier der Logik vorauseilte. Ich dachte, ich hätte keine Wahl und müsste sie herumdrehen, doch dann sah ich, wie die Finger ihrer rechten Hand zu zucken begannen und eine Faust bildeten.

Plötzlich hob Rachel den Kopf vom Boden und stöhnte – so laut, dass ich es hören konnte.

»Rachel, alles in Ordnung?«

»Ich – ich … im Wohnwagen sind Beweismittel. Die brauchen wir.«

»Rachel, es gibt keinen Wohnwagen mehr. Er ist weg.«

Sie drehte sich mühsam auf die Seite und setzte sich auf. Beim Anblick der brennenden Überreste des Wohnwagens bekam sie große Augen. Ich konnte erkennen, dass sie geweitete Pupillen hatte. Sie hatte eine Gehirnerschütterung.

»Was haben Sie gemacht?«, fragte sie vorwurfsvoll.

»Das war nicht ich. Der Wohnwagen war verdrahtet. Sobald Sie die Schlafzimmertür geöffnet haben …«

»Oh.«

Sie drehte den Kopf hin und her, als hätte sie einen steifen Nacken. Dann sah sie den schwarzen Cowboyhut neben sich auf dem Boden liegen.

»Was ist das?«

»Sein Hut. Sie haben ihn mit nach draußen genommen.«

»DNS?«

»Hoffentlich. Obwohl ich nicht sicher bin, was uns das bringen soll.«

Sie schaute zu der Stelle zurück, wo der Wohnwagen gestanden hatte. Wir waren zu nah an den Flammen. Ich konnte die Hitze des Feuers spüren. Aber ich war immer noch nicht sicher, ob es gut war, wenn sie sich bewegte.

»Rachel, legen Sie sich lieber wieder hin. Ich glaube, Sie haben eine Gehirnerschütterung. Vielleicht haben Sie auch noch andere Verletzungen.«

»Ja, das ist wahrscheinlich eine gute Idee.«

Sie legte den Kopf wieder auf den Boden und blickte einfach in den Himmel hinauf. Ich fand, das war keine schlechte Haltung, und machte das

Gleiche. Es war, als lägen wir am Strand oder etwas in der Art. Wäre es Nacht gewesen, hätten wir die Sterne zählen können.

Bevor ich sie hören konnte, spürte ich das Nahen der Hubschrauber. Ein tiefes Beben in meiner Brust ließ mich zum südlichen Himmel schauen, und ich sah die zwei Air-Force-Hubschrauber über den Titanic Rock kommen. Ich hob schwach einen Arm und winkte sie ein.

34

»Was zum Teufel ist da draußen passiert?«

Special Agent Randal Alperts Gesicht war starr und fast violett. Er hatte im Hangar von Nellis auf sie gewartet, als der Hubschrauber landete. Anscheinend hatte ihm sein politischer Instinkt geraten, nicht selbst an den Tatort zu kommen. Er musste sich um jeden Preis die Möglichkeit offen halten, sich von dem Rückschlag zu distanzieren, den die Explosion in der Wüste bedeutete und der möglicherweise bis Washington reichen würde.

Rachel Walling und Cherie Dei standen in dem riesigen Hangar und machten sich auf das Schlimmste gefasst. Rachel beantwortete Alperts Frage erst gar nicht, weil sie dachte, es wäre nur der Anfang einer Standpauke. Sie reagierte langsam, denn sie war von der Explosion immer noch leicht benebelt.

»Agent Walling, ich habe Sie was gefragt!«

»Er hatte den Wohnwagen verdrahtet«, sagte Cherie Dei. »Er wusste, sie …«

»Ich habe Agent Walling gefragt, nicht Sie«,

knurrte Alpert. »Ich möchte, dass sie mir genau erklärt, warum sie sich nicht an ihre Anweisungen gehalten hat und wie es zu diesem unglaublichen Pfusch kommen konnte.«

Rachel hob mit nach außen gekehrten Handflächen die Arme, als wollte sie sagen, sie habe unter keinen Umständen verhindern können, was da draußen in der Wüste passiert sei.

»Wir wollten auf Verstärkung warten«, sagte sie. »Wie Agent Dei angeordnet hat. Wir waren an der Peripherie der Stelle, und dann stellten wir fest, es roch, als wäre in dem Wohnwagen eine Leiche, und dann dachten wir, vielleicht ist ja auch jemand drin, der noch am Leben ist. Ein Verletzter.«

»Und wie sind Sie auf diese Idee gekommen? Bloß weil Sie eine Leiche gerochen haben?«

»Bosch glaubte, etwas gehört zu haben.«

»Ach, so ist das also, die alte Hilferufmasche.«

»Nein, er hat wirklich etwas gehört. Aber wahrscheinlich war es nur der Wind. Er kann in der Wüste ganz schön stark werden. Die Fenster waren offen. Er muss im Wohnwagen ein Geräusch erzeugt haben, das er gehört hat.«

»Und Sie? Haben Sie es gehört?«

»Nein. Ich nicht.«

Alpert sah Dei an und dann wieder Rachel. Sie

konnte spüren, wie sich sein Blick durch sie hindurchbrannte. Aber sie wusste, es war eine gute Geschichte, und sie würde nicht blinzeln. Sie und Bosch hatten sie sich zurechtgelegt. Bosch konnte Alpert nichts anhaben. Und wenn sie auf einen Eindruck Boschs hin reagiert hatte, war auch ihr kein Vorwurf zu machen. Alpert konnte zwar toben und schimpfen, aber mehr nicht.

»Wissen Sie, was das Problem mit Ihrer Geschichte ist? Ihr erstes Wort. Wir. Sie sagten *wir*. Es gab kein Wir. Sie erhielten den Auftrag, Bosch im Auge zu behalten. *Nicht* bei den Ermittlungen gemeinsame Sache mit ihm zu machen. Nicht in sein Auto zu steigen und mit ihm da raufzufahren. Nicht gemeinsam Zeugen zu vernehmen und *gemeinsam* diesen Wohnwagen zu betreten.«

»Das ist mir durchaus klar, aber unter den gegebenen Umständen fand ich, es sei im besten Interesse der Ermittlungen, unsere Kenntnisse und unsere Mittel zusammenzuwerfen. Und ganz ehrlich gesagt, Agent Alpert, es war Bosch, der diesen Ort gefunden hat. Wenn er nicht gewesen wäre, hätten wir nicht, was wir jetzt haben.«

»Machen Sie sich doch nichts vor, Agent Walling. Wir hätten diesen Ort auch gefunden.«

»Das weiß ich. Aber die Schnelligkeit hat eine Rolle gespielt. Das haben Sie nach der Einsatzbesprechung heute Morgen selbst gesagt. Der Direktor wollte vor die Kameras treten. Ich wollte die Ermittlungen beschleunigen, damit er so viele Informationen wie möglich vorliegen hätte.«

»Na schön, lassen wir das jetzt. Im Moment wissen wir nicht, was wir haben. Er hat die Pressekonferenz auf morgen Mittag verschoben und uns bis dahin Zeit gegeben, herauszufinden, womit wir es dort draußen zu tun haben.«

Cherie Dei räusperte sich und riskierte eine erneute Einmischung.

»Das ist vollkommen unmöglich«, sagte sie. »Es ist alles massiv verkokelt. Sie verwenden mehrere Beutel, um es wegzuschaffen. Identifizierung und Todesursache werden Wochen dauern, falls Identifizierung und Todesursache überhaupt möglich sind. Aber zum Glück scheint es Agent Walling gelungen zu sein, eine DNS-Probe der Leiche zu erhalten, was die Sache beschleunigen dürfte. Andererseits haben wir keine Spuren für einen Vergleich. Wir …«

»Vielleicht haben Sie mir vor zehn Sekunden nicht zugehört«, sagte Alpert, »aber wir haben nicht wochenlang Zeit. Wir haben nicht einmal vierundzwanzig Stunden.«

Er wandte sich von den beiden Frauen ab und legte die Hände auf die Hüften, als wollte er mit dieser Pose die Last zeigen, die auf ihm lag, dem einzigen intelligenten und gewieften Agenten, den es auf dem Planeten noch gab.

»Dann fahren wir doch noch mal da rauf«, sagte Rachel. »Vielleicht finden wir ja in den Trümmern noch etwas, was …«

»Nein!«, brüllte Alpert.

Er wirbelte wieder zu ihnen herum.

»Das ist nicht nötig, Agent Walling. Sie haben genug getan.«

»Ich kenne Backus, und ich kenne den Fall. Ich sollte dort draußen sein.«

»Wer dort draußen sein sollte und wer nicht, entscheide ich. Ich will, dass Sie in die Außenstelle zurückkehren und mit der Schreibarbeit zu diesem Fiasko anfangen. Ich will den Bericht morgen acht Uhr auf meinem Tisch haben. Ich möchte eine genaue Aufstellung von allem, was Sie in diesem Wohnwagen gesehen haben.«

Er wartete, ob sie gegen diese Anweisung Einspruch erheben würde. Rachel blieb still, und das schien ihn zu freuen.

»Und jetzt habe ich natürlich die Medien am Hals. Was rücken wir heraus, ohne zu viel zu verraten und ohne dem Direktor morgen vorzugreifen?«

Dei zuckte die Achseln.

»Nichts. Sagen Sie ihnen, der Direktor wird morgen alles bekannt geben, basta.«

»Damit kommen wir nicht durch. Irgendetwas müssen wir ihnen geben.«

»Geben Sie ihnen auf keinen Fall Backus«, sagte Rachel. »Sagen Sie ihnen, Agenten wollten mit einem gewissen Thomas Walling über einen Vermisstenfall sprechen. Walling hätte jedoch seinen Wohnwagen verdrahtet, und dieser wäre explodiert, als ihn die Agenten betraten.«

Alpert nickte. Das hörte sich gut für ihn an.

»Und was ist mit Bosch?«

»Ihn würde ich aus allem heraushalten. Gegen ihn haben wir keinerlei Handhabe. Wenn sich ein Journalist an ihn heranmacht, erzählt er vielleicht alles.«

»Und die Leiche. Sagen wir, es ist Walling?«

»Wir sagen, wir wissen es nicht, was ja auch zutrifft. Identifizierung erfolgt in Bälde und so weiter und so fort. Das müsste genügen.«

»Wenn die Journalisten zu den Bordellen rausfahren, bekommen sie alles raus.«

»Nein, auf keinen Fall. Wir haben niemandem die ganze Geschichte erzählt.«

»Übrigens, was ist eigentlich aus Bosch geworden?«

Das beantwortete Dei.

»Ich habe seine Aussage zu Protokoll genommen und ihn entlassen. Als ich ihn zuletzt sah, ist er nach Las Vegas zurückgefahren.«

»Wird er den Mund halten?«

Dei sah Rachel an und dann wieder Alpert.

»Sagen wir es mal so: Er ist nicht darauf aus, mit irgendjemandem darüber zu sprechen. Und solange wir seinen Namen aus dem Spiel lassen, besteht auch kein Grund, weshalb jemand nach ihm suchen sollte.«

Alpert nickte. Er steckte eine Hand in eine seiner Taschen und zog sie mit einem Handy wieder heraus.

»Wenn wir hier fertig sind, muss ich mit Washington telefonieren. Frage an Ihren Instinkt: War das Backus in dem Wohnwagen?«

Rachel zögerte. Sie wollte nicht als Erste antworten.

»Zu diesem Zeitpunkt lässt sich das noch nicht sagen«, antwortete Dei. »Wenn Sie wissen wollen, ob Sie dem Direktor sagen sollen, dass wir ihn haben, lautet meine Antwort im Moment: nein, sagen Sie das dem Direktor nicht. Der Tote im Wohnwagen könnte weiß Gott wer gewesen sein. Unserem gegenwärtigen Wissensstand nach war es ein elftes Opfer, und möglicherweise bekommen wir nie heraus, wer es war. Wahrscheinlich nur irgendein Bordellbesucher, den Backus in seine Gewalt brachte.«

Alpert sah Rachel an, um ihre Einschätzung zu hören.

»Die Lunte«, sagte sie.

»Was ist damit?«

»Sie war lang. Es war, als hätte er gewollt, dass ich die Leiche zwar sähe, aber nicht zu nahe an sie herankäme. Aber er wollte auch, dass ich rechtzeitig wieder aus dem Wohnwagen herauskäme.«

»Und?«

»Der Tote hatte einen schwarzen Cowboyhut auf dem Kopf. Ich erinnere mich, dass in meiner Maschine von Rapid City ein Mann mit einem schwarzen Cowboyhut war.«

»Ich bitte Sie, Sie kamen aus South Dakota. Tragen dort nicht alle Cowboyhüte?«

»Aber er war dabei, mit mir. Ich glaube, es war alles sorgfältig geplant. Die Nachricht in der Bar, die lange Lunte, die Fotos im Wohnwagen, der schwarze Hut. Er wollte, dass ich rechtzeitig wieder nach draußen käme, um aller Welt zu verkünden, dass er tot ist.«

Alpert sagte nichts. Er schaute auf das Mobiltelefon in seiner Hand.

»Es gibt noch zu viel, was wir nicht wissen, Randal«, schaltete sich Dei an dieser Stelle ein.

Alpert steckte das Handy wieder in seine Tasche zurück.

»Na schön. Agent Dei, ist Ihr Wagen hier?«

»Ja.«

»Dann bringen Sie Agent Walling jetzt in die Außenstelle.«

Sie waren entlassen, aber nicht ohne dass Alpert vorher Rachel noch mit schiefer Miene ansah.

»Nicht vergessen, Agent Walling, um acht auf meinem Schreibtisch.«

»Ich weiß«, sagte Rachel.

35

Auf mein Klopfen kam Eleanor an die Tür, und das überraschte mich. Sie trat zurück, um mich hereinzulassen.

»Du brauchst mich gar nicht so anzusehen, Harry«, sagte sie. »Anscheinend denkst du, dass ich nie zu Hause bin und jeden Abend arbeite und sie bei Marisol lasse. So ist es aber nicht. In der Regel arbeite ich drei, vier Nächte die Woche, mehr nicht.«

Ich hob kapitulierend die Hände, und sie sah den Verband um meine rechte Handfläche. »Was hast du denn da gemacht?«

»An einem Stück Metall geschnitten.«

»Was für einem Metall?«

»Das ist eine lange Geschichte.«

»Diese Geschichte heute oben in der Wüste?«

Ich nickte.

»Hätte ich mir eigentlich denken können. Tut dir das beim Saxofonspielen weh?«

Da ich seit meiner Pensionierung jede Menge Zeit hatte, hatte ich im Jahr zuvor begonnen, bei einem alten Jazzer, den ich bei einem Ermittlungsverfahren kennen gelernt hatte, Unterricht zu nehmen. Eines Abends, in einer Phase, als Eleanor und ich gerade gut miteinander auskamen, hatte ich mein Instrument mitgenommen und ihr ein Stück mit dem Titel »Lullaby« vorgespielt. Es hatte ihr gefallen.

»Ich habe sowieso schon länger nicht mehr gespielt.«

»Wieso?«

Ich wollte ihr nicht erzählen, dass mein Lehrer gestorben war und die Musik schon eine Weile keine Rolle mehr in meinem Leben spielte.

»Mein Lehrer wollte, dass ich von Alt- auf Tenorsaxofon umsteige – und das war mir einfach zu schwer.«

Sie lächelte über den faulen Witz, und wir beließen es dabei.

Ich war ihr durch das Haus in die Küche gefolgt, wo der Esstisch ein filzbezogener Pokertisch war – mit Cornflakes-Milchflecken von Maddie darauf. Eleanor hatte zu Übungszwecken sechs Blatt aufgedeckt. Sie setzte sich und begann, die Karten einzusammeln.

»Lass dich von mir nicht aufhalten«, sagte ich. »Ich bin nur hergekommen, um zu sehen, ob ich vielleicht Maddie ins Bett bringen kann. Wo ist sie?«

»Marisol badet sie gerade. Aber eigentlich wollte ich sie heute Abend ins Bett bringen. Ich habe die letzten drei Abende gearbeitet.«

»Ach so, klar, kein Problem. Dann sage ich ihr nur kurz Hallo. Und Wiedersehen. Ich fahre heute Abend zurück.«

»Ach, dann mach du es doch. Ich habe ein neues Buch zum Vorlesen. Es liegt auf der Arbeitsplatte.«

»Nein, Eleanor, ich möchte, dass du das machst. Ich würde sie nur gern noch sehen, weil ich nicht weiß, wann ich wieder herkomme.«

»Arbeitest du immer noch an einem Fall?«

»Nein, damit ist seit heute gewissermaßen Schluss.«

»In den Nachrichten haben sie nicht allzu viel darüber gebracht. Worum geht es dabei?«

»Das ist eine lange Geschichte.«

Mir war nicht danach, sie noch einmal zu erzählen. Ich ging zur Arbeitsplatte, um mir das Buch anzusehen, das sie gekauft hatte. Es hieß *Billy's Big Day*, und auf dem Einband war ein Affe bei einer olympischen Siegerehrung zu sehen. Er stand auf dem Podest ganz oben und bekam eine Goldmedaille umgehängt. Silber hatte ein Löwe bekommen, Bronze ein Elefant.

»Wirst du wieder bei der Polizei anfangen?«

Ich wollte gerade das Buch aufschlagen, aber ich legte es wieder hin und sah Eleanor an.

»Ich bin noch dabei, es mir zu überlegen, aber wie es aussieht, ja.«

Sie nickte, als wäre die Sache bereits klar.

»Ist dir noch etwas zu diesem Thema eingefallen?«

»Nein, Harry, ich möchte nur, dass du tust, was du willst.«

Ich fragte mich, woran es lag, dass man es immer mit Argwohn und Misstrauen aufnimmt, wenn einem jemand das sagt, was man von ihm hören will. Wollte Eleanor wirklich, dass ich tat, was ich tun wollte? Oder wollte sie mein Vorhaben nur untergraben, indem sie das sagte?

Bevor ich etwas sagen konnte, kam meine Tochter in die Küche und nahm Habt-Acht-Stellung ein. Sie trug einen blau und orange gestreiften Pyjama, und ihr dunkles Haar war nass und nach hinten gekämmt.

»Ein kleines Mädchen meldet sich zur Stelle«, sagte sie.

Eleanor und ich mussten beide lächeln und breiteten gleichzeitig die Arme aus. Maddie ging zuerst zu ihrer Mutter, was in Ordnung war für mich. Aber ein wenig war es so, wie wenn man jemandem die Hand schütteln will, und der Betreffende sie nicht sieht oder einfach übersieht. Ich ließ die Arme sinken, aber wenige Augenblicke später kam mir Eleanor zu Hilfe.

»Und jetzt kommt Daddy dran.«

Maddie kam zu mir, und ich schloss sie in die Arme und hob sie hoch. Sie wog weniger als zwanzig Kilo. Es ist etwas Erstaunliches, in der Lage zu sein, alles, was einem wichtig ist, in einem Arm zu halten. Sie ließ ihren nassen Kopf gegen meine Brust sinken, und es machte mir nichts, dass sie mein Hemd nass machte. Das störte mich überhaupt nicht.

»Wie geht's dir, mein Schatz?«

»Gut. Ich habe heute ein Bild von dir gemalt.«

»Tatsächlich? Darf ich es sehen?«

»Lass mich runter.«

Das tat ich, und sie rannte aus der Küche. Ihre bloßen Füße klatschten auf die Steinfliesen, als sie ins Spielzimmer lief. Ich sah Eleanor an und lächelte. Wir kannten beide das Geheimnis. Ganz gleich, was wir füreinander übrig hatten oder nicht, würden wir immer Madeline haben, und das war möglicherweise genug.

Das Laufen kleiner Füße wurde wieder hörbar, und kurz darauf kam sie, ein Blatt Papier wie einen Drachen hinter sich herziehend, in die Küche zurück. Ich nahm es ihr aus der Hand und betrachtete es. Es war ein Mann mit Schnurrbart und dunklen Augen darauf. Er hatte die Hände ausgestreckt, und in einer hielt er eine Pistole. Ihm gegenüber war eine andere Gestalt. Dieser Mann war in Rot- und Orangetönen gezeichnet, und zum Zeichen dafür, dass er der Böse war, bildeten seine Augenbrauen ein finsteres schwarzes V.

Ich ging in die Knie, um mir die Zeichnung zusammen mit ihr anzusehen.

»Bin das ich mit der Pistole?«

»Ja, weil du Polizist warst.«

Ich nickte.

»Und wer ist der Böse da?«

Mit einem winzigen Finger zeigte sie auf die andere Figur.

»Das ist Mr Demon.«

Ich lächelte.

»Wer ist Mr Demon?«

»Er ist ein Boxer. Mami sagt, du schlägst dich mit Dämonen rum, und er ist der Oberdämon.«

»Aha.«

Ich sah über ihren Kopf hinweg Eleanor an und lächelte. Ich war auf nichts böse. Ich war einfach begeistert von meiner Tochter und wie sie ihre Welt sah. Die wortwörtliche Art, in der sie alles aufnahm und übernahm. Das würde nicht lange so bleiben, und deshalb hütete ich jeden Moment, den ich davon sah oder hörte, wie einen kostbaren Schatz.

»Schenkst du mir dieses Bild?«

»Wieso?«

»Weil es schön ist und weil ich es gern haben möchte. Ich muss nämlich eine Weile weg und möchte es immer ansehen können. Es wird mich an dich erinnern.«

»Wohin musst du?«

»Ich fahre an den Ort zurück, den man ›Stadt der Engel‹ nennt.«

Sie lächelte.

»Das ist doch dumm. Engel kann man nicht sehen.«

»Ich weiß. Aber schau, Mami hat ein neues Buch für dich, über einen Affen, der Billy heißt. Deshalb sage ich dir jetzt Gute Nacht. Aber ich werde, so bald ich kann, wieder herkommen. Ist das okay, mein Schatz?«

»Okay, Daddy.«

Ich küsste sie auf beide Wangen und drückte sie fest an mich. Dann küsste ich sie auf den Kopf und ließ sie los. Ich richtete mich mit meinem Bild auf und gab ihr das Buch, das ihr Eleanor vorlesen würde.

»Marisol?«, rief Eleanor.

Marisol erschien in wenigen Sekunden, als ob sie im Wohnzimmer nebenan auf ihr Stichwort gewartet hätte. Ich lächelte und nickte ihr zu, als sie ihre Anweisungen erhielt.

»Bringen Sie doch Maddie schon mal ins Bett. Ich komme dann gleich nach, sobald ich ihrem Vater Gute Nacht gesagt habe.«

Ich sah zu, wie meine Tochter mit ihrer Kinderfrau ging.

»Tut mir Leid«, sagte Eleanor.

»Was, das mit dem Bild? Mach dir deswegen keine Gedanken. Ich finde es toll. Es kommt an meinen Kühlschrank.«

»Ich weiß nur nicht, woher sie das hat. Jedenfalls habe ich ihr nicht direkt gesagt, dass du gegen Dämonen kämpfst. Das muss sie gehört haben, als ich mal telefoniert habe oder so.«

Irgendwie hätte ich es besser gefunden, wenn sie es unserer Tochter direkt gesagt hätte. Der Gedanke, dass Eleanor mit jemand anderem so über mich sprach – mit jemandem, den sie im Moment nicht namentlich nannte –, beunruhigte mich. Ich versuchte, es nicht zu zeigen.

»Alles halb so wild«, sagte ich. »Sieh es doch mal so: Wenn sie in die Schule kommt und die anderen Kinder erzählen, ihr Vater ist Anwalt oder Feuerwehrmann oder Arzt oder was, kann sie sie alle ausstechen. Sie kann sagen, ihr Daddy kämpft gegen Dämonen.«

Eleanor lachte, hörte aber abrupt auf, als ihr etwas einfiel.

»Ich wüsste gern, was sie sagen wird, wenn man sie fragt, was ihre Mutter tut.«

Das konnte ich nicht beantworten, und deshalb wechselte ich das Thema.

»Ich finde es toll, dass ihr Blick auf die Welt so unverstellt ist«, sagte ich, als ich das Bild wieder ansah. »So unschuldig, weißt du?«

»Ja, ich weiß. Das finde ich auch sehr schön. Aber ich kann verstehen, wenn du nicht willst, dass sie denkt, du schlägst dich da draußen buchstäblich mit Dämonen herum. Warum hast du ihr das nicht erklärt?«

Ich schüttelte den Kopf und dachte an eine Geschichte.

»Als ich ein Kind war und noch bei meiner Mutter, gab es mal eine Zeit, in der sie ein Auto hatte. Einen zweifarbigen Plymouth Belvedere mit Druckknopfautomatik. Ich glaube, ihr Anwalt hatte ihn ihr zur Verfügung gestellt oder irgendwas in der Art. Ein paar Jahre. Jedenfalls beschloss sie plötzlich, Urlaub zu machen und quer durchs ganze Land zu fahren. Wir packten also unsere Sachen ins Auto und fuhren einfach los, sie und ich.

Und dann, irgendwo im Süden – wo genau, weiß ich nicht mehr – fuhren wir auf eine Tankstelle, und dort gab es zwei Trinkwasserhähne. Mit Schildern, weißt du. Auf einem stand WEISS und auf dem anderen FARBIG. Und ich ging zu dem mit dem Schild FARBIG, weil ich sehen wollte, welche Farbe das Wasser hatte. Bevor ich ihn erreichte, riss mich meine Mutter zurück und erklärte mir das Ganze.

Wenn ich daran zurückdenke, wünsche ich mir irgendwie, sie hätte mich einfach das Wasser ansehen lassen und mir nichts erklärt.«

Eleanor lächelte über die Geschichte.

»Wie alt warst du damals?«

»Ich weiß nicht mehr. Acht vielleicht.«

Dann stand sie auf und kam zu mir. Sie küsste mich auf die Wange, und ich ließ sie. Ich legte ihr den Arm locker um die Taille.

»Viel Glück mit deinen Dämonen, Harry.«

»Ja.«

»Falls du deine Meinung ändern solltest, ich bin hier. Wir sind hier.«

Ich nickte.

»Sie wird *deine* Meinung ändern, Eleanor. Wart nur ab.«

Sie lächelte, aber auf eine traurige Art, und liebkoste mit der Hand zärtlich mein Kinn.

»Passt du auf, dass die Tür abgeschlossen ist, wenn du gehst?«

»Immer.«

Ich ließ sie los und sah zu, wie sie aus der Küche ging. Dann blickte ich auf die Zeichnung des Mannes, der mit seinem Dämon kämpfte. Auf dem Bild hatte meine Tochter ein Lächeln in mein Gesicht gemacht.

36

Bevor ich zu meiner kleinen Wohnung im Double X hinaufstieg, ging ich ins Büro und sagte Mr Gupta, dem Nachtportier, dass ich ausziehen würde. Er erklärte mir, weil ich die Wohnung auf wöchentlicher Basis gemietet hätte, sei die Miete bereits für die ganze Woche von meiner Kreditkarte abgebucht worden. Ich sagte ihm, das mache nichts und ich würde trotzdem ausziehen. Ich sagte ihm, ich würde den Schlüssel auf dem kleinen Esstisch lassen, sobald ich meine Sachen gepackt hätte. Ich wollte das Büro schon verlassen, doch dann drehte ich mich noch einmal um und fragte ihn nach meiner Nachbarin, Jane.

»Ja, sie ist auch ausgezogen. Die gleiche Geschichte.«

»Wie meinen Sie das, die gleiche Geschichte?«

»Wir berechnen eine Woche, aber sie nicht bleiben eine Woche.«

»Dürfte ich Sie vielleicht fragen, wie sie mit Nachnamen hieß? Sie hat ihn mir nie gesagt.«

»Sie ist Jane Davis. Sie mögen sie?«

»Ja, sie war nett. Wir haben uns von Balkon zu Balkon unterhalten. Ich bin nicht dazu gekommen, ihr Wiedersehen zu sagen. Sie hat nicht zufällig ihre neue Adresse oder sonst etwas hinterlassen?«

Das entlockte Gupta ein Lächeln. Für jemanden mit so dunkler Haut hatte er sehr rosafarbenes Zahnfleisch. »

Keine Adresse«, sagte er. »Nicht die.«

Ich nickte zum Dank für die Auskunft. Ich verließ das Büro und ging die Treppe hinauf und den Außengang zu meinem Zimmer hinunter.

Ich brauchte keine fünf Minuten, um meine Sachen zu packen. Ich hatte ein paar Hemden und Hosen auf Bügeln. Dann nahm ich dieselbe Schachtel aus dem Schrank, in der ich alles hierher gebracht hatte, und füllte sie mit dem Rest meiner Habseligkeiten und ein paar Spielsachen, die ich für Maddie in der Wohnung gehabt hatte. Buddy Lockridge hatte gar nicht so weit daneben gelegen, als er mich Koffer-Harry genannt hatte. Aber Bierträger-Harry wäre besser gewesen.

Bevor ich ging, sah ich in den Eisschrank und stellte fest, dass ich noch eine Flasche Bier hatte. Ich nahm sie heraus und öffnete sie. Ein Bier für unterwegs konnte nicht schaden. Ich hatte vor einer längeren Fahrt schon Schlimmeres getan. Ich überlegte, ob ich mir noch ein Käsesandwich machen sollte, ließ es aber bleiben, als mir einfiel, dass Backus in Quantico jeden Tag gegrillte Käsesandwiches gegessen hatte. Ich ging mit dem Bier auf den Balkon hinaus, um einen letzten Blick auf die Jets der Reichen zu werfen. Es war ein frischer und kühler Abend. Die blauen Lichter auf der fernen Startbahn funkelten wie Saphire.

Die zwei schwarzen Jets waren weg, ihre Besitzer entweder schnelle Gewinner oder Verlierer. Der große Gulfstream stand noch an seinem Platz, rote Staubhauben über den Einlassöffnungen seiner Düsentriebwerke. Er hatte sich häuslich eingerichtet. Ich fragte mich, was die Jets mit Jane Davis und ihrem Aufenthalt im Double X zu tun gehabt haben könnten.

Ich sah zu Janes verlassenem Balkon hinüber, der nur etwas mehr als einen Meter von meinem entfernt war. Der Aschenbecher stand auf dem Geländer. Ich konnte sehen, dass er immer noch voll halb gerauchter Zigaretten war. In ihrem Zimmer war noch nicht sauber gemacht worden.

Und das brachte mich auf eine Idee. Ich blickte mich um und schaute dann auf den Parkplatz hinab. Außer auf der Koval Lane, wo sich an einer Ampel der Verkehr staute, sah ich nirgendwo etwas, was sich bewegte. Auf dem Parkplatz war weder vom Nachtwächter noch sonst jemandem etwas zu sehen. Ich schwang mich rasch auf das Geländer und wollte gerade auf den Balkon nebenan klettern, als es an der Wohnungstür klopfte. Ich sprang rasch wieder auf meinen Balkon, trat ins Zimmer und öffnete die Tür.

Es war Rachel Walling.

»Rachel! Hallo. Ist irgendwas?«

»Nein, nichts, was sich nicht aus der Welt schaffen ließe, wenn wir Backus endlich schnappen würden. Darf ich reinkommen?«

»Klar.«

Ich trat zurück, um sie hereinzulassen. Sie sah die Schachtel mit meinen Sachen darauf. Ich ergriff als Erster das Wort.

»Wie lief's bei Ihnen heute, nach der Rückkehr in die Stadt?«

»Na ja, ich durfte mir die übliche Standpauke des leitenden Special Agent anhören.«

»Haben Sie alles mir in die Schuhe geschoben?«

»Wie besprochen. Er hat zwar mächtig Stunk gemacht, aber was kann er schon machen? Aber ich will im Moment nicht über ihn sprechen.«

»Worüber dann?«

»Also, zunächst mal, haben Sie noch so eins?« Sie meinte das Bier.

»Leider nein. Ich wollte nur das noch austrinken und dann losfahren.«

»Dann habe ich ja Glück gehabt, dass ich Sie noch erwischt habe.«

»Sollen wir es uns teilen? Ich bringe Ihnen ein Glas.«

»Sagten Sie nicht, Sie würden den Gläsern hier nicht trauen?«

»Ich könnte es ja wasch …«

Sie griff nach der Flasche und nahm einen Schluck daraus. Ihr Blick blieb auf meinen Augen haften, als sie sie mir zurückgab. Dann wandte sie sich ab und zeigte auf die Schachtel.

»Sie ziehen aus.«

»Ja, ich werde eine Weile in L. A. bleiben.«

»Ihre Tochter wird Ihnen bestimmt fehlen, oder?«

»Ja, sehr.«

»Kommen Sie wieder her, um sie zu besuchen?«

»So oft ich kann.«

»Das ist schön. Und sonst?«

»Wie meinen Sie das?«, fragte ich, obwohl ich zu wissen glaubte, was sie meinte.

»Gibt es sonst noch was, weswegen Sie zurückkommen werden?«

»Nein. Nur meine Tochter.«

Wir standen da und sahen uns ziemlich lange an. Ich hielt ihr das Bier hin, aber als sie auf mich zukam, war es meinetwegen. Sie küsste mich auf die Lippen, und dann schlangen wir rasch die Arme umeinander.

Ich wusste, es hatte etwas mit dem Wohnwagen zu tun und dass wir dort draußen in der Wüste fast zusammen gestorben wären, weshalb wir uns so fest aneinander pressten und uns in Richtung Bett bewegten, weshalb ich den Arm ausstreckte und die Bierflasche auf den Tisch stellte, damit ich beide Hände frei hatte, als wir an den Kleidern des anderen zogen.

Wir fielen aufs Bett und liebten uns wie Überlebende. Es war schnell und bis zu einem gewissen Grad vielleicht sogar brutal – von beiden Seiten. Aber vor allem befriedigte es in uns beiden den Urtrieb, den Tod mit Leben zu bekämpfen.

Als es vorbei war, lagen wir verschlungen auf der Bettdecke, sie auf mir, meine Finger noch in ihr Haar verkrallt.

Sie drehte sich nach links und griff nach der Bierflasche. Dabei stieß sie sie um und verschüttete das meiste von dem, was noch übrig war, auf Nachttisch und Fußboden.

»Das war's dann wohl mit meiner Kaution«, sagte ich.

In der Flasche war noch so viel, dass sie einen Schluck nahm und die Flasche dann an mich weiterreichte.

»Das war für heute«, sagte sie, als ich trank.

Ich gab ihr den Rest.

»Wie meinst du das?«

»Nach dem, was da draußen passiert ist, mussten wir das tun.«

»Allerdings.«

»Gladiatorenliebe. Deshalb bin ich hergekommen. Um dich zu erwischen.«

Ich musste an einen Gladiatorenwitz aus einem alten Film denken, den ich sehr mochte, und grinste. Allerdings erzählte ich ihn ihr nicht, und wahrscheinlich dachte sie, ich lächelte wegen ihrer Worte. Sie beugte sich vornüber und legte den Kopf auf meine Brust. Ich hielt, diesmal behutsamer, etwas von ihrem Haar hoch, um mir die versengten Spitzen anzusehen. Dann ließ ich meine Hand nach unten gleiten, um ihren Rücken zu streicheln, und fand es eigenartig, dass wir jetzt so zärtlich zueinander waren, nachdem wir eben noch Gladiatoren gewesen waren.

»Ich nehme nicht an, dass du Lust hast, in South Dakota eine Zweigstelle deines Detektivbüros aufzumachen.« Ich lächelte und unterdrückte ein Lachen in meiner Brust.

»Und in North Dakota?«, fragte sie. »Dorthin könnte ich auch zurück.«

»Für einen Zweig braucht man erst mal einen Baum.«

Sie hieb mit einer zärtlichen Faust auf meine Brust.

»Das finde ich nicht.«

Ich veränderte meine Haltung, sodass ich aus ihr herausrutschte. Sie stöhnte, blieb aber auf mir.

»Heißt das, du willst, dass ich aufstehe und von dir runtergehe und von hier verschwinde?«

»Nein, Rachel. Ganz und gar nicht.«

Ich blickte über ihre Schulter und sah, dass die Tür nicht abgeschlossen war. Ich sah plötzlich vor mir, wie Mr Gupta nach oben kam, um zu sehen, ob ich schon weg war, und in dem angeblich leeren Zimmer auf dem Bett das Monster mit den zwei Rücken fand. Ich lächelte. Das war mir egal.

Sie hob ihr Gesicht, um mich anzusehen.

»Was ist?«

»Ach, nichts. Wir haben die Tür nicht abgeschlossen. Es könnte jemand reinkommen.«

»*Du* hast sie nicht abgeschlossen. Das ist dein Zimmer.«

Ich küsste sie und merkte, dass ich ihre Lippen die ganze Zeit, als wir uns geliebt hatten, nicht geküsst hatte. Noch etwas Eigenartiges.

»Weißt du was, Bosch?«

»Was?«

»Du bist ganz schön gut.«

Ich lächelte und bedankte mich. Eine Frau kann diese Karte jederzeit und in jedem beliebigen Moment ausspielen, und sie wird immer die gleiche Reaktion erhalten.

»Nein, das meine ich ernst.«

Um das Gesagte zu unterstreichen, grub sie ihre Nägel in meine Brust. Ich drückte sie mit einem Arm fest an mich, und wir wälzten uns herum. Ich schätzte, ich war mindestens zehn Jahre älter als sie, aber ich machte mir deswegen keine Gedanken. Ich küsste sie wieder und stand auf, um meine Kleider vom Boden aufzusammeln und die Tür abzuschließen.

»Ich glaube, es ist noch ein letztes sauberes Handtuch da«, sagte ich. »Du kannst es haben.«

Sie bestand darauf, dass ich als Erster duschte, und das tat ich. Als danach sie duschte, ging ich nach unten und zu einem Laden auf der anderen Seite der Koval, um zwei Bier zu holen. Darauf würde ich es beschränken, weil ich noch an diesem Abend zurückfuhr, und ich wollte nicht, dass mich der Alkohol bremste, wenn ich losfuhr oder während ich unterwegs war. Ich saß am Esstisch, als sie angezogen aus dem Bad kam und lächelte, als sie die zwei Flaschen sah.

»Ich wusste, dass du dich nützlich machen würdest.« Sie setzte sich, und wir stießen mit den Flaschen an.

»Auf die Gladiatorenliebe«, sagte sie.

Wir tranken und waren einfach eine Weile still. Ich versuchte herauszufinden, was die letzte Stunde für mich und für uns bedeutete.

»Woran denkst du gerade?«, fragte sie.

»Wie das hier kompliziert werden könnte.«

»Das muss es nicht. Wir können einfach sehen, was weiter passiert.«

Das hörte sich etwas anders an, als gebeten zu werden, nach Dakota zu ziehen.

»Okay.«

»Ich sollte jetzt lieber los.«

»Wohin?«

»Zurück in die Außenstelle. Sehen, was sich dort so tut.«

»Hast du gehört, was nach der Explosion aus dieser Mülltonne wurde? Ich habe vergessen, nach ihr zu sehen.«

»Nein, warum?«

»Ich habe reingesehen, als wir dort waren. Nur ganz kurz. Es sah so aus, als hätte er darin Kreditkarten, vielleicht auch Ausweise verbrannt.«

»Von den Opfern?«

»Wahrscheinlich. Bücher hat er auch darin verbrannt.«

»Bücher? Warum könnte er das getan haben?«

»Keine Ahnung, aber es ist eigenartig. Im Wohnwagen war alles voller Bücher. Demnach hat er einige verbrannt und andere nicht. Kommt mir irgendwie komisch vor.«

»Jedenfalls, falls von der Tonne irgendwas übrig ist, wird es sich die Spurensicherung vornehmen. Warum hast du bisher nichts davon erwähnt? Als sie dich da draußen vernommen haben?«

»Weil mir der Schädel gebrummt hat und weil ich es wahrscheinlich irgendwie vergessen habe.«

»Kurzfristiger Gedächtnisverlust in Verbindung mit der Erschütterung.«

»Ich habe keine Gehirnerschütterung.«

»Ich habe die Explosion gemeint. Konntest du erkennen, was für Bücher es waren?«

»Eigentlich nicht. Dazu hatte ich nicht die Zeit. Eins habe ich allerdings herausgenommen. Es war von allen Sachen, die ich sehen konnte, am wenigsten verbrannt. Es sah aus wie ein Gedichtband. Glaube ich.«

Sie sah mich an und nickte, sagte aber nichts.

»Ich verstehe nur nicht, warum er die Bücher verbrannt hat. Er richtet es so ein, dass der ganze

Wohnwagen in die Luft fliegt, aber er nimmt sich die Zeit, zu der Tonne rauszugehen und ein paar Bücher zu verbrennen. Fast wie …«

Ich hörte auf zu reden und versuchte, die einzelnen Teile zusammenzusetzen.

»Fast wie was, Harry?«

»Ich weiß auch nicht. Als ob er bei dieser Wohnwagengeschichte nichts dem Zufall überlassen wollte. Er wollte dafür sorgen, dass diese Bücher auch tatsächlich vernichtet wurden.«

»Du gehst davon aus, dass beide Dinge zusammenhängen. Wer weiß, vielleicht hat er die Bücher schon ein halbes Jahr zuvor verbrannt. Du kannst diese beiden Dinge nicht einfach miteinander in Verbindung bringen.«

Ich nickte. Sie hatte Recht, aber dennoch bereitete mir die Widersprüchlichkeit Kopfzerbrechen.

»Dieses Buch war ziemlich weit oben in der Tonne«, sagte ich. »Es wurde verbrannt, als die Tonne das letzte Mal benutzt wurde. Es war auch eine Quittung drin. Halb verbrannt. Aber vielleicht gelingt es ihnen, ihre Herkunft festzustellen.«

»Ich werde das gleich nachsehen, sobald ich zurück bin. Aber ich kann mich nicht erinnern, die Tonne nach der Explosion noch gesehen zu haben.«

Ich zuckte die Achseln.

»Ich auch nicht.«

Sie stand auf und ich ebenfalls.

»Da ist noch etwas.« Ich griff in die Innentasche meines Sakkos. Ich zog das Foto heraus und reichte es ihr.

»Ich muss es eingesteckt haben, als ich im Wohnwagen war, und dann hab ich es irgendwie vergessen. Ich habe es in meiner Tasche gefunden.«

Es war das Foto aus dem Druckerfach. Das zweigeschossige Haus mit dem alten Mann und dem Kombi davor.

»Na super, Harry. Und wie soll ich ihnen das erklären?«

»Keine Ahnung, aber ich dachte, du würdest vielleicht versuchen, das Haus oder den alten Mann zu identifizieren.«

»Was soll das jetzt noch groß zur Sache tun?«

»Jetzt hör mal, Rachel, du weißt ganz genau, es ist noch nicht vorbei.«

»Nein, das weiß ich nicht.«

Es störte mich, dass sie nicht mit mir reden konnte, nachdem wir noch wenige Minuten zuvor so intim miteinander gewesen waren.

»Na schön.«

Ich nahm meine Schachtel und die Kleider auf den Bügeln.

»Warte noch, Harry. Willst du es einfach dabei belassen? Was meinst du damit, es ist noch nicht vorbei?«

»Ich meine, wir beide wissen, dass das in diesem Wohnwagen nicht Backus war. Wenn das dich und das FBI nicht interessiert, meinetwegen. Aber mach mir bitte nichts vor, Rachel. Nicht nach dem, was wir heute durchgemacht haben, und nicht nach dem, was wir gerade getan haben.«

Sie gab nach.

»Schau, Harry, darauf habe ich keinen Einfluss, ja? Im Augenblick warten wir auf den Befund der Spurensicherer. Die offizielle Stellungnahme des FBI wird vermutlich erst morgen erfolgen, wenn der Direktor seine Pressekonferenz gibt.«

»Die offizielle Stellungnahme des FBI interessiert mich nicht. Ich habe mit dir geredet.«

»Was willst du denn, dass ich sage, Harry?«

»Ich will, dass du sagst, du wirst diesen Kerl schnappen, ganz egal, was der Direktor morgen sagt.«

Ich ging zur Tür, und sie folgte mir. Wir verließen die Wohnung, und sie zog die Tür für mich zu.

»Wo ist dein Auto?«, fragte ich. »Ich begleite dich.«

Sie zeigte in die entsprechende Richtung, und

wir gingen die Treppe hinunter und zu ihrem Auto, das nicht weit vom Büro stand. Nachdem sie die Tür geöffnet hatte, wandte sie sich mir zu, sodass wir uns direkt gegenüberstanden.

»Ich will diesen Kerl fassen«, sagte sie. »Mehr, als du dir vorstellen kannst.«

»Okay, gut. Ich lasse von mir hören.«

»Und, was wirst du jetzt tun?«

»Keine Ahnung. Wenn ich es weiß, sage ich dir Bescheid.«

»Okay. Dann also, Bosch.«

»Wiedersehen, Rachel.«

Sie küsste mich, und dann stieg sie ein. Ich ging zu meinem Auto und drückte mich zwischen den zwei Gebäuden durch, die das Double X bildeten, um auf den anderen Parkplatz zu kommen. Mit ziemlicher Sicherheit war das nicht das letzte Mal, dass ich Rachel Walling gesehen hatte.

37

Auf dem Weg aus der Stadt hätte ich mir den Verkehr auf dem Strip ersparen können, aber ich beschloss, es nicht zu tun. Ich dachte, die vielen Lichter könnten mich aufmuntern. Ich wusste, ich ließ meine Tochter zurück. Ich fuhr nach Los Angeles, um wieder in den Polizeidienst zu treten. Ich würde meine Tochter wiedersehen, aber ich wäre nicht in der Lage, so viel Zeit mit ihr zu verbringen, wie ich brauchte und wollte. Ich fuhr weg, um mich den deprimierenden Scharen von Wochenendvätern anzuschließen, den Männern, die ihre Liebe und ihre Verpflichtungen in 24-Stunden-Auftritten mit ihren Kindern komprimieren. Der Gedanke daran weckte eine dunkle Furcht in meiner Brust, die auch eine Milliarde Kilowatt Licht nicht hätte durchdringen können. Es stand völlig außer Frage, dass ich Las Vegas als Verlierer verließ.

Sobald ich die Lichter und den Stadtrand hinter mir gelassen hatte, wurde der Verkehr spärlich und der Himmel dunkel. Ich versuchte die Niedergeschlagenheit, in die mich meine Entscheidung gestürzt hatte, zu ignorieren. Stattdessen beschäftigte ich mich beim Fahren mit dem Fall, indem ich die Logik der einzelnen Schritte aus Backus' Sicht nachzuvollziehen versuchte und alles so gründlich durchkaute, bis der Fall ein flüssiger Brei war und ich nur unbeantwortete Fragen übrig hatte. Ich sah es genau so, wie es das FBI sah. Backus, der den Namen Tom Walling angenommen hatte, lebte in Clear und suchte sich seine Opfer unter den Bordellbesuchern aus, die er fuhr. Weil er die perfekten Opfer auswählte, blieb sein Treiben jahrelang unentdeckt, bis sich schließlich die schiere Anzahl gegen ihn kehrte und Ermittler aus Las Vegas ein Schema erkannten und ihre Liste von sechs Vermissten zusammenstellten. Backus wusste wahrscheinlich, dass es nur eine Frage der Zeit wäre, bis die Verbindung zu Clear an den Tag käme. Sobald er Terry McCalebs Namen in der Zeitung entdeckte, wurde ihm wahrscheinlich bewusst, dass sich diese Zeitspanne sogar noch mehr verkürzen würde. Vielleicht hatte er sogar Wind davon bekommen, dass McCaleb nach Las Vegas gefahren war. Vielleicht war McCaleb sogar nach Clear hochgefahren. Wer weiß? Die meisten Antworten waren mit McCaleb und dann in diesem Wohnwagen in der Wüste gestorben.

Es gab so viele Unbekannte in dieser Geschichte. Doch aus gegenwärtiger Sicht schien offenkundig, dass Backus einen Schlussstrich gezogen hatte. Er traf Vorkehrungen, um seine Zeit in der Wüste mit einem gewaltigen Triumphfeuer zu beenden – um in einer pathologischen Demonstration seiner Könnerschaft seine zwei Protegés McCaleb und Rachel zu beseitigen und in seinem Wohnwagen eine zur Unkenntlichkeit verbrannte Leiche zurückzulassen, die die Frage aufwerfen würde, ob er noch lebte oder tot war. In jüngster Vergangenheit hatten Saddam Hussein und Osama bin Laden die gleiche Frage aufgeworfen und dadurch einiges Aufsehen erregt. Vielleicht sah sich Backus auf einer Stufe mit ihnen.

Am meisten Kopfzerbrechen bereiteten mir die Bücher in der Abfalltonne. Obwohl ihnen Rachel aufgrund der Tatsache, dass die Umstände ihrer Verbrennung nicht bekannt waren, wenig Bedeutung beimaß, erschienen sie mir dennoch als ein wichtiges Element der Ermittlungen. Ich bedauerte, dass ich das Buch, das ich herausgezogen hatte, nicht länger studiert und vielleicht sogar zu identifizieren versucht hatte. Das verbrannte Buch war ein Hinweis auf einen Teil des Plans des Poeten, von dem noch niemand etwas wusste.

Bei dem Gedanken an die zum Teil erhaltene Quittung, die ich in dem Buch gesehen hatte, klappte ich mein Handy auf. Ich vergewisserte mich, dass ich eine Verbindung hatte, und rief die Auskunft für Las Vegas an. Ich erkundigte mich, ob es einen Eintrag für eine Firma namens Book Car gäbe, und das wurde mit einem Nein beantwortet. Ich wollte schon auflegen, als die Frau hinzufügte, es gebe allerdings einen Eintrag für einen Laden namens Book Caravan in der Industry Road. Ich sagte, ich wolle es dort versuchen, worauf sie mich weiterverband.

Ich nahm an, der Laden wäre geschlossen, denn es war spät. Ich hoffte, einen Anrufbeantworter dranzubekommen, damit ich den Inhaber bitten könnte, mich am Morgen zurückzurufen. Aber nach zweimaligem Läuten meldete sich eine mürrische Stimme.

»Haben Sie offen?«

»Vierundzwanzig Stunden. Was kann ich für Sie tun?«

Aufgrund der Öffnungszeiten begann ich zu ahnen, was für eine Art Laden es war. Trotzdem ließ ich es auf einen Versuch ankommen.

»Sie verkaufen nicht zufällig Gedichtbände?«

Der mürrische Mann lachte.

»Sehr witzig«, sagte er. »Es war mal ein Mann, der hieß Hannibal. Und was Gedichte angeht, kannst du mich mal.«

Er lachte wieder und legte auf. Ich klappte das Handy zu und musste über seine Stegreifdichtkünste lächeln.

Book Caravan brachte mich offensichtlich nicht weiter, aber ich wollte Rachel am nächsten Morgen trotzdem anrufen und ihr sagen, es könne nicht schaden, nach Verbindungen zu Backus zu suchen.

Ein grünes Highway-Hinweisschild kam aus der Dunkelheit in den Lichtkegel meiner Scheinwerfer.

ZZYZX ROAD
1 MILE

Ich spielte mit dem Gedanken, abzubiegen und die holprige Wüstenstraße zu nehmen, die in die Dunkelheit führte. Ich fragte mich, ob an der Begräbnisstätte immer noch ein forensisches Team im Einsatz war. Aber was käme anderes heraus, wenn ich diese Straße nähme, als dass ich mich mit den Geistern der Toten anlegte? Die Meile kam und ging, und ich fuhr an der Ausfahrt vorbei und ließ die Geister in Frieden.

Die anderthalb Flaschen Bier, die ich mit Rachel getrunken hatte, erwiesen sich als Fehler. Bis Victorville wurde ich zusehends müder. Zu viel Kopfarbeit, und das auch noch in Verbindung mit Alkohol. Um Kaffee zu trinken, fuhr ich vom Highway runter zu einem McDonald's, der so spät noch offen war und aussah wie ein Eisenbahndepot. Ich kaufte zwei Kaffee und zwei Sugar Cookies und setzte mich in einem alten Waggon an einen Tisch, um Terry McCalebs Akte über das Ermittlungsverfahren gegen den Poeten durchzulesen. Ich kam an den Punkt, an dem ich die Reihenfolge der Berichte und ihrer Zusammenfassungen auswendig kannte.

Nach einer Tasse Kaffee war jedoch nichts dabei herausgekommen, und ich klappte den Ordner zu. Ich brauchte etwas Neues. Entweder musste ich aufgeben und hoffen und glauben, das FBI hätte mehr Erfolg oder fände eine neue Spur, der es nachgehen konnte.

Ich habe nichts gegen das FBI. Meiner Meinung nach ist es die gründlichste, am besten ausgerüstete und unerbittlichste Ermittlungsbehörde der Welt. Seine Probleme liegen in seiner Größe und den vielen Bruchstellen in der Kommunikation zwischen Abteilungen, Einheiten und so weiter bis hinunter zu den einzelnen Agenten selbst. Es bedarf nur eines Debakels wie des 11. September, um der Welt vor Augen zu führen, was die meisten im Polizeidienst Tätigen, FBI-Agenten eingeschlossen, längst wissen.

Als Institution ist es zu sehr auf seinen Ruf bedacht und misst politischen Erwägungen zu viel Bedeutung bei, was bis auf J. Edgar Hoover persönlich zurückzuverfolgen ist. Eleanor Wish kannte einmal einen Agenten, der in der Zeit, als J. Edgar an der Spitze des FBI stand, ins Hauptquartier in Washington versetzt wurde. Seinen Aussagen zufolge war es ein ungeschriebenes Gesetz, dass, wenn ein Agent im Lift fuhr und der Direktor zustieg, der Agent ihn nicht ansprechen durfte – auch nicht, um Guten Tag zu sagen – und sofort aussteigen musste, damit der große Mann allein im Lift fahren und über seine wichtigen Aufgaben nachdenken konnte. Aus irgendeinem Grund blieb mir diese Geschichte immer in Erinnerung. Ich glaube, weil darin die absolute Arroganz des FBI zum Ausdruck kommt.

Letztlich lief das Ganze darauf hinaus, dass ich keine Lust hatte, Graciela McCaleb anzurufen und ihr zu sagen, der Mörder ihres Mannes sei immer noch auf freiem Fuß und das FBI werde sich darum kümmern. Ich wollte mich immer noch darum kümmern. Das war ich ihr und Terry schuldig, und ich zahlte immer zurück, was ich schuldig war.

Zurück im Auto, brachten mich der Kaffee und der Zucker wieder auf Touren, und ich brauste der

Stadt der Engel entgegen. Als ich auf den Freeway 10 kam, kam ich auch in den Regen, und der Verkehr kam nur noch im Schneckentempo voran. Ich machte das Radio an und erfuhr auf KFWB, dass es den ganzen Tag geregnet hatte und wahrscheinlich bis zum Ende der Woche nicht aufhören würde. Es kam ein Livebericht aus dem Topanga Canyon, wo Anwohner in Erwartung des Schlimmsten Haustüren und Garagentore mit Sandsäcken verbarrikadierten. Schlammlawinen und Überschwemmungen drohten. Die katastrophalen Brände, die im Jahr zuvor die Hügel heimgesucht hatten, hatten wenig Bewuchs zurückgelassen, um Regen oder Erde zu halten. Es kam alles runter.

Ich wusste, das Wetter würde mich auf dem Heimweg eine zusätzliche Stunde kosten. Ich sah auf die Uhr. Es war kurz nach Mitternacht. Ich hatte vorgehabt, Kiz Rider erst anzurufen, wenn ich zu Hause war, aber mir wurde klar, dass es bis dann zu spät werden könnte. Ich klappte mein Handy auf und wählte ihre Nummer. Sie ging sofort dran.

»Kiz, hier Harry. Bist du noch auf?«

»Klar, Harry. Ich kann nicht schlafen, wenn es regnet.«

»Ich weiß, was du meinst.«

»Und was ist die gute Nachricht?«

»Jeder zählt oder niemand zählt.«

»Will heißen?«

»Ich bin dabei, wenn du dabei bist.«

»Ich bitte dich, Harry, tu mir das nicht an.«

»Ich bin dabei, wenn du dabei bist.«

»Jetzt hör mal, ich bin bereits dabei.«

»Du weißt genau, was ich meine. Das ist deine Rettung, Kiz. Wir sind vom Weg abgekommen. Wir beide. Du weißt und ich weiß, was wir tun sollten. Es wird Zeit, dass wir es auch tatsächlich tun.«

Ich wartete. Sie sagte lange nichts, bis sie endlich ihr Schweigen brach.

»Das wird den Boss ziemlich ärgern. Er hat mich auf eine Menge Dinge angesetzt.«

»Wenn er der Mann ist, der er deinen Worten nach ist, wird er es verstehen. Er wird es kapieren. Du wirst ihn dazu bringen, dass er es kapiert.«

Mehr Schweigen.

»Okay, Harry, gut. Ich bin dabei.«

»Na, dann wunderbar. Ich komme morgen vorbei und unterschreibe.«

»Gut, Harry. Dann bis morgen.«

»Du wusstest doch, dass ich anrufe, oder?«

»Sagen wir mal so: Ich habe die Papiere, die du unterschreiben musst, auf meinem Schreibtisch liegen.«

»Du warst immer schon zu clever für mich.«

»Ich habe es wirklich gemeint, als ich sagte, wir bräuchten dich. Das wäre das eine. Allerdings konnte ich mir auch nicht vorstellen, dass du, auf dich allein gestellt, sonderlich lange durchhalten würdest. Ich kenne Kollegen, die den Job an den Nagel gehängt haben und Privatdetektive wurden oder Immobilien, Autos, Haushaltsgeräte, ja sogar Bücher verkaufen. Die meisten davon kommen damit ganz gut zurecht, aber du nicht, Harry. Ich dachte, das wäre auch dir klar geworden.«

Ich sagte nichts. Ich starrte in das Dunkel jenseits des Zugriffs meiner Lichter. Etwas, was Kiz gerade gesagt hatte, löste die Lawine aus.

»Harry, bist du noch dran?«

»Ja, hör zu, Kiz, du hast gerade *Bücher* gesagt. Du kanntest doch einen Kollegen, der nach seiner Pensionierung Buchhändler wurde. Ist das Ed Thomas?«

»Ja, ich kam, etwa sechs Monate bevor er kündigte, nach Hollywood. Er quittierte den Dienst und machte unten in Orange eine Buchhandlung auf.«

»Ich weiß. Warst du mal da?«

»Ja, einmal hat Dean Koontz eins seiner Bücher dort signiert. Ich habe in der Zeitung davon gelesen. Er ist einer meiner Lieblingsautoren und signiert nicht in allzu vielen Läden seine Bücher. Deshalb fuhr ich runter. Vor dem Laden hatte sich eine lange Schlange gebildet. Sie reichte ein ganzes Stück die Straße runter. Aber sobald Ed mich sah, kam er zu mir und nahm mich an die Spitze der Schlange mit und stellte mich Koontz vor, und ich bekam meinen Thriller signiert. Es war mir, ehrlich gesagt, ziemlich peinlich.«

»Wie heißt er?«

»Ähm ... ich glaube, es war *Strange Highways*.«

Das setzte mir einen Dämpfer auf. Ich dachte, ich stünde kurz davor, einen logischen Sprung zu machen und eine Verbindung herzustellen.

»Nein, es war das Buch danach«, sagte Kiz. »Es war *Sole Survivor* – diese Flugzeugabsturzgeschichte.«

Ich merkte, was sie sagte und wie wir durcheinander gekommen waren.

»Nein, Kiz, ich wollte wissen, wie Eds Buchladen heißt.«

»Ach so, Book Carnival. So hieß der Laden, glaube ich, als er ihn kaufte. Sonst hätte er ihn wahrscheinlich anders genannt, irgendwas geheimnisvoll Bedrohliches, denn er verkauft dort hauptsächlich Thriller, Krimis, solche Sachen.«

Book Car wie in Book Carnival. Unwillkürlich gab ich mehr Gas.

»Kiz, ich muss jetzt Schluss machen. Wir reden später.«

Ohne auf ein »Wiederhören« von ihr zu warten, klappte ich das Telefon zu. Zwischen der Straße und dem Display des Handys hin und her blickend, scrollte ich die Liste meiner letzten Anrufe durch und drückte die Verbindungstaste, nachdem ich Rachel Wallings Handynummer markiert hatte. Sie meldete sich, noch bevor ich einen Klingelton hörte.

»Rachel, hier Harry. Entschuldige, dass ich so spät anrufe, aber es ist wichtig.«

»Ich kann gerade nicht sprechen«, flüsterte sie.

»Bist du noch in der Außenstelle?«

»Ja.«

Ich überlegte, was sie dort an einem Tag, der so früh begonnen hatte, nach Mitternacht noch festhalten könnte.

»Geht es um die Mülltonne? Das verbrannte Buch?«

»Nein, so weit sind wir noch nicht gekommen. Was anderes. Ich muss jetzt Schluss machen.«

Ihre Stimme war düster, und weil sie meinen Namen nicht benutzt hatte, gewann ich den Eindruck, dass andere Agenten anwesend waren und dass es sich bei dieser wichtigen Sache um nichts Gutes handeln konnte.

»Hör zu, Rachel. Ich habe was. Du musst nach L. A. kommen.«

Ihr Ton änderte sich. Ich glaube, sie konnte an der Dringlichkeit meiner Stimme erkennen, dass es sich um etwas Ernstes handelte.

»Worum geht es?«

»Ich kenne den nächsten Schritt des Poeten.«

38

»Ich rufe dich zurück.«

Rachel klappte ihr Handy zu und schob es in die Tasche ihres Blazers. Boschs letzte Worte hallten in ihrem Herzen nach.

»Agent Walling, ich wäre Ihnen außerordentlich dankbar, wenn Sie bei unserem Gespräch bleiben könnten.«

Sie blickte zu Alpert auf.

»Entschuldigung.«

Sie schaute an ihm vorbei auf den Telekommunikationsschirm, von dem Brass Dorans überlebensgroßes Gesicht lächelte.

»Agent Doran, fahren Sie fort«, sagte Alpert.

»Ich bin eigentlich schon fertig. Das ist alles, was wir im Moment haben. Anhand der latenten Abdrücke können wir bestätigen, dass Robert Backus in diesem Wohnwagen war. Nicht bestätigen können wir, dass er darin war, als er explodierte.«

»Was ist mit der DNS?«

»Die DNS-Spuren, die von Agent Walling sichergestellt wurden – unter großer Gefahr, wie ich hinzufügen sollte – und später auch von der Spurensicherung, werden uns erst weiterbringen, wenn wir etwas haben, womit wir sie vergleichen können. Das heißt, wenn es uns gelingt, eine Quelle von Robert Backus' DNS zu finden. Oder wir können mit ihrer Hilfe die Leiche aus dem Wohnwagen als eine andere Person identifizieren.«

»Was ist mit Backus' Eltern? Können wir seine DNS nicht von ihnen …«

»Das haben wir bereits versucht. Sein Vater wurde eingeäschert, bevor wir diese Möglichkeit in Erwägung gezogen haben – damals gab es diese Technik auch noch nicht richtig –, und was aus seiner Mutter geworden ist, konnte bis heute nicht festgestellt werden. Es besteht sogar die Möglichkeit, dass sie sein erstes Opfer war. Jedenfalls ist sie vor einigen Jahren spurlos verschwunden.«

»Dieser Kerl hat wirklich an alles gedacht.«

»Im Fall der Mutter dürfte es eher Rache gewesen sein – weil sie ihn verlassen hat. Schwer vorstellbar, dass er sie schon damals beseitigt haben könnte, um der späteren Entnahme einer DNS-Probe vorzubeugen.«

»Ich wollte nur sagen, dass wir mit unserem Latein am Ende sind.«

»So Leid es mir tut, Randal, aber mehr ist im Moment von technischer Seite nicht zu machen.«

»Ich weiß, Agent Doran. Können Sie mir sonst irgendetwas sagen? Irgendetwas Neues?«

»Ich glaube nicht.«

»Na großartig. Also gut, dann werde ich dem Direktor eben genau das sagen. Dass wir wissen, Backus war in dem Wohnwagen – wir haben Indizien und Zeugenberichte, die das bestätigen. Aber wir können zum gegenwärtigen Zeitpunkt noch nicht den nächsten Schritt tun und ihn für tot erklären, so gern wir das auch täten.«

»Gibt es wirklich keine Möglichkeit, den Direktor dazu zu bewegen, noch etwas abzuwarten und uns mehr Zeit zu lassen, um alles unter Dach und Fach zu bringen? Zum Besten des Ermittlungsverfahrens.«

Fast hätte Rachel gelacht. Sie wusste, im Hoover Building in Washington standen an erster Stelle immer die politischen Erwägungen, und erst dann kam irgendwann, was für die Ermittlungen das Beste war.

»Das habe ich bereits versucht«, sagte Alpert. »Die Antwort lautet Nein. Es steht zu viel auf dem Spiel. Die Katze ist jetzt aus dem Sack – dank der Explosion in der Wüste. Wenn es Backus war, der da draußen in die Luft gejagt wurde, wunderbar, dann werden wir es früher oder später bestätigen, und der Fall ist erledigt. Wenn es allerdings nicht

Backus war und wenn er etwas anderes im Schilde führt, muss der Direktor jetzt damit an die Öffentlichkeit gehen, sonst könnte das fatale Folgen haben. Deshalb wird er bekannt geben, was wir bisher wissen: Backus war dort, Backus wird der Morde in der Wüste verdächtigt, Backus ist möglicherweise tot, möglicherweise auch nicht. Es gibt an diesem Punkt keine Möglichkeit mehr, ihn davon abzubringen.«

Als Alpert sagte, die Katze sei aus dem Sack, warf er Rachel einen bösen Blick zu, als gäbe er ihr die Schuld an allem. Sie hatte bis dahin überlegt, ob sie ihm sagen sollte, was Bosch ihr gerade am Telefon gesagt hatte, aber in diesem Moment entschied sie sich dagegen. Noch nicht. Erst wenn sie mehr wusste.

»Also gut, Leute, das wär's«, verkündete Alpert unvermittelt. »Brass, wir sehen Sie morgen früh wieder auf dem großen Bildschirm. Agent Walling, könnten Sie noch kurz hier bleiben?«

Rachel beobachtete, wie Brass vom Bildschirm verschwand, und dann wurde er schwarz, Ende der Übertragung. Alpert kam ganz dicht an den Tisch, wo Rachel saß.

»Agent Walling?«

»Ja?«

»Ihre Tätigkeit hier ist beendet.«

»Wie bitte?«

»Sie werden hier nicht mehr benötigt. Fahren Sie in Ihr Hotel, und packen Sie Ihre Sachen.«

»Es gibt hier noch eine Menge zu tun. Ich will …«

»Was Sie wollen, interessiert mich nicht. Ich will Sie hier nicht mehr haben. Sie haben diese Ermittlungen untergraben, seit Sie hier sind. Ich will, dass Sie morgen früh mit der ersten Maschine dorthin zurückfliegen, wo Sie herkommen. Ist das klar?«

»Sie machen einen Fehler. Ich sollte an …«

»Sie machen einen Fehler, wenn Sie mit mir über diese Entscheidung diskutieren wollen. Deutlicher kann ich es nicht ausdrücken. Ich will Sie hier nicht mehr haben. Liefern Sie Ihre Berichte ab und setzen Sie sich ins Flugzeug.«

Sie versuchte, die ganze angestaute Wut in ihren Blick zu legen. Er hob eine Hand, als wollte er etwas abwehren.

»Passen Sie auf, was Sie sagen. Es könnte auf Sie zurückfallen.«

Rachel schluckte ihren Ärger hinunter. Sie sprach beherrscht und ruhig.

»Ich gehe nirgendwohin.«

Alpert sah aus, als würden ihm jeden Moment die Augen herausfallen. Er wandte sich Dei zu und winkte sie aus dem Zimmer. Dann drehte er sich wieder zu Rachel um und wartete, bis er die Tür sich schließen hörte.

»Entschuldigung? Was haben Sie gerade gesagt?«

»Ich habe gerade gesagt, ich gehe nirgendwohin. Ich arbeite weiter an diesem Fall. Wenn Sie mich nämlich in ein Flugzeug setzen, fliege ich nicht nach South Dakota zurück, sondern nach Washington, und zwar direkt zur Dienstaufsichtsbehörde, um Sie anzuzeigen.«

»Weswegen? Weswegen wollen Sie mich anzeigen?«

»Sie haben mich von Anfang an als Köder benutzt. Ohne mein Wissen und Einverständnis.«

»Reden Sie doch keinen Unsinn. Aber machen Sie nur, gehen Sie ruhig zur Dienstaufsicht. Die werden sich kaputtlachen und Sie wieder nach South Dakota zurückschicken und weitere zehn Jahre dort versauern lassen.«

»Cherie hat einen Fehler gemacht und dann auch Sie. Als ich aus Clear anrief, fragte sie mich, warum wir Boschs Auto genommen hätten. Und dann haben Sie mich im Hangar das Gleiche gefragt. Sie wussten, dass ich in Boschs Auto da raufgefahren bin. Das hat mich stutzig gemacht, und ich begann darüber nachzudenken und kam schließlich auch drauf, warum. Sie haben einen GPS-Sender an meinem Auto angebracht. Ich bin heute Abend darunter gekrochen und habe ihn gefunden. FBI-Standardmodell, sogar das Ausgabeetikett war noch drauf. Es ist also registriert, wer es ausgeliehen hat.«

»Ich weiß überhaupt nicht, wovon Sie reden.«

»Kann schon sein, aber bei der Dienstaufsicht werden Sie es sicher herausfinden. Wenn mich nicht alles täuscht, wird Ihnen Cherie alles sagen. Ich meine, ich würde jedenfalls an ihrer Stelle meine Karriere nicht an Sie hängen. Ich würde die Wahrheit sagen. Dass Sie mich als Köder hierher geholt haben, dass Sie dachten, ich würde Backus aus seinem Versteck hervorlocken. Ich wette, Sie haben mich die ganze Zeit beschatten lassen. Auch darüber dürfte es Aufzeichnungen geben. Und was ist mit meinem Telefon und meinem Hotelzimmer? Haben Sie beides abhören lassen?«

Rachel sah die Veränderung in Alperts Augen. Sein Blick kehrte sich nach innen, und sein Verstand war plötzlich nicht mehr mit ihren Anschuldigungen beschäftigt, sondern mit den Konsequenzen einer Dienstaufsichtsbeschwerde und des daraus resultierenden Ermittlungsverfahrens. Sie sah, wie er seinen eigenen Untergang erblickte. Ein Agent, der eine Kollegin abhörte und observierte, sie in einem höchst gefährlichen Spiel ohne ihr Wissen als Köder benutzte. Angesichts der derzeitigen Hellhörigkeit der Medien und des entsprechenden Bemühens der FBI-Führung, jegliche Kontroversen zu vermeiden, ließe sich sein Vorgehen unter keinen Umständen vertreten. Wenn hier jemand dran glauben müsste, dann er, nicht sie. Er würde rasch und in aller Stille abserviert. Wenn er Glück hatte, durfte er hinterher vielleicht zusammen mit Rachel in der Außenstelle Rapid City arbeiten.

»Im Sommer ist es in South Dakota übrigens sehr schön«, sagte sie.

Sie stand auf und ging zur Tür.

»Agent Walling?«, sagte Alpert zu ihrem Rücken. »Warten Sie einen Moment.«

39

Wegen des Regens und des Windes landete Rachels Maschine mit einer halben Stunde Verspätung in Burbank. Das schlechte Wetter hatte die ganze Nacht angehalten, und die Stadt war in einen Schleier aus Grau gehüllt. Es war die Sorte Regen, der die Stadt lähmte. Auf jeder Straße und jedem Freeway kam der Verkehr nur noch im Schneckentempo voran. Für solche Witterungsverhältnisse waren die Straßen nicht gebaut. Die Stadt ebenfalls nicht. Bis Tagesanbruch waren die Abflusskanäle und Flutmulden voll, und der Los Angeles River hatte aus dem betonierten Kanal, der sich durch die Stadt zum Meer schlängelte, eine reißende Stromschnelle gemacht. Es war schwarzes Wasser, das die Asche von den Bränden mit sich führte, die im vorangegangenen Jahr die Hügel geschwärzt hatten. Über allem lag eine gewisse Weltuntergangsstimmung. Zuerst war die Stadt vom Feuer heimgesucht worden und jetzt vom Regen. In L. A. zu leben war manchmal, als ritte man Seite an Seite mit dem Teufel der Apokalypse entgegen. Leute, die ich an diesem Morgen sah, hatten einen Blick in den Augen, der zu sagen schien: Was kommt jetzt noch? Ein Erdbeben? Ein Tsunami? Oder vielleicht irgendeine hausgemachte Katastrophe? Ein Dutzend Jahre zuvor waren Feuer und Regen in der Stadt der Engel die Vorboten tektonischer wie gesellschaftlicher Verwerfungen gewesen. Ich kann mir nicht vorstellen, dass es jemanden gab, der bezweifelte, dass so etwas noch einmal passieren könnte. Wenn wir dazu verdammt sind, uns in unseren Torheiten und Fehlern zu wiederholen, ist es nicht schwer, Natur und Gleichgewicht nach demselben Prinzip funktionieren zu sehen.

Solche Gedanken gingen mir durch den Kopf, als ich vor dem Terminal auf Rachel wartete. Der Regen prasselte auf die Windschutzscheibe und trübte sie. Der Wind schaukelte den Wagen auf seinen Federn. Ich dachte über meine Rückkehr in den Polizeidienst nach, hatte aber bereits wieder Zweifel an meiner Entscheidung und fragte mich, ob ich mich in meiner Torheit wiederholen würde oder ob ich diesmal eine Chance hätte, mich zu bewähren.

Wegen des Regens sah ich Rachel erst, als sie ans Beifahrerfenster klopfte. Danach ging sie nach hinten, öffnete die Heckklappe und warf ihre Tasche hinein. Sie trug einen grünen Parka und hatte sich die Kapuze über den Kopf gezogen. In Dakota hatte er ihr sicher gute Dienste geleistet, den Elementen zu trotzen, aber hier in L. A. sah er zu groß und voluminös aus.

»Ich hoffe nur, du hast nicht zu viel versprochen, Bosch«, sagte sie, als sie einstieg und vor Nässe triefend auf den Beifahrersitz plumpste.

Sie zeigte kein erkennbares Zeichen von Zuneigung und ich ebenfalls nicht. Das war eins der Dinge, die wir am Telefon verabredet hatten. Solange wir meinem Verdacht nachgingen, würden wir wie Kollegen auftreten.

»Wieso? Hättest du was Besseres vorgehabt?«

»Nein, das ist nur, weil ich gestern Abend bei Alpert aufs Ganze gegangen bin. Noch ein Schnitzer und ich kann mich auf eine Dauerstationierung in South Dakota einstellen, wo übrigens das Wetter im Moment besser sein dürfte als hier.«

»Na, dann willkommen in L. A.«

»Ich dachte, das hier wäre Burbank.«

»Technisch gesehen, ja.«

Nachdem wir den Flughafen hinter uns gelassen hatten, nahm ich den Freeway 134 nach Osten zum 5er. Wegen des Regens und des morgendlichen Stoßverkehrs kamen wir nur langsam voran, als wir am Griffith Park entlang und dann nach Süden fuhren. Ich war noch nicht so weit, dass ich mir wegen der Zeit Sorgen machte, aber ich stand kurz davor.

Wir fuhren längere Zeit stumm dahin, weil die Mischung aus Regen und dichtem Verkehr viel Aufmerksamkeit erforderte, in Rachels Fall möglicherweise sogar mehr, weil sie nur dasitzen und nichts tun konnte, während ich das Steuer in der Hand hatte. Schließlich sagte sie etwas, und sei es auch nur, um etwas von der gespannten Atmosphäre abzubauen.

»Erzählst du mir vielleicht auch irgendwann mal, was du für einen großartigen Plan hast?«

»Keinen Plan, nur eine Ahnung.«

»Nein, Bosch, du hast gesagt, du *kennst* seinen nächsten Schritt.«

Ich merkte, dass sie dazu übergegangen war, mich mit meinem Nachnamen anzusprechen, seit wir uns auf dem Bett meiner kleinen Wohnung in Las Vegas geliebt hatten. Ich fragte mich, ob das Teil unserer Abmachung war, uns wie Kollegen zu verhalten, oder eine Art umgekehrter Zärtlichkeitsbezeigung: Man sprach jemanden, mit dem man höchst intim gewesen war, mit seinem am wenigsten intimen Namen an.

»Ich wollte dich unbedingt hier haben, Rachel.«

»Na gut, hier bin ich. Erzähl endlich.«

»Es ist der Poet, der den großen Plan hat. Backus.«

»Was hat er vor?«

»Erinnerst du dich an die Bücher, von denen ich dir gestern erzählt habe, die Bücher in der Mülltonne und dieser Gedichtband, den ich herausgefischt habe?«

»Ja.«

»Ich glaube, ich weiß jetzt, was das alles bedeutet.«

Ich erzählte ihr von der zum Teil verbrannten Quittung, die ich gesehen hatte, und von meiner Vermutung, dass es sich bei Book Car um Book Carnival handelte, die Buchhandlung des pensionierten Detective Ed Thomas, den der Poet acht Jahre zuvor als letztes Opfer im Visier gehabt hatte.

»Wegen dieses Buchs in der Mülltonne glaubst du also, er ist hier und will den Mord nachholen, bei dem wir ihm vor acht Jahren einen Strich durch die Rechnung gemacht haben.«

»Genau.«

»Das ist aber ein bisschen arg weit hergeholt, Bosch. Hättest du mir das nicht erzählen können, bevor ich meine berufliche Karriere aufs Spiel gesetzt habe und hierher geflogen bin?«

»Es gibt keine Zufälle, vor allem nicht solche.«

»Na schön, dann schieß mal los. Gib mir das Profil. Erkläre mir den großen Plan des Poeten.«

»Also, Verbrechensprofile zu erstellen ist Sache des FBI. Das werde ich nicht tun. Aber ich glaube, dass er genau das vorhat. Ich glaube, der Wohnwagen und die Explosion, das sollte alles nur so aussehen wie das große Finale. In Wirklichkeit hat er vor, Ed Thomas umzubringen, sobald der Direktor vor die Fernsehkameras tritt und sagt, ich glaube, wir haben ihn. Das hätte echten Symbolcharakter. Es wäre die große Geste, die ultimative Verarschung. Es wäre das totale Schachmatt, Rachel. Während sich das FBI auf die Brust trommelt, legt er vor seiner Nase den Mann um, mit dessen Rettung es beim letzten Mal so groß angegeben hat.«

»Und wieso die Bücher in der Mülltonne? Wie passt das alles ins Bild?«

»Ich glaube, das waren alles Bücher, die er von Ed Thomas gekauft hat. Entweder auf dem Versandweg oder vielleicht sogar im Laden. Vielleicht waren sie irgendwie gekennzeichnet und hätten mit der Buchhandlung in Verbindung gebracht werden können. Und weil er das nicht wollte, verbrannte er sie. Er wollte nicht riskieren, dass sie die Explosion vielleicht überstanden.

Andererseits hätte das FBI nach Ed Thomas' Tod und Backus' Verschwinden die Verbindung zur Buchhandlung entdeckt und begriffen, wie lange und wie gründlich Backus alles geplant hatte. Es hätte seine Genialität unter Beweis gestellt. Und genau darum geht es ihm doch, oder nicht? Du bist hier der Profiler. Korrigiere mich, wenn ich was Falsches sage.«

»Ich *war* der Profiler. Im Moment bearbeite ich Straftaten in den Reservaten von North und South Dakota.«

Der Verkehr begann nachzulassen, als wir an Downtown L. A. vorbeikamen, wo die Türme des Bankenviertels in den oberen Dunstschichten des Unwetters verschwanden. Für mich hatte die Stadt bei Regen immer etwas Verwunschenes. Ihr haftete dann etwas Unheilvolles an, das mich ausnahmslos bedrückte und mir das Gefühl vermittelte, auf der Welt wäre etwas losgebrochen und stimmte nicht.

»Die Sache hat nur einen Haken, Bosch.«

»Und der wäre?«

»Der Direktor hält heute zwar eine Pressekonferenz, aber er wird nicht sagen, dass wir den Poeten gefasst haben. Genau wie du glauben auch wir nicht, dass der Tote im Wohnwagen Backus war.«

»Na schön, das weiß Backus aber nicht. Er wird

es sich wie jedermann sonst auf CNN ansehen. An seinem Vorhaben wird das allerdings gar nichts ändern. So oder so wird er Ed Thomas heute umbringen. Er wird uns damit so oder so zu verstehen geben: *›Ich bin besser und schlauer als ihr.‹*«

Sie nickte und dachte eine Weile darüber nach.

»Also gut«, sagte sie schließlich. »Und wenn ich dir das abnehme? Wie gehen wir weiter vor? Hast du Ed Thomas schon angerufen?«

»Ich weiß nicht, wie wir weiter vorgehen sollen, und Ed Thomas habe ich noch nicht angerufen. Wir fahren jetzt zu seiner Buchhandlung. Sie ist unten in Orange und öffnet um elf. Ich habe angerufen und vom Anrufbeantworter die Öffnungszeiten erfahren.«

»Warum fahren wir zu seinem Laden? Alle anderen Polizisten waren zu Hause, als Backus sie umgebracht hat, einer in seinem Auto.«

»Weil ich im Moment nicht weiß, wo Ed Thomas wohnt, und wegen des Buchs. Wenn mich nicht alles täuscht, wird Backus in der Buchhandlung zuschlagen. Wenn ich mich täuschen sollte und Ed nicht im Laden auftaucht, finden wir raus, wo er wohnt, und fahren dorthin.«

Rachel nickte zum Zeichen, dass sie mit meinem Plan einverstanden war.

»Es gab drei Bücher über den Poeten. Ich habe alle drei gelesen, und alle hatten ein Nachwort, in dem kurz auf den weiteren Lebensweg der Beteiligten eingegangen wurde. Dort stand zum Beispiel zu lesen, dass Thomas den Dienst quittiert und eine Buchhandlung gekauft hat. Ich glaube, in einem Buch wurde der Buchladen sogar namentlich erwähnt.«

»Na, siehst du?«

Sie sah auf die Uhr.

»Schaffen wir es bis dorthin, bevor sie öffnen.«

»Auf jeden Fall. Steht schon fest, wann die Pressekonferenz des Direktors stattfindet?«

»Um fünfzehn Uhr Ortszeit in Washington.«

Ich sah auf die Uhr am Armaturenbrett. Es war zehn Uhr vormittags. Wir hatten noch eine Stunde, bis die Buchhandlung öffnete, und zwei Stunden bis zum Beginn der Pressekonferenz. Wenn meine Theorie und meine Vermutung richtig waren, stünden wir in Kürze dem Poeten gegenüber. Ich war bereit, und ich war voll in Fahrt. Ich spürte das Oktan in meinem Blut. Nach alter Gewohnheit nahm ich die Hand vom Lenkrad und fasste an meine Hüfte. Dort hatte ich eine Glock 27 in ihrem Holster. Ich war nicht berechtigt, eine Waffe zu tragen, und wenn ich Gebrauch von ihr machen musste, bekam ich möglicherweise Ärger

– die Sorte Ärger, die meine Rückkehr in den Polizeidienst vereiteln konnte.

Aber es gibt Gelegenheiten, bei denen die Risiken, die einem drohen, die Risiken diktieren, die man eingehen muss. Und mein Gefühl sagte mir, dass das so eine Gelegenheit war.

40

Wegen des Regens war es schwierig, die Buchhandlung zu beobachten. Hätten wir die Scheibenwischer angelassen, hätte uns das garantiert verraten. Deshalb spähten wir zunächst durch die Wasserschlieren auf der Windschutzscheibe.

Wir standen auf dem Parkplatz eines Einkaufszentrums am Tustin Boulevard in der Stadt Orange. Book Carnival war eine kleine Buchhandlung zwischen einem Mineraliengeschäft und einem Laden, der anscheinend leer stand. Drei Türen weiter war ein Waffengeschäft.

Es gab nur einen öffentlichen Zugang zu der Buchhandlung. Bevor wir auf dem Parkplatz vor dem Laden Stellung bezogen hatten, waren wir auf die Rückseite des Einkaufszentrums gefahren und hatten einen Hinterausgang mit dem Namen der Buchhandlung darauf ausgemacht. Es gab eine Klingel und ein Schild mit der Aufschrift BEI LIEFERUNGEN BITTE KLINGELN.

In einer perfekten Welt wären wir mit einem Minimum von vier Augenpaaren auf Vorder- und

Rückseite der Buchhandlung gewesen. Backus konnte von beiden Seiten kommen. Von vorn, indem er sich als Kunde ausgab, von hinten als Paketausfahrer. Aber an diesem Tag war auf der Welt nichts perfekt. Es regnete, und wir waren nur zu zweit. Wir parkten den Mercedes in einiger Entfernung vom Vordereingang, aber doch nah genug, um noch etwas sehen und nötigenfalls einschreiten zu können.

Ladentisch und Kasse befanden sich unmittelbar hinter dem Schaufenster von Book Carnival. Das kam uns zugute. Kurz nachdem Ed Thomas den Laden geöffnet hatte, konnten wir ihn hinter dem Ladentisch Stellung beziehen sehen. Er schob eine Geldlade in die Kasse und machte ein paar Anrufe. Trotz des Regens und der nassen Windschutzscheibe hatten wir ihn im Blick, solange er an der Kasse blieb. Es war der hintere Ladenbereich, der im Dunkeln verschwand. Jedes Mal, wenn er seinen Posten verließ und nach hinten zu den Regalen und Vitrinen ging, verloren wir ihn aus den Augen, und uns befiel elektrisierende Panik.

Auf der Fahrt nach Orange hatte mir Rachel von dem GPS-Gerät an ihrem Auto erzählt, das für sie die endgültige Bestätigung gewesen war, dass sie von ihren Kollegen als Köder für Backus benutzt worden war. Und jetzt saßen wir hier und beobachteten einen meiner ehemaligen Kollegen, den wir in gewisser Weise ebenfalls als Köder benutzten. Das stieß mir sauer auf. Ich wollte reingehen und Ed sagen, dass er von einem Killer aufs Korn genommen wurde, dass er Urlaub nehmen und verreisen sollte. Aber das tat ich nicht, weil ich wusste, dass wir möglicherweise unsere einzige Chance verspielten, Backus zu fassen, wenn dieser Thomas beobachtete und irgendeine Abweichung von der Norm bemerkte. Deshalb gingen Rachel und ich sehr egoistisch mit Ed Thomas' Leben um. Mir war jedoch klar, dass ich mich hinterher mit den entsprechenden Schuldgefühlen herumschlagen müsste. Die Frage war nur, wie groß diese Schuldgefühle je nach dem Ausgang der Geschichte wären.

Die ersten zwei Kunden des Tages waren Frauen. Sie kamen, kurz nachdem Thomas die Tür aufgeschlossen hatte, in den Laden. Und während sie in der Buchhandlung stöberten, parkte ein Mann vor dem Eingang und ging ebenfalls in den Laden. Er war zu jung, um Backus zu sein, sodass bei uns die Alarmglocken noch nicht mit voller Lautstärke losschrillten. Er verließ die Buchhandlung überstürzt und ohne ein Buch gekauft zu haben. Als etwas später auch die zwei Frauen gingen, jede mit einer Tüte voller Bücher, stieg ich aus dem

Mercedes und rannte über den Parkplatz und unter das Vordach des Waffengeschäfts.

Rachel und ich hatten zwar beschlossen, Thomas nicht in unsere Ermittlungen einzubeziehen, aber das sollte mich nicht davon abhalten, zu Erkundungszwecken seinen Laden zu betreten. Wir hatten uns darauf geeinigt, dass ich unter einem Vorwand in die Buchhandlung ginge, mich Thomas beiläufig als ehemaliger Kollege zu erkennen gäbe und herauszufinden versuchte, ob er vielleicht schon Verdacht geschöpft hatte, dass er beobachtet wurde. Sobald also die ersten Kunden des Tages in den Laden gekommen und wieder gegangen waren, schritt ich zur Tat.

Zuerst drückte ich mich in das Waffengeschäft, weil es der Stelle, wo ich das Auto abgestellt hatte, am nächsten war und weil es jemandem, der das Einkaufszentrum beobachtete, komisch vorgekommen wäre, dass ich am einen Ende parkte und zu der Buchhandlung am anderen Ende ging. Ich warf einen flüchtigen Blick auf die blitzenden Feuerwaffen, die in der Glasvitrine ausgestellt waren, bevor ich mich den Schießscheiben an der Rückwand zuwandte. Es gab die üblichen Silhouetten, aber auch Modelle mit den Gesichtern von Osama bin Laden und Saddam Hussein. Ich nahm an, das waren die Verkaufsschlager.

Als mich der Mann hinter dem Ladentisch fragte, ob er mir helfen könne, sagte ich ihm, ich wolle mich nur ein bisschen umsehen, und verließ den Laden wieder. Ich ging in Richtung Book Carnival los, blieb aber vorher vor dem leeren Laden stehen. Durch das mit Farbe überschmierte Schaufenster konnte ich mit Buchtiteln beschriftete Schachteln sehen. Mir wurde klar, dass Thomas den Laden als Lager für seine Bücher benutzte. Es gab ein ZU VERMIETEN-Schild und eine Telefonnummer, die ich mir für den Fall, dass sie uns bei späteren Nachforschungen von Nutzen sein könnte, einprägte.

Als ich Book Carnival betrat, war Ed Thomas hinter dem Ladentisch. Ich lächelte, und er lächelte zum Zeichen des Erkennens, aber ich merkte, dass er ein paar Sekunden brauchte, um das Gesicht, das er erkannte, einzuordnen.

»Harry Bosch«, sagte er, als er es geschafft hatte.

»Hallo, Ed, wie geht's?«

Wir gaben uns die Hand, und seine Augen hinter der Brille hatten eine Wärme, die mir gefiel. Ich war ziemlich sicher, dass ich ihn seit seinem Abschiedsessen vor sechs oder sieben Jahren in der Sportsman's Lodge oben im Valley nicht mehr gesehen hatte. In seinem Haar war mehr Weiß als etwas anderes. Aber er war immer noch groß und dünn, wie ich ihn von früher in Erinnerung hatte. Er hatte an Tatorten dazu geneigt, seinen Notizblock beim Schreiben sehr hoch und dicht an sein Gesicht zu halten. Das hatte daran gelegen, dass seine Brille seinen Augen immer ein oder zwei Optikerbesuche hinterhergehinkt war. Diese Haltung mit den erhobenen Armen trug ihm im Morddezernat den Spitznamen Gottesanbeterin ein. Das fiel mir jetzt plötzlich wieder ein. Ich erinnerte mich, dass auf der Einladung zu seiner Abschiedsparty eine Karikatur von ihm als Superman mit Umhang und Maske und einem großen G auf der Brust gewesen war.

»Na, kann man mit Büchern auch Geld verdienen?«

»Mehr als du denkst, Harry. Was hat dich denn aus der großen bösen Stadt hier runter verschlagen? Ich habe gehört, du hast vor zwei Jahren auch den Job an den Nagel gehängt.«

»Ja, hab ich. Aber ich habe vor, wieder einzusteigen.«

»Fehlt es dir?«

»Ja, in gewisser Weise schon. Mal sehen, wie es mir dann geht.«

Das schien ihn zu überraschen, und mir wurde klar, dass ihm die Polizei nicht im Geringsten fehlte. Er hatte immer schon viel gelesen, hatte für Observierungen und Abhöraktionen immer eine Schachtel Taschenbücher im Kofferraum gehabt. Jetzt hatte er seine Pension und seine Buchhandlung. Er kam gut ohne die ganze Widerwärtigkeit des Jobs aus.

»Schaust du nur so vorbei?«

»Nein, es gibt einen Grund, warum ich hier bin. Erinnerst du dich an meine alte Partnerin, Kiz Rider?«

»Ja, klar, sie war schon mal hier.«

»Genau deswegen bin ich hier. Sie hat mir bei etwas geholfen, und ich wollte ihr eine Kleinigkeit schenken. Ich kann mich erinnern, dass sie mir mal erzählt hat, dein Laden wäre der einzige weit und breit, in dem man ein Buch von einem Autor wie Dean Koontz signiert bekommen könnte. Deshalb dachte ich, ob du vielleicht welche hier hast. Ich würde ihr gern eins schenken.«

»Könnte sein, dass ich hinten noch ein paar habe. Ich gehe mal nachsehen. So was geht immer schnell weg, aber einen kleinen Vorrat behalte ich normalerweise.«

Er ließ mich am Ladentisch stehen und ging zu einer Tür im hinteren Teil, die vermutlich in einen Lagerraum führte. Ich nahm an, der Lieferanteneingang war irgendwo dort hinten. Als Ed nicht mehr zu sehen war, beugte ich mich über den Ladentisch und sah auf die Borde darunter. Ich entdeckte einen kleinen Videomonitor, der in vier Felder unterteilt war. Aus dem Blickwinkel von vier Überwachungskameras waren darauf der Kassenbereich zu sehen, wo ich mich gerade über den Ladentisch beugte, außerdem eine Gesamtansicht des Ladens, ein kleinerer Ausschnitt auf eine Reihe von Regalen und der Lagerraum im rückwärtigen Teil, wo ich Thomas auf einen ähnlichen Monitor in einem Regal schauen sah.

Ich merkte, dass er mich beobachtete, wie ich mich über seinen Ladentisch beugte. Ich richtete mich auf und überlegte mir rasch eine Erklärung für mein Verhalten. Kurz darauf kam Thomas mit einem Buch an den Ladentisch zurück.

»Hast du gefunden, wonach du gesucht hast, Harry?«

»Was? Ach so, meinst du, weil ich über den Ladentisch geschaut habe? Ich wollte nur sehen, ob du, na ja, du weißt schon, ob du irgendwas zu deinem Schutz hier hast. Wo du doch früher bei der Polizei warst und so. Machst du dir eigentlich manchmal Sorgen, dass jemand hier aufkreuzt, den du von früher kennst?«

»Ich habe Sicherheitsvorkehrungen getroffen, Harry. Mach dir da mal keine Sorgen.«

Ich nickte.

»Gut zu wissen. Ist das hier das Buch?«

»Ja, hat sie das schon? Es ist letztes Jahr erschienen.«

Er zeigte mir ein Buch mit dem Titel *The Face*. Ich wusste nicht, ob Kiz es schon hatte oder nicht, aber ich würde es kaufen.

»Keine Ahnung. Hat er es signiert?«

»Ja, signiert und datiert.«

»Okay, dann nehme ich es.«

Während er das Buch in die Kasse eingab, versuchte ich es mit etwas Smalltalk, der in Wirklichkeit kein Smalltalk war.

»Ich habe gesehen, dass du da unten einen Überwachungsmonitor hast. Ist das nicht ein bisschen übertrieben für eine Buchhandlung?«

»Du würdest dich wundern. Die Leute klauen ständig Bücher. Dort hinten habe ich eine Sammlerecke – teure Stücke aus den Bibliotheken, die ich aufkaufe und weiterverkaufe. Eine Kamera ist direkt da drauf gerichtet. Erst heute morgen habe ich einen Jungen erwischt, der *Nick's Trip* mitgehen lassen wollte. Die frühen Sachen von Pelecanos sind nämlich schwer zu kriegen. Das wäre ein Verlust von zirka siebenhundert Dollar für mich gewesen.«

Das schien mir unverhältnismäßig viel Geld für

ein einziges Buch. Ich hatte von dem Titel nie gehört, nahm aber an, dass es fünfzig oder hundert Jahre alt sein musste.

»Hast du die Cops gerufen?«

»Nein, ich habe ihm nur ordentlich die Leviten gelesen und gesagt, wenn er noch mal hier auftaucht, hole ich die Polizei.«

»Das ist aber nett von dir, Ed. Du musst ja richtig nachsichtig geworden sein, seit du bei der Polizei aufgehört hast. Ich kann mir nicht vorstellen, dass die Gottesanbeterin den Jungen einfach hätte laufen lassen.«

Ich reichte ihm zwei Zwanziger, und er gab mir heraus.

»Die Gottesanbeterin gehört der Vergangenheit an. Und meine Frau findet mich keineswegs nachsichtig. Jedenfalls danke, Harry. Und bestell Kiz schöne Grüße von mir.«

»Ja, mache ich. Hast du sonst noch jemanden aus dem Dezernat mal wieder getroffen?«

Ich wollte noch nicht gehen. Ich wollte mehr Informationen, und deshalb beendete ich das Gespräch noch nicht. Ich blickte über seinen Kopf nach oben und entdeckte eine kleine Kuppel mit zwei Kameras. Sie war dicht unterhalb der Decke montiert. Ein Objektiv war auf die Registrierkasse gerichtet, das andere auf den ganzen Laden. Ein rotes Lämpchen leuchtete, und ich sah ein dünnes schwarzes Kabel, das sich vom Kameragehäuse in die abgehängte Decke hinaufschlängelte. Während Thomas meine Frage beantwortete, überlegte ich, ob Backus möglicherweise in der Buchhandlung gewesen und auf einem Überwachungsvideo festgehalten worden war.

»Eigentlich nicht«, sagte Thomas. »Irgendwie habe ich damit abgeschlossen. Du sagst ja, dass dir der Job fehlt, Harry, aber mir fehlt er nicht. Überhaupt nicht.«

Ich nickte, als verstünde ich, aber ich verstand ihn nicht. Thomas war ein guter Cop und ein guter Detective gewesen. Er hatte sich die Arbeit zu Herzen genommen. Das war ein Grund gewesen, warum ihn der Poet aufs Korn genommen hatte. Meiner Meinung nach war es nur ein Lippenbekenntnis und nichts, wohinter er wirklich stand.

»Das ist gut«, sagte ich. »Ach, hast du zufällig den Jungen, den du heute morgen rausgeworfen hast, auf deinem Überwachungsvideo? Würde mich mal interessieren, wie er dich zu beklauen versucht hat.«

»Nein, ich habe nur Echtzeitaufnahmen. Die Kameras sind deutlich zu sehen, und ich habe auch ein Hinweisschild an der Tür, sodass man meinen möchte, das wäre Abschreckung genug, aber manche Leute sind einfach dumm. Eine Anlage mit Aufnahmegerät wäre zu teuer und sehr aufwändig in der Wartung. Deshalb habe ich nur die Echtzeitaufnahmen.«

»Verstehe.«

»Übrigens, falls Kiz das Buch schon hat, nehme ich es zurück. Ich kann es wieder verkaufen.«

»Nein, das ist zwar sehr nett, aber falls sie es wirklich schon hat, behalte ich es und lese es selbst.«

»Harry, wann hast du zum letzten Mal ein Buch gelesen?«

»Vor ein paar Monaten habe ich ein Buch über Art Pepper gelesen«, sagte ich ungehalten. »Er und seine Frau haben es geschrieben, bevor er starb.«

»Ein Sachbuch?«

»Ja, über Dinge, die wirklich passiert sind.«

»Ich meine einen Roman. Wann hast du das letzte Mal einen Roman gelesen?«

Ich zuckte die Achseln. Ich konnte mich nicht erinnern.

»Hab ich mir doch gedacht«, sagte Thomas. »Wenn sie das Buch nicht will, bring es zurück, und ich lasse es jemandem zukommen, der es liest.«

»Okay, Ed. Danke.«

»Und pass gut auf dich auf, Harry.«

»Mach ich. Du auch.«

Ich war bereits auf dem Weg zur Tür, als sich alles zusammenfügte – was Thomas mir gesagt hatte und was ich über den Fall wusste. Ich schnippte mit den Fingern und tat so, als fiele mir gerade etwas ein. Ich drehte mich zu Thomas um.

»Ach, übrigens, ich habe einen Freund, der in Nevada lebt, aber er sagt, er wäre bei dir Kunde. Wahrscheinlich per Postversand. Machst du Postversand?«

»Klar. Wie heißt er?«

»Tom Walling. Wohnt oben in Clear.«

Thomas nickte, aber er machte dabei keinen erfreuten Eindruck.

»Ist er ein Freund von dir?«

Ich merkte, ich könnte einen Volltreffer gelandet haben.

»Na ja, eher eine Bekanntschaft, würde ich sagen.«

»Also, er schuldet mir Geld.«

»Tatsächlich? Was ist passiert?«

»Das ist eine lange Geschichte. Jedenfalls habe ich ihm ein paar Bücher aus einer Bibliotheksauflösung verkauft, und er hat prompt bezahlt. Per Zahlungsanweisung, ohne irgendwelche Probleme. Als er deshalb mehr Bücher wollte, schickte ich sie ihm, bevor ich das Geld bekommen hatte. Das hätte ich nicht tun sollen. Das war vor drei Monaten, und seitdem habe ich nicht einen Cent von ihm gesehen. Falls du deinen Bekannten mal wieder siehst, richte ihm aus, ich will mein Geld.«

»Mache ich, Ed. Ist ja wirklich ärgerlich. Ich wusste gar nicht, dass der Kerl ein Betrüger ist. Was hat er für Bücher gekauft?«

»Er steht auf Poe. Deshalb habe ich ihm ein paar Bücher aus der Rodway-Sammlung verkauft. Ein paar alte. Ziemlich gute Bücher. Als ich dann noch mal eine Sammlung reinbekam, hat er mehr bestellt. Für die hat er nicht bezahlt.«

Mein Puls schaltete einen Gang höher. Was Thomas mir erzählte, war die Bestätigung, dass Backus etwas im Schilde führte. Am liebsten hätte ich in diesem Moment mit dem ganzen Theater Schluss gemacht und Thomas erzählt, was Sache war und dass er in Gefahr schwebte. Aber ich tat es nicht. Zuerst musste ich mit Rachel sprechen und einen vernünftigen Plan entwerfen.

»Wenn ich mich nicht täusche, habe ich diese Bücher in seiner Wohnung gesehen«, sagte ich. »Waren es Gedichte?«

»Ja, hauptsächlich. Die Kurzgeschichten haben ihn nicht sonderlich interessiert.«

»Stand in diesen Büchern der Name des ursprünglichen Sammlers? Rodman?«

»Nein, Rodway. Und ja, sie hatten alle seinen Bibliheksstempel eingeprägt. Das war zwar eine gewisse Wertminderung, aber dein Freund wollte die Bücher trotzdem.«

Ich nickte. Ich sah meine Theorie langsam Gestalt annehmen. Inzwischen war es mehr als eine Theorie.

»Harry, was willst du eigentlich wirklich?«

Ich sah Thomas an.

»Wie meinst du das?«

»Ich weiß auch nicht. Du stellst eine Menge Fragen …«

Ein lautes Klingeln, das aus dem hinteren Teil des Ladens kam, schnitt Thomas das Wort ab.

»Ist ja auch nicht weiter wichtig, Harry«, sagte er. »Da kommen gerade mehr Bücher. Ich kriege eine Lieferung.«

»Oh.«

»Bis dann also.«

»Bis dann.«

Ich beobachtete, wie er vom Ladentisch nach hinten ging. Ich sah auf meine Uhr. Es war Mittag. Der FBI-Direktor trat gerade vor die Fernsehkameras, um die Öffentlichkeit über die Explosion in der Wüste zu unterrichten und zu sagen, dass sie das Werk des Killers war, der als der Poet bekannt war. War das vielleicht der Moment, den

Backus gewählt hatte, um Thomas umzubringen? Meine Kehle und mein Brustkorb schnürten sich zusammen, als wäre die Luft aus dem Raum gesaugt worden. Sobald Thomas in das Lager verschwunden war, beugte ich mich wieder über den Ladentisch, um auf den Überwachungsmonitor zu schauen. Mir war zwar klar, dass Thomas, wenn er auf den Monitor im Lager sah, merken würde, dass ich den Laden nicht verlassen hatte, aber ich zählte darauf, dass er direkt zur Tür gehen würde.

In der Bildschirmecke, in der das Lager zu sehen war, sah ich, wie Thomas das Gesicht an die Hintertür hielt und durch ein Guckloch schaute. Anscheinend nicht beunruhigt über das, was er sah, entriegelte er die Tür und öffnete sie. Ich sah angespannt auf den Monitor, obwohl das Bild sehr klein war und für mich auf dem Kopf stand.

Thomas trat zurück, und ein Mann kam durch die Tür. Er hatte ein dunkles Hemd und dazu passende Shorts an. Er trug zwei Schachteln, eine auf der anderen, und Thomas lotste ihn zu einem Arbeitstisch. Der Ausfahrer stellte die Schachteln darauf ab und nahm dann einen Kleincomputer von der oberen Schachtel, um sich die Lieferung von Thomas bestätigen zu lassen.

Alles schien in bester Ordnung. Eine Routineangelegenheit. Ich richtete mich rasch vom Ladentisch auf und ging zur Tür. Als ich sie öffnete, hörte ich einen elektronischen Glockenton, aber ich machte mir deshalb keine Sorgen. Ich steckte das signierte Buch unter meinen Regenmantel und lief durch den Regen zu meinem Mercedes zurück.

»Was sollte das denn? Wieso hast du dich so komisch über den Ladentisch gebeugt?«, fragte Rachel, sobald ich wieder am Steuer saß.

»Er hat mehrere Überwachungskameras im Laden. Er bekam eine Lieferung, und ich wollte nicht gehen, ohne mich vorher zu vergewissern, dass auch nichts faul an der Sache ist. In Washington ist es jetzt kurz nach drei Uhr.«

»Ich weiß. Und hast du irgendetwas Neues erfahren, oder warst du nur da drinnen, um ein Buch zu kaufen?«

»Ich habe sogar eine ganze Menge erfahren. Tom Walling ist Kunde bei ihm. Beziehungsweise er war es, bis er ihm ein paar Bücher von Edgar Allan Poe nicht bezahlt hat. Wie wir ganz richtig vermutet haben, hat er sie sich per Post zuschicken lassen. Thomas hat ihn nie zu Gesicht bekommen, sondern nur die Bücher nach Nevada geschickt.«

Rachel setzte sich kerzengerade auf.

»Soll das ein Witz sein?«

»Nein. Die Bücher waren aus irgendeiner

Sammlung, die Ed aufgekauft hat. Da sie den Stempel des ehemaligen Besitzers trugen, hätte sich ihre Herkunft feststellen lassen. Deshalb hat sie Backus in der Mülltonne verbrannt. Er wollte nicht riskieren, dass sie die Explosion vielleicht heil überstünden und mit Thomas in Verbindung gebracht werden könnten.«

»Warum?«

»Weil er hier eindeutig etwas geplant hat. Er führt etwas gegen Thomas im Schilde.«

Ich startete den Mercedes.

»Wo willst du hin?«

»Auf die Rückseite des Ladens, um zu sehen, ob bei dieser Lieferung auch wirklich alles mit rechten Dingen zugeht. Außerdem kann es nicht schaden, ab und zu den Standort zu wechseln.«

»Ach so, du erteilst mir jetzt Unterricht in Observierungstechnik.«

Ohne etwas zu erwidern, fuhr ich auf die Rückseite der Ladenzeile, wo ich den braunen UPS-Lieferwagen vor dem Hintereingang von Book Carnival stehen sah. Im Vorbeifahren erhaschte ich einen kurzen Blick auf das Heck und die offene Tür des Laderaums und sah, wie der Fahrer mehrere Schachteln die Rampe zur Hecktür des Lieferwagens hinauftrug. Die ausgehenden Sendungen, nahm ich an. Ich fuhr ohne Zögern weiter.

»Er ist echt«, sagte Rachel.

»Ja.«

»Du hast dich Thomas gegenüber doch hoffentlich nicht verraten?«

»Nein. Er wurde zwar ein bisschen misstrauisch, aber dann hat mich gewissermaßen der Gong gerettet. Ich wollte erst mit dir reden. Ich glaube, wir müssen ihn einweihen.«

»Das hatten wir doch schon, Harry. Wenn wir ihn einweihen, ändert er möglicherweise seine Gewohnheiten und sein Verhalten. Das könnte ihn verraten. Falls ihn Backus beobachtet hat, registriert er vielleicht schon die geringste Abweichung in seinem Verhalten.«

»Und wenn wir ihn nicht warnen und irgendetwas schief geht, können wir …«

Ich sprach nicht zu Ende. Wir hatten diese Diskussion bereits zweimal geführt, wobei jeder von uns abwechselnd die andere Position bezogen hatte. Es war ein klassisches Dilemma. Stellten wir Ed Thomas' Sicherheit an erste Stelle, wenn auch auf das Risiko hin, dass uns Backus entwischte? Oder setzten wir, um Backus zu schnappen, Thomas' Sicherheit aufs Spiel? Es war alles eine Frage der Verhältnismäßigkeit der Mittel, und keiner von uns hatte ein gutes Gefühl bei der Sache, egal, wie wir uns entschieden.

»Das heißt wahrscheinlich, wir dürfen auf keinen Fall zulassen, dass irgendwas schief geht«, sagte Rachel.

»Genau. Und wenn wir Verstärkung anfordern?«

»Auch das wäre zu riskant. Je mehr Leute daran beteiligt sind, desto größer ist die Gefahr, dass wir uns verraten.«

Ich nickte. Sie hatte Recht. Ich fuhr wieder auf die Vorderseite der Buchhandlung und parkte diesmal am anderen Ende des Parkplatzes. Ich gab mich jedoch keinen Illusionen hin. An einem verregneten Werktag gab es nur eine begrenzte Zahl von Autos auf dem Parkplatz, und wir waren eigentlich nicht zu übersehen. Ich nahm an, wir wären wahrscheinlich wie Ed Thomas' Kameras. Eine reine Abschreckungsmaßnahme. Vielleicht hatte uns Backus gesehen, und es hatte ihn von der Durchführung seines Vorhabens abgehalten. Vorläufig.

»Kunde«, sagte Rachel.

Ich spähte über den Parkplatz und sah eine Frau auf die Buchhandlung zugehen. Sie kam mir bekannt vor, und dann erinnerte ich mich aus der Sportsman's Lodge an sie.

»Das ist seine Frau. Ich kenne sie flüchtig. Sie heißt, glaube ich, Pat.«

»Bringt sie ihm das Mittagessen, was denkst du?«

»Möglich. Vielleicht arbeitet sie auch im Laden.«

Wir beobachteten die Buchhandlung eine Weile, aber weder von Thomas noch von seiner Frau war im vorderen Teil des Ladens etwas zu sehen. Ich begann mir Sorgen zu machen und holte mein Handy heraus und rief im Laden an, in der Hoffnung, der Anruf würde sie nach vorn an den Ladentisch holen, wo das Telefon war.

Aber es meldete sich sofort eine Frau, und es war noch immer niemand am Ladentisch. Ich hängte rasch auf.

»Es muss auch im Lager ein Telefon geben.«

»Wer ging dran?«

»Die Frau.«

»Soll ich einen Spaziergang machen und reingehen?«

»Nein. Wenn Backus die Buchhandlung beobachtet, wird er dich erkennen. Er darf dich auf keinen Fall sehen.«

»Okay, was dann?«

»Wir machen erst mal gar nichts. Wahrscheinlich sind sie an dem Tisch, den ich im Lager gesehen habe, und essen zu Mittag. Hab einfach Geduld.«

»Ich will aber keine Geduld haben. Ich finde es nicht gut, hier rumzusitzen –«

Sie verstummte, als wir Ed Thomas aus dem Laden kommen sahen. Er trug einen Regenmantel und hatte einen Regenschirm und eine Aktentasche bei sich. Er stieg in das Auto, in dem wir ihn am Morgen zur Buchhandlung hatten kommen sehen, ein grüner Ford Explorer. Durch das Schaufenster sah ich, wie sich seine Frau hinter dem Ladentisch auf einen Hocker setzte.

»Na siehst du?«, sagte ich.

»Wohin fährt er?«

»Vielleicht holt er was zu essen.«

»Nicht mit einer Aktentasche. Wir folgen ihm, ja?«

Ich ließ den Motor wieder an.

»Okay.«

Wir beobachteten, wie Thomas mit seinem Ford-Geländewagen aus der Parklücke stieß. Er fuhr zur Ausfahrt des Parkplatzes und bog nach rechts auf den Tustin Boulevard. Sobald er sich in den Verkehr eingeordnet hatte, fuhr ich ebenfalls zur Ausfahrt und folgte ihm in den Regen hinein. Ich holte das Handy heraus und rief im Laden an. Ed Thomas' Frau ging dran.

»Hallo, könnte ich bitte Ed sprechen?«

»Leider nein, er ist gerade nicht da. Kann ich Ihnen vielleicht helfen?«

»Spreche ich mit Pat?«

»Ja, am Apparat. Wer sind Sie?«

»Bill Gilbert. Ich glaube, wir haben uns vor längerer Zeit mal in der Sportsman's Lodge kennen gelernt. Ich bin ein ehemaliger Kollege von Ed. Und weil ich heute gerade in der Gegend bin, dachte ich, ich schaue mal in der Buchhandlung vorbei. Kommt er später wieder zurück?«

»Schwer zu sagen. Er ist gerade zu einer Schätzung los, und das kann durchaus den ganzen Tag dauern. Bei dem Regen und weil es doch ziemlich weit von hier ist.«

»Eine Schätzung?«

»Ja, er sieht sich eine Bibliothek an. Jemand will seine Bücher verkaufen und Ed ist gerade losgefahren, um zu sehen, was sie wert sind. Es ist irgendwo oben im San Fernando Valley, und wenn ich ihn richtig verstanden habe, ist es eine große Bibliothek. Er hat gesagt, dass ich heute Abend den Laden wahrscheinlich allein schließen muss.«

»Sind das noch mehr Bücher aus der Rodway-Sammlung? Von der hat er mir nämlich erzählt, als wir das letzte Mal miteinander gesprochen haben.«

»Nein, die ist inzwischen fast ganz verkauft. Hier

handelt es sich um einen gewissen Charles Turrentine, und er hat über sechstausend Bücher.«

»Wow, das sind ja eine Menge.«

»Er ist ein bekannter Sammler, aber ich schätze, er braucht das Geld, weil er Ed gesagt hat, er will alles verkaufen.«

»Komisch. Da verbringt jemand so viel Zeit mit Sammeln, und dann verkauft er alles.«

»Das kommt immer wieder vor.«

»Also, dann will ich Sie nicht mehr länger aufhalten, Pat. Vielleicht klappt es ja beim nächsten Mal. Bestellen Sie ihm schöne Grüße von mir.«

»Wie war Ihr Name gleich wieder?«

»Tom Gilbert. Dann also auf Wiedersehen.«

Ich klappte das Handy zu.

»Am Anfang warst du noch Bill Gilbert.«

»Oh.«

Ich schilderte Rachel den Verlauf des Gesprächs. Dann rief ich die Auskunft für das Gebiet mit der Vorwahlnummer 818 an, aber sie hatten keinen Eintrag für einen Charles Turrentine. Ich fragte Rachel, ob sie in der FBI-Dienststelle Los Angeles jemanden kannte, der ihr Turrentines Adresse und vielleicht auch seine Telefonnummer besorgen könnte.

»Hast du niemanden beim LAPD, der dir helfen kann?«

»Im Moment habe ich, glaube ich, jeden Gefallen aufgebraucht, den mir jemand schuldig ist. Außerdem bin ich ein Außenseiter. Im Gegensatz zu dir.«

»Da bin ich mir nicht so sicher.«

Sie holte ihr Handy heraus, und ich konzentrierte mich wieder auf die Hecklichter von Thomas' Geländewagen, der nur fünfzig Meter vor mir fuhr. Ich wusste, dass Thomas ein Stück weiter zwei Möglichkeiten hätte. Er konnte auf den Freeway 5 überwechseln und in nördlicher Richtung durch Downtown L. A. fahren, oder er konnte auf dem Freeway 22 bleiben und dann den 405er nach Norden nehmen. Auf beiden Routen käme er ins Valley.

Nach fünf Minuten erhielt Rachel einen Rückruf mit den Auskünften, um die sie gebeten hatte.

»Er wohnt in Canoga Park in der Valerio Street. Weißt du, wo das ist?«

»Wo Canoga Park ist, weiß ich. Die Valerio verläuft in ostwestlicher Richtung durch das ganze Valley. Hast du auch eine Telefonnummer?«

Statt einer Antwort gab sie auf ihrem Handy eine Nummer ein. Dann hielt sie es ans Ohr und wartete. Nach einer halben Minute klappte sie das Handy zu.

»Es geht niemand ans Telefon. Ich bekam den Anrufbeantworter dran.«

Wir fuhren schweigend weiter und dachten nach.

Thomas fuhr an der Ausfahrt zum Freeway 5 vorbei und blieb auf dem 22er. Jetzt würde er am 405er nach Norden abbiegen und über den Sepulveda Pass ins Valley fahren. Canoga Park war auf der Westseite. Wegen des Wetters mussten wir mit einer Fahrzeit von mindestens einer Stunde rechnen. Wenn wir Glück hatten.

»Verlier ihn nicht aus den Augen, Bosch«, sagte Rachel ruhig.

Ich wusste, was sie meinte. Ihr Gefühl sagte ihr, dass es jetzt ernst wurde. Sie glaubte, dass uns Ed Thomas zum Poeten führen würde. Ich nickte, weil auch ich dieses Gefühl hatte. Es war fast wie ein Summen, das aus den Tiefen meines Brustkorbs kam. Ohne es wirklich zu wissen, wusste ich, dass wir am Ziel waren.

»Keine Sorge«, sagte ich. »Ich passe schon auf.«

41

Der Regen begann Rachel auf die Nerven zu gehen. Seine Unerbittlichkeit. Er ließ nie nach, hörte nie auf. Er kam einfach runter und klatschte in einem endlosen, die Scheibenwischer überfordernden Schwall auf die Windschutzscheibe. Alles war nur verschwommen erkennbar. Auf den Seitenstreifen des Freeway hatten zahlreiche Autos angehalten. Im Westen, irgendwo draußen über dem Meer, spalteten Blitze den Himmel. Sie kamen an einem Unfall nach dem anderen vorbei, und das machte Rachel umso nervöser. Wenn sie einen Unfall hätten und Thomas aus den Augen verlören, trügen sie eine schreckliche Verantwortung für das, was ihm zustieß.

Sie fürchtete, Thomas in dem Meer aus verschwommenem Rot zu verlieren, wenn sie den roten Schein seiner Hecklichter auch nur einen Moment aus den Augen ließe. Bosch schien zu wissen, was in ihr vorging.

»Entspann dich«, sagte er. »Ich verliere ihn schon nicht aus den Augen. Und selbst wenn, wissen wir, wohin er fährt.«

»Nein, wissen wir nicht. Wir wissen nur, wo Turrentine wohnt. Das heißt nicht, dass dort auch seine Bücher sind. Sechstausend Bücher? Wer bewahrt schon sechstausend Bücher bei sich zu Hause auf? Wahrscheinlich hat er sie irgendwo eingelagert.«

Rachel beobachtete, wie Bosch das Lenkrad fester packte und etwas Tempo zulegte, um dichter zu Thomas aufzurücken.

»Daran hast du nicht gedacht, stimmt's?«

»Nein, ehrlich gesagt, nicht.«

»Deshalb dürfen wir ihn nicht aus den Augen verlieren.«

»Ich hab dir doch gesagt, das werde ich nicht.«

»Ich weiß. Aber es hilft mir, es zu sagen.«

Sie zeigte auf die Windschutzscheibe.

»Wie oft ist das Wetter hier so?«

»Selten«, sagte Bosch. »In den Nachrichten hieß es, es ist ein Jahrhundertunwetter. Es ist, als würde irgendwas nicht stimmen, als wäre irgendwas kaputtgegangen. In Malibu kommen wahrscheinlich Unmengen Wasser aus den Canyons runter. In Palisades gibt es Erdrutsche. Und der Fluss ist wahrscheinlich über die Ufer getreten. Letztes Jahr hatten wir die Brände. Dieses Jahr ist es vielleicht der Regen. Irgendetwas ist immer. Es ist, als müsste man ständig eine Prüfung bestehen oder so.«

Bosch machte das Radio an, um den Wetterbericht zu hören. Aber Rachel machte es sofort wieder aus und zeigte durch die Windschutzscheibe nach vorn.

»Konzentriere dich lieber darauf«, befahl sie. »Der Wetterbericht interessiert mich nicht.«

»Wie du meinst.«

»Fahr näher ran. Häng dich meinetwegen direkt hinter ihn. Bei diesem Sauwetter kann er dich sowieso nicht sehen.«

»Wenn ich direkt hinter ihm bin, fahre ich ihm womöglich noch hinten drauf. Was sagen wir dann?«

»Sieh einfach zu, dass du ihn …«

»Nicht aus den Augen verlierst. Ich weiß.«

Die nächste halbe Stunde fuhren sie ohne ein Wort. Der Freeway führte nach oben und über die Berge. Auf einem der Gipfel sah Rachel ein großes Gebäude. Im grauen Dämmerlicht sah es aus wie eine Art postmoderne Burg, und Bosch sagte ihr, es sei das Getty Museum.

Als sie ins Valley hinabfuhren, sah sie den Blinker am Heck von Thomas' Wagen aufleuchten. Bosch ordnete sich drei Autos hinter ihm auf der Rechtsabbiegespur ein.

»Er nimmt den Hunderteinser. Wir sind fast da.«

»Meinst du in Canoga Park?«

»Ja. Er wird auf dem Freeway nach Westen fahren und dann auf normalen Straßen nach Norden.«

Bosch konzentrierte sich wieder ganz aufs Fahren und Beschatten und wurde still. Fünfzehn Minuten später leuchtete der Blinker des Explorer erneut auf, und Thomas nahm die DeSoto Avenue in Richtung Norden. Bosch und Walling folgten ihm, inzwischen jedoch ohne die Deckung durch andere Fahrzeuge.

Sobald er auf der DeSoto war, hielt Thomas am Straßenrand im Parkverbot an, und Bosch musste an ihm vorbeifahren, weil sonst für Thomas kaum mehr zu übersehen gewesen wäre, dass er beschattet wurde.

»Ich glaube, er sieht im Stadtplan nach oder in irgendwelchen Richtungsangaben«, sagte Rachel. »Er hatte die Innenbeleuchtung an und den Kopf gesenkt.«

»Okay.«

Bosch fuhr auf eine Tankstelle, um die Zapfstellen herum und zurück zur Einfahrt.

Bevor er wieder auf die Straße hinausfuhr, hielt er an und sah nach links zu Thomas' Explorer. Als dieser nach einer halben Minute losfuhr, hielt Bosch für den Fall, dass Thomas zu ihm herüberschaute und trotz des Regens etwas erkennen konnte, das Handy an sein linkes Ohr, um damit sein Gesicht zu verbergen. Er wartete, bis Thomas an ihm vorbei war, und ließ erst noch ein weiteres Auto vorbeifahren, bevor er losfuhr.

»Jetzt kann es nicht mehr weit sein«, sagte Rachel.

»Ja.«

Aber Thomas fuhr noch ein paar Straßen weiter, bevor er rechts abbog. Bosch ließ sich ein wenig zurückfallen, bevor er dasselbe tat.

»Die Valerio Street«, sagte Rachel, als sie das Straßenschild im Regen sah. »Das ist sie.«

Als Bosch abbog, sah sie die Bremslichter von Thomas' Auto aufleuchten. Er hielt drei Straßen weiter mitten auf der Straße an. Er kam nicht mehr weiter.

Bosch fuhr hinter einem geparkten Auto rasch an den Straßenrand.

»Er hat die Innenbeleuchtung an«, sagte Rachel. »Ich glaube, er sieht wieder auf dem Stadtplan nach.«

»Der Fluss«, sagte Bosch.

»Was?«

»Ich habe dir doch gesagt, die Valerio führt quer durchs ganze Valley. Genau wie der Fluss. Deshalb sieht er vermutlich nach, wie er auf die andere Seite kommt. Wahrscheinlich enden die meisten Straßen in der Gegend hier am Fluss, und die Adresse, zu der er muss, liegt vermutlich auf der anderen Seite.«

»Ich sehe dort vorn aber keinen Fluss. Nur einen Zaun und Beton.«

»Du würdest so was wahrscheinlich auch nicht als Fluss bezeichnen. Genau genommen, ist es auch nicht der Fluss. Es ist wahrscheinlich der Flutkanal des Aliso oder Brown's Canyon. Er führt zum Fluss.«

Sie warteten. Thomas stand immer noch da.

»Bei Regenfällen wie diesem hatte der Fluss früher immer Hochwasser und überschwemmte ein Drittel der Stadt. Deshalb versuchten sie, ihn zu zähmen, ihn am Überlaufen zu hindern. Jemand kam auf die Idee, ihn in ein steinernes Bett zu sperren, ihn mit Beton zu bändigen. Also haben sie das getan, und angeblich ist seitdem jedermanns Haus und Wohnung sicher.«

»Das nennt man wahrscheinlich Fortschritt.«

Bosch nickte und schloss seine Hände wieder fester um das Lenkrad.

»Er fährt los.«

Thomas bog links ab, und sobald er nicht mehr zu sehen war, fuhr auch Bosch los und folgte ihm. Thomas fuhr nach Norden bis zur Saticoy und bog dann rechts ab. Er fuhr auf einer Brücke über die ablaufenden Wassermassen. Als auch sie die Stelle erreichten, sah Rachel die reißenden Fluten in dem Kanal aus Beton.

»Alle Achtung. Und ich dachte, ich würde in Rapid City leben.«

Bosch antwortete nicht. Thomas nahm die Mason nach Süden und kam wieder zur Valerio. Aber jetzt war er auf der anderen Seite des Betonkanals. Er bog nach rechts, zurück auf die Valerio.

»Da wird er auch nicht weit kommen«, sagte Bosch.

Er blieb auf der Mason und fuhr an der Valerio vorbei. Rachel spähte durch den Regen und sah, dass Thomas in die Einfahrt eines großen zweigeschossigen Hauses gebogen war, das zusammen mit vier anderen Häusern in der Sackgasse lag.

»Er hat in einer Einfahrt angehalten«, sagte sie. »Er ist da. Ich werde verrückt, das ist das Haus!«

»Welches Haus?«

»Das auf dem Foto aus dem Wohnwagen. Backus war sich seiner Sache so sicher, dass er uns ein Foto davon hinterlassen hat.«

Bosch fuhr an den Straßenrand. Von den Häusern in der Valerio Street war der Mercedes an dieser Stelle nicht zu sehen. Rachel drehte sich und spähte aus allen Fenstern. In keinem der Häuser ringsum brannte Licht.

»Sieht ganz so aus, als wäre der Strom ausgefallen.«

»Unter deinem Sitz ist eine Taschenlampe. Hol sie raus.«

Rachel griff unter den Sitz und zog sie heraus.

»Und du?«

»Ich brauche keine. Los, gehen wir.«

Rachel wollte schon die Tür öffnen, blickte sich aber noch einmal nach Bosch um. Sie wollte etwas sagen, zögerte aber.

»Was ist?«, fragte er. »Soll ich vorsichtig sein? Keine Angst, das werde ich.«

»Doch, ja, sei vorsichtig. Aber eigentlich wollte ich sagen, dass meine zweite Waffe in meiner Tasche ist. Möchtest du …«

»Danke, Rachel, aber diesmal habe ich meine eigene dabei.«

Sie nickte.

»Hätte ich mir eigentlich denken können. Und was hältst du inzwischen von Verstärkung?«

»Wenn du willst, kannst du gern welche anfordern. Aber ich werde nicht warten. Ich gehe jetzt zu diesem Haus.«

Der Regen fühlte sich kalt an auf meinem Gesicht, als ich aus dem Mercedes stieg. Ich stellte den Jackenkragen hoch und begann auf die Valerio Street zuzugehen. Rachel kam an meine Seite und ging wortlos neben mir her. Als wir an die Ecke kamen, benutzten wir die Umfassungsmauer des Eckgrundstücks als Deckung und spähten in die Sackgasse und zu dem dunklen Haus, vor dem Ed Thomas seinen Wagen abgestellt hatte. Weder von Thomas noch von sonst jemandem war irgendwas zu sehen. Hinter keinem der Fenster auf der Vorderseite des Hauses brannte Licht. Trotzdem konnte ich in dem allgegenwärtigen Grau erkennen, dass Rachel Recht hatte. Es war das Haus auf dem Foto, das Backus im Wohnwagen gelassen hatte.

Ich konnte den Fluss hören, aber nicht sehen. Er war hinter den Häusern verborgen. Doch seine ungebärdige Kraft war fast greifbar, sogar aus dieser Entfernung. Bei Unwettern wie diesem floss das Wasser aus der ganzen Stadt über seine glatten Betonflächen ab. Die Wassermassen schlängelten sich durch das Valley und um die Berge herum in Richtung Downtown. Und von da nach Westen zum Meer.

Die meiste Zeit des Jahres war der so genannte Fluss nur ein Rinnsal. Eigentlich ein Witz. Doch ein Wolkenbruch weckte die Schlange und verlieh ihr Kraft. Sie wurde der Abfluss der Stadt, Millionen und abermillionen Liter, die gegen ihre dicken Steinwände klatschten, Tonnen von Wasser, die wütend auszubrechen versuchten und sich mit erschreckender Kraft und Vehemenz dahinwälzten. Ich musste an den kleinen Jungen denken, der in meiner Jugend von den Wassermassen mitgerissen worden war. Ich hatte ihn nicht gekannt, aber ich hatte von ihm gewusst. Selbst vier Jahrzehnte später konnte ich mich noch an seinen Namen erinnern. Billy Kinsey spielte am Rand des Flusses. Er fiel hinein und war weg. Sie fanden seine Leiche zwölf Meilen weiter, wo sie sich an einem Brückenpfeiler verfangen hatte.

Meine Mutter hatte mir von klein auf immer wieder eingeschärft, wenn es regnet …

»Halte dich von den Narrows fern.«

»Was?«, flüsterte Rachel.

»Ich dachte nur gerade an den Fluss. Wie er zwischen diesen Wänden eingezwängt ist. In meiner Kindheit nannten wir ihn ›die Narrows‹, die Enge. Wenn es so stark regnet wie heute, ist das Wasser richtig reißend. Absolut tödlich. Wenn es regnet, hält man sich besser von den Narrows fern.«

»Aber wir gehen zu dem Haus.«

»Das ist dasselbe, Rachel. Sei vorsichtig. Halte dich von den Narrows fern.«

Sie sah mich an. Sie schien zu verstehen, was ich meinte.

»Okay, Bosch.«

»In Ordnung, wenn du die Vorderseite nimmst und ich die Rückseite?«

»Einverstanden.«

»Mach dich auf alles gefasst.«

»Du auch.«

Das fragliche Haus befand sich drei Grundstücke weiter. Wir gingen rasch an der Umfassungsmauer des ersten Grundstücks entlang und dann über die Einfahrt des nächsten. Wir kamen an zwei Häusern vorbei, bis wir das Haus erreichten, vor dem Thomas' Wagen stand. Rachel nickte mir ein letztes Mal zu, dann trennten wir uns. Wir zogen gleichzeitig unsere Waffen. Rachel bewegte sich auf den Eingang zu, während ich auf der Einfahrt nach hinten ging. Das Dämmerlicht und die Geräusche des Regens und des Kanals boten mir visuelle und akustische Deckung. Außerdem war die Einfahrt von gedrungenen Bougainvilleen gesäumt, die schon eine Weile nicht mehr gestutzt worden waren. Hinter den Fenstern des Hauses brannte kein Licht. Hinter jedem konnte jemand stehen und mich beobachten, ohne dass ich es mitbekäme.

Der Garten hinter dem Haus stand unter Wasser. In der Mitte der riesigen Pfütze standen die zwei A-förmigen Stützen eines Schaukelgerüsts, an dem keine Schaukeln mehr hingen. Dahinter war ein knapp zwei Meter hoher Zaun, der das Grundstück vom Kanal trennte. Ich konnte sehen, dass das Wasser fast bis an den oberen Rand der Betonwände reichte und in einem wilden Sturzbach vorbeirauschte. Bis Tagesende würde es über die Ufer treten. Weiter stromaufwärts, wo die Kanäle nicht so tief waren, reichte es wahrscheinlich schon bis ganz oben.

Ich richtete meine Aufmerksamkeit wieder auf das Haus. Die Veranda, die sich über die gesamte Länge der Rückwand erstreckte, hatte keine Dachrinnen, und der Regen kam in Schwaden herunter, so dicht, dass alles dahinter verdeckt wurde. Backus hätte in einem Schaukelstuhl auf der Veranda sitzen können, und ich hätte ihn nicht gesehen. Die Bougainvilleen-Reihe setzte sich an dem Verandageländer fort. Ich duckte mich unter die Blicklinie und bewegte mich rasch auf die Treppe zu. Ich nahm die drei Stufen mit einem Schritt und war raus aus dem Regen. Meine Augen und Ohren brauchten einen Moment, um sich den veränderten Verhältnissen anzupassen, aber dann sah ich es sofort. Auf der rechten Seite der Veranda stand eine weiße Rattancouch. Eine Decke verhüllte die unverkennbaren Umrisse einer menschlichen Gestalt, die leicht zusammengesunken gegen die linke Armstütze gelehnt saß. Ich ging in die Hocke und bewegte mich darauf zu und streckte die Hand nach dem Zipfel der Decke auf dem Boden aus. Ich zog sie langsam von der Gestalt.

Es war ein alter Mann. Er sah aus, als wäre er schon mindestens einen Tag lang tot. Der Geruch begann sich gerade erst bemerkbar zu machen. Seine Augen waren offen und vorstehend, seine Haut hatte die Farbe des weißen Anstrichs im Schlafzimmer eines Rauchers. Um seinen Hals spannte sich fest – zu fest – ein Kabelbinder. Charles Turrentine, nahm ich an. Ich nahm auch an, dass er der alte Mann auf dem Foto war, das Backus gemacht hatte. Er war umgebracht und dann wie ein Stapel alter Zeitungen auf der Veranda deponiert worden. Er hatte nichts mit dem Poeten am Hut gehabt. Er war nur ein Mittel zum Zweck gewesen.

Ich hob meine Glock und ging zur Hintertür des Hauses. Ich wollte Rachel warnen, aber es gab keine Möglichkeit, das zu tun, ohne preiszugeben, wo ich mich befand, und möglicherweise auch sie zu verraten. Ich musste mich einfach weiter vorkämpfen, tiefer in das Dunkel des Hauses eindringen, bis ich auf sie oder auf Backus stieß.

Die Tür war abgeschlossen. Ich beschloss, um

das Haus herumzugehen und auf der Vorderseite zu Rachel zu stoßen. Doch als ich mich umdrehte, fiel mein Blick noch einmal auf den Toten, und mir kam eine Idee. Ich ging zur Couch und tastete die Hose des alten Mannes ab. Und ich wurde belohnt. Ich hörte das Klimpern von Schlüsseln.

Rachel war umzingelt. Die Wände der Diele waren mit Bücherstapeln voll gestellt. Sie stand da, die Schusswaffe in der einen Hand, die Taschenlampe in der anderen, und spähte in das Wohnzimmer rechts von ihr. Noch mehr Bücher. Regale säumten die Wände, jedes davon brechend voll. Auch auf dem Couchtisch und den Beistelltischen und jeder waagrechten Oberfläche türmten sich Bücher. Irgendwie verlieh das dem Haus etwas Unheimliches. Es war kein Ort des Lebens, sondern ein Ort, an dem Tod und Verderben herrschten, an dem sich Bücherwürmer durch die Worte der Autoren fraßen.

Sie versuchte, nicht zum Stillstand zu kommen und sich nicht zu sehr mit ihren wachsenden Befürchtungen zu befassen. Ihr kamen Bedenken, und sie überlegte, ob sie an die Tür zurückkehren und das Haus verlassen sollte, bevor sie entdeckt würde. Doch dann hörte sie die Stimmen und wusste, sie durfte nicht umkehren.

»Wo ist Charles?«

»Ich sagte: *Setzen Sie sich.*«

Es ließ sich nicht bestimmen, aus welcher Richtung die Stimmen kamen. Das Prasseln des Regens, das Tosen des nahen Flusses und die allgegenwärtigen Bücher taten sich zusammen, um die Herkunft der Geräusche zu verschleiern. Rachel hörte die Stimmen zwar, aber sie konnte nicht sagen, woher sie kamen.

Mehr Geräusche und Stimmen erreichten sie. Hauptsächlich Gemurmel und alle paar Augenblicke ein verständliches Wort, in Zorn oder Angst geformt.

»Sie dachten …«

Rachel bückte sich und legte die Taschenlampe auf den Boden. Sie hatte sie bisher noch nicht benutzt und wollte das jetzt noch weniger riskieren. Sie schlich in den Flur, wo es dunkler war. In die Zimmer auf der Vorderseite hatte sie bereits gesehen, und deshalb wusste sie, dass die Stimmen aus dem hinteren Teil des Hauses kommen mussten.

Der Flur führte in eine Art Diele, von der in drei verschiedenen Richtungen Türen abgingen. Dort hörte sie die Stimmen von zwei Männern, und sie war sicher, dass sie von rechts kamen.

»Schreiben Sie es!«

»Ich kann nichts sehen!«

Eine Art dumpfes Ratschen. Vorhänge, die zurückgezogen wurden.

»So, sehen Sie jetzt genug? Schreiben Sie es oder es ist auf der Stelle zu Ende!«

»Okay! Okay!«

»Genau, was ich sage. Einst, um eine Mittnacht graulich …«

Sie wusste, was es war. Sie erkannte die Worte Edgar Allan Poes. Und sie wusste, dass es Backus war, obwohl die Stimme anders klang. Er griff wieder auf die Verse zurück, schuf das Verbrechen neu, das ihm vor so langem genommen worden war. Bosch hatte Recht gehabt.

Sie schlich in das Zimmer rechts von ihr und fand es leer vor. In seiner Mitte stand ein Billardtisch, jeder Zentimeter seiner Platte von Stapeln weiterer Bücher bedeckt. Sie begriff, was Backus getan hatte. Er hatte Ed Thomas hierher gelockt, weil der Mann, der hier wohnte – Charles Turrentine –, ein Sammler war. Er hatte gewusst, dass Thomas sich seine Sammlung ansehen würde.

Sie begann sich umzudrehen, um sich zurückzuziehen und in das nächste Zimmer zu schauen. Doch bevor sie sich mehr als ein paar Zentimeter bewegt hatte, spürte sie die kalte Mündung einer Pistole an ihrem Hals.

»Hallo, Rachel«, sagte Robert Backus mit seiner

chirurgisch veränderten Stimme. »Das nenne ich aber eine Überraschung.«

Sie erstarrte, und im selben Moment wusste sie, dass er sich auf keinen Fall austricksen ließe, dass er alle Tricks und alle Kniffe kannte. Sie wusste, sie hatte nur eine Chance. Bosch.

»Hallo, Bob. Lange nicht mehr gesehen.«

»Ja, das kann man wohl sagen. Würden Sie bitte Ihre Waffe hier lassen und mir in die Bibliothek folgen?«

Rachel legte ihre SIG auf einen der Bücherstapel auf dem Billardtisch.

»Ist denn nicht das ganze Haus eine Art Bibliothek, Bob?«

Backus antwortete nicht. Sie spürte, wie er sie hinten am Kragen packte, seine Waffe gegen ihr Rückgrat drückte und sie dann in die Richtung schob, in der er sie haben wollte. Sie verließen das Zimmer und gingen ins nächste, einen kleinen Raum mit zwei Lehnsesseln aus Holz, die vor einem großen gemauerten Kamin standen. Es brannte kein Feuer darin, und Rachel konnte hören, wie Regen durch den Schornstein auf die Feuerstelle herabtropfte. Sie sah, dass sich eine Pfütze gebildet hatte. Über die Fenster auf beiden Seiten des Kamins troff Regen und trübte sie.

»Wie es der Zufall will, haben wir gerade genug Stühle«, sagte Backus. »Nehmen Sie doch Platz.«

Grob lotste er sie um einen der Stühle herum und stieß sie darauf nieder. Nachdem er sie nach weiteren Waffen abgesucht hatte, trat er zurück und ließ etwas in ihren Schoß fallen. Rachel schaute zum anderen Sessel hinüber und sah Ed Thomas. Er lebte noch. Seine Handgelenke waren mit Kabelbindern an die Armstützen gefesselt. Mit zwei weiteren, miteinander verbundenen Kabelbindern war sein Hals an der Sessellehne festgemacht. Er war mit einer Stoffserviette geknebelt, und vor Anstrengung und Sauerstoffmangel war sein Gesicht knallrot.

»Bob, Sie können sich das sparen«, sagte Rachel. »Sie brauchen niemandem mehr etwas zu beweisen. Sie …«

»Legen Sie den Kabelbinder um Ihr rechtes Handgelenk und befestigen Sie es damit an der Armstütze.«

»Bob, bitte. Lassen Sie …«

»Los!«

Sie legte den Kabelbinder um die Armlehne des Sessels und ihr Handgelenk. Dann zog sie den Plastikstreifen durch den Verschluss.

»Fest, aber nicht zu fest. Ich will keine Spuren hinterlassen.«

Als sie fertig war, forderte er sie auf, den freien Arm auf die andere Armstütze des Sessels zu legen. Danach kam er zu ihr und packte ihren Arm, um ihn festzuhalten, während er einen anderen Kabelbinder um ihn schlang und ihn damit an die Lehne fesselte. Dann trat er zurück, um sein Werk zu bewundern.

»So.«

»Bob, die Zusammenarbeit zwischen uns hat doch bestens geklappt. Warum tun Sie das?«

Er blickte auf sie herab und lächelte.

»Das weiß ich nicht. Aber lassen Sie uns darüber später reden. Erst muss ich mit Detective Thomas zu Ende kommen. Hat einige Zeit auf sich warten lassen, diese Sache zwischen ihm und mir. Und denken Sie nur, Rachel, Sie dürfen dabei zusehen. Was für eine seltene Gelegenheit für Sie.«

Backus wandte sich Thomas zu. Er stellte sich vor ihn und riss ihm den Knebel aus dem Mund. Dann griff er in seine Tasche und zog ein Klappmesser heraus. Er öffnete es und durchtrennte mit einer raschen Bewegung den Kabelbinder, der Thomas' rechten Arm an die Sessellehne fesselte.

»Wo waren wir gleich wieder stehen geblieben, Detective Thomas? Zeile drei, glaube ich.«

»Eher am Ende vom Lied.«

Rachel erkannte Boschs Stimme, die von hinten kam. Doch als sie sich umdrehte, um nach ihm zu sehen, war die Sessellehne zu hoch.

Ich hielt die Pistole fest in der Hand und überlegte, wie ich am besten vorgehen sollte.

»Harry«, rief Rachel ruhig. »In der linken Hand hat er eine Pistole und in der rechten ein Messer. Er ist Rechtshänder.«

Ich zielte auf ihn und forderte ihn auf, die Waffen niederzulegen. Er kam der Aufforderung ohne Zögern nach.

Das ließ mich stutzen, so, als schaltete er zu schnell auf Plan B um. Gab es noch eine Waffe? Einen zweiten Killer im Haus?

»Rachel, Ed, bei euch alles klar?«

»Bei uns alles klar«, antwortete Rachel. »Sag ihm, er soll sich auf den Boden legen, Harry. Er hat Kabelbinder in der Tasche.«

»Rachel, wo ist deine Waffe?«

»Im andern Zimmer. Er soll sich auf den Boden legen, Harry.«

Ich machte einen weiteren Schritt ins Zimmer und blieb dann stehen, um Backus zu betrachten. Er hatte sich wieder verändert. Er sah nicht mehr wie der Mann aus, der sich Shandy genannt hatte. Kein Bart, keine Kappe über grauem Haar. Sein

Gesicht und sein Kopf waren rasiert. Er sah völlig anders aus.

Ich machte noch einen Schritt, blieb aber wieder stehen. Plötzlich musste ich an Terry McCaleb und seine Frau und seine Tochter und seinen Stiefsohn denken. Ich dachte an die gemeinsame Mission und was verloren gegangen war. Wie viele schlechte Menschen würden die Welt unsicher machen, weil Terry beseitigt worden war? In mir schwoll eine Wut an, so gewaltig wie der Fluss. Ich wollte Backus nicht auffordern, sich auf den Boden zu legen, ich wollte ihm keine Handschellen anlegen und zusehen, wie er in einem Streifenwagen zu einem Leben hinter Gittern, aber im Glanz von Prominenz und Starkult, gefahren würde. Ich wollte ihm alles nehmen, was er meinem Freund und all den anderen genommen hatte.

»Sie haben meinen Freund ermordet«, sagte ich. »Dafür …«

»Nicht, Harry«, sagte Rachel.

»Tut mir Leid«, sagte Backus. »Aber ich war ziemlich beschäftigt. Wer soll dieser Freund von Ihnen gewesen sein?«

»Terry McCaleb. Er war auch Ihr Freund, und Sie …«

»Sie haben Recht, ich wollte mir Terry vornehmen. Ja, er hatte das Potenzial, ein Steinchen in meinem Schuh zu werden. Aber ich …«

»Halten Sie die Klappe, Bob!«, schrie Rachel. »Sie konnten Terry nicht das Wasser reichen. Harry, das ist zu gefährlich. Schalt ihn aus! Sofort!«

Ich unterdrückte meine Wut und konzentrierte mich ganz auf den Augenblick. Terry McCaleb zog sich in das Dunkel zurück. Ich trat auf Backus zu und überlegte, was Rachel mir sagen wollte. Schalt ihn aus? Wollte sie, dass ich ihn erschoss?

Ich machte zwei weitere Schritte.

»Hinlegen«, befahl ich. »Weg von den Waffen.«

»Ganz wie Sie meinen.«

Er drehte sich, als wolle er sich von der Stelle abwenden, wo er seine Waffen hatte fallen lassen, und sich einen Platz suchen, um sich auf den Boden zu legen.

»Entschuldigung, aber hier ist eine Pfütze. Der Kamin ist nicht dicht.«

Ohne auf eine Antwort zu warten, machte er einen Schritt in Richtung Fenster. Und plötzlich sah ich es. Ich wusste, was er tun würde.

»Backus, nein!«

Aber meine Worte hielten ihn nicht auf. Er setzte den Fuß auf und hechtete Kopf voran durch das Fenster. Sein Rahmen, von Jahren des Sonnenscheins und von Regenfällen wie diesen marode, gab so leicht nach wie eine Hollywoodattrappe. Holz splitterte und Glas zerbrach, als sein Körper hindurchsauste. Ich stürzte auf die Öffnung zu, und im selben Moment sah ich den Mündungsblitz von Backus' zweiter Schusswaffe. Plan B.

Ein zweimaliges rasch aufeinander folgendes Krachen, und ich hörte die Kugeln an mir vorbeipfeifen und über und hinter mir in die Decke schlagen. Ich sprang hinter die schützende Wand zurück und erwiderte, ohne etwas zu sehen, mit zwei raschen Schüssen das Feuer. Dann warf ich mich zu Boden, kroch unter dem Fenster durch und kam auf der anderen Seite wieder hoch. Ich spähte nach draußen, aber Backus war weg. Ich sah einen kleinen zweischüssigen Derringer auf dem Boden liegen. Er hatte die kleine Westentaschenpistole als Zweitwaffe gehabt und war jetzt unbewaffnet, außer es gab einen Plan C.

»Harry, das Messer«, rief Rachel hinter mir. »Schneid mich los!«

Ich schnappte mir das Messer vom Boden und durchtrennte rasch ihre Fesseln. Das Plastik ließ sich mühelos schneiden. Dann wandte ich mich Thomas zu und drückte ihm das Messer in die rechte Hand, damit er sich selbst befreien konnte.

»Tut mir Leid, Ed«, sagte ich.

Den Rest meiner Entschuldigung konnte ich ihm später abstatten. Ich wandte mich wieder Rachel zu, die am Fenster stand und durch den Regen spähte. Sie hatte Backus' Waffe aufgehoben.

»Siehst du ihn irgendwo?«

Ich blieb neben ihr stehen. Dreißig Meter weiter links war der Fluss. Gerade als ich dorthin schaute, sah ich, wie die Wassermassen eine Eiche vorbeitrugen. Dann bewegte sich etwas. Wir sahen Backus hinter einer Bougainvillea hervorspringen und über den Zaun am Kanal klettern. Gerade als er auf die andere Seite klettern wollte, riss Rachel eine Waffe hoch und gab rasch hintereinander zwei Schüsse ab. Backus fiel auf den Kies am Rand des Kanals. Doch er sprang wieder auf und rannte los. Rachel hatte ihn nicht getroffen.

»Über den Fluss kommt er nicht«, sagte ich. »Dieser Weg ist ihm abgeschnitten. Er wird versuchen, zu der Brücke oben in Saticoy zu kommen.«

Wenn Backus es schaffte, die Brücke zu erreichen, entkäme er uns. Dann konnte er den Fluss überqueren und in der Wohngegend auf der Westseite des Kanals oder in dem Geschäftsviertel an der DeSoto untertauchen.

»Ich laufe von hier los«, sagte Rachel. »Du

nimmst den Wagen. So kommst du schneller hin. Wir versuchen, ihn an der Brücke abzufangen.«

»Okay.«

Ich wandte mich zur Tür, um durch den Regen zum Auto zu laufen. Ich zog mein Handy aus der Tasche und warf es im Laufen Thomas zu.

»Ruf die Cops, Ed«, rief ich über die Schulter. »Wir brauchen Verstärkung.«

42

Rachel nahm das Magazin aus Backus' Waffe und stellte fest, dass es voll gewesen war, bis sie die zwei Schüsse auf ihn abgegeben hatte. Sie schob den Clip wieder zurück und ging ans Fenster.

»Möchten Sie, dass ich mitkomme?«, fragte Ed Thomas hinter ihr.

Sie drehte sich um. Er hatte sich losgeschnitten. Er stand da und hielt das Messer hoch, bereit.

»Tun Sie, was Harry gesagt hat. Fordern Sie Verstärkung an.«

Sie stieg auf das Fensterbrett und sprang in den Regen hinaus. Sie lief an den Bougainvilleen entlang, bis sie eine Öffnung fand und sich zum Zaun durchzwängte. Sie steckte Backus' Waffe in ihr Holster und machte sich daran, über den Zaun zu klettern. Oben verfing sie sich mit dem Jackenärmel darin und riss ihn auf. Sie landete einen halben Meter neben dem Kanal auf dem Kies. Noch einen Meter, und das Wasser erreichte den Rand. Es wütete mit tödlichem Tosen gegen den Beton. Rachel riss den Blick davon los und schaute den

Kanal hinunter. Sie sah Backus am Ufer entlanglaufen. Er war auf halbem Weg zu der Brücke in Saticoy. Rachel richtete sich auf und begann loszulaufen. Damit sich Backus auf das konzentrierte, was hinter ihm herkam, nicht auf das, was ihn an der Brücke erwartete, schoss sie einmal in die Luft.

Der Mercedes schleuderte in der Mitte der Brücke gegen den Randstein. Ohne den Motor auszumachen, sprang ich aus dem Wagen und rannte ans Geländer. Ich sah Rachel mit erhobener Pistole am Kanal entlang auf mich zulaufen. Aber Backus sah ich nicht.

Ich trat zurück und schaute in alle Richtungen, entdeckte ihn aber trotzdem nicht. Ich dachte, dass er die Brücke unmöglich vor mir erreicht haben konnte. Ich lief zu dem Tor neben der Brücke, durch das man auf den Kiesstreifen neben dem Kanal kam. Es war abgeschlossen, aber ich konnte sehen, dass der Kiesstreifen unter der Brücke hindurchführte. Eine andere Möglichkeit gab es nicht. Backus musste sich dort unten versteckt halten.

Ich kletterte rasch über das Tor und sprang auf den Kies hinab. Ich kam wieder hoch, die Pistole mit beiden Händen auf die dunkle Öffnung unter der Brücke gerichtet. Geduckt bewegte ich mich in das Dunkel hinein. Das Rauschen des Wassers hallte laut von der Unterseite der Brücke zurück. Sie ruhte auf vier mächtigen Betonpfeilern. Backus hätte hinter jedem von ihnen versteckt sein können.

»Backus!«, rief ich. »Kommen Sie raus, wenn Ihnen Ihr Leben lieb ist! Jetzt!«

Nichts. Nur das Rauschen des Wassers. Dann hörte ich in der Ferne eine Stimme und drehte mich nach Rachel um. Sie war immer noch hundert Meter entfernt. Sie schrie zwar, aber ihre Worte gingen im Lärm des Wassers unter.

Backus kauerte im Dunkeln. Er versuchte, alle Emotionen auszublenden und sich ganz auf den Augenblick zu konzentrieren. Er war schon einmal hier gewesen. Im Dunkeln in die Enge getrieben. Er hatte damals überlebt, und er würde auch jetzt überleben. Jetzt kam es ganz darauf an, sich auf den Augenblick zu konzentrieren, seine Kraft aus der Dunkelheit zu ziehen.

Er hörte seinen Verfolger nach ihm rufen. Inzwischen war er ganz nah. Er hatte die Waffe, aber Backus hatte die Dunkelheit. Die Dunkelheit war immer schon auf seiner Seite gewesen. Er presste sich mit dem Rücken gegen den Beton und zwang sich, im Dunkel zu verschwinden. Er würde geduldig sein und den richtigen Moment abpassen.

Ich wandte mich von Rachels ferner Gestalt ab und konzentrierte mich wieder auf die Brücke. Als ich weiter vorzudringen begann, hielt ich so viel Abstand zu den Betonpfeilern, wie es mir möglich war, ohne in den Kanal zu fallen. Ich sah hinter die ersten zwei Pfeiler und schaute wieder zu Rachel zurück. Sie begann, mir mit dem linken Arm etwas zu signalisieren, aber ich wurde nicht schlau aus der Hackbewegung, die sie immer wieder machte.

Plötzlich wurde mir mein Fehler klar. Ich hatte die Autoschlüssel stecken lassen. Backus konnte auf der anderen Seite der Brücke hochkommen und mit dem Wagen fliehen.

In der Hoffnung, noch rechtzeitig die Reifen zerschießen zu können, begann ich loszulaufen. Aber ich hatte mich hinsichtlich des Autos getäuscht. Als ich am dritten Betonpfeiler vorbeikam, sprang Backus plötzlich dahinter hervor und erwischte mich voll mit seiner Schulter. Ich fiel auf den Rücken – er auf mir – und rutschte über den Kiesboden an den Rand des Kanals.

Er hatte es auf meine Pistole abgesehen und versuchte, sie mir mit beiden Händen zu entreißen. Wenn er die Waffe an sich brachte, war alles vorbei, er würde erst mich töten und dann Rachel. Er durfte auf keinen Fall an die Waffe kommen.

Er rammte mir den linken Ellbogen gegen das Kinn, und ich spürte, wie mein Griff schwächer wurde. In der Hoffnung, einen Finger oder eine Handfläche zu treffen, drückte ich zweimal ab. Er japste vor Schmerzen, doch dann setzte er mir noch stärker zu, denn angestachelt von Schmerz und blinder Wut, verdoppelte er jetzt seine Anstrengungen.

Inzwischen war sein Blut zwischen meine Finger und die Waffe geraten und das hatte zur Folge, dass ich sie noch schlechter im Griff hatte. Ich würde die Waffe verlieren. Das spürte ich ganz deutlich. Er hatte die bessere Position und animalische Kraft. Mein Griff wurde schwächer. Ich konnte versuchen, noch ein paar Sekunden durchzuhalten, bis Rachel uns erreichte, aber umgekehrt konnte sie auch in eine tödliche Falle laufen.

Stattdessen ergriff ich die einzige andere Möglichkeit, die mir noch blieb. Ich stemmte die Absätze in den Kies und bog den ganzen Körper nach oben durch. Meine Schultern rutschten über den Betonrand. Ich stemmte mich wieder mit den Fersen ein und wiederholte das Manöver. Diesmal reichte es. Im selben Moment schien Backus zu begreifen, was ich vorhatte. Er ließ die Waffe los und versuchte, sich an der Kante festzuhalten. Aber auch für ihn war es zu spät.

Zusammen stürzten wir über den Rand des Kanals in das schwarze Wasser.

Rachel sah sie aus nur wenigen Metern Entfernung fallen. Sie schrie »*Nein!*«, als ob sie das aufhalten könnte. Sie erreichte die Stelle und blickte nach unten und sah nichts. Dann lief sie am Kanal entlang weiter und unter der Brücke hervor. Sie sah nichts. Sie hielt im reißenden Wasser flussabwärts nach ihnen Ausschau.

Dann sah sie Bosch an die Oberfläche kommen und den Kopf herumreißen, als wolle er sich orientieren. Er mühte sich mit irgendetwas unter dem Wasser ab, und schließlich wurde ihr klar, dass es sein Regenmantel war. Er versuchte, ihn abzustreifen.

Sie suchte den Fluss ab, sah aber Backus' kahlen Schädel nirgendwo. Sie blickte wieder zu Bosch, der von ihr fortgetragen wurde. Sie sah ihn zu ihr zurückschauen. Er hob einen Arm aus dem Wasser und zeigte irgendwohin. Sie blickte in die entsprechende Richtung und sah den Mercedes, der auf der Brücke stand. Sie sah die Scheibenwischer hin und her schwenken und begriff, dass die Schlüssel noch steckten.

Sie rannte los.

Das Wasser war kalt, kälter, als ich erwartet hatte. Und ich war von dem Kampf mit Backus bereits geschwächt. Ich kam mir schwer vor im Wasser und fand es schwierig, mein Gesicht über der Oberfläche zu halten. Das Wasser war wie etwas Lebendiges, das nach mir griff und mich nach unten zog.

Meine Waffe war weg, und von Backus fehlte jede Spur. Ich breitete die Arme aus und versuchte meinen Körper in eine Lage zu bringen, in der ich auf dem reißenden Wasser treiben würde, bis ich wieder zu Kräften kam und etwas unternehmen konnte oder bis Rachel Hilfe holte.

Ich musste an den Jungen denken, der vor vielen Jahren in den Fluss gefallen war. Feuerwehrleute, Polizisten, sogar Passanten hatten ihn zu retten versucht, indem sie Schläuche und Leitern und Seile in die reißenden Fluten hängten. Aber sie verfehlten ihn alle, und er ging unter. Irgendwann gehen sie in den Narrows alle unter.

Ich versuchte, nicht daran zu denken. Ich versuchte, nicht in Panik zu geraten. Ich drehte die Handflächen nach unten, und so war es mir anscheinend besser möglich, mein Gesicht über Wasser zu halten. Es erhöhte die Geschwindigkeit, mit der ich dahintrieb, aber es hielt meinen Kopf aus dem Wasser. Es verlieh mir Zuversicht.

Ich begann daran zu glauben, dass ich es schaffen könnte. Eine Weile. Es hing ganz davon ab, wann Hilfe eintraf. Ich blickte zum Himmel hoch. Keine Hubschrauber. Keine Feuerwehr. Noch keine Hilfe. Nur das graue Nichts aus Leere dort oben und der Regen, der unaufhörlich herunterkam.

In der Notrufzentrale sagten sie Rachel, sie solle am Telefon bleiben, aber mit dem Handy am Ohr konnte sie nicht schnell und gut und sicher fahren. Ohne die Verbindung zu unterbrechen, legte sie es deshalb auf den Beifahrersitz. Am nächsten Stoppschild bremste sie so abrupt, dass das Handy auf den Boden flog, wo sie nicht mehr hinkam. Aber das kümmerte sie in diesem Moment nicht. Sie raste die Straße hinunter und hielt an jeder Kreuzung nach der nächsten Brücke über den Kanal Ausschau. Als sie endlich eine entdeckte, raste sie darauf zu und hielt mitten auf der Brücke an. Sie sprang aus dem Auto und stürzte ans Geländer.

Weder von Bosch noch von Backus war irgendetwas zu sehen. Sie glaubte, sie könnte sie überholt haben. Sie rannte über die Straße, was ihr das wütende Hupen eines Autofahrers eintrug, und beugte sich über das andere Geländer.

Sie suchte eine Weile die brodelnde Wasseroberfläche ab, und dann entdeckte sie Bosch. Sein

Kopf war über Wasser und nach hinten geneigt, sein Gesicht dem Himmel zugewandt. Sie geriet in Panik. Lebte er noch? Oder war er ertrunken, und seine Leiche wurde von der Strömung mitgerissen? Dann sah sie fast so schnell, wie die Angst sie gepackt hatte, Bosch den Kopf herumreißen, wie es Schwimmer oft tun, um Haare und Wasser aus den Augen zu bekommen. Er war noch am Leben und etwa hundert Meter von der Brücke entfernt. Sie sah, wie er sich abmühte, in der Strömung seine Richtung zu verändern. Sie beugte sich über das Geländer und sah nach unten. Sie wusste, was er vorhatte. Er wollte sich an einem der Brückenpfeiler festhalten. Falls er einen zu fassen bekam und sich daran festklammern konnte, könnte er gleich hier aus dem Wasser geholt und gerettet werden.

Rachel rannte zum Auto zurück und riss die Heckklappe auf. Sie sah sich nach etwas Brauchbarem um. Ihre Reisetasche war da und sonst fast nichts. Sie zerrte sie ohne Rücksicht auf Verluste nach draußen auf den Boden und hob die teppichüberzogene Klappe im Boden an. Jemand, der durch den Mercedes am Weiterfahren gehindert wurde, begann zu hupen. Sie drehte sich nicht einmal nach ihm um.

Ich knallte mit solcher Wucht gegen den Mittelpfeiler der Brücke, dass ich keine Luft mehr bekam und dachte, ich hätte mir vier oder fünf Rippen gebrochen. Aber ich hielt mich daran fest. Das war meine Chance. Ich klammerte mich mit allem, was ich noch hatte, daran fest.

Das Wasser hatte Krallen. Ich konnte sie spüren, als es an mir vorbeirauschte. Tausende von Krallen, die an mir zerrten, mich packten, mich in die reißende dunkle Strömung zurückzuziehen versuchten. Das Wasser stieg an mir hoch und in mein Gesicht. Die Arme auf beiden Seiten des Pfeilers, versuchte ich mich an dem glitschigen Beton hochzuschieben, aber jedes Mal, wenn ich mich ein paar Zentimeter hochgearbeitet hatte, packten mich die Krallen und zogen mich wieder nach unten. Ich begriff schnell, dass es das Beste war, wenn ich mich einfach nur festhielt. Und wartete.

Während ich mich an den Beton klammerte, dachte ich an meine Tochter. Ich dachte daran, wie sie mich zum Durchhalten ermunterte und mir sagte, dass ich es ihretwegen schaffen müsste. Sie sagte mir, dass sie mich brauchte, ganz egal, wo ich war oder was ich gerade tat. Ich wusste zwar selbst in diesem Moment, dass das alles nur Einbildung war, aber ich fand Trost darin. Ich fand die Kraft, mich festzuhalten.

In dem Fach waren Werkzeug und ein Ersatzreifen, nichts Brauchbares. Doch dann sah sie unter dem Reifen, durch die Zierlöcher in der Felge, schwarze und rote Kabel. Starterkabel.

Sie steckte die Finger durch die Löcher in der Felge und zog das Rad hoch. Es war groß, schwer und sperrig, aber sie ließ sich nicht entmutigen. Sie zog das Rad heraus und ließ es einfach auf die Straße fallen. Sie packte die Kabel und rannte über die Straße zurück, sodass ein Auto gefährlich ins Schleudern geriet, als sein Fahrer auf die Bremse trat.

Am Geländer schaute sie auf den Fluss hinab, sah aber Bosch zuerst nicht. Dann blickte sie direkt nach unten und sah, wie er sich am Pfeiler festklammerte, während das Wasser gegen ihn anbrandete, an ihm zog und zerrte. Seine Hände und Finger waren zerkratzt und blutig. Er schaute zu ihr hoch und hatte, wie sie fand, ein Lächeln auf den Lippen, fast so, als wollte er ihr sagen, dass er es schaffte.

Unschlüssig, wie sie bei der Rettungsaktion am besten vorgehen sollte, warf sie das eine Ende der Kabel über das Brückengeländer. Sie waren viel zu kurz.

»Scheiße!«

Sie musste über das Geländer steigen. An der

Seite der Brücke lief ein Leitungsrohr entlang. Wenn sie es auf das Rohr hinab schaffte, könnte sie die Kabel anderthalb Meter tiefer hinablassen. Das genügte vielleicht.

»Kann ich Ihnen irgendwie helfen?«

Sie drehte sich um. Da stand ein Mann. Er war unter einem Regenschirm. Er war über die Brücke gegangen.

»Dort unten ist ein Mann im Fluss. Rufen Sie neun-eins-eins an. Haben Sie ein Handy? Rufen Sie neun-eins-eins an.«

Der Mann zog ein Handy aus seiner Jackentasche. Rachel drehte sich wieder um und begann über das Geländer zu steigen.

Das war der einfache Teil. Aber zu dem Rohr hinabzuklettern würde schwierig werden. Sie schlang sich die Kabel um den Hals und streckte erst einen Fuß zu dem Rohr hinunter, dann den anderen. Dann setzte sie sich rittlings darauf.

Diesmal würde das Kabel bis zu Bosch hinabreichen. Sie begann, es zu ihm hinabzulassen, und er griff danach. Aber gerade als er es zu fassen bekam, kam es im Wasser zu einem plötzlichen Aufleuchten von Farbe, und etwas stieß gegen Bosch und riss ihn vom Brückenpfeiler los. Im selben Moment wurde Rachel klar, dass es Backus war, der ihn, lebend oder tot, losgerissen hatte.

Darauf war sie nicht gefasst gewesen. Bosch hielt das Kabel zwar weiter fest, als er losgerissen wurde, doch sein Gewicht und das von Backus und die Strömung waren zu viel für Rachel. Das andere Kabelende wurde ihr aus der Hand gerissen und fiel ins Wasser und unter die Brücke.

»Sie kommen! Sie kommen!«

Sie schaute zu dem Mann unter dem Regenschirm oben am Geländer hinauf.

»Zu spät«, sagte sie. »Er ist weg.«

Ich war schwach, aber Backus war schwächer. Ich spürte, dass er nicht mehr dieselbe Kraft hatte wie bei unserem Kampf am Rand des Kanals. Er hatte mich von der Brücke losgerissen, weil ich ihn nicht kommen sah, und er war mit seinem ganzen Gewicht gegen mich geprallt. Doch jetzt klammerte er sich an mich wie ein Ertrinkender und versuchte nur, sich an mir festzuhalten.

Wir wirbelten durch das Wasser und wurden auf den Grund hinabgezogen. Ich versuchte die Augen zu öffnen, aber das Wasser war zu dunkel, um etwas sehen zu können. Ich stieß Backus fest auf den Betonboden und sah dann zu, dass ich hinter ihn kam. Ich schlang ihm das Kabel, das ich immer noch gepackt hielt, um den Hals. Das tat ich so lange, bis mich seine Hände losließen und an seinen eigenen Hals gingen. Meine Lungen brannten. Ich brauchte Luft. Ich stieß mich von ihm ab, um an die Oberfläche zu kommen. Als wir uns voneinander lösten, griff er ein letztes Mal nach meinen Fußgelenken, aber ich schaffte es, mich loszutreten und aus seinem Griff zu befreien.

In den letzten Augenblicken sah Backus seinen Vater. Obwohl er schon lange tot und verbrannt war, schien er noch am Leben zu sein. Er hatte den strengen Blick aufgesetzt, den Backus nie vergessen würde. Eine Hand hatte er hinter seinem Rücken, so, als verberge er etwas. Mit der anderen Hand winkte er seinen Sohn zu sich. Nach Hause.

Backus lächelte, und dann lachte er. Wasser schoss in seinen Mund und seine Lungen. Er geriet nicht in Panik. Er begrüßte es. Er wusste, er würde wiedergeboren. Er würde zurückkehren. Er wusste, das Böse könnte nie ausgelöscht werden. Es bewegte sich lediglich von einem Ort zum anderen und wartete.

Ich tauchte auf und schlang Luft hinunter. Ich drehte mich im Wasser, um nach Backus zu sehen, aber er war weg. Vor ihm war ich in Sicherheit, aber nicht vor dem Wasser. Ich war erschöpft. Meine Arme fühlten sich im Wasser so schwer an, dass ich sie kaum an die Oberfläche bringen konnte. Ich dachte wieder an den Jungen, welche Angst er gehabt haben musste, so ganz allein, als die Krallen an ihm zerrten.

Ein Stück vor mir konnte ich die Stelle sehen, wo der Abfluss in den Hauptkanal mündete. Ich war fünfzig Meter davon entfernt, und ich wusste, der Hauptkanal wäre breiter und seichter und das Wasser an dieser Stelle reißender. Aber im Hauptkanal waren die Betonwände abgeschrägt, und ich wusste, ich hätte vielleicht eine Chance, mich aus dem Wasser zu ziehen, wenn es mir irgendwie gelang, mein Tempo zu verlangsamen und Halt zu finden.

Ich senkte den Blick und beschloss, mich so nah wie möglich an die Seitenwand heranzukämpfen, ohne dass ich zu fest dagegen gedrückt wurde. Dann sah ich eine unmittelbarere Rettung. Hundert Meter vor mir war der Baum im Wasser, den ich von Turrentines Haus aus auf dem Kanal hatte vorbeitreiben sehen. Er musste sich an der Brücke oder an einer seichten Stelle verfangen haben, denn ich hatte ihn fast eingeholt.

Unter Aufbietung meiner letzten Kräfte begann ich, mit der Strömung zu schwimmen, Geschwindigkeit aufzunehmen und auf den Baum zuzusteuern. Ich wusste, er würde mein Boot werden. Wenn nötig, könnte ich auf ihm die ganze Strecke bis zum Pazifik zurücklegen.

Rachel verlor den Fluss aus den Augen. Die Straßen führten sie weiter von ihm fort, und bald hatte sie ihn aus den Augen verloren. Sie schaffte es nicht, zu ihm zurückzukommen. Es gab zwar ein GPS-Display im Auto, aber sie konnte das Gerät nicht bedienen. Außerdem bezweifelte sie, dass sie bei diesem Wetter ein Satellitensignal empfangen könnte. Sie fuhr an den Straßenrand und hieb mit der Handkante wütend auf das Lenkrad. Sie hatte das Gefühl, Harry im Stich zu lassen, dass es ihre Schuld wäre, wenn er ertrank.

Dann hörte sie den Hubschrauber. Er flog tief und kam schnell voran. Sie beugte sich vor, um durch die Windschutzscheibe nach oben zu schauen. Sie sah nichts. Sie stieg in den Regen hinaus und drehte sich auf der Straße im Kreis, um nach ihm Ausschau zu halten. Sie konnte ihn noch hören, aber sehen konnte sie ihn nicht.

Es musste die Luftrettung sein, dachte sie. Wer sonst flöge bei diesem Wetter? Sie orientierte sich an dem Geräusch und sprang wieder in den Mercedes. Bei der ersten Gelegenheit bog sie rechts ab und folgte dem Geräusch. Sie fuhr mit offenem Fenster, und es regnete herein, aber das war ihr egal. Sie lauschte auf das ferne Geräusch des Hubschraubers.

Nach kurzer Zeit entdeckte sie ihn. Er kreiste schräg rechts vor ihr. Sie fuhr weiter und bog am Reseda Boulevard erneut rechts ab und konnte jetzt sehen, dass es in Wirklichkeit zwei Hubschrauber waren, einer ziemlich tief unten und der andere über ihm. Beide waren rot, mit weißer Schrift auf den Seiten. Keine Abkürzung eines Fernseh-oder Rundfunksenders. Die Hubschrauber waren von der Feuerwehr und trugen die Aufschrift LAFD.

Vor ihr kam eine Brücke, und Rachel konnte sehen, dass Autos angehalten hatten und Leute ausstiegen, um im Regen ans Geländer zu eilen. Sie blickten auf den Fluss hinab.

Sie fuhr an den Straßenrand, hielt auf dem rechten Fahrstreifen und stieg ebenfalls aus. Sie kam gerade noch rechtzeitig ans Geländer, um die Bergung mitzubekommen. Bosch wurde in einem gelben Sicherungsgeschirr mit einem Stahlseil von einem entwurzelten Baum gehievt, der sich an der seichten Stelle, wo sich der Kanal auf fünfzig Meter weitete, verfangen hatte.

Als Bosch zum Hubschrauber hochgezogen wurde, blickte er in die reißenden Wassermassen unter ihm. Wenig später riss sich der Baum los und trieb in den Strudeln wirbelnd weiter. Er wurde immer schneller und trieb unter die Brücke, wo seine Äste gegen die Pfeiler klatschten und an ihnen entlangstreiften.

Rachel beobachtete, wie die Bergungsspezialisten Bosch in den Hubschrauber zogen. Sie wandte den Blick nicht eher ab, als bis er im Hubschrauber und in Sicherheit war und der Hubschrauber abzudrehen begann. Und das war der Moment, in dem einige der Schaulustigen auf der Brücke laut zu rufen und aufs Wasser zu zeigen begannen. Rachel blickte nach unten und sah, dass dort ein weiterer Mann im Wasser war. Aber für diesen Mann kam jede Hilfe zu spät. Er trieb mit dem Gesicht nach unten im Wasser, die Arme lose, der Körper schlaff. Um seinen Körper und seinen Hals waren ein rotes und ein schwarzes Starterkabel geschlungen. Sein rasierter Schädel sah aus wie ein verlorener Kinderball, der in der Strömung hopste.

Der zweite Hubschrauber folgte dem Körper und wartete, dass er sich wie der Baum irgendwo verfing, damit er einen Bergungsversuch unternehmen könnte. In diesem Fall war keine Eile geboten.

Als sich die Strömung verdichtete, um zwischen den Pfeilern der Brücke hindurchzufließen, wurde die nasse Fahrt des Körpers gestört, und er drehte sich im Wasser auf den Rücken. Unmittelbar bevor er unter der Brücke verschwand, erhaschte Rachel einen Blick auf Backus' Gesicht. Seine Augen waren offen unter der Glasur aus Wasser. Aber es schien ihr, als sähe er sie direkt an, bevor er unter der Brücke verschwand.

Vor vielen Jahren, als ich mit der Army in Vietnam war, wurde ich in einem unterirdischen Gang verwundet. Ich wurde von meinen Kameraden herausgeholt und zu einem Hubschrauber getragen, der mich zurück zum Ausgangslager bringen sollte. Ich erinnere mich, dass ich in dem Moment, in dem der Hubschrauber abhob und mich in Sicherheit brachte, ein Hochgefühl verspürte, das meine Schmerzen und die Erschöpfung überdeckte.

Genau so fühlte ich mich an diesem Tag am Fluss. Ein hundertprozentiges Déjà-vu, wie es so schön heißt. Ich hatte es geschafft. Ich hatte überlebt. Ich war außer Gefahr. Ich lächelte, als ein Feuerwehrmann mit einem Schutzhelm eine Decke um mich legte.

»Wir bringen Sie zur Uniklinik, um Sie untersuchen zu lassen«, brüllte er gegen das Dröhnen der Rotoren und gegen den Regen an. »In zehn Minuten sind wir da.«

Er machte das Okay-Zeichen, und ich erwiderte es. Dabei merkte ich, dass meine Finger von einem bläulichen Weiß waren und dass ich nicht nur wegen der Kälte zitterte.

»Tut mir Leid, das mit Ihrem Freund«, brüllte der Feuerwehrmann.

Ich sah, dass er durch ein Sichtfenster in der unteren Hälfte der Tür blickte, die er gerade zugeschoben hatte. Ich beugte mich vor und schaute und sah Backus im Wasser treiben. Er dümpelte mit dem Gesicht nach oben träge in der Strömung.

»Mir tut es nicht Leid«, sagte ich, aber nicht laut genug, um gehört werden zu können.

Ich lehnte mich in den Notsitz zurück, auf den sie mich gesetzt hatten. Ich schloss die Augen und nickte dem heraufbeschworenen Bild meines stummen Partners Terry McCaleb zu, der lächelnd am Heck seines Bootes stand.

43

Ein paar Tage später klarte der Himmel auf, und die Stadt begann, zu trocknen und sich aus dem Schlamm zu graben. In Malibu und Topanga war es zu Erdrutschen gekommen. Der Küstenhighway war in absehbarer Zukunft nur zweispurig befahrbar. In den Hollywood Hills waren die tiefer gelegenen Straßen überschwemmt worden. Im Fareholm Drive wurde ein Haus mitgerissen. Es wurde auf die Straße hinausgespült und machte einen alternden Filmstar obdachlos. Zwei Todesfälle wurden dem Unwetter zugeschrieben – ein Golfer, der aus unerfindlichen Gründen beschlossen hatte, zwischen zwei Hochphasen des Unwetters ein paar Löcher zu spielen, und vom Blitz getroffen wurde, als er zum Schlag ausholte, und Robert Backus, der flüchtige Serienmörder. Der Poet war tot, verkündeten Schlagzeilen und Nachrichtensprecher. Backus' Leiche wurde am Sepulveda Dam aus dem Fluss gefischt. Todesursache: Ertrinken.

Auch das Meer beruhigte sich, und ich nahm

die Morgenfähre nach Catalina, um Graciela McCaleb aufzusuchen. Ich mietete einen Golfcart und fuhr zum Haus hoch, wo sie an die Tür kam und mich mit ihrer Familie empfing. Ich lernte Raymond kennen, den Adoptivsohn, und Cielo, das Mädchen, von dem Terry mir erzählt hatte. Die Begegnung mit ihr hatte zur Folge, dass ich meine Tochter vermisste, und sie erinnerte mich an die Zerbrechlichkeit des Lebens.

Überall im Haus standen Kartons, und Graciela erklärte mir, das Unwetter habe ihren Umzug aufs Festland verzögert. Einen Tag später würden ihre Sachen zu einem Lastkahn hinuntergebracht, der zum Festland hinüberführe, wo im Hafen ein Möbelwagen bereitstünde. Es war umständlich und teuer, aber sie bereute die Entscheidung nicht. Sie wollte die Insel und die mit ihr verbundenen Erinnerungen verlassen.

Wir gingen zu dem Tisch auf der Terrasse hinaus, damit wir reden konnten, ohne dass die Kinder zuhörten. Es war ein schöner Platz mit Blick auf den ganzen Avalon Harbor. Es fiel einem schwer, zu glauben, dass sie das aufgeben wollte. Ich konnte die *Following Sea* sehen, und ich bemerkte, dass jemand im Heck war und dass eine der Deckluken offen war.

»Ist das Buddy da unten?«

»Ja, er macht das Boot fertig, um es aufs Festland zu überführen. Das FBI hat es gestern zurückgebracht – leider ohne vorher anzurufen. Sonst hätte ich ihnen gesagt, sie sollten es gleich nach Cabrillo bringen. Das muss jetzt Buddy machen.«

»Was haben Sie mit dem Boot vor?«

»Buddy führt die Firma allein weiter. Er macht die Chartertouren vom Festland aus und zahlt mir Miete für das Boot.«

Ich nickte. Es hörte sich vernünftig an.

»Das Boot zu verkaufen brächte nicht besonders viel. Und außerdem, ich weiß nicht, Terry hat so viel Arbeit in das Boot gesteckt. Deshalb fände ich es nicht richtig, es an einen Fremden zu verkaufen.«

»Das kann ich verstehen.«

»Übrigens, Sie könnten vielleicht mit Buddy zurückfahren, statt auf die Fähre zu warten. Nur wenn Sie wollen, natürlich. Falls Ihnen Buddy noch nicht zu sehr auf die Nerven geht.«

»Nein, nein, Buddy ist in Ordnung. Ich habe nichts gegen ihn.«

Wir saßen eine Weile schweigend da. Ich hatte nicht das Gefühl, ihr noch irgendetwas über die ganze Angelegenheit sagen zu müssen. Wir hatten telefoniert – weil ich ihr alles hatte erklären wollen, bevor sie es aus den Medien erfuhr –, und die

Zeitungen und das Fernsehen hatten weiß Gott ausführlich über die Sache berichtet. Sie kannte alle Details, die großen und die kleinen. Es gab also nicht mehr viel zu sagen, aber ich fand, dass ich sie noch ein letztes Mal persönlich aufsuchen sollte. Mit ihr hatte alles begonnen. Ich fand, es sollte auch mit ihr enden.

»Danke für alles, was Sie getan haben«, sagte Graciela. »Fehlt Ihnen auch nichts?«

»Nein, nein, alles nur halb so wild. Nur ein paar Kratzer und blaue Flecken. War eine ziemlich wilde Angelegenheit, das im Fluss.«

Ich lächelte. Die einzigen sichtbaren Verletzungen, die ich hatte, waren ein paar Schrammen an den Händen und eine über der linken Augenbraue.

»Aber vielen Dank, dass Sie damit zu mir gekommen sind. Ich bin froh, dass ich diese Gelegenheit erhalten habe. Darum bin ich auch hergekommen – einfach um mich zu bedanken und Ihnen alles Gute zu wünschen.«

Die Schiebetür ging auf, und das kleine Mädchen kam mit einem Buch nach draußen.

»Mami, liest du mir das vor?«

»Du siehst doch, dass ich gerade Mr Bosch zu Besuch habe. Aber gleich, ja?«

»Nein, ich will, dass du es mir sofort vorliest.«

Das Mädchen sah aus, als ginge es um Leben und Tod, und ihr Gesicht verzog sich, als würde sie gleich losheulen.

»Machen Sie nur«, sagte ich. »Meine Tochter ist genauso. Lesen Sie ihr ruhig vor.«

»Es ist ihr Lieblingsbuch. Terry hat es ihr fast jeden Abend vorgelesen.«

Sie hob die Kleine auf ihren Schoß und hielt das Buch hoch, um ihr daraus vorzulesen. Ich sah, dass es das gleiche Buch war, das Eleanor gerade für meine Tochter besorgt hatte. *Billy's Big Day*, mit dem Affen, der die Goldmedaille verliehen bekam, auf dem Titelbild. Cielos Ausgabe war vom vielen Lesen an den Rändern abgenutzt. Der Einband war an zwei Stellen eingerissen und mit Klebeband repariert.

Graciela schlug das Buch auf und begann zu lesen.

»Eines strahlenden Sommertags wurde unter dem großen Zelt in Ringlingville die Olympiade der Zirkustiere abgehalten. Alle Tiere aus allen Zirkussen hatten freibekommen und durften an den vielen verschiedenen Wettbewerben teilnehmen.«

Ich merkte, dass Graciela die Stimme verändert hatte und die Geschichte in einem Ton gespannter Erwartung und Aufregung las.

»Alle Tiere versammelten sich am Schwarzen Brett vor Mr Farnsworths Büro. Dort war die Liste mit den Wettkämpfen angeschlagen. Es gab Rennen und Staffeln und viele andere Wettbewerbe. Die großen Tiere kamen am nächsten an die Anschlagtafel heran und verstellten den anderen Tieren die Sicht. Ein kleiner Affe zwängte sich zwischen den Beinen eines Elefanten durch und kletterte dann auf den Rücken des Dickhäuters, um die Liste sehen zu können. Billy Bing lächelte, als er sie endlich sah. Es gab ein Rennen, das Hundert-Meter-Sausen hieß, und er wusste, dass er im Sausen sehr gut war.«

Den Rest der Geschichte hörte ich nicht mehr. Ich stand auf und stellte mich ans Geländer und blickte auf den Hafen hinunter. Aber ich sah auch nichts mehr. Mein Verstand war zu beschäftigt, um noch etwas von der Außenwelt mitzubekommen. In mir überschlugen sich Gedanken und Emotionen. Plötzlich wusste ich, dass der Name William Bing, den Terry McCaleb auf den Deckel seiner Akte geschrieben hatte, der Name eines Affen war. Und plötzlich wusste ich, dass die Geschichte noch keineswegs zu Ende war, nicht annähernd.

44

Später am Tag kam mich Rachel in meinem Haus besuchen. Ich war gerade vom Parker Center nach Hause gekommen, wo ich mit Kiz Rider den ganzen Papierkram erledigt hatte, und hörte mir gerade eine telefonische Nachricht von Ed Thomas an. Er dankte mir, dass ich ihm das Leben gerettet hatte, obwohl eigentlich ich ihm eine Entschuldigung schuldig war, weil ich ihn nicht sofort gewarnt hatte. Ich hatte deswegen ein schlechtes Gewissen und wollte ihn gerade in der Buchhandlung anrufen, als Rachel klopfte. Ich ließ sie herein, und wir gingen nach hinten auf die Terrasse.

»Mann, was für ein Blick.«

»Ja, er gefällt mir.«

Ich zeigte nach links unten, wo hinter den Tonstudios des Warner-Brothers-Geländes ein Teil des Flusses zu sehen war.

»Da ist er, der reißende Los Angeles River.«

Sie kniff die Augen zusammen und schaute in die angegebene Richtung, und dann entdeckte sie ihn.

»Die Narrows. Machen inzwischen nicht mehr viel her.«

»Sie ruhen sich aus. Beim nächsten Unwetter sind sie wieder zurück.«

»Wie geht es dir, Harry?«

»Gut. Besser. Ich habe viel geschlafen. Ich bin überrascht, dass du immer noch in L. A. bist.«

»Na ja, ich habe mir ein paar Tage freigenommen. Ich bin sogar auf Wohnungssuche.«

»Tatsächlich?«

Ich drehte mich mit dem Rücken zum Geländer, damit ich sie ansehen konnte.

»Ich bin ziemlich sicher, dass ich durch diese Geschichte endlich aus South Dakota wegkomme. Ich weiß zwar nicht, in welche Abteilung sie mich versetzen werden, aber ich werde L. A. angeben. Jedenfalls hatte ich das vor, bis ich gesehen habe, was sie hier für Mieten haben. In Rapid City kriege ich für fünfhundertfünfzig Dollar im Monat eine richtig schöne und sichere Wohnung.«

»Ich könnte dir auch hier was für fünfhundertfünfzig finden, aber von der Lage wärst du wahrscheinlich nicht begeistert. Wahrscheinlich müsstest du auch eine Fremdsprache lernen.«

»Nein, danke. Aber ich bleibe dran. Und was hast du so getrieben?«

»Ich komme gerade aus dem Parker Center. Ich

habe meine Unterlagen eingereicht. Ich fange wieder bei der Polizei an.«

»Dann können wir das mit uns wohl vergessen. Ich habe gehört, FBI und LAPD reden nicht miteinander.«

»Ja, da gibt es eine Wand. Aber sie soll schon ab und zu gefallen sein. Ich habe ein paar Freunde beim FBI. Ob du es glaubst oder nicht.«

»Ich glaube es, Harry.«

Ich merkte, dass sie wieder dazu übergegangen war, mich beim Vornamen zu nennen. Ich fragte mich, ob das hieß, dass die Beziehung beendet war.

»Und wann«, fragte ich sie, »hast du das mit McCaleb rausgekriegt?«

»Wie meinst du das? Was soll ich rausgekriegt haben?«

»Ich meine, wann hast du rausgekriegt, dass Backus ihn nicht umgebracht hat? Dass er Selbstmord begangen hat.«

Sie legte beide Hände auf das Geländer und schaute in das ausgetrocknete Flussbett. Aber sie betrachtete dort unten nicht wirklich etwas.

»Was redest du da eigentlich für Zeug, Harry?«

»Ich habe rausgefunden, wer William Bing ist. Es ist ein Affe aus dem Lieblingsbuch seiner Tochter.«

»Na und? Was soll das groß zu bedeuten haben?«

»Es heißt, er hat sich in Las Vegas unter einem falschen Namen im Krankenhaus angemeldet. Irgendetwas war nicht in Ordnung mit ihm, Rachel. Irgendetwas hier drinnen.«

Ich berührte die Mitte meiner Brust.

»Vielleicht befasste er sich mit dem Fall, vielleicht auch nicht. Aber er wusste, mit seinem Herz stimmte etwas nicht, und deshalb fuhr er nach Las Vegas und in dieses Krankenhaus, um sich untersuchen zu lassen, ohne dass jemand etwas davon mitbekäme. Er wollte nicht, dass es seine Frau und seine Kinder erführen. Er ließ sich also untersuchen, und was dabei herauskam, war nicht gerade erfreulich. Sein zweites Herz ging den Weg des ersten. Myo … kardio … oder wie das heißt. Auf gut Deutsch, er hatte nicht mehr lang zu leben. Er brauchte ein neues Herz, oder er würde sterben.«

Rachel schüttelte den Kopf, als wäre ich verrückt.

»Ich habe keine Ahnung, wie du darauf kommst und woher du das alles zu wissen glaubst, aber du kannst doch nicht im Ernst …«

»Rachel, ich weiß, was ich weiß. Und ich weiß zum Beispiel, dass er seine Krankenversicherung bereits ausgeschöpft hatte, und wenn er sich in die Warteliste für ein neues Herz eingetragen hätte, hätten sie alles verloren, das Haus, das Boot, alles. Für ein neues Herz wäre das alles draufgegangen.«

Ich hielt kurz inne und fuhr dann ruhig fort.

»Das wollte er nicht. Er wollte auch nicht, dass ihn seine Familie langsam sterben sähe, als Sozialhilfeempfänger. Und er konnte sich auch nicht mit der Vorstellung anfreunden, dass ein anderer Mensch sterben müsste, damit er leben könnte. Auch das hatte er schon einmal durchgemacht.«

An dieser Stelle verstummte ich, um zu sehen, ob sie wieder protestieren und mich eines Besseren belehren würde. Diesmal blieb sie still.

»Das Einzige, was er noch hatte, waren seine Lebensversicherung und seine Pension. Er wollte, dass ihnen das bliebe. Deshalb war er es, der die Tabletten vertauscht hat. Unter dem Sitz seines Autos war eine Quittung aus einem Naturkostladen. Dort habe ich heute Morgen angerufen, um mich zu erkundigen, ob sie pulverisierten Haiknorpel verkaufen. Machen sie.

Er vertauschte seine Tabletten und nahm sie einfach weiter. Er dachte, solange er so tat, als nähme er sie ein, würde keine Autopsie vorgenommen und niemand würde Verdacht schöpfen.«

»Aber das war nicht der Fall, oder?«

»Nein, aber auch für diesen Fall hatte er vorgesorgt. Deshalb wartete er auf einen mehrtägigen Charter. Er wollte draußen auf dem Meer auf seinem Boot sterben. Er wollte, dass es in Gewässern passierte, die unter die Zuständigkeit der Bundesbehörden fielen. Er hoffte, seine Freunde beim FBI würden alles für ihn regeln, wenn etwas herauskäme.

Das einzige Problem bei seinem Superplan war, dass er nichts vom Poeten wusste. Er hatte keine Ahnung, dass seine Frau zu mir kommen würde und dass ein paar in eine Akte gekritzelte Zeilen zu all dem führen würden, was anschließend passiert ist.«

Ich schüttelte den Kopf.

»Ich hätte es merken müssen. Die vertauschten Medikamente, das war nicht Backus' Stil. Zu kompliziert. Die komplizierten sind in der Regel Selbstmorde.«

»Und was ist mit der Bedrohung seiner Familie? Egal, ob er nun wusste oder nicht, dass es Backus war, hat er zumindest gewusst, dass jemand seine Familie bedrohte. Er bekam diese Fotos – von jemandem, der seine Familie beobachtete. Willst du etwa sagen, er hätte Selbstmord begangen und seine Familie in so einer Situation im Stich gelassen? Das sieht Terry McCaleb nicht ähnlich.«

»Vielleicht dachte er, so könnte er die Bedrohung von ihnen abwenden. Die Bedrohung seiner Familie war gegen ihn gerichtet. Wenn er nicht mehr lebte, wäre die Bedrohung sinnlos geworden.«

Rachel nickte, aber nicht, um irgendetwas zu bestätigen.

»Wenn sonst schon nichts, ist zumindest deine Faktenkette interessant, Harry. Das muss man dir lassen. Aber wie kommst du darauf, wir wüssten das oder ich wüsste das?«

»Natürlich weißt du es. Zum einen die Art, wie du meine Frage nach William Bing abgetan hast. Oder dein Verhalten vor Kurzem in Turrentines Haus, als ich meine Waffe auf Backus gerichtet hatte. Er wollte etwas über Terry sagen, aber du hast ihn unterbrochen. Du wolltest unbedingt verhindern, dass er es sagte. Ich glaube, er wollte sagen, dass er Terry nicht umgebracht hat.«

»Ach ja, das wäre ja mal ganz was Neues. Ein Mörder, der einen seiner Morde abstreitet. Soll noch nie vorgekommen sein.«

Für mich hörte sich ihr Sarkasmus defensiv an.

»In diesem Fall war das anders. Er hatte nichts mehr zu verbergen. Er war aus der Deckung hervorgekommen und hätte die Lorbeeren geerntet, wenn sie ihm zugestanden hätten. Das wusstest du, und deshalb bist du ihm ins Wort gefallen. Du wusstest, er würde es abstreiten.«

Sie entfernte sich vom Geländer und blieb vor mir stehen.

»Na schön, Harry, du denkst, du hättest alles durchschaut. Du hast einen traurigen kleinen Selbstmord unter all den Morden gefunden. Und was willst du damit jetzt anfangen? Willst du dich hinstellen und es in alle Welt hinausposaunen? Damit erreichst du vermutlich nur, dass die Familie um das Geld gebracht wird. Ist es das, was du willst? Vielleicht kannst du ja einen Teil davon als Petzerbelohnung einstreichen.«

Jetzt wandte ich mich von ihr ab und stützte mich auf das Geländer.

»Nein, das will ich nicht. Ich mag es nur nicht, wenn man mich anlügt.«

»Ach, jetzt verstehe ich. Hier geht es gar nicht um Terry. Es geht um dich und mich, richtig?«

»Ich weiß nicht, worum es geht, Rachel.«

»Na schön, wenn du es weißt, wenn du alles rausgefunden hast, sag mir Bescheid, ja?«

Sie kam plötzlich neben mich und küsste mich fest auf die Wange.

»Wiedersehen, Bosch. Vielleicht sehen wir uns ja mal, wenn aus meiner Versetzung was wird.«

Ich drehte mich nicht um, um sie gehen zu sehen. Ich hörte zu, wie ihre wütenden Schritte die Terrasse und dann den Ahornboden im Haus überquerten. Ich hörte die Eingangstür mit einer Endgültigkeit zufallen, die mir durch und durch ging. Es war wieder diese in mir hin und her prallende Kugel.

45

Die Ellbogen auf dem Geländer, blieb ich noch lange, nachdem Rachel gegangen war, auf der Terrasse stehen. Ich nahm an, dass ich sie nie mehr wiedersehen würde, ob sie nun nach Los Angeles versetzt wurde oder nicht. Ich spürte einen Verlust. Ich hatte das Gefühl, dass mir etwas Gutes genommen worden war, bevor ich richtig wusste, wie gut es sein könnte.

Ich versuchte, sie mir eine Weile aus dem Kopf zu schlagen. Terry McCaleb auch. Ich blickte auf die Stadt hinaus und fand, dass sie schön war. Der Regen hatte den Himmel gereinigt, und ich konnte bis zu den San Gabriels und den schneebedeckten Gipfeln dahinter sehen. Die Luft schien so sauber und rein wie die Luft, die vor vielen Jahren von den Gabrieleños und den Padres geatmet worden war. Ich sah, was sie an dem Ort gesehen hatten. Es war die Sorte Tag, an dem man das Gefühl hatte, eine Zukunft darauf bauen zu können.

Dank

Der Autor möchte vielen Personen danken, die ihm beim Schreiben dieses Buches geholfen haben. Zu ihnen gehören Michael Pietsch, Jane Wood, Pamela Marshall, Perdita Burlingame, Jane Davis, Terry Hansen, Terrill Lee Lankford, Ed Thomas, Frederike Leffelaar, Jerry Hooten und Rechercheurin Carolyn Chriss. Ebenfalls eine große Hilfe waren dem Autor Philip Spitzer, Joel Gotler, Shannon Byrne, Sophie Cottrell, John Houghton, Mario Pulice, Mary Capps, Ken Delavigne, Patricia und George Companioni sowie die ganze Belegschaft bei Little, Brown and Company und der Time Warner Book Group.

Zwei Bücher, die sehr hilfreich waren für den Autor, waren *Zzyzx: History of an Oasis* von Anne Q. Duffield-Stoll und *Rio L.A.: Tales from the Los Angeles River* von Patt Morrison mit Fotografien von Mark Lamonica.

Besonderer Dank gilt Chief William Bratton und Detective Tim Marcia vom Los Angeles Police Department und den Special Agents Gayle Jacobs und Nina Roesberry von der FBI-Außenstelle Las Vegas.

Der Autor

Michael Connelly arbeitete einige Jahre als Polizeireporter für die *Los Angeles Times*. Neben seinen Romanen um Detective Harry Bosch wurde er vor allem durch seine Bestseller »Der Poet«, »Das zweite Herz« (verfilmt von und mit Clint Eastwood), »Schwarze Engel«, »Dunkler als die Nacht«, »Im Schatten des Mondes« und »Kein Engel so rein« und zuletzt »Unbekannt verzogen« bekannt.

Michael Connelly lebt in Florida.